叶辛 作品

恋殇

Love never fails

著

作家出版社

目 录

第 一 章 ………… 001
第 二 章 ………… 017
第 三 章 ………… 034
第 四 章 ………… 047
第 五 章 ………… 069
第 六 章 ………… 083
第 七 章 ………… 102
第 八 章 ………… 114
第 九 章 ………… 132
第 十 章 ………… 146
第十一章 ………… 163
第十二章 ………… 180
第十三章 ………… 198
第十四章 ………… 214

第十五章 …………… 233

第十六章 …………… 247

第十七章 …………… 261

第十八章 …………… 280

第十九章 …………… 294

第二十章 …………… 308

第二十一章 …………… 323

第二十二章 …………… 336

第二十三章 …………… 351

关于《恋殇》 …………… 371

第一章

西亚很不喜欢自己的名字,她觉得自己的一切厄运、一切大大小小的不如意都是这个名字带来的。

而这名字,恰恰又是早逝的妈妈起的。倒大不小的时候,十三四岁吧,似懂非懂时,她给带大自己的外公、外婆提过,想改自己的名字。

可是外公跟她说:改不得。

理由呢?

是外婆说出来的,你妈妈离开得早,她什么东西都没有给你留下,唯独你这名字,是她给起的。这是她留给你的,唯一的纪念了。可怜的孩子,你就看在这个分上,留住这份纪念吧。

西亚记得,外婆给她说这番话时,眼泪在眼眶里转悠了一阵,顺着起皱的脸颊淌下来了。为了年纪轻轻离开人世的妈妈,为了外婆的眼泪,西亚再没提过,要改自己的名字。

可她心底深处始终认为,她的不顺心,她走上社会以后的一切烦恼,都是自己不吉利的名字带来的。

就连这一次的失误,由这失误带来的被解雇,也是因为这个名字。

总裁很客气,只是温文尔雅地告诉她,从下一个月起,你不必来上班了。这个月只过了三分之一,还有二十来天,我已经通知下去,工资照开,你抓紧利用这段时间,另寻高就吧。

西亚想问为什么,凭什么无缘无故炒她的鱿鱼?她没啥过错啊!

但是她一眼看到总裁身旁垂首站立着的总裁助理,一位风度翩翩、五官端正的小伙子,在表面的恭敬之下,嘴角露出的那一缕似笑非笑、带着明显讽喻的脸相,她就什么话也说不出来了。

这个人向西亚献过殷勤,在公司遇到,总会用色眯眯的双眼瞅着她。他几乎公开地追求过西亚。

不知道为什么,西亚一见他那张脸,以及他那脸上露出的谄媚的笑脸,浑身就起鸡皮疙瘩。她总感觉见到他的脸如同软塌塌的奶油。

她觉得这个人讨厌。轻飘飘地用一句"我已经有男友了"打发了他。

从那以后,她就觉得这位助理的目光,看她的时候就带着点刺。

不知他平时在一言九鼎的总裁面前,说了她一些什么。尤其是这一次,她上班时接到过一个电话,指名道姓找总裁的,西亚请对方把电话直接打给总裁办,对方却说,总裁办的电话始终是忙音,打不进去。西亚说我的办公室离总裁办远,请对方稍后拨过去,对方主动说,我们没有总裁和总裁助理的手机,请小姐给我们传一个口讯就行了,哪怕是写一张纸条,放进总裁办。

西亚觉得这个要求并不过分,于是把自己记下的"有要事相商,请总裁屈尊回电"的纸条,连同对方的电话号码一起,送进总裁办去。

总裁恰好不在,那位令她讨厌的助理正对着门在打手机,见她进屋,他让通话方少候,笑嘻嘻地迎着西亚问:

"有何贵干?曾小姐。"

西亚扬了一下手中的纸条,说:"有个电话打进我们这里,找总裁的，让留个口讯给总裁办。我记下了。"说着她又扬了扬小纸条。

总裁助理笑容可掬，并不接纸条，只把手指着总裁那张宽大的雕花红木写字台，道："那你把纸条留下吧。"

西亚道了声谢，把纸条放在总裁的桌面上，还顺手拿过一块沉甸甸的小镇纸，压在纸条上，又留下一句：麻烦你提醒总裁一声。这才离开总裁的办公室。

要说西亚和总裁有过交集，这是唯一的一次。

难道就因为这么件事，她被炒了鱿鱼？还是……

西亚不想纠缠这其中的细节了，既然是总裁亲自约见她，炒了她，那说明总裁已经对她看不顺眼了。她细问缘由，即使扳回了理，像《劳动报》上报道过的案例一样，又有什么意思呢？她赖在这样的公司里，仍然是不会有好果子吃的。

此处不留人，自有留人处。

尽管西亚曾经是满意自己这份职业的，干的是驾轻就熟的财务，薪酬不低，足能养活不食人间烟火、一心沉浸在音乐中的同居男友王万吉。特别是公司在陆家嘴大楼群的17楼上，西亚手头的活儿稍空闲的时候，透过宽大的落地窗户望下去，就是上海人谁都感觉自豪的黄浦江，陆家嘴的这个浦江湾，划出的是一个漂亮的弧形，无论是晴天、阴天乃至雨天，波光粼粼的江水都给人以一种心旷神怡之感。居高临下地眺望着江面上柔柔地划过去的大小轮船，都是一件赏心悦目的事。

西亚在整理办公室里一些私人物品时，唯独对即将告别这一间不大的办公室，告别随时能俯视黄浦江的那份自得和满足，心头涌起一股依恋之情。从此她就难得见到这景象了。

捧着纸盒，下了电梯，步出这幢大楼时，西亚陡地意识到，她不会再走进这幢楼了！不知为啥，步下台阶时，她的眼前掠过总裁助理那张讨厌的脸,以及他脸上露出的那一缕暗含着讥讽和幸灾乐祸的神情。

西亚顿时感觉到阵阵失落和恶心之感。下楼之前,她在手机上打了车,这会儿刚站到路边,出租车已经驶近她的身前,见她捧着一只不大不小的纸盒,司机殷勤地给她打开了车门,对她说,纸盒放在座位上,你坐后边。

西亚把纸盒放在副驾驶座位上,道了声谢,关上前车门的同时,她打开了后车门,坐了进去。

司机发动了车,往前开出二三百米,拐了个弯,驶进陆家嘴隧道方向。

顺着进隧道的车流驶进隧道入口时,西亚忽然想起,就在这个比平时下班早得多的时间,捧着个纸盒,回到她和王万吉同居的家里去吗?

他问起来,她怎么答?他在上海混得不如意,整日里忧郁寡欢,脾气暴躁,动不动就发无名火。一听说她被炒了鱿鱼,不知又会急成个什么模样呢。这么一想,西亚决定不把自己今天的遭遇告诉他,明天到了上班离家的时间,她像往常一样出门。等到找定了工作,再慢慢告诉他不迟。

至于这个纸盒呢,先在勤勤服饰的小店里存放一下。勤勤服饰就开在离家不远的地方,对了,就在她店门口下,存放了纸盒,和勤勤聊会儿天,到了下班时间,再像平时那样若无其事地回家去。

思忖着她不由仰起脸来,不知为什么,她有点儿悲哀,想哭。曾经,王万吉是她心中的神,音乐之神,她一往情深地爱着他,总认为他会在上海滩一炮打响,像他18岁时在故乡那座小小的城市里一样,身旁围绕着一大群崇拜他的时髦女孩,时尚少女,他的一个眼神,就会让任何姑娘不管不顾地跟随他而去。她本人,当年不也是被他的一首《我醉了又何妨》的歌舞征服的嘛!他也是因为这样,踌躇满志地跑进上海滩来闯荡的。

可来到上海，三四年了，他们相恋相爱地同居在202室也一年半了。除了失落，除了碰壁，除了每一次撞得头破血流，他在舞台上辉煌过吗？是的，作为替补，他登过几次台，每次他都以为自己逮住了千载难逢的机会，只要一站上舞台，只要一展开他潇洒的舞姿，弹起吉他，掌声、欢呼声和青年男女兴奋时发出的啸叫声，就会此起彼伏地响起来。西亚每次都怀着充满希冀和渴望的心情，专程混在年龄相仿的少男少女中间，期待着他的成功，像在故乡那座小城的市中心剧场里有过的一样。

但是，没有，王万吉和她都满心向往和憧憬的场面没有出现，有的只是零星寥落的几声鼓掌，有的只是……

唉，西亚真不想提那个令她觉得恶心的珠光宝气的半老徐娘。

连续的几次登台演出，一次比一次层次低，一次比一次落魄。起先还能在区一级组织的活动中亮个相，遂而为了有点收入，社区和乡镇文化中心组织的各类活动，他们也去客串。到了最后，只要是活动，哪怕是居委会、村级举办的，看在钱的分上，他们同样混进酒吧、广场、绿地上去演出。总希望有人慧眼识珠，总盼着上海的观众认可他们。但是随着日子的流逝，来邀请他们的单位和组织越来越少。跟着王万吉来上海混的小乐队，不好意思总是来蹭西亚的饭吃，在西亚去正规公司上班之后，有的去应聘服务员，有的去干过临时工、钟点工，更惨的去小区、商店门口当过保安。正像直率的上海人说的，上海是什么地方，像你们这种野路子来混口饭吃的，遍地都是。要想一炮打响，名震天下，轰动上海滩，那是白天做梦，还是早点从睡梦中醒过来吧。

唯有西亚，认定了她的眼光不会错，她坚信，浑身都是音乐细胞和才华的王万吉，总有一天会火起来。她无怨无悔地把每月赚来的工资，全花在租房和她与王万吉的开支上。从未泄过气，从没对王万吉有过半句怨言和微词。就连受王万吉蛊惑到上海滩来闯荡的几个小乐队成员，都为西亚的矢志不移和执著而感动。

小乐队终于支撑不下去，散伙的时候，也有人偷偷地劝西亚算了，别再死乞白赖地待在上海了。这地方真不是我们小城市人混得下去的，回去吧，在家乡至少还有口饭吃。

西亚却淡淡地说：人各有志，你们要走，我没办法。可我得陪着万吉，我相信他终会有成功的一天。

连小乐队的成员们都说，就凭王万吉找到了西亚这样的姑娘，他再落魄，再无人问津，都是值得。

世上到哪儿去找西亚这样的女子？辛辛苦苦换来的钱养活着他，就是为了他创作的那些没人看得上眼的乐曲，为了他的舞姿，为了他曾经在小城里获得过的掌声、欢呼，为了他在上海一钱不值的所谓才华。

西亚却觉得，只要有她陪伴在王万吉身旁，用自己默默的付出和一份温情温暖着他，王万吉会有成功的那一天。

西亚读过一本名著《大师和玛格丽特》，玛格丽特不是认定了大师是奇才，在大师毁稿出走以后，连变身为女妖都心甘情愿嘛！她这点儿付出算啥呀。

天天下班回家，能和王万吉守在202室的家里，她觉得空气都是甜的。那是对初恋那份甜蜜的沉浸，是对初吻那种感觉的陶醉，是对把少女的情怀全身心寄寓给他的深情。她觉得就像他属于她一样，她整个儿是属于他的。他遇到的挫折是暂时的，他那么有才华，在家乡的小城里，他受到过那么多人的追捧、肯定、赞许，况且他弹奏的吉他，他作的曲，都那么动听。哪怕是粗茶淡饭，哪怕大上海所有的繁华和令人眼花缭乱的诱惑，都和他们无缘。只要能和他厮守在202那一套小小的房子里，心头也是甜的。她对王万吉的这份爱，是坚贞的，天长地久的，海枯石烂也不会变。

王万吉对她的这份爱和深情，却视若空气，熟视无睹。他总是沮丧地耷拉着眼皮，眼角也不瞥她一下，在家里总是蜷缩在那张廉价的折叠椅上，不是睁着眼沉思默想，就是趴在窗台上望着小区里的动静。

西亚知道他心里难受，怀才不遇，自从凑起来的小乐队散伙以后，他已经沦落到在上海的街头卖唱，有时候在地铁口，有时候在小区里的花园，有时候混在跳广场舞的绿地，他把戴在头上的那顶帽子朝天放在地上，先是弹奏一番吉他，实在郁闷了，就转转身子，闭紧双眼，张嘴唱上几句。

他的嗓音动听，只要一张嘴，那带着磁性的歌声就会吸引来几个围观者，站在那里静静地倾听他动人的歌曲。一曲终了，人们便纷纷散去，很少有人会朝着他面前的帽子里丢下几个钢镚。难得有一张十元的票子出现在帽子里，算是奇迹。

王万吉有时候在家里会无缘无故地诅骂："什么大上海，一点没欣赏水平。还说是中国最具文化的城市哩，妈的，一群白痴。"

西亚知道，他盼望的是，哪一天他一亮歌喉，就会像影视片中经常编的那样，出现一位德高望重的知音，把他请进艺术的最高殿堂里去，在璀璨辉煌的舞台上测试他的天才。

但是，这样的奇遇情节从来没有出现过。

西亚怕伤了他的自尊心，曾经偷偷地尾随在他身后，去窥视过他的街头卖唱。

看到心爱的人身旁只有寥寥落落的几个路人，看到人们一脸怜悯地丢下几个钢镚儿，西亚真想跑过去，一脚把那顶帽子踢飞，拉着他回家去。

转念一想，她没有这么做。不是古人说要"苦其心志"嘛，王万吉真是天才，真能取得成功，经历一番这样的艰难困苦，对他是有好处的。

她悄没声息地转身走了。

她之所以有这份慈悲心肠，之所以如此宽容，还因为她在大公司就业，每个月有一份固定的收入。凭她这一份上万的收入，她和心爱的有憧憬有追求的万吉，能在大上海把这一份人世间的日子过下去。

她的心是安的。

在捧着纸盒向勤勤服饰那家单开间门面的店铺走去时，西亚突然意识到，随着她的离职，被炒鱿鱼，她的这一份万把块的月薪没有了。

她和王万吉最强有力的倚靠没有了。下一个月，她和王万吉的开支怎么办？房租，吃喝，交通费用，身上穿的衣服，在上海，一切的一切，都需要钱。固定薪酬是她挣回来的，王万吉白天夜晚都沉浸在他的音乐世界里，不食人间烟火，西亚也从来没拿这些琐碎的生计问题烦扰过他。

他呢，心安理得地过着这份饭来张口、衣来伸手的日子。

西亚仍然不想打扰他，但她得想一想了，怎么在上海把这一份两个人世界的日子过下去。

这也是她不想回到202那套房里去的原因，她真得梳理一下思路，安静一下。

走进勤勤服饰店堂的时候，勤勤手里正拿着一件亮片面料的套装，给一个俏丽的20多岁姑娘试穿。

见西亚进店，勤勤给她一个温馨的笑脸，手一指临街面的落地窗角落，道：

"西亚来了，你稍坐。有茶。"

西亚是勤勤服饰的常客，道了声谢，就在窗边置放的小圆桌旁的折叠椅上坐下。她知道这是勤勤专门安排的客人少候的专座。

圆桌面的色彩淡雅，盘子里有一把紫砂壶，几只倒扣的小杯子。

西亚把自己的纸盒挨着墙角放下，摸一下紫砂壶，还是温热的，便翻过一只小巧玲珑的紫砂杯，斟了一杯茶，水温恰到好处，她一口气把茶喝了。尽管是免费招待客人的，这茶的味道还真不错。西亚忍不住又给自己斟了一杯茶。

你别说，勤勤的服饰店虽然小，可在这一带远近闻名。听说上海滩一帮成功的女企业家，都是她店里的常客，她们会带来世界各国的名牌服饰，让勤勤看，然后告诉勤勤，这是啥名贵的品牌，一件几万块钱。阿玛尼、巴勃罗、迪奥、华伦天奴、路易威登这些世界名牌，西亚都是从勤勤嘴里听说的。

不过勤勤不做这些服饰，她的本事是瞅一眼客户带来的名牌，就讲得出这件衣裳适不适合这位客户穿。客户有的胖，有的瘦，有的个儿很高，有的小家碧玉，还有人高马大的，傻大黑粗的，啥样子都有。勤勤的本事显示在，见过这位客户，就能给她设计出最为适合其穿的服饰，不少人见到客户穿出去的衣裳，会惊叹地说一声：

"哎呀！你穿的这身衣服太适合你了。比你上次从海外带回来的那身更棒！"

勤勤店堂里用红色的彩漆写在雪白的墙壁上的，就是这么句话：

"为你的身子量身裁制最合适的服饰！"

有人会打听，穿着比大名牌服饰都赏心悦目的勤勤服饰，量身定做的，一定很贵吧？

不，恰恰相反，并不是贵到令人咋舌的地步。勤勤报出的价格，都是慕名而来的女企业家们能够接受的。

西亚听说，勤勤对自己的事业充满自信，十分看好自己在上海滩的信誉。到她这儿来的回头客很多，新的客户也很多。

谁不想自己的衣着光鲜亮丽，富有品位和气质啊！

西亚听人们私底下传，勤勤的这一间门面，一年能让她有上百万的净收入。

有人说：不止吧，看她的生意这么好，一天到晚总有女子出入。

也有人不信，说：我看刨去成本，她一年到头有个五十万收入不错了。毕竟，她做的不是啥大名牌，就是几件普普通通的衣裳。上海的每条弄堂里，都有一个两个心灵手巧的女人，做一身贴身、合身的衣裳，颜色搭配得舒服一点，谁不会啊。

西亚从来没打听过勤勤真正的收入。她很尊重勤勤姐姐,一个30出头的女人,靠一双劳动的手,自食其力不说,还能过上体面而有尊严的生活,在西亚的心目中,就是了不起的当代女性。

更主要的是,勤勤也很尊重西亚这个小妹妹。勤勤听说了西亚和王万吉这一对情侣的生活,几乎是带着崇拜的语气惊叹般道:

"哎呀,西亚,你真幸福。能从心底里由衷地爱上一个有才华的小伙子,成功与否在其次,他有追求,就是值得你爱的。"

勤勤从不像任何上海人那样,有意无意总会显露对西亚和万吉是外地人的蔑视。

故而,西亚虽然比勤勤小几岁,也不影响她俩成为心心相通的好友。

那个宽脸庞大眼睛一头波浪卷发的姑娘从试衣间走出来了,亮开她的嗓门问:

"勤勤姐,快帮我看看,你觉得好吗?"

西亚听出她的嗓音里带着惊喜和自得,她应声转过脸去。只见试衣姑娘喜吟吟地穿着一身亮片闪烁的套装,浑身上下透着金属光泽带来的温度,尽显青春的魅力,脚上是一双绑带鞋,配上她的手镯、戒指、耳环,她整个人都把店堂的氛围点燃了。

勤勤脖子里挂一条皮尺,绕着姑娘走了一圈,点了下头说:

"比你年龄更年轻、活泼了。要问的是你,衣服穿在你的身上,你满意吗?"

"太满意了。勤勤姐,你说在夏天的夜晚,我穿出去参加派对,合适吗?"

"不仅夜晚合适。"勤勤抿嘴说,"设计你这身服饰时,我还考虑了你白天穿。没必要总是一身一身换衣裳。"

"还是你勤勤姐为我们想得周到。"姑娘在店堂里旋转了半圈,带着笑意的目光落到西亚脸上,舒展一下自己的手臂,问道:"你从旁说说，我这身套裙怎么样？"

"我吗？"西亚指点了一下自己的鼻子，有点疑惑地问。

"是啊！就是你，旁观者清嘛！"姑娘以肯定的语气道。

西亚征询地望着勤勤。

勤勤朝她微微一笑："你坦率地说，没关系，指出我的不足也行。"

"要我说啊！"西亚的嗓音提高了，"我羡慕都来不及呢！恨不得我也有一身这样漂亮的套裙，可惜，我已经过了恋爱的年龄。"

姑娘咯咯咯地笑了，说声多谢，转身进试衣间换衣服去了。

勤勤走到西亚身旁，俯身对她道："谢谢你，西亚。"

西亚道："我是觉得这身套裙特别适合她啊！不是客气话。"

勤勤笑了："我是根据她的身高、体形、脸庞，才为她量身定制的。"

"不过我觉得，女孩们都会喜欢的。"西亚直率地道出自己心头的想法，"我甚至觉得，亮片面料会成为社会上的流行色，你可以推出一整套的系列，亮片连衣裙、亮片印花短裙、亮片缀色的鞋子、亮片喇叭裤，甚至连裤袜子，都可以是亮片的，大红的、淡色的、白颜色，视少妇和女孩的肤色而定，连女性的帽子、手袋，都可以选择亮片来做。"

"行啊！西亚，"勤勤的声音一下子提高了，她顺势在西亚对面坐了下来，用受到启示的嗓音道，"我看你可以当创意服饰的策划师了。我考虑一下，先选择几种面料，做几身套裙试试。"

"好啊！勤勤姐，你大胆做出来，我是第一批客户。"宽脸庞大眼睛的姑娘换了一身大红的衣裳来到小圆桌边，向勤勤伸出手来："我也觉得这个小姐姐出的是金点子，适时地推出一批亮片套裙服饰，会引导流行，受到姑娘们的欢迎。"

勤勤乐了："哈，给你听到了。行啊！出点子的有了，卖服装的也有了，我准定试试。西亚，"她指着西亚给姑娘介绍，又手指着姑娘道,"这位是……"

"我叫雷小碗。"姑娘主动朝西亚伸出手来,"打雷的雷,吃饭的小碗,名字好记。欢迎你到我的摊位上选择中意的衣裳。"

西亚急忙离座起身,握着雷小碗的手说:"很高兴认识你。你穿上亮片套裙,真的是锦上添花。"

"哈哈哈,来取一身衣服,还能认识个新朋友,"雷小碗豪爽地道,"真令人高兴。"

"那你一块儿坐坐。"勤勤邀请道,转脸要去拉另一把折叠椅。

雷小碗摇头:"今天还真不行,勤勤姐,我有一笔生意要谈,这会儿得赶过去。下一次,我请你们二位吃饭,好好聊。"

说着,她笑眯眯地向西亚点个头,走向了店门口。

勤勤把雷小碗送出店门,回转身来,陪着西亚相对坐着。

西亚没话找话:"后面没客户了?"

"原先定了一位,到了中午,又来条微信说,改成晚上来取衣服了。"勤勤说,"这会儿,还真是难得地空下来了,正好可以陪你坐坐。"

"谢谢。"西亚本来只想寄放一下纸盒,坐在店堂里消磨时间,不想打扰勤勤的生意,不料勤勤难得地空闲下来,专门陪她喝茶。

斟了两小杯茶,勤勤把一小杯往西亚跟前推了推,单刀直入地说:

"说吧,碰到什么事了?"

西亚不觉一怔,讷讷地问:"你……勤勤姐,你怎么知道?"

"我怎么会不知道,"勤勤坦然道,"裁制服饰,我得看人啊!你以为我仅仅是量客户的肩宽、身高、腰围?我还得看人啊!"

"看人?"

"看人的眼神、脸色、性情,一个沉默寡言的人,和一个活泼开朗的人,穿戴是不同的。"勤勤指指西亚,"今天你进了这店堂,整个儿是魂不守舍的模样,况且还捧着个纸盒,那里面放着什么?"

勤勤停顿了一下，善解人意地瞅着西亚，等待着她的答复。

玻璃窗上"砰"一声响，西亚和勤勤不约而同瞅了瞅店面的落地玻璃。是人行道一个小孩玩的皮球，弹到了窗户上。

西亚默了默神，悲从胸口涌上来，再也忍不住，两行眼泪淌了出来。

"我说嘛，是遇上烦心事了吧。"勤勤用宽慰的语气道，"说说，遭受啥委屈了？"

西亚哽咽道："勤勤姐，我被炒鱿鱼了……"

"为什么？"勤勤一脸的惊讶。

西亚伤心地摇头："我也不知道……"

"这怎么可以，"勤勤截住西亚的话头，愤然道，"怎么可以无缘无故地解雇人？得问问清楚啊。"

西亚的眼前一片金星乱晃，总裁统揽全局的脸和总裁助理幸灾乐祸的眼神，交替从她的眼里闪过。西亚抑制住自己的啜泣，摆摆手道：

"我、我问不出口，我也……"

勤勤的双眼睁得大大的，凝神瞅了西亚两眼，端起小巧的紫砂杯，道：

"你喝点水，冷静一下，把事情详细给我说说。太突然了，我也得好好想一想，看怎么来对付这件事。"

西亚抽了一张纸巾，擦拭了一下自己的脸颊，点点头道：

"好的，勤勤姐。"

天色在晦暗下来，层层叠叠的楼群后面，还浮现出一片淡雾。西亚看不清那是上海不常见的雾，还是霾。近些年来，上海这么大一座城市，不怎么见到阴霾天了。

人行道上的人流多了起来，那是下班的人潮，照例地是步履匆匆，不像西亚原先生活的小城，那里的人们走路都是慢悠悠、很自在的。

西亚手里提着装饭盒的纸袋,这是她给王万吉带回去的晚饭。平时总是她回到家中,亲手做出她和万吉的晚饭来。今天遭炒了鱿鱼,没了驾轻就熟的工作,没有了今后生活的收入,她实在没做晚饭的心思了。

勤勤姐看她伤心,请她在服饰店附近的小饭馆里吃了顿晚饭。勤勤姐对西亚真的贴心,点的都是西亚平时喜欢吃的菜肴。临别之际,还特意让小饭馆配了盒饭,让她带回去给王万吉吃。

这当儿,西亚把自己的想法一股脑儿给勤勤姐说了,说她之所以不争不辩,也不想为工作和公司打官司,引出一场诉讼,是觉得哪怕把官司打赢了,仍旧留在陆家嘴这么个公司里继续干下去,那种环境也不是她想待的。只要一想天天得看着总裁和总裁助理那令人厌恶的脸过日子,她就觉得不是滋味。

没想到勤勤姐听完她的倾诉,愤愤不平的情绪也消失了。她对西亚的态度表示理解。虽然没对西亚的未来给出啥忠告,只是说:"乍一听到这消息,我太气愤了。这样,你呢,趁这机会好好想想;我呢,也替你想想,看你今后该找个什么样的工作。"

西亚又一次觉得,勤勤姐真是她来到上海以后,找到的一个真诚待人的闺蜜。

看到天色很快暗了下来,她加快了脚步。往常这时候,在202她和万吉筑起的那套"爱巢"里,他们也该开饭了。

瞧啊,马路两旁大小商店和超市的霓虹灯都亮了起来,闪烁着各色光斑、光点呢。

这是小区里靠近人行道的第二幢多层住宅,西亚租房入住的时候,听楼下102的史素娟阿姨说起过,这是改革开放早期建的房子,在那个年头,可热门了,人们争相都想搬进来,煤卫齐备,地段又好,就在市中心。30多年过去,房地产业飞速发展,这样的房型已经显得落伍了。但住下来过日子，还是蛮实惠的。

实惠，对，这也是西亚随王万吉来上海闯荡以后学会和适应的一个词。她逐渐发现，生活在这座大都市里的上海人，都很讲究实惠。

楼道里弥散着一股红烧肉浓油赤酱的香味，还有从半开的窗户里飘散出来的炒菜声。对了，蔬菜也是上海人的最爱，他们几乎家家户户都喜欢纯真的青菜，百吃不厌。

西亚步上楼梯，掏出钥匙，打开202的房门。

房间里已经黑了，只在靠近阳台的角落亮着一盏灯。那一圈光影里，只见同居男友王万吉坐在椅子上。

没等西亚主动招呼他，王万吉忽然凶神恶煞地朝着她吼了起来：

"你为什么这么晚才回来？"

"我……"西亚被他劈头盖脸的一声吼吓住了，她知道他心情不好，肯定是在街头卖唱或者说找工作不顺利，西亚想和以往一样，露个笑脸，和他开个玩笑就过去了。真的，有时候王万吉很像一个小孩，脾气任性得让人不能理解。一半是对他的爱，另一半西亚把他的性格归为艺术家脾气，让着他，认为是可以容忍的。真的，伟大的天才，哪一个没点儿怪癖呢。

她微微一笑道："我路过勤勤服饰，在她那儿坐了一会儿。她请我吃了个便饭，你别说，小饭……"

话不及说完，王万吉顿时暴跳如雷地离座而起，把手里拿着的五线谱狠狠地往地上一扔，大吼大叫地道：

"你倒好，自己和勤勤进饭店，你有没有想到，我在家里饿得肚子咕咕叫了？"

"这不，"西亚还想挽回小家庭的气氛，她举起手中的纸袋，拿出盒饭递上去，"我带回了盒饭，你抓紧吃吧！"

王万吉劈手夺过西亚的盒饭，看也不看，高高地举过头顶，愤愤地往地板上一扔，装得满满的一盒饭菜，刹那间散抛得满地都是。

是饭店专供的盒饭，一屋子飘散着菜肴的香味。王万吉看也不看一眼，只在房间里来回走着，挥舞双手肆意地大叫大嚷：

"你倒好！跟着小老板上饭馆，让我饿着肚子吃你的盒饭。你这是把我置于何地？你眼里……"

"够了！"西亚一声厉喝，打断了王万吉的无理取闹，"你太不像话了，王万吉。来上海这三年里，你究竟做了些什么？一事无成！你吃的、喝的、住的、胡闹的，全都是花我辛辛苦苦挣来的钱。现在好了，钱我挣不到了，你再不满意，给我滚吧，滚得越远越好，不要让我看到你。"

西亚疾言厉色的一顿嚷嚷，一下子把王万吉镇住了。他像被人当头击了一棍，惊恐地瞪大了一对眼睛，不认识般望着西亚，在西亚一声接一声的责骂声里，他的脸色在暗淡的灯光里一忽儿亮、一忽儿暗。西亚的叫声一完，他的头一低，一个箭步夺门而去。跑出两步时，他被脚底下扔得满地的油腻的菜滑了一下，险些摔倒，但他稳住了身子，跑到门边，拉开房门，狼狈地跑出了202。

西亚只是愣怔了片刻，直起身子，痴呆呆地走进了卧室，一头倒在床上，抓过枕头，捂住自己的脸，哭泣起来。

从邻居家里，传来电视机里主持人的播音，可说了些什么，西亚一句也听不清楚。

卧室里黑黝黝的。

第二章

那天夜里西亚躺在床上，浑身瘫软，她不知道自己哭泣了多久，也不知道自己睡没睡着，更不清楚王万吉回来没有。通常，他歇斯底里地在家里朝着她发泄一通以后，夺门而去，不是在外面喝得烂醉如泥地回家来，躺在客厅的沙发里，睡得像一头死猪，就是歪在另一间屋的小铁床上，直到第二天中午还赖在床上。

西亚再见到他时，他就会诚恳地向西亚道歉，述说自己的不是，随后信誓旦旦地表示，他会振作起来，写出更出色的一鸣惊人的曲子，在上海的大舞台展示他的形象。

不过，以往每一次，他无论朝着西亚怎么发火，怎么毫无道理地大吼大叫，西亚总是用体谅的、理解的目光瞅着，最多只是怜悯地淡淡地笑着，从不还他的嘴，从不像这次那样愤愤地斥骂他，让他滚出去。西亚身上的怒火不可遏制地蹿上来，把这一切的不如意，把以往的委屈，把突然被炒鱿鱼的不安和焦虑，把三年来对王万吉的失望，一股脑儿全都发泄了出来。

她不想见到他。

她真的受够了。她不是没有反省过自己，以往受到王万吉无缘无故谩骂，遭到他蛮不讲理羞辱以后，她内心也曾想过，她是不是过于相信了他的才华，过于渴望他的成功了，像在家乡小城市里受到的追捧和姑娘们的崇拜，她家乡的小城只不过七十万人口，一炮打响是件容易的事，上海可是二千多万人口的特大型城市，想在大上海出人头地，哪里是王万吉和他那帮自信满满的伙伴想象得那么容易。西亚终究没有说出口来，她不想泼王万吉的冷水。他的伙伴们一个一个离他而去，有的觉得在上海太难混下去，生活的成本那么高，房价那么贵，借口家长催促，回到他们长大的小城去了。有的喜欢上了上海，舍不得离开大上海的繁华和多彩，干脆悄悄找了份工作，从打工生涯开始，过自己的人生了。有一个不知怎么跑松江车展的影视基地去跑起了龙套，当上了群众演员。还找理由说，电影离不开音乐，说不定什么时候，撞上了某个影视剧，能发挥出一技之长。

唯独王万吉，仍然坚守着他的一份追求，坚信自己的音乐天赋，上海是个多么大的社会，他相信自己的才华，总有一天会被这座城市所认可。

西亚理解他，也信赖他。她不觉得自己盲目。她用一个纯真姑娘的心聆听过他的演唱，她觉得他的音色能够打动自己，一定同样能打动同时代的年轻人。小城市里的姑娘们曾经狂热地追着他跑，上海的青年男女也会被他打动的。况且，他演唱的每一首歌，都是他自己写的。她不信他这么年轻，就会江郎才尽，就会写不出撼动人心灵的曲子了。如此地信赖王万吉，以自己无私的付出陪伴着他，像曾经的小乐队伙伴们直率地道出的，倒贴着他。还因为西亚的初恋，她那颗心为异性的第一次萌动，思念他时的脸红，还有以后的初吻、初夜都是和王万吉发生的，她怎能轻易地和他分手呢？

就像外婆说的，西亚，不要轻易相信什么人，不要听信那些男人的花言巧语，要认定了什么人，就得真正地动心，一往情深地爱上他，和他过一辈子。

西亚平时就是这么做的。

可王万吉今天的态度太过分了。他怎么知道，她今天带回的盒饭，是勤勤姐让小饭店里专门配的，一盒饭的价格，比普通盒饭，贵出一倍还不止呢。哪晓得他连看也不看一眼，就摔在地上了。西亚今天回家的时间是比往常晚了一点，可她以往回家之后，还得淘米煮饭，还得洗菜、切菜、炒菜、煮汤，她直接带了盒饭回家，也没耽误他平时的吃饭时间哪！他凭什么暴跳如雷，朝着她大叫大嚷。他什么时候顾及过西亚的感受？他想到她了吗？

西亚不知道自己是什么时候和衣在床上睡着的。

她记得半夜时分醒过片刻，她没有走出卧室去瞅一眼，反正明天不用上班了，客厅里摔得一地的饭菜，明天起来再收拾吧。

至于王万吉，是什么时候回来的，回来以后是蜷缩在客厅的沙发上，还是隔壁小铁床上，西亚都懒得去瞅一眼。

一切，都等到明天，双方冷静下来以后再说吧。

不过下半夜西亚睡得不好，她的胸中只觉得堵着什么东西，呼吸非得出声才舒服一点。闭上眼睛以后，总是神思恍惚。迷迷糊糊中仿佛睡着了，却总做噩梦。一会儿是慈祥的外婆和外公，一会儿是过早离世的妈妈。每次在梦里见到妈妈，西亚总是看不清妈妈的脸，而妈妈的出现，都像一个仙女，飘飘欲仙地在雾色里，当雾气即将被风吹散，妈妈的脸就要露出来时，西亚就醒了。几乎每一次都这样。读中学的时候，西亚问过外婆，这是怎么回事？妈妈生前究竟是什么样子？家里为什么没有一张妈妈的照片？连妈妈年轻时候，甚至童年、少年时期的照片都没有。

每一次，问过这个问题，外婆和外公总会在脸上露出难言之色。而家里，就会有几天难堪的沉默，不仅气氛压抑，甚至相互说话也很少。

进了大学，西亚想通了，外公外婆有难言之隐。既然两位对她悉心关爱的老人一听到关于妈妈的话题，这么难受，西亚为什么还要去触动他们敏感的痛点呢？西亚把这和妈妈，和她身世有关的谜，深深地埋在了心里。

让西亚吃惊的是,那天晚上王万吉没有回到202家里来。起床以后,西亚走进小卫生间盥洗时,只见客厅里一片零乱,满地散落的鱼块、肉丝、蔬菜和米饭显得肮脏不堪,一屋的狼藉。另一间屋子的房门关着,西亚以为王万吉又歪在屋里的小铁床上睡懒觉,没去招呼他。

　　梳洗完毕,她一边在燃气灶上烧着锅水,一边拿起扫把、拖把、塑料袋把满地食物垃圾清理干净,连同饭盒一起,放在家门口,准备出门时丢到垃圾箱里去。

　　默默地做着这一切琐细的家务事时,西亚联想到,王万吉是从来不管这些家庭里的杂务事的,除了爱睡多久就睡多久,睡够之后,吃饱喝足了,他不是趴在桌子上胡乱地写着啥曲子,就是从墙上取下他的那把吉他,叮叮咚咚弹些零乱的、断断续续的,有时好听有时不那么好听的小曲。性子来了,他会亮开嗓门哼上几句……

　　西亚知道他这是在全神贯注地创作,她从来不去打扰他,干预他,或者向他打听什么。只在他心满意足地写出一个作品,完整地弹奏着吉他,有头有尾地唱给她听时,她才凝神屏息地集中全部精力,细细地聆听着。他弹唱完了,征询地望着她时,她会露出笑脸,说一声:

　　"好听。"

　　他那时就会眉梢一扬,半侧过身子去,讷讷地说一声:

　　"只能说是又完成了一个曲子。可我心里明白,凭它,不可能在上海轰动的。"

　　西亚心里说,他心里已经明白了,她又何必说出来,扫他的兴呢。他需要的是鼓励,而不是泼冷水。西亚懂得,艺术上要取得突破,取得那种巨大轰动效应的成功,哪能是一蹴而就的事呀。他必须付出比常人更多的艰辛的探索和劳动。

　　她总是说:"那你也需要寻找机会,在适当场合,唱给人家听听啊!"

她觉得,作为王万吉的同居女友,知心人,将来要长长久久一辈子生活在一起的伴侣,她就得像一位贤内助似的体贴他、关心他、激励他的创作热情。

西亚同样酷爱艺术,但她的专业不是音乐。在那所国内只能属于三流的地区城市办的大学里,她学的是设计,室内设计和服饰,趁着改革开放的办学潮,这所由原来的大专改成的本科大学,为保证毕业生以后的出路,根据社会的需求新开的专业。实事求是地说,师资也是不雄厚的。西亚随着王万吉一头闯进大上海,耳濡目染,歪打正着地,倒是开拓了不少视野,脑子里会时不时地冒出一些念头。她认识了勤勤姐以后,每次到她那单开间门面的服饰店里去,心里痒痒的,总会产生些奇思怪想。

收拾净了客厅,水也烧开了,西亚为自己下了一碗面吃。

对付完了早餐,她想看看王万吉起床没有,走近门去,轻叩了两下,没听到回音,西亚一把推开门,只见小铁床上的被子仍像昨天那样叠着,枕头端放着,不像是睡过的样子。

西亚这才知道,王万吉昨天晚上没像以往闹了别扭那样回到家来。

他到哪里去了?

难道是一大个晚上都在马路上徜徉,徘徊,像他说过的,当一个上海滩的流浪汉?不不不,这是他开玩笑时说的话。那么,他到哪儿去过的夜呢,会不会喝醉了酒,倒在马路边小花园的树丛里?或者、或者是……

西亚不愿意往这个念头上想,但她的脑子里却鬼使神差地冒出了那个颐指气使、珠光宝气的女人的形象。她曾经那么公开露骨地表示愿意聘请王万吉进酒吧去演唱,说这话时,她连眼角都没瞥西亚一下,还亲昵地在万吉的肩膀上拍了拍。

西亚闭上了眼,极力要把这个女人的形象从脑子里撇出去。

昨晚她把王万吉怒斥了一通，还嚷嚷着让他滚，伤了他的自尊心。他哪里还有脸再回到202这个他们的小家里来呢？

西亚转身回到自己的卧室，性急慌忙地找到自己的手机，她得尽快知道王万吉的下落。打开一看，手机没电了。西亚急忙插上充电器给手机充电。

昨晚和王万吉吵了一架，手机没电了，她都忘记充电。

西亚从来没有这么没耐心过，她没头苍蝇般在两室一厅的202三间屋里走了一趟，回到充电的手机边，性急慌忙打开了手机。

手机已经有电了，随着她点开手机的页面，输入两个202202的密码，屏幕上跳出了王万吉发给她的微信。

> 西亚：你骂得好！我是一个混蛋。我没脸待在你的身边，我走了。你不要等我，不混出一个人样，我决不会出现在你的面前。

西亚只觉得手机上的每一个字都像子弹打在她的脸上，她只感觉自己的心在往下坠落、坠落。

她一屁股坐在床沿上，汹涌的眼泪刹那间糊满了她的脸。王万吉怎么这样经不起她的咒骂。平时，他稍不如意就对她横挑鼻子竖挑眼，吹胡子瞪眼睛地斥骂她，每一次，她不都逆来顺受地接受了嘛，还死皮赖脸地和他生活在一起。

透过糊满泪水的眼睛，西亚仔细辨别着手机上的时间，这条微信是他昨夜11点50分发给她的。只不过她伤心地睡着了，手机没了电，她没有及时看到。

这一整晚他是怎么过的呀？上海这么大，可没个栖身之所，他只能流落街头。

这会儿，整整一晚上没睡觉的他，会想到回来的嘛。

反正西亚已经不需要赶着去上班，她这会儿有两个选择，一个是耐心地等在202，一边料理些家务，一边等着他。等到他回来，西亚得心平气和地把自己的处境也如实告诉他，然后商量一下，他们两个人，如何像初来乍到时一样，重新开始追求未来。现在的当务之急，是得想清楚，如何在上海生存下去。另一个选择也是她更想马上去做的，那就是跑出去，找到王万吉，把他逮回来。要去找他，先得想清楚，他这会儿最有可能在什么地方。

西亚的心中没点儿底，他小乐队的那几个伙伴，有的跑回了家乡小城，有好几个仍在上海，打工的打工，跑龙套的跑龙套，好像还有一个最近在玩摄影，但西亚没有留下他们任何人的联系方式。他们只是同王万吉保持着联系。西亚该到哪儿去找呢？他曾经唱过歌的酒吧？还是卖过唱的市中心绿地，延中绿地？徐家汇公园？或是哪个上下班时间行人熙熙攘攘的街角上？

忖度了半天，西亚仍然决定不下。最后她决定了，白天在家中耐心等待，天黑下来他再不回来，她就出门去找。

之所以做出这一抉择，是她看到了，王万吉须臾不离身的吉他，仍然挂在墙上。他如若找到了活儿，他不能没有乐器。

待在家中的等待，同样忐忑不宁。西亚什么事儿都做不成，或者说做任何事情都没点心思。王万吉对她来说，太重要了。生活中没了他，西亚想象不出，客居上海的日子，她怎么过下去。

她坐在客厅的沙发上发呆，滑动手机屏幕，平时总能逗起她些兴趣的微信，今天她过眼时，觉得不是乏味就是无聊，要不就是觉得离她的生活很远很远。

脑子里始终萦绕着王万吉的形象，这家伙的音容笑貌，在两室一厅的屋子里任何角落，都会冷不防地跳出来。哦，他们共同闯荡上海滩三年了。就是在这套赖以栖身的202房间里，朝夕相处的同居，也有一年半了。他怎么能从她的生活里，像烟一样消失呢。

临近中午，正在寻思吃些什么，对付一顿午饭时，西亚接到了勤勤姐的一条微信，她对西亚说，想了一夜，最终决定要和西亚谈一次，问问西亚，失去了公司里的财务岗位，西亚准备干些什么？

西亚还真没想过，她在大上海的茫茫人潮中，找个什么活呢？

她的会计师资格，并不是大学里的专业。她是在学习室内设计和服装的创意产业之余，看到学校开了这么一门课，自己趁专业之余学出来的。到上海来时，把简历挂到网上求职时，没想到被陆家嘴的大公司选上了。活不重，薪酬高，王万吉和他的小乐队又需要开销，为支持心上人的事业，西亚就干上了。哪晓得一干上就成了主业，反而把她真正学的专业搁一边了。在外人的眼里，包括来上海以后的勤勤姐，都只是以为，她就是个财务，是个专业的会计师。

午饭只有一个人吃，西亚不想费事，仍只想在202家中对付一顿算了。上午吃的是面条，她不想重复了，打开冰箱，看到还有一次性的葱油飞饼，小馄饨。这两样都是上海特色的早餐点心，西亚很喜欢的。她下了一碗小馄饨，烘了一张薄薄的飞饼，坐在桌前慢慢地权当一顿午饭。

想到这会儿若是在公司里，也是在吃配送的盒饭，有时候味道好，有时候味道不那么好，西亚会出去点一杯咖啡，要一块西式的巧克力蛋糕。

不知不觉之中，西亚从小城市来到大上海，已经逐渐逐渐变成了一个新上海人。这类生活习俗，都是公司里的上海姑娘们教会她的。其实，她也可以不煮馄饨，走出小区，沿街的马路上近几年来开出了好几家供应面条、包子、午餐的饭馆，既便宜又花式多样，想吃什么都有。但她怕就在出门时，王万吉回来取吉他了。虽说他讲离开她了，显得决心很大。但这把吉他是他的宝贝，她相信他是舍不得这把吉他的。他不是还想着雄心勃勃地东山再起吗，没有这把吉他怎么行？

音乐是他的命根子。况且，202这个家里，还有他这么多的换洗衣裳和日常用品。

西亚认为自己的估计不会错，心神不定之中，她有这点自信。

可她又失望了，眼看到了天黑时分，王万吉仍然没有出现。

待在家里，无所事事，干任何事情都没心思，从坐着的椅子到躺着的床，从这间屋子到那个房间，从久久地歪在沙发上到站在窗前痴望，西亚只觉得自己要疯了。

这就是她这一辈子的第一场爱情。这就是她全身心投入进去的初恋，她和王万吉没有结婚，可她已和他像现今很多同时代的伙伴一样，住在一间屋里，像一对小夫妇似的生活在一起了呀。

可他离她而去了。

思绪真是个奇奇怪怪的东西，在大公司高楼之中的财务室就业以后，有一份在上海不算差的收入，西亚本人融入上海的过程，比起其他纯粹的打工男女来说，是顺利的。王万吉以往在同她拌嘴、争执、吵架以后，西亚也曾伤心、委屈，难受之余，不是没有想过，和他一刀两断算了。

少男少女纯情的恋爱，她曾经历过了。全身心地投入进感情，和王万吉住到了一起，她同样经历了。除了没办过盛大隆重的婚礼，她也像试婚般体验过了当妻子的角色。就是王万吉梦寐以求的成功的喜悦，在小城市生活的时候，西亚也看到过了。那只是他的成功，他享受到的荣誉，漂亮姑娘献上的鲜花，大胆女孩对他的飞吻，镁光灯的闪烁，大舞台的璀璨，还有电台、电视台和众多媒体的镜头和采访。

她得到了什么呢？

除了少数知情姑娘向她投来的羡慕的眼神之外，她什么也没得到。

更多的，是陪伴王万吉信心百倍来到上海之后的付出，无微不至的嘘寒问暖，操心他的吃、他的穿，乃至他睡眠的质量。

这就是她充满憧憬和希冀的爱情吗？这就是一个妻子、一个女人要的吗？

在受到他无故的呵斥、无理的抢白、莫名其妙的谩骂时，伤心欲绝的西亚也曾经想过要离开他，可她每当产生这个念头时，就想起了外婆对她的叮咛：不要轻易地动心，你真正爱上了一个人，就得想到你们相好的那些甜蜜时光，把一切的不顺心、不如意都忍了。

西亚是忍了呀。

可他离她而去了，消失得无影无踪，一点信息也没有。

天黑下来了，小区里有了每天黄昏惯常有的动静，这幢多层的楼房里，也不时响起楼上楼下走廊里的响动。这些声音已经熟悉得熟视无睹，西亚看了一下手机，从清晨到此刻，整整一天里，她打出去了三十几个电话，发出去了上百条微信和语音，可王万吉的手机始终处于关闭状态。

说什么当代人的联系十分便捷，当王万吉决心关掉手机以后，西亚不知到何处去寻觅他的身影。

她不是恐慌，在上海她能活下去，被炒了鱿鱼她照样能活下去。她是放不下这三年多来对王万吉的这份感情。

都说初恋是最纯洁最值得珍惜的，她是珍惜和王万吉之间的少男少女的爱。

他如若把这份爱丢下了，西亚失了魂一般，但她仍然要活下去的。她甚至觉得，孤身一个人活下去，要比这一阵和王万吉动不动拌嘴、吵架、挨他的骂要轻松些。是的，他们之间好久没亲热了，自从王万吉绝望地意识到上海并不认可他的才华以后，他变得越来越暴躁、越来越不可理喻。西亚多少次感到，在他的眼睛里，她完全是可有可无、无足轻重的。

生活里失去了王万吉的日子，第一天是最难以忍受的。

她只觉得白天夜晚都处于晕晕乎乎、神思恍惚之中。习惯了的生活节奏完全变了，连已经熟悉起来的楼层、小区和上海的马路也变了样子。她抓狂得几次想要嘶声大叫，她在梦中总是莫名其妙地醒过来，有时候是在梦哭，有时候只觉得是被人遗弃般极度孤独。

她失恋了。或者说，被王万吉一甩手抛弃了。

两周以后，西亚逐渐适应了一个人在202的日子。她开始思考，以后打算怎么过？职业丢了，她不能这样一天一天枯坐着待下去，这样的话，她会坐吃山空的，会威胁到她的生计的。当务之急，她得尽快地找到一个职业，她把求职的简历在网上挂了出去，把她在家乡三流大学的文凭一起附在网上，室内设计和服饰、会计师证书。有个职业就行，她不在乎人家为什么聘自己。

是住在楼下102的史素娟阿姨，一句话提醒了西亚。

她在门口碰到西亚，脸上顿显吃惊的表情，眼睛瞪得大大地问："西亚，你病了吗？"

西亚勉强浮起点淡笑："没有啊，素娟阿姨，我没生病。"

素娟阿姨举起手来，食指勾着，沉吟地说："不对不对，你瘦多了，西亚，是有喜了？"

说着，目光就扫向西亚的腹部。

西亚顿时红了脸，摇着头说："没有啊。"

素娟阿姨不信："没有，怎么会？你和小王在一起住一年多了呀。"

西亚只得低声说："是一年半。不过，我们年轻，是避孕的。"

"避孕？"素娟阿姨显然不甚理解他们是初婚，为啥要避孕，"那你怎会瘦成这样？半个月不见，看，把你美得让人眼红的脸，像用刀子刮过了那样。噢，对了，我在和我们老李说，有一阵没见小王了，也没听见他天天拨动的吉他声了，他还好吧？"

西亚以为，王万吉的抽身离去，没人会注意。没想到，作为邻居的素娟阿姨两口子，知道得一清二楚。

她说："噢，他回故乡去了。"

素娟阿姨的眼睛又惊讶地瞪大了："他一个人走的？"

"是的，一个人。"西亚的心无端地跳了起来，以往，顾及王万吉的面子，她和王万吉统一了口径，骗邻居们说，王万吉是在家里工作的，他专为乐队谱曲。不需要坐班。

在上海生活，西亚知道，在传统的上海家庭里，总希望子女有个正儿八经的工作。

"噢，那他一定是有事。"

"是有事，素娟阿姨。"

"你一个人在202三间屋里有事儿，就喊我们一声。"素娟阿姨往西亚跟前凑凑，用知心的口吻叮嘱着："一个人，吃东西不要马虎，还是要注重营养，看把你瘦成啥样子了。西亚，你在这小区里走出走进，可是个大目标。不止一个人，对我说这女孩是怎么回事，瘦成这番皮包骨，是不是想故意瘦下来，去当模特啊。"

"哪里，素娟阿姨。没有模特公司找我。"

"不怪小区邻居们说啊！你那长相摆在这里，一般模特的眉眼，还不能同你比哪。"素娟阿姨道，"你没病，也不去当模特，那你多买点肉吃吃。"

"是啊，我都听几个人议论，说你西亚瘦得像变了一个人。"身后一个女中音接着素娟阿姨的话说，"今天见了你，吓了我一跳。"

西亚转过身去，身后出现的是303的金小平，一个带着儿子独住的单身女人。西亚听素娟阿姨说过，她曾经是个非常有钱的富婆，过的是优哉游哉的生活，哪晓得遇上个嗜赌如命的男人，输得个精光，她只得和男人离了婚，带着个儿子，开了家餐厅过日子。

西亚和她打了个招呼，解释说，碰到她的人都说她瘦了，是不是害了啥病，但她自己感觉吃得下，睡得着，身体没啥异样。

金小平的儿子见妈妈站停下来和人说话，说声"我回家去了"，一溜烟跑进门洞，兔子般蹦跳着往三楼飞跑而去。

金小平的目光追随着儿子的身影，叫了一声："小心摔跤……哎呀，你们看看，调皮极了。西亚，你没病就好，史阿姨说得对，平时还是得注意营养。"

西亚看得出,素娟阿姨和金小平脸上的神情,并不十分相信她的解释。从她俩将信将疑的眼神里,西亚猜得出来,她们已经觉察到了和她同住的王万吉的突然从202消失,一定是西亚陡然间消瘦的原因。

她正在经受的是感情的折磨。但是,站在楼层的门洞前,让西亚给她们怎么说呢?她虽有倾诉的欲望,内心里也憋着委屈,但她也不能见到有人问,就给人说啊!

正在不知所措时,手机响了,西亚从兜里掏出手机,不好意思地分别瞅了楼上楼下的二位近邻一眼,两人都用理解的目光瞅着她,素娟阿姨还做了个让她接电话的手势,转身先走向门洞。

西亚打开手机,是伊勤勤打来的,她马上主动招呼:

"勤勤姐。"

"有空吗,西亚。"勤勤热情地招呼着她,"我们姐妹俩喝个咖啡。"

"好的、好的,我有空的。"西亚一口答应。

喝咖啡的地方约在勤勤服饰附近的一个奶茶店,离她的店铺,也就300米吧。走进奶茶店的时候,西亚看得出来,事前勤勤姐约好了,领座的小姐很快把她俩带到了屏风半围的一对雅座上。

西亚点的咖啡,既要了糖,还要加奶。见勤勤都不放,西亚干脆把她的奶和糖一起拿过来,抿了几口,全加进自己的杯子里。

"你是该多吃点,"勤勤鼓动地说,"瞧你,半个月不见,怎么瘦成了这样?是不是故意在减肥,想投身模特界?"

西亚摇头否认,她还没给勤勤姐说王万吉不辞而别的事。总想着找定了新的职业,去勤勤服饰坐一坐。

"你找到新的活了吗?"勤勤只呷了一小口咖啡,开口问。

"没有,"西亚低沉地道,"简历挂到网上,不是我瞧不上的活,就是门槛高得吓人。还没面试过呢。"

"是啊,这年头要找到像你在陆家嘴大公司财务的岗位,不易。"勤勤拿起盘子里的小勺,搅动着自己的咖啡,字斟句酌地道,"西亚,还记得雷小碗吗?"

西亚眼前掠过那天在勤勤服饰店堂里见过的宽脸庞姑娘,爽爽快快一个人,点头道:

"记得。"

"她给我来电话了,问我,亮片面料系列的套裙,做出样子来了吗?"勤勤放下手中的小勺,看到西亚已经喝了半杯咖啡,招手叫过服务员,让她给西亚续一杯,还加了块拿破仑蛋糕。

西亚见她那么客气,知道是有话要说。于是目不转睛认真地望着勤勤姐。

姐有30出头了,虽然不显老,但也初显人到中年的体态。怪不得她既不加奶,也不往咖啡里加糖哩。她是怕自己发胖。西亚听说过,勤勤姐是远近闻名的老姑娘,有了一份自己的事业和不大不小的服饰产业,她反而难得找到中意的心上人了。追求她的人不少,可没一个是她看得上眼的。也许,她还有着一份成功女士戒备的心理吧。

勤勤默了默神,淡淡一笑,对西亚坦然地道:

"说真的,那天也就是你一个提议,随便一说,事儿一多,忙起来我就忘了。雷小碗来电话说了,我就想到了你。"

"我?"西亚的食指点住了自己的鼻尖。

"是啊,你如果仍没有找到称心如意的岗位,就到我的店里来。我给你每月一万的薪酬。"勤勤姐一脸诚恳地说,额头上蹙起了眉,这使得她看上去就是个职业女性,"当然,另有创意的,我们姐妹间好商量。"

西亚简直是喜出望外,这太出乎她预料了。她几乎想要拍着巴掌叫起好来。但是她克制住了,她意识到这是另一个职场时刻,几乎和一次次曾经经历的面试相同,她同样敛神屏息地望着伊勤勤。以后不再是勤勤姐，而是她的老板。虽然勤勤不能同陆家嘴高楼里的大公司总裁相比，但她也是老板，她的衣食父母，只要她答应下来，就得对往日的朋友勤勤姐言听计从。

西亚端起咖啡杯，慢吞吞地品着奶和糖明显放多了的咖啡，在一口喝完的同时，她放下杯子，笑问：

"勤勤姐，我到了你的公司，能干些什么呀？我在缝纫上，真正干起来，可是笨手笨脚的。"

"你就干最擅长的，给勤勤服饰做创意……"

"创意？"

"是啊！那天你随口说的，为现在正成为时尚的亮片面料，做女式系列的套裙，就是一个创意。你没见雷小碗这卖服饰的姑娘，眼睛都发亮了。"勤勤用赞叹的语调道，"你别小看她啊，她身价也不菲呢。服饰市场上盛传，在她身后追求的男人，有一个班呢。她都主动来电话催我，说明她看好你的点子。还有一次，我做出来一件女式短大衣的样服，恰好你来，瞅了一眼，你随口说了一句，还记得吗？"

西亚记不得了，她摆摆手。

勤勤姐用提醒她的语气道："你说，把衣领改小一点，可能感觉更好些。"

西亚想起来了，有这事儿。

勤勤姐接着道："你这一句话，一下子启发了我。做出样服来，我让几个女孩和中年女性试了，每次看下来，总觉得哪里不对劲，就是找不到问题所在。照你说的，我把宽大的领子改小了，你猜猜是怎么个效果？"

西亚没听勤勤姐聊天时说过，她眨眨眼，表示自己不知。

勤勤姐笑了："从第二天开始，就有人把第一个穿上这件短大衣的女孩约了来，指着她的式样，要做一件另外颜色的。嗨，就是这一件短大衣，卖出去好几十件呢。从那之后，我就认定，你在服饰创意上，是有天分的。非常欢迎你时常来我小小的店堂里坐坐。"

这一点，西亚是有感觉和体会的，她就觉得勤勤姐见自己进店，特别热情，哪怕围了一圈客户，都会让店堂伙计招呼她坐，请她喝茶，品咖啡。从这一点上来说，她和勤勤姐是有缘的。

服务员送上了法式的拿破仑蛋糕和续杯的咖啡，勤勤把它们都往西亚跟前一推道：

"你吃，瘦得都有些怕人，我见了都心疼了。你多吃一点，你瘦。我呢，太胖，体重都要超标了，再胖下去，我真要找不着男人了。"

勤勤自嘲地一笑。

西亚连忙道："勤勤姐，你一点也不胖……"

勤勤摆着手阻止她："你别安慰我，我有自知之明。一称体重就知道了，我都到临界线了。表面上看不出，我只不过是上海人常说的'藏肉'。西亚，我今天的提议呢，你不必马上答复我，回去好好考虑一下，一周之内，不，十天之内正式答复我就行。你要不愿意，也没关系的，我仍然欢迎你时常来勤勤服饰坐坐。你吃呀，这个拿破仑蛋糕，说是法国式的，其实我知道，在法国本土，在巴黎，我去玩过，根本没这一款拿破仑蛋糕，它完全是静安宾馆的一个创意，蛋糕师傅的创意，名声响遍全上海。真正的老上海人，到静安宾馆请客，宴席上必点这道点心。比静安宾馆更高档的酒店，都想学这道点心，就是没静安宾馆的好吃啊！哈哈，这就是创意的价值。你尝尝，尝尝。"

西亚不好意思地说："勤勤姐，我们一起吃吧。"

"不！我不能吃。"勤勤的态度十分坚决，张开了巴掌的五指，晃了晃道，"你是要让我胖得一辈子嫁不出去啊！太甜、太甜。你尝尝。"

见勤勤姐这么诚恳和热情，把一切都坦率地讲出来了。西亚很感动，她很想一口就答应勤勤姐，但她还是忍住了。从今往后，这个勤勤姐，就要成为她的老板了，她要显得更成熟、更郑重其事些。

西亚在勤勤姐目光的催促下，拿起小勺，切割蛋糕吃。稍一用力，看上去足有十几层的蛋糕，就碎裂开一小片一小层的，西亚抬起眼睑，瞅了勤勤姐一眼。她怕勤勤姐笑话自己动作的笨拙。

勤勤笑了："吃啊吃啊，直接用手拿着吃也行。这拿破仑蛋糕，就是这样，一碰一拿就破，哈哈！"

听了勤勤的话，西亚放下小勺，直接端起盘子，用手拿起一小层蛋糕吃起来。

味道果真和一般蛋糕不一样，又香、又脆、又甜，入口即化，在嘴里品味时，还有股引人入胜的奶油味，直透肺腑。

西亚咀嚼着，细细地品着这种蛋糕的滋味。是啊，她随着王万吉来到上海，整整三年多了，钱都花在他的音乐追求和创作上了，还没舍得好好地享受呢。连这么好吃的蛋糕，也是第一次品尝。

"王万吉离开你了吧。"

沉浸在忖度中的西亚，冷不防听到勤勤的一声询问。

勤勤用的是平平常常的语气，西亚却受惊一般仰起脸来，她这才察觉，勤勤正用探询的带着点怜悯的目光瞅着她。

不知为啥，正在细品拿破仑蛋糕美味的西亚，眼泪怎么也忍不住，从眼眶里不听话地溢了出来。

西亚记得很清楚，自从被炒鱿鱼那天至今，她没再见过勤勤，也没在电话上给她讲过，她是怎么会知道，她感情上的变故的呢？

第三章

勤勤拿起和咖啡、蛋糕一道送上来的餐巾纸,递给西亚:
"不要哭,给姐说说,是怎么回事?"
西亚放下蛋糕盘子,擦拭着忍不住淌出的泪,哽咽着问:
"你是怎么知道的?"
"我看见他了。"勤勤的语气十分淡漠。
西亚的心都快跳出来了,她身子一倾,问:"在什么地方?"
"还能在什么地方?"勤勤的脸色十分严肃,语调变得分外嫌弃,她睁大了双眼,逼视着西亚,"你们小两口之间,发生了什么?"
"吵架了。"西亚脱口而出。
"就为你被炒了鱿鱼,不能白白养活他这么个'才子'了?"
"不不不,勤勤姐,"西亚连忙否认,她局促地摆动着自己的巴掌说,"我还来不及把被炒的事儿给他说呢。"
"那又是为什么?"
"为……"西亚想道出实情,话到嘴边,想到那盒配了精美菜肴的饭还是勤勤姐买的单,话到嘴边,她又克制住了,说,"就是为和你在外头吃了饭,回去晚了,他一见我就暴跳如雷,大耍脾气。我呢,也因为刚被炒鱿鱼,心情坏透了,和他吵了起来。哪晓得,他自尊心受不了,一气之下,甩手就走了。事后想想,我的话说得太过,伤他心了。"

"从此以后,他就没再回来过?"

西亚无奈地摇头:"他消失得无影无踪,我给老家的小城打过电话,那头回答说,没见过他。我在家附近的马路、小区、街心花园、地铁口子上,大妈们跳广场舞的绿地,远远近近都找了。不瞒你说,勤勤姐,我想过去派出所,想过贴寻人启事。一周多之后,我才意识到,他不会再回我202的小家里来了。"

勤勤的右手,像丢弃啥废物般朝着橱窗外头一挥,撇了撇嘴道:"这样的男人,主动离开你了,对你不是坏事,反而是好事。"

西亚不能同意勤勤姐的看法,她爱王万吉,这个有才华、有天分的小伙子,给过她欢乐,给过她初恋的甜蜜和从未有过的幸福感。她睁着一双泪眼,不解地盯着勤勤,这个她钦佩和服气的大龄单身女人。她仍然忍不住问:

"勤勤姐,你是在哪里见到他的?"

勤勤抿了一下嘴,定睛瞅着西亚,那股神情是在窥视西亚心里真正的念头,还是犹豫什么。

西亚哀求地说:"勤勤姐,你就告诉我吧。"

勤勤迟疑地舔了一下嘴唇,突然下定了决心般一劈手道:

"我告诉你可以,但你得答应我一个条件。"

"什么条件?"

"知道了他在哪儿落脚,你不能去找他。"勤勤的语气坚定,一脸不容商量的神色。

"这……"西亚觉得做不到,勤勤姐刚才一提见过万吉,西亚的心就怦怦跳,她恨不得即刻知道王万吉栖身在何处,飞过去找到他,让他回家,求得他谅解,和他像往常拌过嘴、吵过架以后一样,重归于好。明知他仍旧在上海,她怎做得到不去见他呢?她是做不到的。

勤勤姐的脸色淡定,眼神却是毫不留情,她像谈生意样拿食指点了点西亚,道:

"你做不到,我就不能告诉你。西亚,姐这是为你好。"

西亚不能理解,她讷讷地问:"为了我……好……"

"是啊!西亚,这样的男人,你还留恋他些什么?给你说实话,看过他两次演唱,你也带他来我店里坐过,从一开始接触,我就不看好他。只不过看你们俩那时候卿卿我我,我不把真实想法吐露出来而已……"勤勤像打开了话匣子,说出了自己的心里话。

西亚吃惊的同时,不由瞪大了双眼,沉吟地重复着她的话:

"真实的想法……"

"是啊,想听听吗?"

"当然。"西亚觉得勤勤姐完全是开诚布公地在给她吐露心迹。她是从勤勤眼里读出的。

"像王万吉这样有点才气,多少有些音乐天分的小伙子,在上海滩把手伸出去就能抓一大把回来。不信?"

西亚真的不信勤勤姐这话,她可是在故乡的小城亲眼目睹过王万吉演唱会取得成功的。

"不信你到音乐学院附近几条马路上转转,随便进出几家钢琴店、提琴店和乐器店,转个身就能遇到钢琴七级的女孩,小提琴拉得出神入化的小伙子。至于有作曲天分的,只要和他讲上几句话,你就会感觉他的不同寻常。这里可是上海,西亚。"勤勤一句接一句给西亚道出心里话,"相信我,我是去美国留过学的,同伴中就有茱丽亚音乐学院的姑娘。去那里串门时,这些在上海被称为音乐佼佼者的,都说同学中有才华的多了,非得努力刻苦地学习才成。"

西亚的嘴不知不觉张开了,她虽然是勤勤姐的朋友,只知道她是个颇为成功的服饰店小老板,目前仍是单身一人,没想到,整天在和各式面料,和社会各界女士打交道的她,还是美国回来的留学生。见勤勤姐几乎是苦口婆心地劝她,西亚被打动了。但要她答应,不去找王万吉,她做不到。她从小城开始,就爱上了王万吉,爱他的才华,爱他的音乐天分,爱他身上的气息,还有他英气逼人的脸,他的那双能洞悉她心灵、击穿她灵魂的眼睛。连头搭尾,从初次相爱,到同居在一起,他们已经恋爱了四年,四年啊。

"王万吉有什么好?"勤勤似看出西亚还在犹豫不决,用冷冰冰的语气说,"作为一个男人,除了会点作曲,写几个曲子,弹弹吉他,他还能干什么?相信他,佩服他,跟着他跑来上海的小乐队成员,一个个都离开了他。他们看清了呀,他们觉得跟着他不会有前途啊!唯独你西亚,赚钱养活他不算,下班回家还得煮饭给他吃,还得管着他的生活起居,当代上海社会到哪里去找像你这样的姑娘?西亚,第一次见你,我就在心中为你的美貌惊叹,从自己的服饰事业出发,我马上联想到如果你愿意当我勤勤服饰的模特儿,我设计的每一款女士服装,都能多卖出去几十套、几百套呢。等到看到了王万吉,接触过那么几回,你知道我心中怎么想?"

西亚眼瞅着推心置腹和她交心的勤勤姐,脸上露出困惑之色。她猜不到勤勤姐是怎么想的。她动了动嘴,没说出话来。

"真像你小区里的居民私底下对我说的,"勤勤冷笑一声道,"他们说你这一朵鲜花,插在了王万吉这又傲又懒又不中用的牛粪上。给你道一句心里话,我觉得你邻居们的话,一点都没错。西亚,你怕什么呀?"

西亚默神想了想,确实,她害怕过。她怕的是王万吉执意离开自己,怕王万吉从她的生命里消失,怕她孤苦伶仃地生活在人世间,再没个亲人了。茫茫人海谁还能是她的亲人?

自从抚养她长大成人的外公、外婆离世以后,西亚就把一心恋上的王万吉,看作是她在这个世界上唯一的亲人了。可是,王万吉被她斥骂以后,一怒之下,躲起来了,她知道点王万吉的脾气,他是把自己藏起来了。这些天里,西亚总觉得自己生活在一片黑暗里。她做梦也在盼着他重新出现在202这个小家庭里,他们同居的家。虽谈不上奢华,装修得多么富丽堂皇,但也同样温馨,同样是人间可供他俩躲避风雨的港湾啊。

西亚哀求地望着勤勤姐,她迫切地想要从勤勤嘴里,知道王万吉的下落。

勤勤哀怜地瞅了西亚一眼,像下定了决心般道:

"西亚,你在姐的心目中,是个纯洁、善良、聪明的小城姑娘,唯一可惜的是你找了个貌似才子,实则很可能就是恃才傲物、自私自利到极点的男人。上海对这样的男人还有个专门说辞,你听说过吗?"

西亚缓缓地摇头,仍然可怜兮兮地望着勤勤。

勤勤没再理她,端起自己那杯喝了一半的咖啡,优雅地呷了一口。

西亚看了一眼自己面前的盘子里,那块还剩三分之一的拿破仑蛋糕,确实很好吃,但她这会儿只想尽快知道,王万吉的落脚之处。

镂空的雕花屏风外头,奶茶店里的客人们明显多了起来。店堂里不时传过来嗫嗫的对话和欢声笑语。

"勤勤姐。"西亚又轻轻喊了一声。

"好吧,该讲的话我已经讲了,该表的态我也很不客气地表示了。西亚,你要想我仍像以往那样看得起你的话,你就不要去找那个不要脸的男人。看你这副模样,我再不告诉你,未免太残酷了。"

"谢谢你,勤勤姐。"

"不用谢我,那天晚上,就是这家奶茶店主,约我同去,我是偶然碰到王万吉的。"勤勤的食指点了点地上,"告诉你,我一见到他,就明白你小区里的邻居传给我听的话,是真的了。"

"你们……"西亚小心翼翼地问,"是在哪里碰到的?"

"那地方你应该也去过,"勤勤轻描淡写地说,"云霞KTV,常去那儿唱歌跳舞、寻欢作乐打卡的都习惯说那里是云霞夜总会。"

西亚瞪大了一双疑讶而吃惊的眼睛,她顿时觉得,浑身上下似被浇了一大桶冰水,从头到脚冷透了。在勤勤嘴里吐出"云霞KTV"几个字的同时,她的眼前就掠过那个打扮得浑身上下珠光宝气风骚劲儿十足的女人形象，她被一大帮靓哥美女簇拥着，在贝司浑厚的音乐声里，款款走来，频频点头和相熟的客人们打着招呼，那天走到王万吉和他的一帮乐队小伙子们跟前，她毫无顾忌地托起王万吉的下巴，露骨地表示出对他的好感，不断地向王万吉飞出媚眼，离开之前，还亲昵地在王万吉肩膀上拍了两下。而对站在王万吉身边朝着她殷勤笑着的小乐队成员们，包括西亚，她连眼角都没瞥一下。

那天之后，云霞KTV就传过话来，说梁董愿意高薪聘用王万吉成为他们夜总会乐队的成员。他作的曲如受到欢迎，他唱歌如能被观众接受，另有一份不低的抽成报酬。传话过来的人还说，梁董很看好王万吉，愿意包装他成为一个上海滩的新星，冉冉升起的歌星。

那时的王万吉踌躇满志、信心满满，还自信地提出要求，让他去云霞乐队可以，但随他一起来到上海的小乐队成员，也得和他一起过去，他们是来自家乡的一个团队，不能被活活拆散开。而同时在场的每一个小乐队成员，个个都受不了这个梁董的高人一等，极度漠视，纷纷表示，要去一起去，要不去一个也不去；受到冷落的西亚更是看不惯这位梁董事长的傲慢和做派，她甚至觉得，这种地方，这样一处娱乐场所，王万吉一走进去，一辈子很可能就毁在了那里。那是一个阴森森的深渊。

在遍寻王万吉踪影不见的时候，西亚的脑际也猜测过，小乐队已解散，王万吉在上海滩的追求和闯荡撞得头破血流，那晚上又遭她一顿痛骂，他会不会在走投无路之际，主动找到云霞KTV去，听说那里现在越开越火，凡是时尚人士、喜欢热闹的青年男女，都争着去那里打卡体验。

但想到当时的决然拒绝，西亚心底深处也不愿往那儿深想，尽管闪现这个念头时，脑子里也掠过那个珠光宝气的女人形象，西亚觉得她熟悉的王万吉，不可能低声下气地再去吃回头草。

没想到，王万吉还真求到那个女人膝下去了。浑身凉透的同时，西亚的皮肤上，瞬间又像起了一层鸡皮疙瘩。情绪上感觉极度厌恶。

勤勤姐的话这当儿不失时机地响起："西亚，知道我告诉你之前就要你别去找他的原因吗？"

西亚的目光落到勤勤脸上。

勤勤有张端庄丰腴的脸，她不能说是美女，但也不难看，五官很端正，却有一双不大也不明亮但却能洞悉人心灵的眼睛。

西亚不无伤心地摇摇头。

勤勤的话清晰低沉地传了过来："你想想，他离开你才多久？半个多月吧，对不对？"

西亚点头："是的。"

"可是已经传出消息，说新聘的歌手王万吉，成了梁云霞的新宠。你知道那个大名鼎鼎的梁董名字吗？"

西亚只感觉又被劈面抽了一记耳光，听说了关于王万吉现状的流言，她只觉得双眼迸射着金星。她勉强镇定着自己，摇了摇头。

勤勤定睛瞅了她一眼，淡淡地轻声介绍说："她的本名叫梁可依，仗着有几分姿色，后面又有财力雄厚的老板撑着，她混迹于娱乐界时，起了个艺名梁云霞。这个人的名声可不好，就是在女企业家中间，都说她被大老板包着，而她呢，说她是发泄也好，说她是报复男性也好，专爱悄悄地在私底下玩弄小鲜肉。这会儿，你知道我为什么要阻止你去找王万吉，吃'回头草'了吧。西亚，姐是为你好啊！"

西亚似是被勤勤的一番话"砰"地捅开了关得严严的窗子，眼前豁然开朗了。知道了这么多详情，她怎可能下贱到再主动去寻找王万吉，和他重归于好，让他回202家里来呢。

"你吃呀，"勤勤的目光窥视着西亚的脸色和眼神，指了一下她吃剩的拿破仑蛋糕，问她，"好吃吗？"西亚连忙点头。

"那你把它吃完。你不用怕，瞧你，短短半月时间，像被人刮去了一层肉。告诉你，这话可是你居住的红弘小区里传出来的。"

西亚顺从地端起蛋糕盘子。知道了王万吉既没有流落街头，在地铁口和公园里卖唱，也没有消失得无影无踪，而是无耻地傍上了富婆,她虽然觉得恶心,像吞吃了一只苍蝇,但她悬着的心反而放下了。她一下子觉得轻松了许多,仿佛卸下了一副沉重的担子。如果说这些天里她时常还有些自责,懊悔自己对王万吉说了太重的话,伤害了他,也伤害了他们俩曾经视之非常珍贵和纯洁的爱情。那么,此时此刻,她再不觉得失悔,觉得歉疚。她觉得心理上、精神上放松了。她再不值得为这么一个人在梦哭中惊醒,而久久地沉浸在不安之中了。她像沐浴之后顿觉精神一爽般解脱了。

勤勤姐见她把盘子放下以后,手伸过来,放在西亚的膝盖上说:

"我经历过你的类似遭遇,知道吗?姐是过来人。失恋,对一个把生命和所有的爱投入进去的姑娘来说,真是一番死去活来的折磨。但是,这一切都会过去的。你看看我,不是活得好好的嘛!西亚,你记住,你一蹶不振,你落荒而逃地回到小城里去,你沉浸在痛苦中不能自拔,那才是真正的失败,真正会被周围所有人笑话。"

西亚从身心里涌起一股对勤勤的感激之情,是啊,她事业有成,她有客户有钱,服饰在街面所有的店铺里做得风生水起,现在西亚明白了,原来表面上风风光光的勤勤姐,也曾经有过感情上的伤害,有过挫折;但是她没有跌倒,反而干成了一番业绩,活出了自己的模样,赢得了人们的尊重。西亚更觉得勤勤姐了不起的,是她不动声色地在她陷入失落的旋涡时,帮了自己一把。

想到这儿,西亚心头一阵感动,眼泪涌了上来。

"傻姑娘,你怎么哭了?"

"勤勤姐,"西亚真挚地说,"你对我真好。"

勤勤在西亚的手背上轻轻摩挲了一下,道:"听说了王万吉在云霞夜总会,你没有冲动跑去找他,我看出来了,你还是有自制力的。我没把你看错。"

这是在赞许西亚了。西亚疑惑地睁大双眼,反问道:

"你不是说了,他成了梁云霞新宠了吗?"

"这么说,你是知道的,新宠就是古人讲的'面首'的意思。"

"知道。"

"你比姐强，"勤勤自嘲地笑了起来，"你知道，当年我是怎么做的吗？"

"你……"

"是啊！姐在美国留学时，也有过一个爱得要死要活的男人，他成了我生活和生命的全部。可是当我察觉他移情别恋，爱上了另一个相貌超过我、心计比我深的女人时，我还傻到疯狂地要去同对方竞争，把这男人夺回来呢。结果呢，当然是身心俱疲，撞得个头破血流，从此以后，仇恨所有的男人了。哈哈，西亚，都成过眼烟云了！所以我说，你比我强啊！"

西亚心里说，既然王万吉自甘堕落到出卖自己身心的地步，她怎么可能还会要他回到身边来呢？

"好啦好啦，西亚，"勤勤以言归正传的语气道，"回家之后，你好好地在家中休息几天，三天五天一周时间，由你定。当你自己感觉从这场感情变故的旋涡中转出来时，你就来我这里报到。口说无凭，我们姐妹之间，仍得有个正规合同，就像我同为勤勤服饰做衣裳的工场间的每个师傅和小工一样。工资呢，就从今天正式起算，你看行吗？"

"我听你的，勤勤姐。"西亚还能说什么呢，显然，伊勤勤把一切都考虑好了。

出了奶茶店，和勤勤分手以后，西亚慢吞吞地往家的方向走去。勤勤让她卸下一切包袱，好好在家休息几天，歇过了缓过神来以后，再去她那儿上班。

西亚的脑子里却是空空的，她觉得没什么事儿可干。陆家嘴公司的工作丢了，而勤勤那儿的活还没接上手，一切她都无从做起。原先满脑子盘旋的，全是和王万吉有关的念头，不知他究竟去了何方？晚上睡到哪里去？有没有找到新的职业……现在已明了他已投奔梁云霞的石榴裙下，自甘堕落地吃上了软饭。西亚一想起来就有股作呕之感，她把他置之于脑后，再也不愿想起他来。

那么，她在这休息的几天里，干些啥呢？脑子里是一片茫然，似乎什么事儿都不需要她去操心和考虑。连吃饭这样的事，也变得简单了，以往总得想两个人吃些什么，换换口味。现在成了孤身一人生活，她完全可以变得随心所欲。

就像这会儿，喝了两杯咖啡，吃了一块勤勤极力给她推荐的拿破仑蛋糕，又甜、又香、又酥、又脆，不知不觉间，她全吃下去了。连晚饭，都可以简单地填一下肚子就行了。

她的脚步放得再慢，还是走进了小区，来到了楼前的门洞口。

在一二十步外，西亚就看到了，102的素娟阿姨坐在门洞前，坐在一把藤子编织的老式圈手椅里，她的双手扶着两边，似在等着什么人。

西亚走近素娟阿姨跟前，主动打招呼："素娟阿姨，你是等客人啊？"

素娟阿姨朝着西亚仰起脸来，脸上笑吟吟的，显出平时少有的热情和慈祥，说：

"我就是在等你啊。"说着，她指了一下自己身旁放着的一把帆布折叠椅，"你坐。"

西亚不习惯坐这种往下凹荡的椅子，但想到这肯定是素娟阿姨为她有意准备的，就一边坐下，一边不解地问：

"找我有事吗？"

素娟阿姨的身子坐直了，并不看着西亚，目光微眯地望着对面楼层前的绿化带说：

"我听到小区里的一些传言，有关于你的。想问问你。"

"关于我的？"西亚惊奇了，她和小区里的人们，没啥接触啊。她从侧面盯着素娟阿姨的脸庞。

"是啊，说你的家里，有了变化。"

西亚紧张了："我家……"

"你家里的小王，不是离开了嘛。"素娟阿姨的脸侧转来了，一双眼睛睁大了，望着西亚，"我也有十几天没听到他弹吉他的声音了。你告诉我，是真的吗？他走了。"

"是的，素娟阿姨。"西亚声气低低地承认，她从未对周围任何人说过，没想到同一小区的人们都知道了。

"是一走了之，不回来了？还是暂时出去找工作什么的。"

"他不会回来了，素娟阿姨。"西亚猜不透小区里的邻居们背后议论了些什么。

素娟阿姨在藤椅扶手上拍击了一下："看来，这不是流言蜚语，也不是人们的瞎三话四，他，这个只晓得窝在家里弹琴的小王，和你一拍两散，分手了。"

西亚强忍住突如其来涌上来的泪，承认道：

"是的。他离去半个月了。"

"那么，人们说的都是真的了。他去了哪儿，你知道吗？"

西亚摇头，抑制着哭出声来："不知道。"

其实她是知道的，今天刚从勤勤的嘴里听说。但她不想提云霞夜总会的名字，再说她也没亲眼看见。

素娟阿姨"噢"了一声，不再吭气儿。西亚坐在折叠椅上，浑身都感觉不安。她正想离座上楼去，素娟阿姨感慨地道出一句：

"你们像小两口子一样，住在这里一年半的时间，这叫什么呢？"

西亚答不上来。

"社会上叫试婚，对吗？"素娟阿姨又在问了。

"是有人这么讲。"西亚答，不过，实事求是地说，她和王万吉开始的时候，不是试验性，而是认真的。

"靠不住啊！西亚，什么东西都能试，这男女之间，住在一起搭伙过日子，怎么能试呢？"素娟阿姨没再望着西亚，既像是自言自语,又似对西亚道,"冤枉你这么漂亮俏丽的一张脸了,西亚,伴着这弹琴的'小白脸'过了几年,说声拜拜,拍拍屁股就走了!这叫个什么事啊!"

西亚在心里忖度,楼层上下、小区里的人们如果仅仅是这么议论一番,那也就算了。她正在想个措辞回家去,门洞里走出了303的金小平,她的身旁跟着个年龄相仿的男人。

金小平主动给素娟阿姨和西亚打招呼:"你们兴致好啊,在这里聊天哪!"

"是啊是啊!"素娟阿姨朗声道,"从去年春节前闹起疫情,眨个眼第二年又过了大半,也没啥地方可去,难得的秋日里好天色,和西亚闲扯一会儿。"

说话时,她的目光却狐疑地盯在金小平身旁的男人身上。

金小平留神到了,随手一挥道:"这是房产中介的马先生。"

"嗨嗨,你们好,你们好!我叫马宏滨,请二位多多照应。"马宏滨笑容可掬地朝她们一躬身,顺手从衣兜里摸出一叠名片,抽出两张,分别递到素娟阿姨和西亚手上,"有什么需要的,愿意效劳。"

素娟阿姨嗯了一声,低头眯缝起双眼端详名片。

西亚只溜了一眼,就看清了,马宏滨的名字后面,写着经理头衔。这年头,满街都是经理,显示自己的身份。

"那么,马先生,这事儿就拜托你了。"金小平客气地道。

"没问题,没问题!"马宏滨连声答应着,又向素娟阿姨和西亚做了个告辞的手势,大步流星走去。

瞅着他的背影远去,素娟阿姨忍不住问:"小平,你要换房子啊?专程找中介来家里看。"

金小平敦敦实实地往她俩跟前一站,笑着道:

"哪里啊!我是开的小饭店惨淡经营,入不敷出,一时又找不到方向。想把303的房子出租一半给人家。请个中介来看看,有没有可能性?"

045

"有可能、有可能。"素娟阿姨离座起身,指着坐得泛光的老式藤椅说,"你来坐一会儿,也难得,我们一个楼里的邻居,坐下聊个天。"

"不用不用,素娟阿姨,还是你坐。"金小平连忙按住素娟阿姨肩膀,她是个高高胖胖的女人。

素娟阿姨指着门洞说:"我屋里还有凳子,我去拿。"

"要拿也是我去,哪能劳动你啊!"金小平还是按住了素娟阿姨。

"不要你们来拿了,我给你们送出来。"素娟阿姨的老伴、头发已斑白的季德宝高声说着,从门洞里走出来,手里拿着一只小板凳。

西亚眼明手快,离座迎上前去,接过小板凳说:

"还是我坐着小矮凳,你们坐,快坐下。"

季德宝乐呵呵地问坐上折叠椅的金小平:"中介去303看了,怎么个说法?"

显然,外面老伴和两位邻居的对话,他听见了。

金小平靠在椅背上,仰脸对季德宝说:"没想到刚才那位马经理,看过以后说,这一片的多层老工房,是热门房源,肯定能租出去。不过他来看了之后,给我建议,把三室一厅的房子,做一次内粉刷,又快又便捷,加上我的房子有煤卫,还能提高点租金。"

"嗯,"季德宝点头说,"看来这个中介靠谱。可以照他说的一试。"

听着他们的对话,又加上刚才也见了那个精神头特好的马经理,西亚心里说,金小平带着个小男孩,嫌三室一厅的房子大,出租给人家增加收入。她一个人住202两室一厅的房子,也有富余啊!何不等金小平内粉房间时,她也一并跟着刷一遍,让202有个焕然一新的感觉。省得让她回了家,睹物思情,想起王万吉这个人住在这里时的种种细节。她忍不住摸了一下刚才揣进衣兜的马经理的名片,心里说,对,等金小平正式开始粉刷时,她就跟马经理联系。

第四章

西亚没有想到，她脑子里想来有些麻烦琐细的事情，真正着手办起来，会这么出奇地顺利。

辞别素娟阿姨，和金小平一起上楼的时候，金小平告诉她，自己不能像西亚一样久坐，家里有个调皮捣蛋的儿子，她若是一个人离家久了，小家伙会把家兜底翻过来，整得到处都乱七八糟的。

西亚信，住在202房间里，她时常听见金小平在家里尖声尖气地呵斥儿子。趁这当儿，走上二楼，她说想在金小平粉刷房间时，请干活的工人顺便把202也粉刷一下。

"好啊好啊！"金小平爽快地答应下来，"你直接给马经理说吧，快点说，他在安排活时，会一并考虑的。他是个热心人。"

金小平一口答应下来，当晚西亚就给马宏滨经理打了电话，没想到马宏滨更干脆，说，行的，我几天里就会来你们小区，看看这活儿怎么干。

照着名片上的电话号码拨过去之前，西亚还以为，金小平让她主动给马经理打电话，是因为涉及粉刷房间的钱，哪晓得马经理丝毫没提。她心想，自己也没必要提了，反正结账时照着303计算就行了。金小平是开餐厅的，她应该对此更有经验，303是三室一厅，202只不过是两室一厅，到时候按比例计算就可以。

马经理还笑着主动问，金小平粉刷房间，是想腾出一间出租，收点租金。西亚小姐一个人住两室一厅，是不是也有同样的考虑？

人家主动问上来了，他本来就在做房产中介，西亚也就不客气，顺水推舟地说，有愿意租我这里一间屋使用的，我也可以考虑。

"有、有啊！曾小姐，"马经理热情地介绍说："这方面的需求大呢！上海这么多高校，每年光是本科生、硕士生、博士生毕业，不少在上海找到职业的，都有这方面的需求。我会替你留心着，见过曾小姐，我会找个气质、相貌和你相像的，介绍给你们。"

挂断电话，西亚这才想起，刚才在楼下，和马宏滨经理匆匆见一面，金小平介绍自己的时候，只是简单地说了一句，她住我楼下，202的邻居，这个马经理，怎么即刻知道她姓曾，又叫西亚呢？

她没名片给他呀。

由此，西亚认定，回到303的金小平，已经和马经理通过话，并把她的要求，给马经理讲了，同时把自己的名字，也报给了马经理。

她从这一非常有效率的沟通中也感受到，马经理和金小平的关系，非同一般。至少比一般的点头朋友，要深一些。

她是听素娟阿姨说起过的，金小平是个颇为要强的女人，她和小孩的爸，一个职业经理人，靠着自己的打拼，赚了钱自费购买了303这套宽敞的房子，过上了小区里的上海人都啧啧称道的体面而有尊严的生活，成为小区中很多年轻上海小伙和姑娘的榜样人物。谁知流年不利啊，天有不测风云，就在金小平怀孕即将临产时，她那嗜赌的丈夫患上了绝症，确诊后不到两三年就离开了人世。可怜当父亲的只见过婴儿没几面。而现在四岁多的儿子，对父亲根本没啥印象。故而金小平视子如命，什么事儿都顺着儿子，孩子想要啥，她就给他买啥。儿子要天上的月亮，她恨不得搭个天梯去给他摘回来，故而这儿子，无论在托儿所，还是现在上的幼儿园，都出了名的调皮。原来，在2020年春节之际的疫情之前，金小平的餐厅经营还是在周围小有名气的，拿她自己公开说的，一年嘛，三四十万收入吧，够她抚养儿子长大成才的。可疫情来了以后,她就开始说,赚钱不容易了。现在,她粉刷了房子想要出租,可能也是要增加收入吧。这收入,就是金小平的净收入。不像西亚,西亚的202是向房东租来的。只不过她遇上的是爽快的房东,他们一家三口都移居悉尼了,入了籍,看样子是不想回来了。只不过202这套房子,是房东父母留给他们的,他们一来不缺钱,二来看到上海的房价不断地在上涨,也不想出售。西亚向他们租房的时候,他们说了,房子空关着反而容易坏,有人住着,房子还会有些生气。当房东两口子亲眼见到即将在202居住的王万吉和西亚是一对二十出头的情侣时,对他俩愈加信赖了。

西亚住进了202以来,收入除了按时付租金,其余用在了他俩的日常开支和小乐队成员们身上,虽然没给202添置什么让人眼睛一亮的家具,但房子本身,维护得还是好好的。粉刷过后,一间房拿来出租,住进来的房客还能和她共享客厅。西亚不由在心里思忖着,中介不知能跟她谈成个什么价格。看样子,这个马宏滨经理,是个上海人惯常所说的"头子活络,精明能干"的男人。不知为什么,刚同他打交道,直觉就告诉西亚,他那模样,和303的金小平倒是蛮般配的。

只不过是猜测性的直觉罢了,看马经理的年龄,也该是有家室的人了吧。看上去这么能周旋的男人,不会到这个年龄,还没有结过婚。但是,这一切都不过是西亚的思绪,她是不会对任何人吐露的。

接下来的事情又一次印证了西亚的直觉。

没过几天,303的金小平陪着马宏滨,主动来找西亚了。

这天是西亚做出了亮片面料系列女式套裙方案歇在家里的最后一天。正闲得无聊,楼上的金小平给她打来一个电话。

"西亚,在家吗?"

"在啊!"

"你不是想请马经理粉刷房间吗?"

"是的,他给你说了呀!"

"他这会儿就在我这里,你若方便,我陪他下来看看。他刚看过

049

303。"

"欢迎、欢迎。"西亚一迭连声地答。

只一忽儿工夫,门上就响起了叩门声,西亚把他俩迎进了202。

马宏滨只随着西亚在两室一厅转了一圈,就提出了自己的粉刷方案,他指着金小平道:

"小平经理提出粉刷她的三室一厅,我还犯难了。你说也想把202一起粉刷,我就好操作了。就是来征求一下你同不同意?"

西亚觉得马经理这下该说说费用了,就点头道:

"只要小平姐同意,我肯定也没意见。"

金小平笑了,道:"你听他说。"

马宏滨道:"粉刷是件简单的活,我说的是刚刚买下的新房子。像你和小平家都住着人,我开始干活又不能影响你们的正常生活,就得保证晚上之前能让你们按时休息。我的意思是,先刷202,还是303,由你俩决定。如决定先刷202的……"

西亚有些忍不住了,插嘴问:"我该干些什么?做好哪些准备?"

马宏滨淡淡一笑说:"你家东西不多,简单。你只要把所有的家具什物往两室一厅的中间归拢,然后准备几块被单、垫单或是报纸啥的,把所有东西盖住就行了。"

西亚扫了自家一眼,问:"中间部位放不下的呢?"

"好办。"马宏滨指着金小平说,"就拿到303去暂时存放。你不用费劲,你只要考虑好,哪几样东西放在303,指给我派过来的工人看就行了。

"我会专门腾出一间屋,放你家里的东西。"金小平在一旁接住话头说。

西亚明白了,反之,也一样。故而她当场表态说:

"这办法好啊!小平姐,刷你家时,就把303的东西往我这里暂存。我也专门腾出一间空房给你。"

金小平顿时笑逐颜开,道:"我说202的西亚姑娘是个明白人、爽快人吧。"

"但对我来说，我必须事前征得你们两家主人同意啊！"马宏滨道，"你们202、303之间，相处得好。像我做过的其他楼栋里，有的邻里之间，吵过架，或者面和心不和，相互之间结过怨，也是常有的事啊。我若自说自话做了决定，结果派定了活，不能操作，那不被动了？对不对。其实，202给我打电话提粉刷的要求，我立刻说要来看一下，就是这件事。对你们这种房型，我心里一清二楚。今天跑这一趟，我的收获很大。你们两家这么好商量，我可以明确告诉你们，这个季节是秋燥天，两天，就让你们所住的房子焕然一新。"

金小平笑得咯咯出声，伸出食指点了点马宏滨说：

"你先别吹，我是要看效果的。"

马宏滨道："你们俩仔细地验收吧，正好也看看我联系的施工方干活的质量。"

西亚见金小平和马经理这么熟悉，趁机就说了：

"粉刷的费用，我就比照着小平姐，马经理你照样算。"

金小平的目光扫到马经理脸上："西亚提得好，马经理，我们虽是熟人、朋友，亲兄弟还明算账呢。该付多少涂料和工钱，你照实说，不要客气。"

不料马经理这一瞬间就红了脸，他向西亚和金小平分别匆匆一瞥，道：

"小平经理，你们这样说就见外了嘛！这点举手之劳的事，还提什么费用？我的施工方一带就带过去了。"

金小平正色道："这怎么可以呢。还有涂料钱，工人的工钱……"

"你啊，小平经理，"马经理连连地摆动着手道，"你这么一说，真是折杀我马宏滨了！那我忙的时候，经常还把女儿金金放到你餐厅来，我是不是也要给你付劳务啊？"

金小平的眼角扫了西亚一下道："那不是个事儿……"

西亚也跟着道："那还有我呢，我还刚认识马经理啊。"

"就是嘛。"金小平道,"你弄得我们……"

"一回生,二回熟嘛!"马宏滨又截住金小平的话头,向着西亚竖起两根手指:"西亚,一回生,二回熟。这一次,就算我们正式相识了,你不是还想租间房出去嘛,我们还要打交道呢。"

西亚刚要说什么,敞开的202门里,小跑着进来了两个小孩,男孩西亚认识,就是在6号楼调皮出了名的金小平的儿子,那个比男孩高点儿的小姑娘,西亚还是第一次见。

"金金,不是让你在阿姨家和兵兵玩吗,怎么下楼来了?"马宏滨转身对着小女孩问。

扎着一对翘起小辫的金金站停下来,手一指兵兵道:"他跑出来了,我也跟来了。"

兵兵马上转过身道:"不是玩一会儿,你就说要找爸爸吗?"

马宏滨摸出手机看了一眼说:"金金下来了也好,我后面还有事呢。走吧,金金,跟两位阿姨再见!"

金金的小手举过肩膀,先对金小平,又转对西亚,刚要说话,兵兵的手一点金金,嚷嚷起来:

"小姐姐,你说话不算数。你不是说要在我家玩到吃晚饭的嘛!"

金金噘起嘴来,反唇相讥:"不是你先跑出家门的嘛!"

"那我们再去家里玩。"兵兵伸出手去拉金金。

金金把询问的目光转向马经理,迟疑了一下问:

"爸爸,我能再玩一会儿吗?"

不等马经理回话,金小平对马宏滨说:"那就让金金在我家玩一会儿吧,我在家的,你尽可放心。"

"我有啥不放心的,"马宏滨笑道,"那就这样了。金金,你和兵兵好好玩。粉刷房间的事,包在我身上了。定下时间,我就通知你们两家。"

西亚把马经理和金小平送出202,两个小孩先蹦蹦跳跳往楼上跑去。金小平跟过去时对西亚道:

"粉刷的事就交给马经理吧,我和他打过几次交道了。"

"不付费用,我总觉得……"西亚仍觉得过意不去。

金小平用一个坚决的手势打断了西亚的话道:

"不要顾虑。他不是说了嘛,出租房间什么的,以后还要打交道呢。"

西亚无话可说了。

关上门,回到家里,细想想金小平和马经理之间的关系,她猜度着,马经理是有过婚姻的人,他已经有了一个比兵兵还长得高的女孩呢!可看他和小平姐的关系,又确实要比一般的熟人和朋友更加知根知底一些。他俩……

这是王万吉不辞而别之后,西亚正式地和上海人邻居打交道。

说起来也是西亚对爱情太执著,到了上海的三年多时间里,她太迷信和欣赏王万吉的才华了。她总是觉得,王万吉既然能在几十万人的小城里脱颖而出、展露才华,得到故乡父老乡亲们的喜爱和掌声,他也同样能在上海滩崛起,像那些一颗又一颗熠熠闪光、冉冉升起的明星一样,红遍全上海,红遍中国大地的。在她的心目中,王万吉作出的每一支曲子,他演唱的每一首歌,都能打动她的心,一点儿也不比那些乐坛、歌坛上的明星差,一点儿也不输于他们。故而到了上海,她的心目中只有王万吉,她就是为王万吉而活着。无论是在陆家嘴大公司的财务中心上班,还是入住红弘小区6号楼的202房间,在和小区里的所有上海人,包括老上海人和新上海人相处,她都是采取的与人为善、和和气气、井水不犯河水的态度。和所有人保持不偏不倚的距离,和所有人既不深交,也不冷漠。她生活的全部内容,就是照顾好王万吉,让他到了上海以后,也像在故乡小城生活在他父母家中一样,有个无忧无虑的环境,有充分的时间,进行音乐作品的创作。

今天第一次,为202室粉刷,借助金小平的关系,和马宏滨打交道。西亚也是从心底里苏醒过来般地感到,平时仅是点头之交的邻居金小平，包括才见两次面的马经理，他们虽然是土生土长、道道地地的上海人，都很好相处，而且只不过是初初深入接触，她就开始进入他们的生活。金小平是带着一个儿子兵兵生活，她开有一家餐厅；马宏滨有个需要他照顾的女儿金金，他俩的关系不错，表面上看来马经理精明能干，谁都别想从他身上占到便宜，实际交往起来，却分外地客气。你看303和202的两套房子，一套三室，一套二室，连带厨房和储藏室，粉刷一下，怎么说也是一笔生意嘛，西亚凭空想想，要叫她包括原来住这儿的王万吉，怎么着也是一件颇为烦心、烦恼的事儿。他却一口应承下来，并且不收她们任何费用。联想到同样也是上海人，还没找到另一半的伊勤勤对自己的关心、照应，西亚的内心深处，对上海人的好感一下子具体化了。

王万吉甩手而去抛给她的孤独和无助，在逐渐淡去。她心里说，正像马经理说的，这些天正是上海秋高气爽的干燥天，202这两室一厅的家，经粉刷一新之后，她自个儿在上海的生活，也应该有个崭新的开始。

手机轻响了一下，西亚知道那是有微信发进来。她看了一眼，是楼上303的金小平发给她的，提醒她在粉刷正式开工之前，把平时挂在墙上较为轻便的东西，比如钟啊，吉他啊，照片啥的，先收拾一下，免得粉刷工人进屋之后，在这些小事上费功夫和时间。

西亚连忙回了一条谢谢提醒的微信，她不是正闲着没事嘛，这会儿抓紧去买几个储物袋，岂止是吉他啊，还有王万吉所有的物件，全给他装进储物袋，放在阳台上。而属于她自个儿的东西，挂在墙上那个"嘀嗒嘀嗒"响动的钟，几张放在镜框里的照片，也都给收整一下。

是的，她该以新的面貌，开始一种崭新的生活。不但是居住的202，更重要的是心灵。就从她的心态开始转变。

西亚的新生活开始得出奇地顺利。连着歇了几天，去勤勤服饰报到签合同的同时，她带去了一款以亮片面料制作喇叭裤的设计，要求是银灰色的面料，在膝盖上面一点，配上流金溢彩的金丝彩蝶，使得一条喇叭裤在个头高挑的女性身上，显出既突兀又活泼得绮丽缤纷。

勤勤一眼就相中了她的设计，说我马上安排做几条样裤出来。让身材好、个儿高、胖、瘦不同的女性都来试试。

样裤做出来，雷小碗全拿去了，还做了一个服饰广告：让色彩的声音直达你的心扉。

样裤在双休日市场上推出，当晚雷小碗就直接跑到勤勤服饰的店堂里来了。她不顾店堂里还有位正量尺寸的中年女性，一进门就笑容满面地给了西亚一个拥抱，脸颊几乎贴到了西亚的面颊上，她大笑着道：

"西亚，勤勤夸你是才女，果然出手不凡啊！我拿过去的几条喇叭裤，全被人当场买走了。勤勤，你不但挑选面料和色彩搭配有眼光，看人也准啊！这么个又美丽又有才华的姑娘，你是从哪儿挖来的？"

西亚看着小碗转个身又去拥抱勤勤姐，然后一屁股坐在折叠椅上，对勤勤和西亚道：

"我已经把这里的地址、电话都留给客户了，你们接下来就准备好为那些追求美和精致的客户量身定制吧。"

接受她爽朗欢快的拥抱时，西亚就感觉到了，雷小碗穿了一身上次在这里取走的时装，浑身上下弥漫着名贵香水的典雅味道，宽宽面庞的脸上抹了淡汝，情绪分外好。她仰着脸问西亚：

"你上次只看了我来取亮片套装时一眼，怎么在这么短的时间内，就设计出了一款如此受欢迎的喇叭裤？"

西亚谦逊地淡淡一笑："是那天的你，启示了我寻找到了吸睛秘诀。"

"啥子？啥子唷，"小碗惊叫起来，指着西亚道，"你这姑娘，嘴巴好巧哟。开口就说让我心花怒放的话。"

西亚看出来,她听了这话还是高兴。一激动,小碗就露出了四川口音。由此,西亚心里明了了,小碗和她一样,也是个新上海人。她的老家,很可能是云、贵、川那一带。

那个量了尺寸的中年女子小声和勤勤道了别,勤勤把她送到门口,转过身来,笑道:

"看你这么高兴,不单单是亮片喇叭裤真的好吧。还有啥快活的事?"

雷小碗瞅了一眼手腕亮晶晶的表,说:"我不能久坐,就是路过这儿,来把好消息当面告诉你们。"

"你还有啥好事?"勤勤笑眯眯地问。

"要说好事,也是好事呗!勤勤你也不是外人,"雷小碗瞅了西亚一眼,"西亚,以后我们也是合作伙伴了。不瞒你俩说,有人给我介绍男朋友。听说条件是十分要得的。啥子有房、有车,还是个富二代。"

说着,她又瞅了一眼手表。

勤勤向她伸出手去:"祝贺你交上桃花运。你的条件,也不差的呀!"

雷小碗离座起身,拉着勤勤的手说:"勤勤,要说条件,你比我更强哩!你也抓紧啊!"

勤勤学了一句她的西南官腔道:"要得!时常来我这儿坐。"

雷小碗给西亚做了个"拜拜"的手势,离开了店堂。

西亚看着她的背影远去,小碗的性格她也喜欢。尽管她和自己完全是两种个性,但她率直、开朗,给人容易接触的感觉。

勤勤转过脸,往她店堂后面的工场间瞅了一眼。西亚成为勤勤服饰的正式员工以后,勤勤带她去和上班的工友们见过一面。服饰店生意好,量身定制的单子多,工场间分早、中两班在做。

西亚觉得,自己不仅在居住的红弘小区逐渐融入上海社会,近些天来上班的勤勤服饰,也慢慢融入进来。

"晚上你有安排吗?"勤勤问西亚。

西亚摇头,202已经粉刷完毕,马经理叮咛她,这几天可以晚点回家,他虽然选择的是速干的涂料,房间里多少有点阴的,比平时在家里少待些时间。

勤勤邀请道:"那我们去随便吃点,我买单。"

西亚猜勤勤姐主动发出邀请,一定是有话要和她说。

不料西亚这一次猜错了。勤勤姐是有私事要她帮忙。秋日黄昏的薄暮中,沿街店铺的霓虹灯已经开得雪亮,各自的亮丽的橱窗吸引着路人的眼球。可每一家实体店中,顾客都寥寥无几。反而人行道上,熙熙攘攘的下班族步履匆匆地走着。有人戴着口罩,也有人没戴。

在走向勤勤预订的餐厅途中,勤勤对西亚道:

"知道我约你去餐厅什么事吗?"

西亚朝她摇头,她无法猜。

勤勤淡然一笑:"是有人要给我介绍男朋友。"

"介绍男友?"西亚吃了一惊,目光扫视着勤勤姐,她就这样子穿着在服饰店里上班的衣裳,一点也不化妆,素面朝天地去见人家专门特意给她介绍的对象?虽然到上海才三年,西亚却也知道,无论是小伙和姑娘,在她曾经上班的陆家嘴大楼里,那些年轻的白领,都是当成一件大事的。他们会精心地化妆和打扮,从上身一直到脚下的皮鞋,从头式发型到衣着的搭配,女孩甚至还会考虑挽一只什么样的提包,手上戴啥戒指,别一朵怎样的胸花。可勤勤姐,手上的LV已经用得有些陈旧了,整天在店堂里忙碌,她的发梢无意间还沾上了一丝线絮,唉,她也太随便了。再说,人家这是给她介绍男朋友,自己跟着去算啥吗?

"勤勤姐,是给你介绍,我待在一边,合适吗?"

"合适啊，"勤勤道，"这是我请你帮忙。一会儿，你单独一个人吃饭，坐在离我不远不近的位置上。帮我一起看看，这个人怎么样？你有审美品位，心地善良，眼光不会错。"

西亚想说，还讲我眼光不会错呢。我选上的人生第一个男人王万吉，堕落到混进云霞KTV的风尘中去了。转念一想，勤勤姐这点子也蛮好玩的，一来，给了她一个机会，亲身体验一番上海介绍对象的过程；二来嘛，回家去她也得搞晚饭吃，勤勤姐邀她点餐吃，也可以换换口味。

"好吧，"西亚答应着，"不过，勤勤姐，主要还得凭你的感觉。"

"那当然，"勤勤说，"每次介绍之后，我的那些姐妹啊，都纷纷责备我，说我眼界高，目中无人，挑精嫌肥，所以至今没个对象。这样，照上海规矩，女方可以晚点到，以显示自己的身价。一会儿快到了，你先一个人进去，领餐小姐会问你有预订吗，你只要报自己名字就行了，她会领你到订好的餐位入座的，爱吃什么你点什么，不要客气，随便点。我呢，晚一点儿到。喏，你看，还有百多米就到了。你走前面，那家餐厅叫隐泉，装修得很别致的。"

西亚听说过这家隐泉，是价格不菲的一家餐厅。她和王万吉及他的小乐队成员也曾去过餐厅门口，不过，从未进去消费过。就是听说那里面贵，不敢进去。

果然，像勤勤说的，走过一百多米，就见到了店招做得醒目的霓虹灯炫耀般闪烁着。西亚走进斜斜地朝着马路一扇厚实的店门，一位穿旗袍的小姐笑容满面地招呼道：

"小姐你好！有预订吗？"

西亚点头以后，报出自己的名字，穿着花枝招展旗袍的小姐道了声请随我来，袅袅娜娜地往里走去。

西亚只觉得她旗袍的色彩过于艳丽，有点儿俗气，但领座小姐的气质仪态还是不错的。

在小姐给她拉开的椅子上坐下，环顾四周，西亚看到，这是个可供人自斟自酌的单人雅座，隔开一条走廊，是一排火车厢型的座位。西亚一入座，就见对面座位上并排坐着的两位男子，把目光向她扫过来。

初到上海时西亚不习惯，三年多住下来，西亚已适应了从不同的角度望向自己的异性的眼光。她也知道，自己的容貌，不仅在故乡小城，就是在大上海，都是出挑的。一位彬彬有礼的小伙子，穿一身裁制贴体的中西式套装，躬身递上一本菜谱：

"小姐请，你可以扫码点餐。"

西亚道了声谢，慢悠悠地打开了装帧十分考究精美的菜谱。她有的是时间，况且也不饿。今晚上她的任务是做好勤勤的参谋，看看她那位男友合不合格。在她心目中，勤勤姐虽然不是上海滩赫赫有名的女企业家，但也是个成功人士。她有事业有店铺，三十出头的年纪，在上海也属于正当谈婚论嫁的年纪，而且身价也不低啊！

西亚正在浏览隐泉配上诱人照片的菜谱，斜对面朝着她坐的男子嘀咕着什么，笑出声来。西亚不由得仰起脸来，瞥了他们一眼。

没想到两个男人的眼睛睁得大大的，正灼灼放光地盯着她目不转睛瞅着呢。见西亚抬起头来，年纪较大的那位连忙闪开了目光，而三十来岁的那个，毫无顾忌地仍然盯着西亚的脸。

这就太没礼貌了，西亚双眼转了转，她分明看到这位男子朝她露出热情的笑脸，还点了点头。似乎是想和她打招呼。

西亚不悦地移开了目光，把菜谱重重地"啪"一声合上，心里说：

"我认识你吗？真是！"

年纪稍大的男人离座站起来，朝着店门那边一挥手，嗓门提起来招呼：

"勤勤，在这儿，座位我们找到了，是你订的。"

西亚循声望去，勤勤微带笑容，加快一点脚步走进来，边入座边客气地说：

"我没迟到吧……"

059

"没、没迟到,"那四十来岁的男子郑重地给身旁的年轻男人介绍,"这位就是我表妹带我见过的勤勤服饰的总经理,伊勤勤。我身边这位呢,是大名鼎鼎的爱德堡股份有限公司的董事长兼……"

他的话突然戛然而止,董事长放在餐桌上的手机响了,他颇有气质地朝说话者一摆手,操起了电话:"喂。"

西亚在斜对面看得分明,董事长皱着眉头接完电话,"啪"一声合上手机面板,对年长的男子、同时眼神扫向勤勤说:"抱歉!公司里碰上点急事,我不能奉陪了。"说完,当即站起身来,眼睑垂下来,什么人都不望地转过身子,朝隐泉的门口走去。

他一站起来,西亚才察觉,这颐指气使的董事长高大魁伟,只可惜长了一个小脑袋,给人的感觉有些滑稽。

"董事长、董事长,你等我一下……"年龄稍长的男人尴尬地朝勤勤挤出点笑容,转过身子,就追随着董事长跑去。

这便是上海的姐妹们经常给西亚讲起过的"介绍男友"吗?

勤勤在来的路上给西亚讲的给她介绍对象时,西亚心里想,还能从这一场景中看点新鲜、开开眼呢。

没有想到竟会是这么个结局。正在西亚呆坐着,感觉手足无措,是坐到勤勤姐身旁去呢,还是坐等一会儿。一个三十四五岁的男人,手里拉着个三四岁的小姑娘,走近了勤勤身边。

"你好,伊勤勤,你怎么一个人坐在这里?"男人主动对勤勤说,"也是在等着相亲对象吗?"

不等勤勤答话,男人带来的小姑娘伶俐地走到勤勤跟前,仰起脸来,主动说:

"阿姨好!我是小雨点。爸爸问你,你是来相亲的吗?爸爸带我来,也说是来替我找妈妈的,可是刚才那个女的,总是用眼睛斜我,她不喜欢我,气鼓鼓地走了。我也不喜欢她,那么凶,又不好看。"

西亚在一边听着这小雨点的话,忍不住哑然失笑。小姑娘太可爱了,一边说话一边甩手。

"嗳，小雨点，长这么大了。"勤勤俯身对着小雨点，笑嘻嘻地说，"阿姨原来见到你的时候，你还在牙牙学语呢。现在看看你，话都讲得这么流利了。"

"你还夸她呢！"小雨点的父亲对勤勤说，"光'呱呱呱'地会说话，你没看她，不长个儿。我都被人落下话柄了，到底没妈妈照顾，当父亲的总有不周到的地方。"

"费米，几年不见，我看小雨点长得健健康康的，你别去信人家说闲话。"勤勤说，"瞎三话四地议论，是上海人的毛病，都是不负责任的。吃晚饭没有啊？"

小雨点抢着说："没吃。爸爸说，那个凶凶的女人走了，我们也不吃了。"

费米带点窘迫地一笑："你看这孩子，爸爸不是说了嘛，回家去，给你做喜欢吃的……"

小雨点仰起脸，眼睛望着爸爸，哀求地说："我已经饿了……"

"正好，我们也没吃呢。"勤勤指着她对面的座位道，"小雨点，你先坐上来。费米，好久不见了，一起吃个便饭。孩子都饿了，等你回去再做出来，都什么时候了。来，西亚，你也没点餐呢吧？过来，坐我身边，我们一起吃。我请请你们父女。"

小雨点一骨碌地爬上座位，坐定下来，双手抓着桌沿，仰起脸对勤勤大声说："阿姨，你真好！"

"你瞧这孩子。"费米不好意思地笑了一下，挨着女儿坐下。

西亚离座走过来，边入座边向费米父女打招呼："你们好！"

勤勤介绍说："这是勤勤服饰聘的创意设计师，就在我那儿上班。费米是我闺蜜费娅的哥哥，小时候就认识。都不是外人，我也是来相亲的，哪晓得两个男人可能是嫌我年纪大，或者是还不够漂亮，借故溜了。不过我从来没把这种场面上介绍男女朋友当回事儿，且别说，刚才我一见那位什么董事长，已经兴味索然了。西亚你说是吗？"

西亚赞同道："我没想到，对方是那么没有礼貌到无礼的人。"

费米说:"勤勤,几年不见,你一点不显老。我反而觉得,你的精气神比起前几年初初创业时,从早忙到黑,晚上加班那一阵,还要健朗一些。"

勤勤也不否认,笑道:"摸到些服饰行业的道道了。你知道,我去美国是学导演的,服、化、道只是我的兼修课。没想到电影只导过几个短片。这服饰,倒成了我的主业。"

"我听费娅说,"费米道,"近年来你在中小企业的女企业家中干得风生水起,勤勤服饰已很有名气了。"

小雨点的眼睛一会儿瞅瞅勤勤和西亚,一会儿望望她爸爸,大约是感觉受到了冷落,叫起来:

"爸爸,我饿了……"

"好好好!阿姨马上点餐。"勤勤瞥她一眼,西亚看她的情绪一点也没因为相亲遭男方冷落受影响,心里暗暗佩服勤勤的修养和素质。勤勤举手叫了一声:"服务员,请来一下。"

服务员快步来到勤勤身边,俯身恭恭敬敬问道:

"伊总,有何吩咐?"

"今天你们包了馄饨吗?"

"点心项目中有。"

"那好,你先上一碗馄饨,小雨点饿了。"勤勤的身子坐得笔直,扳着手指吩咐道,"除了配三四个精致的冷盘,每人要一盅佛跳墙。加上龙井虾仁、烤乳鸽、炒时蔬、还有……"

"伊总,"服务员在手上托着的点餐App上飞速地点着菜,又不失时机地提醒道,"你们只有三个大人,一个小孩,菜应该够了。"

勤勤点头道:"噢,那最后点一道蛋糕。"

"好的。"服务员注视着App,又问:"佛跳墙要四盅还是三盅?"

勤勤仰起脸,笑着说:"让小雨点也尝尝。这佛跳墙,不是你们隐泉的招牌菜吗?"

"好的好的。"服务员一边在App上轻轻叩击一下,一边用完全是站在消费者角度的口吻道,"我是说,女孩这么小,一盅佛跳墙吃下去,她其他菜都吃不下了。"

"谢谢你。她吃不下,让她爸爸打包带回去。"勤勤笑眯眯地望着小雨点说。

小雨点张口就是一句:"谢谢阿姨。"

一桌的人都笑了。西亚刚才翻菜单时,已经注意到了,勤勤点的佛跳墙,标价里是288元一盅,那一定是味道鲜美,配料讲究,烹调也是一流的。她这一辈子,还没尝过这道发轫于福建、在上海发扬光大的中国名菜肴呢。

费米皱着眉头对勤勤说:"我们又不是外人,你太客气、太破费了!"

勤勤摆摆手道:"你也不用客气,费娅和我处得亲姐妹一般……"

"阿姨,你也认识嬢嬢吗?"小雨点又插话了。

"认识啊!"勤勤道,"在你还没来到这世界上时,我们就是好朋友了。"

说话间,一碗热气腾腾的馄饨端上来了。勤勤介绍说:

"馄饨也是隐泉一道名点心,味道非同一般的。尝尝,小雨点你先吃。"

放下馄饨的服务员,已把两只馄饨舀到了小雨点面前。

小雨点在座位上支起膝盖,拿起匙儿埋头吃起来。只怯生生地咬了一小口,她又嚷嚷起来:"好吃!"

费米瞥了女儿一眼,不无责备地咕哝着:"你看这孩子……"

他的脸上露出不好意思的神情。

"来,我们一起垫垫饥,"勤勤招呼着,对费米道,"小孩子,你别去管她。我看她挺可爱的,乖巧伶俐。来,西亚,你也尝尝,别客气。"

西亚也吃了,这馄饨确实滋味儿鲜美,让人吃了一只,马上想尝第二只。

063

吃着馄饨，勤勤问费米："你来相亲，效果好吗？"

费米转脸望了一下埋头津津有味吃着馄饨的小雨点，苦笑了一下道：

"你觉得我这副样子，能相中吗？"

勤勤爽朗地笑起来："你是特意带上小雨点过来的？"

"是啊，"费米认真道，"下班后先去幼儿园接了她，再到隐泉来的。听说这里是个口碑很好的婚介地方，有金玉良缘、十全十美的如愿地儿之称。我带上小雨点，是要让对方第一眼就知晓，我是有孩子的。"

勤勤夸道："你想得很周到，省得以后费口舌。"

"那也使得我每次都相不中……"费米转过脸去，对小雨点道，"哎呀，你吃得这么快，两只馄饨都吃完了。平时在家中，总是要哄着你，才能吃点饭菜。"

"好吃。"小雨点挑衅地睁大双眼瞪着爸爸说，"比你在家做的好吃。阿姨，爸爸做的菜，比幼儿园的还难吃。"

费米窘迫地瞅了勤勤一眼，又望一眼西亚。西亚瞅着这一顿临时凑起来的饭局，脑子里掠过一个念头，勤勤姐不是喜欢小雨点嘛，恰好，这两人都来相亲，都受到了冷落，从旁观察，勤勤和费米，倒是年龄性情相仿的一对儿，不知他们之间有没有姻缘了。

服务员端上了托盘，上了四道冷盘，冰片百合、酱鸭、卤香干、嫩笋尖拌蔬菜。小雨点把脸探过来，一盘菜一盘菜看过来。这菜肴虽然不多，色彩很好看。

勤勤对费米提议："要不要来点酒和饮料？"

费米摆摆手："我开车。"

勤勤又转向西亚："喝点黄酒怎么样？"

"好的。"西亚一口答应，"不过我酒量不大。"

"我想喝点，"勤勤率直地道，"忙了一天，犒劳犒劳自己，我们要一瓶黄酒吧。服务员，来一瓶十年陈的花雕。小雨点，你喝点啥？"

小雨点手肘撑着桌面,巴掌张得大大的,做举手状:"阿姨,我要喝橙汁。"

勤勤一口答应:"好,再加一瓶橙汁。"

费米望着女儿:"小雨点,你太不客气了。"

勤勤连忙给费米使劲摆手:"哎呀,小孩子,你要求太高了。"

小雨点一双眼睛瞧瞧爸爸,又望望勤勤,突然冒出一句:

"阿姨,你真好!"

服务员把黄酒和橙汁送上来了,勤勤示意先给小雨点倒饮料,西亚一眼就看清了,花雕酒的瓶子上,带着一块小标牌,上面写着:创建于乾隆八年。西亚心里明白,这是瓶好酒。和她与王万吉在一起喝的,完全不一样。

西亚是有点酒量的,守着四个冷盘和陆续端上桌来的菜,她喝得十分酣畅,每次勤勤朝着她端起酒杯,她就喝下一口。

勤勤笑起来:"没想到你这么个姑娘,还是能喝点的。这下好了,我有个酒友酒伴了。"

"勤勤姐也是从小会喝酒?"西亚问。

"我是在美国留学时,练出酒量来的。"勤勤稍稍眯着眼说,"华人留学生聚一块,进中餐馆吃饭,就喝点儿酒。在国内时,受父亲被整那件事的影响,有时陪着妈妈也喝点。你呢?也会喝?"

西亚笑起来:"外公喜欢喝酒,从小他喝的时候,我坐在旁边,他就用筷子蘸点酒要我尝,一来二去的,就会喝了。不过我没瘾。"

佛跳墙上来了,高高的黄色雕龙绘凤的瓷盅,明显地仿造皇宫瓷器的色彩,一望而知是隐泉餐厅定制的。

服务员侍候周到地把盖子一一揭开,顿时,一股鲜香浓郁的美味弥漫在席间。

"小心烫,请慢慢品鉴。"服务员见小雨点拿起勺子要舀汤喝,叮咛了一句。

费米拿筷子从女儿的瓷盅里夹出一小块鲍鱼，放在小雨点前面的盘子里，嘱咐说："你慢慢吃，多咀嚼几下。"

小雨点拿起筷子，张大了嘴巴，把鲍鱼送进嘴里，小心翼翼地咬了一口。

西亚见勤勤姐和费米都注视着小雨点，便拿起小勺，在瓷盅里搅动了几下，希冀汤凉下来。她注视着瓷盅里清澄的汤汁，堆得满满的多种配料，闻着阵阵扑鼻而来的鲜香美味，心里说，怪不得价格这么贵，她平时在外头对付一顿正餐，连饭带菜和汤水，也花不到这一盅佛跳墙的钱呢。她感慨颇多，从勤勤姐上次约她进奶茶店喝咖啡和今日请她上隐泉来，看得出勤勤服饰这几年里做得很成功，勤勤姐悄没声息地成了个女企业家，有一定身价了。要不，她不会如此地享受高消费，也不会二话不说就给被炒鱿鱼的西亚开出这么高的月薪。另外，这佛跳墙贵是贵，却是一流的烹饪，料也配得足，是货真价实的。更难得的是，你看看，消费那么高，平时西亚和王万吉及小乐队成员都不敢走进来的隐泉餐厅，到了这晚饭时间，高朋满座，每一个情人座、火车厢座和一个个包间里，都是座无虚席。上海这地方，有钱人真多啊。想想，这还在疫情期间呢，上海人一直在宣传，他们的精准防控，做得好做得精致，细到只封控二十二平方米那么小的一个咖啡馆。要是正常年份，这一家隐泉餐厅，恐怕不预订就吃不上饭吧。

这么忖度着，西亚一边品尝着人生中第一次吃到的名菜，一边暗暗下定了决心，跟着勤勤姐好好干，学学她的为人，学学她的经商之道，真正学到点本领。

沉浸在自己翻腾的思绪里，冷不防听到小雨点叫起来：

"爸爸，我吃不下了！"

费米探过头去，看看女儿的瓷盅，着急地说：

"这么好吃的东西，你只吃一点点，就不吃啦？"

小雨点捧着自己的肚子说："我吃饱了！前面好吃的太多了，我再也吃不下了。阿姨不是说,吃不完可以带回家去的吗?"

她把挨了骂哭丧下来的脸转向勤勤,勤勤连忙说:

"可以带的,可以带的。开这餐厅的也是一个女老板,一会儿我跟餐厅经理商量,打个包一起给小雨点带回家去,明天在家里吃。"

"瞧这小孩子。"费米向勤勤赔着笑脸,"勤勤,真太不好意思了。"

"哪里呀!小事一桩。"勤勤面向小雨点问,"小雨点,还想吃点什么吗?"

"不要了,阿姨。"

勤勤指指还有半瓶的橙汁,问:"那橙汁还要不要喝?"

"也喝不下了,阿姨,你点的菜,太好吃了。"

"那也没关系,一会儿橙汁也一起带回家去。"

小雨点瞪大一双充满稚气的眼睛,忽然问出一句话来:

"阿姨,你愿意当我的妈妈吗?"

"你看这小孩子,"这下子把费米急得几乎跳起来,呵斥着小雨点说,"小雨点,你瞎三话四说些什么呀?"

小雨点一骨碌在火车厢座的皮质位置站起来,冲着费米说:

"你不是说,今晚上带我出来,是给小雨点找个妈妈吗?"

说完,仿佛在责备父亲说话不算话,不满地噘起了嘴巴。

"这……你看你看……"费米急得脸都涨红了,眼睛都不敢抬起来瞥一下勤勤。

西亚哑然失笑。小雨点这倒是说出了她脑子里刚才浮起过的念头。

唯独勤勤,目光朝餐厅扫了一眼,淡淡地一笑说:

"小雨点,我是愿意当你勤勤妈妈的。以后,让你爸爸带你到勤勤服饰店里玩。阿姨什么时候,给你配一身小小的天使服。"

以为自己闯了大祸的小雨点,顿时喜形于色地在座位旋转半个身子,由衷地说:"谢谢你,勤勤妈妈!"

"哎呀,叫你小嘴巴不要乱说……"

067

费米怒气冲冲地话没说完,西亚面前的手机响了起来。

西亚说声对不起,接了手机。

电话里响起楼上303金小平的声音:"西亚,你到哪里去了?马经理给你带来租房的客户呢。"

"谢谢马经理,让他们稍等,"西亚一面离座起身,一面说,"我一会儿就回来,一会儿,我就在附近吃饭。"

西亚放下手机,坐回位置上。勤勤问她:"有事吗?我们也差不多了。"

她招手喊来服务员,吩咐打包买单。

服务员看看桌面的剩菜,当即请来另一位打包,并让勤勤签单。

西亚见勤勤只是在单子上签了个名字和日期,既没付现金,也未刷卡,就明白了,勤勤和隐泉餐厅之间,也有互相协作的协议。隐泉的女老板如来服饰店选购衣裳,也只需要签个单。到时间结算就成。

西亚心里认定,在这周围几条马路和街面,小小的勤勤服饰,岂止仅仅是做得小有名气啊。只因勤勤姐一贯低调,不显山不露水罢了。

第五章

西亚和勤勤姐告了别,又同费米和小雨点挥了挥手,急急忙忙地往红弘小区赶回去。

走进小区大门的时候,她给303的金小平打了电话,说她两分钟后就到楼门前,是直接上三楼和马经理介绍的租房小姐见面呢,还是她直接回202,开了灯等他们下来。

金小平让她直接回202,稍作准备,他们过几分钟就来202。

红弘小区并不大,进了小区大门,并列的一条直弄堂两边,排列整齐地建了八幢六层楼的楼房。上海人都说,这是八十年代中后期,上海为急于解决人均住房面积一平方米以下的特困户建造的房子。分一室一厅的、二室一厅的、三室一厅的。像303这种三室一厅的房子,是最大的了,合起来建筑面积也只有97.8平方米。像西亚租下的这套二室一厅,属于中等房型中最大的了。无疑是两间卧室、一间客厅都颇为正规的套房。听102的素娟阿姨说,当年分配这套房子时,她的老伴季德宝,属于正科级干部,才有资格得到这么套像模像样的房子。如果是副科,工龄长,家族人口多,只能得小小的二室一厅,不到70平方。他们这套呢,和西亚租下的202一样,算足有75平方米了。做梦也不会想到,上海的房价逐年涨价,现在租这套房,租金涨到了四千五到五千。西亚三年半之前,付四千一月的房

069

租，算便宜的了。也是因为，她的房东一家人，到外国去了，没有跟着这波上涨的势头，让西亚改合同。

故而，西亚对转手出租202中间的一半房子，心理价位也不高，她只想对方能出到二千一月，就减去她一半负担了。

她呢，也能在勤勤服饰干上一阵，存下一点现金，以备不时之需了。

回到202房间里，西亚有种走进崭新的屋子的感觉。金小平的朋友马宏滨，果然是个行家里手，他给西亚选配的是鲜明的淡粉色，中间又配上一条咖啡色的腰际线，显得淡雅素净却又活泼。比起西亚和王万吉住进来时的那种纯白感觉好多了。马经理还建议西亚把灯光改成比原先的LED灯更接近晴天中午后四点的采光，故而即使到了晚上，一开灯，202整套房子也像大白天时一样。无论是阅读、做案头设计、久看电脑，还是闲坐看电视，都有一种光线充足的舒适感。

为此，西亚内心里觉得欠着马宏滨一份情，她跟金小平提过，给他送份礼，还是给他女儿买个礼物，表示一下谢意。没想到金小平朝她一摆手道：

"没关系。等他给303粉刷完了，我们俩一起请他吃个饭就行。"

西亚就等着金小平的招呼。心说，现在她手头宽裕了，到时请吃饭，她抢先把单买了。

回到家里，西亚一看热水瓶没水了，连忙在电壶里烧上水。

马经理带了租房客人上门，水总是要喝一口的。在大公司的财务科上了三年班，西亚也学会了喝点时尚饮品，茶啊、咖啡、奶昔什么的，她多少都有一点。

一壶水还没烧开，楼廊里响起脚步声，随即202门上响起了叩击声，伴着金小平一声问：

"西亚，到家了吗？"

"门没上锁，"西亚朗声道，"小平姐，你们直接进屋吧。"

门一打开，飘进来一股楼道里弥散的油煎排骨的蒜香味，不知哪户邻居家的晚饭吃晚了。金小平走在第一个，她一进屋，就把手中一只普拉达包往双人沙发上一放，转过身来，对随后跟进来的马宏滨道：

"马经理，你把客人介绍一下吧。"

马宏滨对202也熟悉了，他笑嘻嘻地对西亚点了点头，指着他身后一位年轻的小伙子介绍道：

"这位是林源，在红弘小区附近的制作公司上班，在公司里还负点小责任，天天要上早班、下晚班，特别想在公司附近租一间房住下来。我给他介绍了303，他觉得只需要一间房，晚上有个安心睡觉的地方就行。要不了303那么大的空间，我和小平经理就想到了你，临时把你从外头叫了回来。"

林源淡淡一笑，朝着西亚点了点头，低声招呼了一下：

"你好！"

西亚的美貌，他似视而不见，目光转到马经理身上去了。

西亚陡地感觉有点手足无措，一眼见到马经理身后跟进来一个男孩，她的心里先是一惊，一眼看清林源的脸庞，尤其是他那双明亮澄澈的眼睛，还有他那带一点羞涩的笑容，西亚的心怦然一动，继而，竟有一种被击中的烧灼感。初上大学时，在演唱会上见到风流潇洒的王万吉，她是为他的风度，为他的歌声所吸引。王万吉的目光也曾吸引过她，那是王万吉的忧郁、怀才不遇和总要让她猜测、揣度的惴惴不安，牵肠挂肚。

不像眼前这个林源，他一进屋，仿佛202这套房顿时亮堂多了。望着他的双眼，似乎一眼就能看到他的心底深处。他没有愤世嫉俗，他也没有急于求成的迫切，连说话他都是轻轻的，一点也不顾忌人家听不见。看到他的眼睛，尽可以放心和他打交道，他是不可能搞什么阴谋诡计，要什么见不得人的手段的。在他刚一出现的瞬间，西亚脑子里掠过的，怎么是个男的？那点儿不适感，顿时消失了。虽说她在提条件时，说要求也是女性，金小平也一再说，她会给马宏滨强调。

西亚唯一不满意的，是这小伙子，一眼看上去就比她小；西亚甚至感到，他那张和很多上海男孩相像的白净的脸上，童气还未脱尽呢。

静默了片刻，西亚醒悟过来，是不是冷场了。幸好电水壶"啪哒"跳了一下，她连忙转身，掩饰着什么般说：

"我给你们斟点喝的吧，水开了。"

"不喝了，"金小平对马宏滨道，"马经理，你陪着林源看看他那间房吧。"

"好的，"马经理给林源一招手，林源跟着他，穿过客厅，走进了那间出租房，"来来来，小林，你看一下，是不是合你心意。"

两人走进隔壁房间，西亚想跟进屋去尽一尽主人之道。金小平不失时机逮了她一下，凑近她身旁道："谈妥了，他没异议就签约，每月三千。"

这几乎是西亚心理价位的150%了。西亚也就站下来，金小平拍拍沙发道："你也坐啊！来，坐这儿。"

西亚瞅了一眼这套双人沙发，当初为202配家具时，看到这套仿西方古典式沙发的模样，她和王万吉都很喜欢。买回来以后，也是她和王万吉坐得最多，两人时常还在沙发上亲昵。王万吉不辞而别投靠那个妖艳风骚的梁云霞以后，西亚一个人很少在这张沙发上入座。她怕一坐下去，眼前自然会浮现出王万吉的形象和音容笑貌。

这会儿她迟疑了一下，装作看沙发上有没有异物，这才坐下。

西亚一入座，金小平往西亚耳畔凑了一下，低声道：

"当然是和你年龄相仿的女孩最好。不过，这小伙子还中看，相貌一表人才，脸庞很明朗的，看上去就不是那种精姣之人。更主要的是，他是爽快人。马经理给他一提三千，总想他会要求往下降点，哪知道他开口就问，哪天看房？心里并不觉得贵。西亚，你说呢？"

西亚抿一下嘴，轻轻说："小平姐你和马经理已经认可了，我没意见。"

金小平拍一下西亚的膝盖，一甩掩住脸的半边乌发，笑道：

"现在就等他一句话了。合同文本，马经理给过他一份。"

西亚心里说，幸好303有金小平这么个邻居，她又和马经理是朋友，很痛快地把这件她觉得麻烦的事儿办妥了。

两人说笑着仰起脸来，金小平刚拿起沙发前的遥控，辨认着开关键，想打开对着沙发的电视机，马经理陪着林源从房间里出来了，笑道：

"小林说了，他只想找一个晚上安静睡觉的住处，在家时能做做案头工作，就行了。愿意按照合同租202一半的房子。"

金小平喜吟吟地离座起身，笑道："那好啊！我们也算为这同住一幢楼的小姐妹做成了好事。小林你放心，我这202的邻居妹妹是个读书人，住在我楼下三年里，从没和邻居之间有过啥拌嘴、吵架、斤斤计较的事。马经理，合同文本你给过西亚了吗？"

"哦，我都没想到事儿这么顺利。"马宏滨想起了什么似的，从自己拎着的提包里拿出一份合同，递给西亚，"喏，你看看。具体细节，你们之间还可协商后增删。这是一份格式合同。"

早在金小平站起来时，西亚也随之迎了上去。她接过合同，翻了一下。

林源的目光追随着她的双手。

马宏滨和金小平相互微笑着瞅了一眼，金小平笑着说：

"这样吧，你们认识了，这会儿时间也不晚，你们相互之间正好就细节上的事沟通一下，一对男女住在一套房的两间屋里，难免会有些啥磕磕碰碰不习惯的地方，趁这机会把能想到的事情说一说，两个人达成了共识，再签正式合同更好。"

看得出金小平和马经理不像其他中间介绍人那样急于求成，金小平用的完全是他们年长的姐姐般的口吻。西亚心里愈加感激，她先答应下来："也好。"

她想提一下马经理的中介费的，转念一想，小平姐就住在楼上，以后单独问过金小平再说。人家付出了劳动，她不能一味地麻烦马经理。

马经理和金小平走出了202室,林源拉过了餐桌边的一张椅子,在椅子上坐下,面向着双人沙发。

西亚掩上了202的房门,在电水壶里加热刚才跳起开关的水。回到沙发上坐下。

椅子比沙发略高些,她一坐进沙发,林源居高临下地瞅着她,她有点儿不适应。但是在这里她是主人,她拉过一只靠垫,紧贴沙发背坐直了身子,手扶在沙发上,俨然一个女主人模样。她把刚才马经理递给的合同翻了一下,一目十行地扫了两眼,情绪上镇定下来,干咳了一声道:

"你个人有什么生活上的习惯和住家要求,可以先说一下。"

林源指了一下西亚手里的合同文本,声音沉稳地说:

"合同我看了,上面的条款我都同意,没啥异议的。要说约法三章嘛,我只提一条吧,若是我工作不忙时,早晨我贪睡,要睡懒觉的,在我关门睡觉时,希望不被打扰。万一在这时有什么急事,说不成话,你可以写张即时贴,贴我屋的门上。"

说着,他有点不好意思地笑了一下。

西亚的心中又是一怔,这个阳光小伙子,笑起来的时候那张开朗的脸还有些魅力呢!在校园里、工作单位上,不知会迷倒多少姑娘呢。

她把自己认为是过来人,毕竟,她有过初恋,和王万吉同居过一年半的时间。

"那好,这算我们之间协议的第一条。"西亚爽快地答应下来。

"还有第二条吗?"

林源摇摇头:"我说过只提一条……"

西亚真要感谢马经理了,马经理建议她粉刷房间时,换掉老式日光灯,换上最新款推向市场的等同于出太阳天下午四时的灯光,这会儿她能把林源整个形象一览无余地看得清清楚楚。包括他穿的搭配得乱七八糟的秋装,他脚上那双普通得不能再普通的鞋子,西亚看不出是什么牌子的,但她能认定,这家伙穿的肯定不是名牌。由此她也能判断,他的收入一般。可是,他又为啥对马经理提的房租,一口答应呢?她说:

"我没有限制过你啊!你再仔细想想,还有没有其他方面的要求?没关系的,有几条都可以提,我们相互沟通嘛。"

这当儿,电水壶跳开了。西亚离座去冲开水,正好让林源想一想。

走近灶台,边拿热水瓶灌水,西亚顺口问:"要喝点水吗?"

"好的,有一杯温水就成。"

"不想来杯咖啡和茶吗?我这儿饮料、绿茶、红茶都有。"

"喝了睡不着,就是温水吧。"

冲了开水,西亚拿过一瓶净水,给他在水杯里倒了一杯温水,给自己冲了一杯速溶咖啡,一起端过去。

西亚把玻璃杯放在他面前的茶几上时,他伸出手,做出一个接杯子的手势。

西亚心里说,看着比我小,还是懂点礼貌的。

西亚重新在沙发上端正地坐着,咖啡烫,她没马上喝。速溶咖啡飘散出一股甜香味。

"你一定要我说,那我就再提一点吧。"林源伸出食指,举过肩头说,"不要打听相互之间的隐私。包括相互之间的背景情况,相互的父母及家庭,还有各自的以往。你看可以吗?"

西亚几乎要拍着双手叫好了,其实她内心深处,想要给对方提的,也是这一点。毕竟,她自小是在外公、外婆身旁长大的,她父母究竟是个什么状况,她一点也说不清楚。还有,她和王万吉曾经在202这套房子里同居过,以感情破裂和失败告终,虽然楼里上下的邻居与红弘小区的人们都看见过,她也不想被人触及。这是她感情上的痛。为此,金小平给她说,要粉刷房间,一下子启发了她,直到她搬进粉刷以后焕然一新的202,她在感觉上才稍微转变了一点,把无耻的王万吉置之脑后。她让林源先提要求，就是在内心里费神斟酌，如何把这点作为要求提出来。现在，林源主动提了，断然解决了她的隐忧。西亚笑着道：

"好，就照你说的办。"

"那好，谢谢你的理解，"林源仍用他不慌不忙，听来有些轻的嗓音说，"问来问去的，很烦神很讨厌的。"

西亚一边点头，一边端起咖啡杯，抿了一口，心里又嘀咕，他一个男孩子，难道也会像自己和王万吉一样，有提不得的往事？

"现在轮到你提了，有啥要求，你也尽管说。"林源靠在椅背上，神态自然地道。西亚惊讶他说话的沉静语气，一句是一句，清清楚楚，却又平平淡淡，丝毫不带感情，完全是公事公办似的，不像是在讲和他有多大的关联之事。

西亚本来想要给他约法三章的，现在她最想提的一点，不要窥探对方隐私，包括家庭背景、父母职业等等情况，他已经说出来了。不必西亚重申，她只需提两小点就可以了。她用轻描淡写的语调道：

"一、不要养宠物，包括小猫、小狗、鸟类什么的……"

林源很自然地接嘴说："我没有这种嗜好，也没工夫。"

"那很好。第二条，如有什么朋友来拜访，你尽可以使用客厅里的一切，事前得跟我讲一声。我可以回避。"

说完，西亚把自己的眼睛睁得大大的，关注着他的神情眼色。

他仍然是那副很自然的表情，点头道："可以。不过一般也不会。"

西亚奇怪了："你一个朋友也没有？"

"朋友很多。他们来我的住处干什么。"他反问了一句，把巴掌张了张说，"有事儿，完全可以到我办公室谈。"

"连女朋友也没有？"这句话已经涌到了西亚喉咙口，西亚终于克制住了，没问出口。她一问，岂不就违反了刚才他说的，不打听对方的隐私。不过她心里说，看他仪表堂堂的模样，身边不像会没有姑娘。

沉默了一会儿，202的客厅里有些静，西亚垂着眼睑在思索，林源问：

"还有什么额外的要求？"

"哦，没有了，"西亚瞅他一眼，他仍安安静静地没啥表情地望着她，"两个陌生人住在一套房子里，我还有些不习惯。一旦生活当中发生什么事儿，就用你刚才说的方法，写一张即时贴贴在门上，我们坐下好好商量。"

"好的。"林源说完这话，离座起身说，"那我就走了。"

西亚愕然，她瞅了一眼他随身带进屋的双肩包问：

"你不入住？"

"今晚我不住……"

"那你住什么地方？"

"我在附近宾馆住。"

"其实你可以不住宾馆，"西亚解释说，"马经理事前就叮嘱我，为便于租房客人随时来看房，让我把床铺以及和卧室配套的什物都像客房似的准备好。我听了他的吩咐，都备好了。看得没有异议，可以住下。"

林源手指了一下客房，淡淡一笑说："刚才跟马经理进去，我看到了。垫单、被窝、枕头全是新的。说明你为出租房子做足了功课。"

"那你什么时候来入住？"

"我想想，"他的头滑稽地一偏，脸上显出一个调皮的表情，抬起左手，屈着手指道："三四天吧。"

"你这又是何必，"西亚直通通地说，"既然没有异议，冤枉花宾馆的住宿费。"

林源沉吟了一下说："宾馆里还有点事。这样吧，三天以后的晚上，我来这儿住。签合同时，我会对马经理说的，房租，就从这个月开始起算。走了。"

他潇洒地把双肩包背上，摆了一下手，走向门口。

西亚想说，她提醒他及时入住，不是考虑房租，而是想为他节约点开支。从他的衣着，她不是看出他的收入不高嘛。他最后说出的那句话，好像是觉得，她催他快来住，为的是要他多付几天房租呢。再凝神一想，这会儿已是九月下旬了，即使是天气炎热的上海，立秋也二十来天了。他说从这个月开始计算房租，弄得好像她这个房主，又赚到他便宜似的。

西亚想着，觉得当面锣对面鼓地应该给他讲清楚。可他似乎根本不屑于听她多余的话，一甩手就打开门下楼了。

西亚坐在沙发上，呆痴痴地望着门背后凝然不动。门上的猫眼泛着点儿亮光，其他啥也没有。可西亚的心情仿佛在202来过林源这个房客之后，有点儿变了。

从在故乡小城的高中里萌动起少女的情怀，不知不觉随着一帮女同学成了王万吉的粉丝，后来又抑制不住那股少女崇拜的激情，一往情深地敞开了胸怀，热恋上了她心目中认定的"音乐王子"王万吉以后，仔细地想想，她和其他男生、其他小伙子打的交道是不多的。即便王万吉组织的小乐队里全是男孩，她也是通过王万吉和他们打交道的。王万吉私下给她评价这个人怎么样，说他的性格和特长是什么，她同样认为是什么。比如小胖子贪嘴，瘦高个儿弹琴的不吃鱼腥，她也自然而然地觉得对方就是这么个人。后来他们一个个离开小乐队走了，西亚也便把他们一个个置之脑后，时间稍长，连他们的姓名都忘了。

除了王万吉，近距离地、像刚才这样面对面地和林源这么个男孩讲话，对西亚来说，还是第一次。

在陆家嘴的大公司里当财务，她只负责埋头做好自己的账，几乎也很少与小伙子促膝讲话。要同外界打交道，接公司上层的电话，也都是中心主任、副主任的事儿。同事们个个承认西亚的美貌，但也都知道她早就名花有主，和一个未来的克莱德曼、李云迪那样的音乐天才同居了。

一句话，从外表、为人、性格和王万吉截然不同的小伙子身上，西亚感觉到了一个完全不一样的男人。林源看上去都要比她还年少哩,但他是个男人,西亚不会搞错。

痴坐了一阵,西亚陡地醒悟过来,她伸手摸一摸茶几上的咖啡,只有点儿微温了,她急忙端起来,一口喝尽了。放下咖啡杯,她吁了一口气。

是啊,自从王万吉甩手而去,西亚是孤独的,寂寞的。天天晚上躺在床上,她时常有点孤零零的感觉。上海是个二千几百万人口的大城市,无论是马路上,红弘小区里,到处都充斥着大城市的喧嚣和热闹劲儿,邻里之间,楼上楼下,西亚以与世无争的态度,一视同仁地善待众人地对待所有的男女老少,从没和他人拌过嘴、吵过架、闹过矛盾,就像她在陆家嘴大公司为人处世一样。但她心里明白,所有的世人都不是她的亲人。她曾经有过的亲人外公、外婆,在她大学的四年里先后离开了人世。而生她到世界上来的父母亲,早在她没有记忆的岁月中,就从这个世界上消失了。当她稍谙人事,企图从外公外婆口中得知真相时,外公外婆除了露出悲痛伤心之情,仅仅答应她,当她大学毕业,走上工作岗位,踏上人生之途时,自会讲给她听的。接到外公发过来的信息,说外婆生命垂危,医生说她处于弥留之际,催西亚赶回小城时,西亚一分钟都不敢耽误,请假、购票,赶到小城里的医院时,外婆已经撒手人寰,离她而去。而在西亚大四那年,养老院催她赶到外公身旁时,几个月前已患老年痴呆的外公,也走了。西亚终究没在两位老人的口里,听说父母亲早早辞世的原因和真相。

自从恋上了王万吉,特别是和他同居在202以后,在西亚的脑子里,在她的认识中,在她整个身心的关注下,王万吉就是她的主宰,就是她感情的全部,就是她唯一的亲人。当王万吉功成名就时,她随着王万吉回到小城,王万吉的亲人就是她的亲人,王万吉的父母就是她的父母。王万吉是她的世界啊。任凭勤勤姐这样的人,任凭陆家嘴公司里有人在背后说她真傻,傻到家了,女方挣钱养活一个一文莫名的男人。在上海籍青年男女同事中间,甚至有意无意地故意讲给她,在上海人的世俗观念里，像王万吉这种自视甚高的人，就是标标准准的"小骗子"。

西亚都视而不见，听而不闻，一意孤行，她觉得自己已经是王万吉的人，就得从一而终，决不能因为他暂时没有职业，他的天分和才华暂时没被世人承认，而把王万吉甩了。让他也像小乐队其他成员一样，灰溜溜地回到故乡小城里去。他们当初轰轰烈烈地出来闯荡大上海，也曾经是小城里的一大热点新闻哩！

直到王万吉毅然决然地离家出走，直到他对西亚避而不见，直到传来他卑贱地投身于妖媚的梁云霞的石榴裙下，西亚这才如梦初醒般意识到，她是被无情地抛弃了。在这个世界上，她再没个亲人了。

好几个似睡非睡的昏梦中，西亚眼前都看见荒无人迹的沙滩上，一只被淋得透湿的小鸟，在稀湿地寻找着食物。

她就是这只可怜的小鸟啊。

西亚不曾号啕大哭，西亚不曾哭得死去活来，白天黑夜，她就这么不吃不喝地痴坐着，眼神直勾勾地发着呆。要不，勤勤姐怎会见了她就说，她瘦得可怕哩！

可能正是勤勤姐见她瘦得不成形了，不动声色地伸出援手救了她。只有她知道西亚被炒了鱿鱼，只有她过来人才能洞悉西亚感情失落以后的沮丧和颓唐。又加上303金小平和她朋友马宏滨的相助，西亚的精神才从坠入无底的深渊里逐渐恢复过来。这也是她真正地从个人角度，和上海人打交道。三年了，不是说她没有和上海人打过交道，陆家嘴的大公司里，与伊勤勤和金小平，包括楼下102的素娟阿姨两口子，她都是打招呼相互问候的，但那都是客客气气、彬彬有礼，保持着人与人之间的距离的。她并不走进对方的心里，并不了解她们的过往。反之也一样。在她们心目中，西亚不过就是千千万万到上海来就业的新大学生。属于近一千万的新上海人一类，没有必要也不须花费心思去知道得更多。

但这一阵情况不同了，西亚在失业以后，又遭遇了感情上的重大打击，失恋了，眼看着生计都成了问题。那些小乐队的成员都被上海撞得头破血流，灰心丧气之后，可以像兔子似的逃回故乡小城。西亚却无路可逃，她连回故乡的路也没有了。她长大了的那座充满烟火的小城里，外公外婆已经离世，她能找谁去。

就在她孤立无援的这当儿，勤勤姐向她发出了邀请，并且开出了和她在陆家嘴公司的薪酬差不多的工资。勤勤姐没有对西亚面试，没有任何考核，或者说她在以往同西亚作为姐妹交往时已经在面试西亚、考核西亚了。勤勤姐充分地信赖西亚，也相信西亚的能力。

这等于是在西亚的人生恰好处于悬崖边上时，伸给西亚的援手。

西亚从心底深处感激勤勤姐，让她没有走向绝望，走向不可知的未来。

而同303金小平的交往，只不过是普通的邻里关系，点头姐妹而已。但在粉刷房间这件事上，这之前几乎不认识的马经理毫无私心地帮助了西亚。虽然马经理是看在多年的熟人、朋友金小平的面子上，可他的举手之劳做好的这件事，不仅仅是让西亚202房间起了个焕然一新的变化。这变化给西亚的心灵和精神上，起到的却是个重新启动、重新起步的作用。房间粉刷以后，西亚下班回家，待在屋里，都会有一个新生活已然开始的意识。

都说上海是个商品意识鲜明的经济社会，对西亚曾经工作过的陆家嘴大公司的财务中心来说，更是这样。即使是小家庭粉刷房间，也是个商业行为。但西亚在事前和事后，悄悄地征询金小平意见，该付马经理多少费用？金小平和马经理异口同声地说：这点儿小事，一带就过去了，不要说费用的事。马经理还加了一句，就算我认识你这个年轻美女的幸运费吧。金小平呢，更以姐姐的语气道，我问过他，他说顺便带过的事，不能收费。我看你别放心上，这个人我交往多年，人品是靠得住的。

就这么两桩事情，一大一小，西亚看待上海人的感觉和角度完全变了。她发现这些每一天忙忙碌碌连走路都步履匆匆的上海人，变得可亲可爱起来。他们不像她以为的那么不可接近,他们不是事事斤斤计较。相反,在看似淡淡的交往中,他们也在用仿佛漫不经心、有时又好像居高临下的目光看着你的言行举止,在这过程中,完成对人的认识。

伊勤勤和金小平两个比她年长的女性,那么愿意帮助自己,不就是这样吗。

西亚觉得,到上海这座城市就业、打拼,寻找青春的梦,在经历了命运和感情的一番跌宕之后,她渐渐在融入上海,找到一个真正新上海人的感觉。

今天,由马经理介绍来的年轻的租房客人,这个单名叫林源的男孩,虽然只是刚刚接触,谈了场既正式又非正式的话,带给西亚的,也是这么一种感觉。

他是像伊勤勤、金小平、马经理几个一样,土生土长的上海人吗?

可能不是吧。

若是土生土长的上海人,他不会住宾馆,也不会来租房子住。晚上总要回父母那儿去。

若他不是土生土长的上海人,那么他就是像西亚一样的新上海人。一个单身小伙子,光是房租每月要付三千元,不是一个小数目啊。听他说话的口音,操的是普通话,那基本可以认定,他很可能像西亚似的,仍然在为生存、为在上海安安稳稳生活下去打拼呢。

纷繁杂乱的思绪萦绕在西亚脑际,不知为啥,西亚的精神出奇地兴奋,她睁大眼望着粉刷得崭崭新的墙,陡地感到这间202室熟悉而又有点陌生。6号楼的楼道走廊里,红弘小区的这幢6号楼,小区外面人行道的树影,车辆不息的马路上,所有的光影,大城市的气息,邻里间的氛围,都和她融为了一体。就连这会儿从窗户里拂来的夜间的风,都显得亲切起来。是的是的,她不仅应该好好地活下去,她还应该活出一份属于西亚自己的人生精彩。

第六章

　　西亚在勤勤服饰店堂里的阁楼上班。

　　这个阁楼，是房主为沿街的门店招租搭出来的，铝合金的架子，坚固牢实，只是地板铺在架子上，走起路来脚步声有点响。缺陷呢，终究是阁楼，离天花板近，感觉上有些压抑。

　　办公条件，和西亚在陆家嘴公司财务中心比起来，那是差多了。

　　勤勤对西亚说，2020年初以来，上海受疫情影响，办公楼、商租楼空出来的多起来了，价格也有所下降。她正在四处寻觅，找到合适的地方，正式挂出勤勤定制服饰工作室的牌子，管理层人员就可以搬过去。

　　"这儿呢？"西亚问。

　　"这里仍然留着，"勤勤颇有思路地道，"专门作为工场间，临街添一排橱窗，让过路行人随时透过落地钢窗可以看见我们缤纷新季的各式新款。"

　　西亚知道，在勤勤的心目中，一切都是有考虑、有想法的。

　　知道了在阁楼上班只是暂时的，西亚心安理得地坐在案头前，研究起2022年的绯色风潮和流行色来。如果说现在2021年秋天当季姑娘们的服饰讲究的是流动之类，是大胆的色彩混搭，而冬季的大衣色，都以乳白、淡雅、宽松、明朗为主。那么，2022年的春天和初夏，该是一种怎样的流行和款式呢？

西亚有几种对前胸和后背色彩的考虑。她知道今天上海的姑娘们不仅仅讲究新潮，还要低调，还得有品位，不能有招摇过市之感。那种过度的炫富和别出心裁，弄得不好就会搞砸了。

正全神贯注在她选择的迷你裙套装的色彩上，西亚听到店堂里传来一声奶声奶气的招呼：

"勤勤妈妈，勤勤妈妈！"

西亚嘴角露出一丝笑纹，转脸往灯光雪亮的店堂里垂眼望去，果然是那天坐在隐泉餐厅一起吃过饭的小雨点来了。

遂而就听见勤勤亲切的回应声："嗳，小雨点，你来了。今天怎么早早地回来了？"

"我想勤勤妈妈了。你不想我吗？"

"想啊！小雨点，自从那天见了你，你的身影总在妈妈面前晃呢。"

"爸爸，你听听！"小雨点振振有词的嗓音传进西亚的耳朵，"你还说，勤勤妈妈忙，不会想我的。"

"妈妈是想你的，快来这小凳子上坐。来，坐这儿。"这又是勤勤的声音，又耐心又温柔，"听说你下午要来，妈妈特地给你准备了巧克力蛋糕。来，帮我拿一个小方凳来，你就坐在小凳子上吃蛋糕，好吗？"

小雨点迟疑了一下，用怯怯的嗓音问："爸爸，我能吃蛋糕吗？"

"爸爸管得这么严格啊，我还不知道呢。"这是勤勤的声音。

遂而又传来小雨点委屈而失望的"嘟哝"声："爸爸说，除了幼儿园里发下来的点心，不准我吃任何东西。"

"今天你到勤勤妈妈这儿来了，是例外，可以吃的。"勤勤说，"对吗？费米，今天就看在我面子上，给小雨点破个例。"

"哎呀，我平时花九牛二虎之力，给她定下的规矩，就这样给你破了。"费米笑着说，"怪不得小雨点吵着闹着要来找你了……"

"让她来啦！"

"不能让她来了,那天我们碰上了,吃了一顿饭,回家之后,她天天跟我说,勤勤妈妈请她吃的饭,太好吃了!在家里从来没吃过这么好吃的东西……"

"好好,费米,小雨点还等着呢!我们一会儿再说。你看她,眼巴巴地瞪着我们哪。今天这块蛋糕,就让她吃了吧。"

"好吧,看在勤勤妈妈的面子上,只此一回,下不为例。"

"谢谢爸爸,谢谢勤勤妈妈。"小雨点一声欢叫。引得阁楼上的西亚忍不住俯过身去,望着楼下的店堂。只见小雨点一手拿着只塑料小勺,小心翼翼地挖着一小块巧克力蛋糕。众人偷笑。

蛋糕虽然小,西亚看得出,在西饼店里,也得十几元一块呢。

费米盯着小雨点道:"你这么爱闹,不守规矩,下次再不带你来了。"

小雨点似乎一句话也没听见,只顾埋头把蛋糕送进嘴里。小嘴边涂满了雪白的奶油奶白。

费米又转脸对勤勤说:"不过今天,我还真得麻烦你带着她。领导让我陪着他,有个重要接待。"

"你让她就在这儿,"勤勤说,"就是不知道,她喜欢不喜欢这里的氛围。"

"我喜欢的,"小雨点突然昂起她的脑袋,大声说,"我喜欢在勤勤妈妈这里。"

"好吧,好吧,那你就乖乖听勤勤妈妈的话。"费米皱着眉头对小雨点道,"瞧她啊,吃得满嘴都是。那我就走了,勤勤。"

"好的。"勤勤给他拉开了店门,西亚在阁楼上看得分明,费米一步迈出门去,回头给勤勤挥手时,脸上露出抱歉的笑容。

西亚脑子里又在跑野马了,她不晓得勤勤和费米这么熟悉,究竟是亲戚还是曾经相处甚好的邻居,瞧他们之间交往的细节,似乎相互之间知根知底,带着一个女儿小雨点的费米,自己的妻子是出远门了,还是……没听费米提过,没听勤勤问过费米。是离婚了?还是有什么缘故?

不过,盲目揣测时,西亚脑子里又浮现出了一个念头:勤勤是单身大龄姑娘,被人视作"剩女";而如若费米没有女人,他俩之间的年龄、品貌、性情倒是蛮般配的。

西亚只敢在脑子里暗中忖度,不会对勤勤服饰及勤勤身边的任何人提及。不过,她在阁楼上朝店堂里张望时,明明见到,在小雨点响亮亲热地喊着"勤勤妈妈"时,听见的其他人都会露出会心的笑容。不管这些人心中是怎么想的吧,西亚却觉得,她的猜测不是没有道理的。

有时西亚也会扪心自问,为啥看到勤勤和费米交往,三楼303的金小平和马宏滨交往,她为什么会自然而然想到两个人的男女关系上去?细究一下,一般的女孩不会这么敏感,她之所以每次都会这么想,同她本人的感情经历有关。她虽然没有结婚,但她大学毕业跟着王万吉到上海以后,很快和王万吉同居了。住到202这间屋里,都有一年半了。她已经有了和男人共同生活的感受和经历。只不过他们同居之前,有过共识,在王万吉的音乐没有点起色之前,他们不能有孩子。

要不,西亚现在想来,简直不寒而栗,她就得像费米这样带着一个小孩了。想象一下孤苦伶仃地带大一个孩子,无论是小雨点这样的姑娘,还是金小平儿子兵兵那样的男孩,对西亚来说,都是一件可怕的事。

理智地认识和分析男女之间的关系及婚姻,是一回事儿。可人的感情波动起伏与青春的渴望,又是一回事儿。每天晚上回到红弘小区的202房间里,西亚会在客厅的双人沙发上痴痴地坐上一阵,时髦的说法是发呆,其实难免胡思乱想。

毕竟仍然是疫情期间,上海已经宽松到只要求坐公交、坐地铁、到人流密集处戴口罩,其他方面都不怎么苛求了。但仍还是提倡没事儿别乱跑，减少聚集。外面不乱跑，回到家里面，西亚任凭自己的思绪活跃。起先她都是想别人，比如勤勤姐和敦厚的费米在她眼里，应该是蛮般配的一对儿，他们相互熟悉，难得的是勤勤还那么喜欢小雨点，可他们在交往中，既显得热情客气，又相互尊重，就是没更多的情感上的交流、男女之间感情的火花。

西亚和王万吉疯狂地爱过，懂得爱情是需要激情的。他俩之间，看着都很冷静，互相照应，就是没有激情的火花撞击。

金小平和马宏滨也是同样，在西亚眼里他俩简直是天造地设的一对儿，两人都经商，两人都丧偶带着一个小孩，况且是一男一女，大小也差不多，而且说话做事都那么投契。就连帮西亚联系安排粉刷202房间，介绍林源这个租房客，金小平都可以大包大揽地代他表态，免收中介费。说明他们之间的关系，非同一般啊！但他们为啥不在这样的基础上，发展一下感情，把双方的关系，再往前推进一步呢？

不过西亚毕竟是有过和王万吉之间感情伤痛的人，她不是看上去光是憧憬爱情的小姑娘了，她知道男女之间感情上的事，绝不是那么简简单单的。她和王万吉简单嘛，郎才女貌，当年小城里的人知道他们相恋，都说两人是合适的，不仅看着顺眼，而且必然会有个美好的未来。小乐队里，甚至有成员当着他俩的面说，瞧着你俩这么相好，只有五个字了：羡慕妒忌恨。结果呢，只大吵了一架，西亚只不过在忍无可忍的瞬间埋怨了他几句，他就溜之大吉，不顾廉耻地投身到梁云霞这个珠光宝气的老女人怀抱里去了。

爱情这个题，真是难以破解的。西亚明白，不是外人表面上瞅着你好我好，你对我有好感，我对你同样客气，就能住进一间屋里，睡到一张床上的。

想不通别人的事儿，西亚就想自己眼下的事。她已经觉察到，这几天里，回到202屋子里，她会自然而然地瞅租给林源的屋子一眼，然后再打开客厅的灯。遂而烧开水，灌满水壶，直到疲倦了，才沐浴睡下。现在的她，虽然孤身生活在上海，生活是安定的，勤勤给她开的工资，足够她支付房租和日常开销，每月谈妥的房租三千，等于成了她额外收入。她也想像很多土生土长的上海小伙子和姑娘一样，趁着年轻，攒下一笔钱，作为自己的储蓄。过去是梦想王万吉的一举成名，赚大钱，她嫌来的薪酬全花在了他们两个人身上，这是为爱情所付出的钱，她觉得值得，为了伟大的爱情，为了神圣的音乐事业，这点点工资算什么。现在，梦想彻底破灭了，西亚得为自己想想了。她不可能一辈子住出租屋，虽然她碰到的是一家好房东，而且看样子他们不会回上海来定居了，但202这套两室一厅被上海人称之为小乐惠的房子，总归是房东一家已然买下的，买主是他们。只要他们有朝一日想回故乡上海来，他们只需要一个微信通知西亚，她就得在他们回来之前搬出去。从这个意义上说，西亚如若想要永远地在她逐渐适应和熟悉的上海生活下去，她总要考虑买房子。

可面对天价的上海房价，西亚有这个能力购买属于她名下的房子吗？

西亚简直想也不敢想。想也不敢想啊，表面上看来，她目前的收支情况略有余额，可要赚出一笔钱来，购买哪怕是属于郊区的、小小的一室户栖身，西亚也没有这个能力。

"啪嗒"一声，客厅里的灯开亮了，屋里顿时变得和白天一样光亮清晰。

西亚连忙在沙发上坐直了身子。沉思冥想中，她竟然没听见开门声。

阳光男孩林源站在门口，手还停留在电灯开关上，有些愕然地望着西亚，惊讶地说：

"果然你在家。掏出钥匙我想开门，发现门虚掩着。到家了，为什么黑洞洞地坐在沙发上，你是要节电吗？"

说出最后一句，他还俏皮地笑了一下。

"哦不，"西亚掩饰地说，"我是累了，在沙发上歇一会儿。你今天开始入住了吗？"

"是的。我不是说过嘛，三天后的晚上，我过来住。"

"欢迎啊！"西亚觉得他们之间已经认识，他成了她的房客，应该表现得热情些。天天在勤勤服饰，看着勤勤姐接待每一位客户，西亚觉得自己也该在待人接物上改改："你喝水吗？"

"谢谢！在宾馆吃过晚饭，我喝过一点。"林源说着，走向自己的房间。

西亚走到厨房里，在电水壶里烧上水，放声说：

"303的小平姐，已经把你签了字的合同，带回来让我签字了。马经理交还你一份了吗？"

"交还了。噢，对了，我也根据你合同上提供的账号，把一季度的费用转给你了。"

"什么时候？"

"就是从宾馆退房之前……"

"对不起，我还没顾上看手机。"

"那你一会儿翻查一下吧。"他的声音平平静静的，一句一句从房间里传出来，就是不露面，不知他躲进房间以后，在干什么？

从林源住进202室以后的每一天，很奇怪的，西亚的心理在起着微妙的变化。躺在床上，她会想，咫尺之遥，就在隔壁，住着一个阳光男孩林源，和她同居在202室。这个人，不像原来同样住在这里的王万吉。她和王万吉是同吃同住，同床共寝，除了没去办理一张结婚证，几乎是过着小两口子的生活。就像102室素娟阿姨说的，这在素娟阿姨年轻的时代，是不可想象、不可能的事情。而现在这个林源呢，仅仅是她的一个房客而已，他每个月付房租，入住在这里，和她毫不相关。除了知道他的名字，看见过他这人，她对他什么都不了解。起先她觉得，也没有了解的必要。但当林源真正住进来了以后，他的房间里亮起了灯，他使用卫生间，他在客厅里小坐，总会有动静，总能引起她的关注。有时候她听见林源在屋里接电话，声音忽高忽低地和人在煲电话粥；有时候她又听见他的屋里还有对话声，音乐声传出来，她就猜测他是在电脑上看影视片。还有一次对话声太过激烈，好像两个人在吵架，她以为是他有客人在屋里，为什么事情忍不住吵起架来，她叩一下门进去，发现屋里只有他一个人，坐在椅子上，专心致志地在看一个监视器。那些吵架声就是监视器上传出来的。

他诧异地转脸望着她，她不好意思地指了指他案头的监视器屏幕，解释似的说：

"我还以为你屋里来了客人，原来是这东西发出的声音。"

他抱歉地一笑道："不好意思，无意中我的声音调大了。"

他迅速调低了一下对话声音。

她忍不住朝他的监视器屏幕瞅了一下，手点了点问：

"这是什么？"

"白天拍摄的，我查看一下效果。"

"你是拍广告的？"

"不是广告。"

"那是什么？"

"是电影。"

"你是拍电影的？"她大为惊异，"在这个片子里，你演什么？"

他摇头："我不是演员。"

"不是演员？"她更觉奇怪了，他形象不错，上镜头一定不会难看，"那你是搞技术的？"

连续提了好几个问题，她惊觉到，自己在不知不觉间已经违反了他们之间的约法三章：她打听起他的职业来了。他却没有，也算是个房客了，他从未开口问过西亚是干什么的。

意识到这一点，西亚在得到他一句"是的"两个字的答复后，匆匆道声对不起，走出了他的房间。

最奇怪的是，到了晚上，该下班回来的时候，无论她是在煮晚饭、吃晚饭，还是坐在客厅里看一会儿电视，只要他还没有回进202室，她的脑际会生出一份牵挂，他怎么还没回来？她会自觉不自觉地对着那间没开灯的屋子瞅上一眼，心里疑问，这小男孩在忙些什么？又在拍什么微电影？或是广告片？有时候她不免暗自嘲笑自个儿，他又不是你的什么人，既不是亲属好友，又不是同居男友，去瞎操这心干什么？实在太晚了，他仍没归来。她会不再等待，睡到床上去，毕竟她第二天仍得去勤勤服饰上班啊！现在的勤勤和她几乎成了亲密的姐妹，不仅服饰上的创意设计和大胆的想法与她沟通，其他事儿也会对她说说，听听她的想法和意见，她们快成无话不谈的知心姐妹了。可即使熄了灯，她仍会有种牵肠挂肚之感，抱怨这个看上去如此坦荡、阳光、诚实的男孩。总是要听到楼道里响起脚步声，钥匙插进门锁，打开了门，客厅灯亮了，她才会安心地迷迷糊糊地睡着。

这个冤家，最要命的是西亚这些真切的感受，还不能讲给林源听。她只有埋在心底深处。

最奇葩的是，这天勤勤姐让她跑一趟，给亮泉宾馆送一套定制的女性晚礼服。勤勤姐说，原本是说好她直接送过去的，临时有个重要客户要来量尺寸，她离开了有些不礼貌，麻烦西亚送过去。勤勤姐说，你要嫌拎着去累，就打个的士过去，当面交到芳琳总经理手里。

西亚天天在勤勤服饰上班，知道这个芳琳总经理不但是个有地位的女性，而且一定也是伊勤勤女企业家协会里的成员，和勤勤姐关系不一般。别看勤勤服饰只是一家低调的不显山不露水的小店，仅就西亚去过的，附近奶茶店的老板，隐泉餐厅的老板，都加入了她们女企业家们的姐妹圈。她手里的这套晚礼服，量着身材精心定制，广告上说就是量身定制，一丝不苟，价格不菲哩。

西亚也知道，她虽然没去过亮泉宾馆，这是红弘小区附近出名的五星级。在五星级宾馆，当一个总经理，衣着上能不讲究吗？勤勤姐交往的，可都是女性中了不起的成功人士啊！耳濡目染的，西亚的心目中，逐渐萌生起一种也想像这些成功女士的愿望。

亮泉宾馆的大堂宽敞明亮，大堂一角，有一股显眼的灯光打出来的亮泉，自有其人工打造的泉水的吸人眼球之处。西亚心里说，女性的服饰设计和创意，也该有这样的理念。毕竟，她在故乡中型城市、那座在国内的地区级城市的大学里，学的专业是创意和设计。她觉得离开了刻板、枯燥的财会岗位，脑子里很多青春时期的念头被激活了，想法特别多。

服务员告诉她，宋芳琳总经理好像在二楼的会议室里开个什么会，你不必上电梯，直接从弧形楼梯走上去就能找到她，把衣服当面交到她手里。

西亚放慢了脚步，一步步走上弧形楼梯，顺便打量着这幢豪华宾馆的装修和大堂上下。

上了二楼，西亚朝服务员在大堂门口指点的方位走过去，发现这里的裙楼有一排会议室。她懊悔没问清服务员芳琳总经理在哪个会议室开会。于是只能凭感觉往里走，这里是一间大会议室，西亚想当然地觉得，总经理参加的会，肯定是有一定规模。况且大会议室的门虚掩着，还有条缝隙。西亚把晚礼服搭在肩后，走近前去，往大会议室里望去。

天啊，她看到的是什么呀！

根本不是在开会，只见西亚望进去的这条斜斜的缝隙正对着大会议室的一个角，强烈闪亮的灯光闪烁之下，她的房客林源坐在一台电子监视器前，双眼目不转睛盯着屏幕，手往起抬了一抬。站在他身后的一个三十几岁的汉子用洪亮的嗓门喊了一声：

"全场肃静！"

当即，大会议室内安静下来。又是同样的嗓子喊道：

"开始！"

随着"啪嗒"一声响，一个坐在大写字台旁的男士一脸愠怒地站起身来，手往门这边一指道："把这家伙给我叫来！"

有人应"是",西亚看到,监视器后面的林源又把手一抬,他身后的汉子又是一声吼:"停!准备一下,还要拍一条。"

西亚看明白了,这是在拍摄电影的过场戏,不知是个什么电影,讲个什么故事的,主角是哪位,请的是不是名演员,电影里有几个大咖?更让人震惊的,瞧这架势,坐在监视器后头的林源,她心目中的阳光男孩,租住她202的这个小伙子,看样子还是现场的核心人物。你看,那个指挥全场的人,都是看着他的手势发号施令。

这个小家伙,究竟是个干什么的?难道,他……

西亚提着晚礼服,沿宾馆走廊往里慢慢踱去,迎面走来一位穿管理人员西服的中年男子,西亚看他打扮也像是个经理,就向他打听,宋芳琳总经理在哪里开会。

对方问知她的来意,让她把晚礼服交给他,他一会儿交到总经理手里。此刻,她正在会上讲话。

西亚完了事,下楼走出宾馆大堂时,忍不住以好奇的口吻向门口保安打听,二楼上的大会议室里,是不是在拍电影。

保安说是啊,是我们亮泉宾馆参与赞助的一部电影,听说故事很精彩!

西亚不由兴趣颇浓地问:"哪个的导演?"

"你不知道啊!"保安显然对此话题很愿意展开,"青年才俊,现在上海影坛的新秀。我们宋总在答应对方制片之前,看过剧本,说打开了就放不下,一口气看完了,才同意赞助的。嘿,姑娘,看你漂漂亮亮的,是不是也想来争取个角色啊?"

西亚看站在门口的保安健谈,就顺水推舟地套上去:

"有这个可能吗?"

保安很坚决地挥动着巴掌说:"晚了晚了,影片都开拍了,选演员早结束了。你的消息太不灵通了。前一阵剧组在我们宾馆选演员,每天找来的俊男靓女,尤其是那些个如花似玉的小姑娘,把我老头子的眼睛都看花了。看你一张聪明面孔,这么热闹的事情怎么会没听说呢？可惜、可惜了！"

自称老头子的保安戴着口罩，西亚只看到他口罩上方一双大大的眼睛，没感觉他有老迈之感。见他非常热衷于这个话题，故意像影迷般向他打听：

"那亮泉宾馆，赞助了剧组多少钱？"

保安又摇手："不是现金，现在这年头，要掏现金很费事的。宾馆是用客房、场地费、自助餐供应这些形式，帮助剧组解决。细算算，听说也有将近百万呢！就这么提供赞助，宋总和几个副总能给制片、导演说得上话，社会上那些自以为漂亮又想出名的男女演员，都借着来我们餐厅吃饭，请几个老总给剧组介绍，哪怕是请林导过过眼也好，给个机会。你不知道，上海滩漂亮有才气的姑娘捞起来就一大把，她们都在争取机会呢！你呀，看你样子蛮老实的，我教你一招，没事啊，这些天早晚多来我们附近转转。"

"干什么呢？"西亚不明白。

保安把手向西亚招了招，带点神秘地睁大他那双眼睛，低声说：

"给你透露个秘密，这部电影的导演林源，有时候会从我们亮泉宾馆走出来，回他住处去。你不就可以有这机会，认识他了嘛！"

西亚几乎忍俊不禁笑出声来，她真想告诉这个侃侃而谈的保安，林源租住的就是她那202。但她看见保安庄重的脸色，忍住了没说。只是轻轻道了声："谢谢！那这部电影是什么名？"保安道："好像是叫《暗流》，不过听说是暂用名，有可能变的。"

西亚再次道了谢，挥手说句拜拜，热心的保安还追着她的背影提高了嗓门提醒："小姑娘，要灵活一点！"

西亚又举了举手，走出了亮泉宾馆的门前停车场。像很多在市中心的宾馆一样，亮泉的停车场并不大，进了大门，一条车道就引你进入地下车库了。

西亚避让着进出宾馆的车子，走上了回勤勤服饰的人行道。

不知道为什么，她内心里五味杂陈，既是吃惊，又是想不到，还有种受了蒙蔽的感觉，像是受了骗之后明白过来，又像是难得有的亢奋……既复杂又微妙，还有点儿怨恨和生气，并且、并且……她真的说不清楚。只有一点是明确的，西亚现在明白了，作为年纪轻轻的小伙子，她暗中起他一个外号"阳光男孩"的林源，为什么见了她一个公认的美女，自始至终是无动于衷的。你看他从第一次见到她，每次和她见面，甚至面对面那么近地"约法三章"谈正事，他就没正眼瞅过她俏丽的脸庞和挺拔而又胖瘦得体的身材一眼。西亚只是不喜欢显摆，她内心深处却明白，在陆家嘴大公司里上班，公司里公认她是"第一美女"，不但在她那个公司，大厦里其他公司的人，都说整个大厦几十个大大小小的单位和公司，都众口一词地说，西亚不仅有一个与众不同的名字，更是首屈一指的美女。还有人私底下议论，说她枉自长了一张这么俏的脸蛋，当个财务人员，真是委屈了这张脸，她应该去当歌星、影星。而当人们听说她这么年轻轻的就和一个写歌的、混迹于圈外的音乐人王万吉同居了以后，无不露出惋惜的神情。就是在她被炒鱿鱼之后，伊勤勤很快签了她，把她聘为勤勤服饰的特别助理、创意设计，也同她的美貌有关。记得她那时刚刚租下红弘小区6号楼的202室，王万吉没有和她公开同居时，102的素娟阿姨在双休日请她帮忙，一起走到勤勤服饰的店里去为她在日企工作的女儿取套装，素娟阿姨说西亚的身段和她女儿差不多，试穿一下正合适。勤勤第一次见到西亚，就当面赞叹道：多美的姑娘啊，无可挑剔的服装模特儿！还邀请西亚常去她店里坐。人都是这样的啊，受到人的称道，就容易喜欢上对方。西亚得空就去勤勤店里坐坐，每次去都能喝上茶和咖啡，有时还有小点心，一来二去地，她和勤勤姐之间，就成了朋友。没想到就是这么个没任何功利的相识相交，在西亚跌入深深的低谷时，还救了她。故而对自己的美貌，西亚还是有自信的！

现在她明白了，为什么这个叫林源的男孩，看见了她，会像见到任何一个相貌平平的姑娘无动于衷。原来他混迹于影视圈中，整天和一帮花枝招展的女孩在一起啊！

回到店堂里，给正在为客户试风衣的勤勤姐打个招呼，西亚上了阁楼，打开电脑，就查找关于导演林源的信息。

没错，没费多大劲就找到了，首先跳出来的是一张照片，是一张工作照，拍的是林源坐在一片草坪的铝合金管圈手椅上，手里拿的不知是剧本还是杂志，他正转脸在对什么人说话。照片上没拍和他对话的人是谁，但就是他，一点不会错。西亚认识他好久了，他就是这副神情，既神色严谨，又似乎什么也没放在眼里，平平静静、随随便便的。西亚受不了的就是他这副没把她放在眼里的神情。

这会儿没任何人留神，西亚可以仔仔细细、认认真真地端详他一会儿，似乎是想在短短的时间内读出他身上所有的密码来，解码出他身上的谜。

她细瞅他的眼睛，电脑照片上看不出他的眼睛大小，他好像仍同往常一样漫不经心地瞅着什么。在西亚的记忆里，自从他踏进202她的家中，他就没正眼瞅过她这个公认的美女一样。现在美女这两个字贬值了，是个女人都可以称为美女。但西亚对自己的容貌仍是有自信的。为此她心底深处是耿耿于怀的，甚至想他凭什么要在她面前摆上海人的臭架子，看不起她。要知道她现在也是新上海人了。今天起开始她了解到他的职业，她明了了，原来他整天泡在一堆真正漂亮的姑娘、美女们中间。可只要想到他那股神情，她的心里还是有点儿不服气。不由得会生出点女孩的幽怨：你有什么了不起的。

可她因为近距离地见过他，她知道他的眼睛很大，而且眼神清朗、澄澈、明亮，一般男孩还没他那样的眼神。不知为什么，摄影师在这张照片上没突出他的双眼，不是听说，拍电影电视的，都很会拍照片的。只是这张照片放在人物简介上，还是有道理的。

"唷，西亚，你在看哪个的照片啊？"不知什么时候，和西亚同坐在阁楼上的胖胖站在了座位侧边，胖乎乎的脸蛋凑过来望了一下，"好有风度的俊男啊！"

"不认识，随便浏览一下。"西亚受了一惊，手指一转，照片滑过去了,下面是林源的简历,长长的一排呢。西亚顾不上细看,掩饰着什么似的把所有文字一滑而动。不知不觉间,她盯着林源的照片,看得时间太久了。

她像心事被人窥破了一般,脸颊上有些微微发烫。

胖胖的身影晃了一下,坐回到她的电脑前去。西亚把自己的电脑屏幕调回设计的版面,但她这会儿没心思创意方面的思路。胖胖虽是随便发一句议论,但她一语道破了林源照片吸引人的地方,那就是这张照片把林源的风度、气质拍出来了。

西亚决定回到202之后,再细细地端详照片和他的简历。在服饰店里看,太容易引起人的关注了。

西亚呆坐着,脑子里仍在继续着自己的感慨和思绪。胖胖说得对,林源不仅仅只是脸庞阳光帅气,他的身上还有种年轻男人很少有的气度。至少王万吉没有。

近距离地接触过林源,和他面对面说过话,西亚不得不承认,林源无论是相貌、待人接物和气质,都胜过王万吉,而且他明显地盖过王万吉一头。

在此之前,在西亚的人生经历中,在她的生命中,她倾心地关注的,就是音乐才子王万吉一个男人。所有其他的小伙子,所有的男人都不在西亚的眼里。王万吉的音乐才华,他的作词、作曲的灵感,对他的初恋,把西亚的心注满了。到了上海,她期待着王万吉像在故乡小城一样获得成功,由上海这个大舞台而走向全国,走向世界乐坛。西亚从小酷爱音乐和歌唱,她热爱艺术。可不知为啥,她有自知之明,她觉得自己没这方面的才能。她觉得王万吉总有一天,会像英国小提琴家奈吉尔·肯尼迪一样,成为乐坛奇才,发行的唱片超过百万。每当她听王万吉的歌唱时,她也指望他能像俄罗斯女高音安娜·奈瑞贝科一样,受到人们的欢迎。哪怕他总是唱流行歌曲,也会像美国女流行歌手安娜塔西亚·林恩·纽柯克一样,得到声誉。做不到惠特尼·休斯顿那样名声大得如雷贯耳,至少能在上海站稳脚跟，让他们成为名副其实的上海人，过上体面和有尊严的日子。噢，也许王万吉和他的小乐队在故乡成名太早了，也许荣誉，对他们来说让他们过早地尝到了甜头。他们充满梦想和激情地闯进上海滩，结果撞了个头破血流，以散伙告终。而王万吉竟然不顾脸面和廉耻，转身就投进了梁云霞的怀抱，成了她的小情人。伤透了西亚的心。让西亚对青春，对爱情，对纯洁的艺术和理想，全然丧失了信心和热情。

王万吉曾经是多么会对她说甜言蜜语的啊！他们相好初期，曾经对爱情，有过多少山盟海誓，对未来和他们的婚姻，有过多少五光十色的充满奇幻的憧憬。

谁知全像肥皂泡似的破灭了，破灭得那么彻底、无影无踪。

这些日子里，西亚只是活着，吃饭、工作、睡觉，为在上海生活下去，过着平静的、安定的、无波无澜的日子。活着的唯一目的，就是让收入多点，以后过得安然而不求人一点。

在她的辞典里，已然没有爱情这两个字。

谁知道呢，林源作为租房客人，住进了202室。她把他作为普通得不能再普通的一个小伙子，只因为同住202，她和他天天见面，接触更多一点。

西亚陡然从林源身上，觉察到人和人之间的不同。让西亚忽然发现，原来王万吉之外，还有另外一个截然不同的男人世界。你看他那模样，似乎比王万吉还年轻、还小一些。他已经是电影导演。而且一点也不为自己的身份自得和炫耀，反而似要对她这个异性刻意隐瞒般。

西亚在下班回家路上，想起林源住进来时，和她约法三章的对话，这不是隐瞒是什么？导演又不是贼。

西亚有点纳闷。

不知不觉地，西亚都不察觉，从在亮泉宾馆二楼大会议室无意间获知了林源的真实身份，她的脑子里不间歇地盘旋着他的念头。

进入6号楼，走向楼梯口时，102素娟阿姨的身影在窗口一闪，遂而西亚听见她喊：

"西亚，你下班了。"

"是啊，素娟阿姨，有事吗？"

"我问你一句话儿，你不忙。"素娟阿姨在喊着她的老伴，"老季，你来看一下葱烤排骨，我和西亚说句话。"

西亚停在楼梯角，听见了老季应答的声音，闻到了油佘葱烤排骨的香味。西亚来上海三年多，知道这是很多上海家庭普遍喜欢的家常菜。

102室的门一打开，素娟阿姨走出来，直接问西亚：

"我看见你家又住进了一个上海小伙子？"

"是的。"

素娟阿姨点点头，若有所思地问："是你的朋友？"

"不是，他是来租房住的，素娟阿姨。"西亚对此有思想准备，她知道不仅是6号楼，红弘小区里的邻居，都会留神到林源的出入，"他上班的地方就在附近。"

"房客，噢，房客，这就对了，是租住房间的客人。"素娟阿姨脸上露出了笑容，"我是说啊，原来和你同住的那个不是哼歌就是弹琴的小王……是叫小王吧？"

"没错。"

"这个游手好闲的人刚走不久，怎么又来一个？"素娟阿姨既似自言自语，又像关心西亚般道，"我们这个楼里，还有前头5号楼，后面7号楼，都有人问过我了。说这个漂亮姑娘，不声不响的，花头这么浓！前头一个同居男人走没不久，又来一个。居委会也来打听了，让我亲口问你一下。"

西亚起先以为是邻居们的闲言碎语，素娟阿姨这一说，她都有点紧张了，担忧地问：

"居委会也来问？"

"这不奇怪啊！西亚，居委会说了，这是他们的工作，该了解了解。不能让来历不明的人住进我们小区。"

西亚感到心惊肉跳,没想到出租间房子,减轻点负担,惹出事来了。她连忙问:

"那你怎么给居委会干部说的,素娟阿姨?"

"我不能乱说啊!我答应他们,碰到你问一下。西亚,是房客,我明白了。我是说啊,这个小伙子,不像你前头那个,什么事不干,光会哼哼唱唱,弹弹琴,像旧社会的白相人。"

"白相人?"西亚有些听不懂。

"噢,就是不正派的人。现在这个不一样,一看就晓得是正派人。"

"正派人?"西亚不解了,"素娟阿姨,你了解他?"

"我一看就明白。"素娟阿姨肯定地点头。

西亚兴奋了:"原先你认识他?"

"不认识啊!"

"那你……怎么……"

"嗨,西亚,"素娟阿姨笑起来,轻轻拍一下西亚手背说,"我退休之前是小学老师,十八岁从师范学校毕业,教了四十几年书,看了一辈子学生的脸,从来没看走过眼。我教的学生中,有市领导,有区领导,有市里面各单位、各部门的人才,也有出国留学归来的,有名的科学家、文学艺术家,两个巴掌数不完啊!西亚,当然,也有个别犯了错误,走错路的。不是我相信自己眼光,学过相面术,像现在住进你202的那个小伙……哦,对了,他姓什么?"

"姓林。"

"那个小林,那对眼睛,澄明碧亮,脸色又开朗阳光,告诉你,像长着这么一张脸、有这么副目光的人,脑子里是不会有什么歪门邪道的。西亚,你放心吧!"素娟阿姨道,"现在我知道了,我就可以对居委会和邻里们说了。"

西亚忙说:"谢谢你,素娟阿姨,这个房客,还是金小平介绍的。"

"303的金小平啊!那就靠得住,"素娟阿姨用完全放心的语气说,"常和小平联系的马经理,是正规做中介的,复员退伍军人,介绍过红弘小区好些生意了。靠得住、靠得住!西亚,耽误你了,不好意思。"

虽然是像和素娟阿姨平时在小区里、楼门前偶遇似的闲谈,但这一番话,给西亚的感慨和感触太多了。她回到家里的第一件事,就是打开林源的简介,细细看看他那张风度很好的照片后面那些文字。

第七章

怕以后人家问起来说不清,西亚回到家,顾不上煮晚饭,就坐在电脑前,打开了屏幕。

那张显示林源风度气质的照片在家看得更清晰了。西亚很快翻到了简介页面。

这个家伙,真的不简单,还在传媒学院上大学时,在校园里拍过一个短剧,竟然在共青团市委组织的大学生短片竞赛中就获过奖。接着在研究生毕业时,拍的毕业作品还获过国际短纪录片奖。正式工作之后,连纪录片带电视连续剧、电影、私人合作导演的一起算上,共完成了十几部作品。有的还获得了国际奖。虽然不是驰名世界的大奖,却也让西亚吃惊了。看,还附了一张在国际上领奖的照片。

这是一张正面像,没错,就是他,住进西亚202的房客林源。可以说是真正的青年才俊。

西亚恍然中觉得这一切不是真的,他为什么不住在亮泉宾馆客房里,而要租住她这间老工房里的简易房?宾馆不是赞助剧组了吗?

这一真实情况的洞悉,让西亚内心感觉到的,已不是一般的吃惊,而是震惊了。

王万吉和他曾经的小乐队,竭尽全力追求和努力的,不就是希冀有朝一日，获得社会的承认，扬名于上海吗？

现在你看，林源已经取得了不小的成绩，要在故乡小城市里，那张县级的报纸和网络上，恐怕要用套红的大字来作报道了。但是住在她202房间里的林源，什么都没对她提及；他仿佛还是有意识地在向她隐瞒着有关他本人的一切。他嘴上不好意思说，哪怕提一句，你上网一查，我的情况就清楚了。

那样，西亚至少不会像现在这样，被完全地蒙在鼓里了。

普通人谁会想到上网去查查他的底细呢！从这个意义上来说，还是素娟阿姨有眼光啊，你看她也不上网，可她只是见过林源，就断定他是个好人。西亚以往太注重自己个人的情感生活了，她的心目中，只有自己一心爱着的王万吉，只专注于把自己的青春和肉体都交与了的王万吉了。和素娟阿姨楼上楼下相识这么多年了，她连素娟阿姨是个教了一辈子书的老师都不知道。她只以为，素娟阿姨是那些跳广场舞大妈中一个只知道说三道四的家庭妇女罢了。

哪晓得，人家的眼光雪亮，心里面对一切都了如指掌哩！瞅一眼就明白了。

坐在电脑跟前，西亚突然感觉到了自己境界的狭隘和格调的低下。只晓得追随王万吉梦想着一夜成名，在家乡光宗耀祖，赚大把大把的钱。且不要说没有取得成功，即使真如他们想象的，达到了目的，又能怎么样呢？还不是像云霞KTV的那个富姐梁可依一样，过的是纸醉金迷、声色犬马的生活。也许，过去在小乐队去KTV演出，搭讪上梁云霞以后，王万吉就已经和这女人眉来眼去、暗送秋波地达成了心愿默契了吧。

西亚感觉自己是想多了。无意间察觉了房客林源的真实身份，对她心灵形成的撞击是巨大的，甚至于还有种持久效应。

她的心久久地平静不下来。坐在椅上，她放下了自己头上的发髻，松开一头束紧了的长发，让浓黑的长发披散下来。在陆家嘴公司上班的时候，同事姑娘们无意间看到她随意披散下来的长发，都会发出由衷的赞叹,西亚,你这一头乌发多美啊!又柔软又光滑发亮,不用抹油,梳什么发式都闪闪放光。年纪略大的女士就会赞美中带着羡慕:年轻真好啊,发质都不一样。

在勤勤那儿上班,西亚怕披散着头发影响工作,干脆束紧了盘在头上,不料勤勤姐喜欢她这个发式,啧啧称道:

"你的头发这么梳个发髻好看,把你这张脸衬托得更加吸引顾客眼光了。瞧你啊,不像其他姑娘一样涂脂抹粉,不上眼影,不抹点儿胭脂、腮红,皮肤都亮得透明,像朵出水芙蓉啊!西亚。"

给她发工资的勤勤这么夸她,西亚每天上班,就梳这么个头饰。

这会儿,她松开了头发,顿时感觉一阵松弛舒适。

新住进202的林源和西亚原先的同居男友王万吉根本不认识,他俩没见过面。可西亚不知为什么,不知不觉地总拿两个人放在一起对比。

这一对比,为人、格调、境界在西亚的眼里,都显示出来了。

天在黑下来,西亚离座起身,习惯地走到厨房里,准备晚饭。哎呀,脑子里在想事情,装了一脑瓜的林源印象,她连每天傍晚都要去超市、菜场转一转都忘了。若是王万吉在,听说晚上没什么菜,又会借机发泄不满了。好在现在西亚是一个人,她决定晚上简单点,煮点面条对付一顿。嘴馋了,夜里上街找点好吃的。

烧着煮面条的水,西亚自嘲地笑起来,这个新房客林源,把她搅得神思恍惚,正常的生活习惯和节奏也打乱了。上海不是被一些人叫魔都吗,这个林源啊,竟像个会不动声色地施展魔法的小魔鬼,就是魔鬼,魔鬼,对,就是小魔鬼!

西亚这么想着,决定在心里给他起个"小魔鬼"的绰号。

想想也可笑,这个人住进来以后,他们坐在一起认真讲话,也就那么一次。她竟然给他起外号了……

门上响起叩击声,还有声音传进来:"西亚、西亚在吗?"

西亚连忙迎向门口:"小平姐,你下班了。"

说着西亚拉开了门。

金小平手里提着一个塑料兜，兜里装着几只一次性饭盒，她一步走进屋来，似有话要说。西亚手把门边，往金小平身后望了望，平时，小平姐的儿子兵兵总像一条尾巴似的跟在她的身后，但今天没看见。

"兵兵呢？"

"有人带着他玩，晚上我去接他回来。"金小平快人快语地道，"西亚，我问你，楼下的素娟阿姨，是不是找你问了？"

她的声音放低了，说着还往对门望了一眼。

"是啊。"西亚回答，"她也问你了吗？"

"就是刚才，当面碰上了，她就问起我，说居委会专门找她了解的。"金小平往西亚跟前凑了凑道，"小区里，总有些乱嚼西瓜子的，说你生活作风不检点啰，专门招蜂惹蝶呢！哎呀，难听死了，我也不学给你听了。我郑重其事给102说了，我讲素娟阿姨，我们一个住西亚楼上、一个住楼下，我们都可以给西亚证明，人家西亚是个正派姑娘，有正经职业，还是个大学本科生。"

"素娟阿姨答应吗？"西亚急切地问。

"答应，素娟阿姨教了一辈子书，当上了教导主任，临退休前两年，上面为照顾她，调她去区里当督导，她都不去，情愿留在教书育人的岗位上，是个好人。"金小平细细地给西亚介绍着，"她会实事求是给居委会、街道办说的。这些地方，有好几个还曾是她学生呢。只是，毕竟年纪大了，她的观念有些过时了。对你原来那个同居男友，她就看不惯！说你漂漂亮亮的姑娘，怎会看上了这么个整天不工作的二流子？"

西亚如梦初醒地"噢"了一声。别看金小平随意介绍点情况，还真令她茅塞顿开，让她顿时打开了眼界，认识了6号楼里这些已经认识了脸庞的邻居。原来，这活脱脱也是个社会面啊！西亚笑眯眯地对金小平道："小平姐，原来你也这么想吧？"

105

"我也这么想过，"金小平率直地承认，"不过，我的观念比较开放，我觉得同居这种情况，现在比我们那时宽容多了，可以理解。至于你心甘情愿挣钱来养活他，让他在音乐唱歌方面发挥特长，也是可以理解的。那个小王虽然脸皮厚，赖在家中，什么也不干，你回家后还要侍候他，那是你们相互之间的事，别人管不着。不过现在他走了，我可以讲句实话，作为女人，你是吃亏的。换作我，是不会干这种傻事的。要不，我怎么会在忍无可忍之下，一脚把兵兵他爸蹬了呢！"

西亚真是又吃一惊："是你把他蹬了呀！我还以为，是他赚了大笔的钱，又搭上'小三'了呢！"

金小平可能早就摆脱了离婚的烦恼和纠缠，她"咯咯咯"清脆地笑了起来：

"勾搭'小三'，他倒不会。从感情上，他还是很喜欢兵兵的……再说，他那身体……"

西亚不解了："不是感情矛盾，那又是……"她迟疑了，怕问得太多，触及小平姐的疼痛处或是隐私。恰好煮面条的水滚沸了，西亚捻小了火，准备转身到橱里取面条。

金小平瞅了一眼揭开的锅盖，一锅翻滚白浪的清水，问：

"晚饭你吃什么？"

"下点面条……"

"这么简单啊！西亚，你也太节约了，你的收入又不低。何必克扣自己，委屈了这张那么漂亮的脸蛋。"金小平当即关熄了西亚的灶火，挥手道，"走走走，到我303去吃。"

说着，她一偏脑袋，举起了手中的塑料兜道：

"今天我那餐厅试菜，大厨给我装了满满的几饭盒，我正发愁，一个人怎么吃得完呢！我这个人，又不喜欢吃剩菜。走走走，和我一起上楼去，两姐妹喝点酒，好好聊聊。"

金小平向她发出了正式邀请。

西亚抬头望着这个三十出头的女人，看她一脸的真诚，有些歉意地说着："这怎么好意思呢？应该是我请你和马经理的……"

"少啰唆，少啰唆！"金小平不耐烦地挥着手，"你请，是以后的事。这会儿，你跟我一起上去，正好兵兵不在家，我也可以放松放松。"

说着，金小平一把抓住了西亚的手，就往门口走。

西亚没想到，金小平这个本乡本土、道道地地的上海女子，也能喝点酒。一进她同样粉刷一新、开灯之后亮堂堂的303，金小平把几只饭盒里带回的菜肴，一一地换装进碗和大小盘子，西亚坐下一看，嗬，大大小小的盘、碟和碗，竟然放了满满的一桌子，足有十几种菜肴，况且颜色各异，还挺好看。

西亚不由得搓搓手道："这么多啊！"

金小平道："所以我叫你上来一起吃啊。"

说着，她拿出一瓶董酒，往桌面上重重一放说：

"你也喝一点，不会喝就算陪我喝。这酒虽然比不上茅台，听说也曾是全国名酒。生意场上的朋友送的，好几年了，平时我哪有心思喝酒啊。今天高兴，我们姐妹一醉方休！你看，菜多啊。"

西亚看着她往拿出的小酒杯里斟酒，心里说，小平姐还不知道，自己也是能喝点酒的。只不过没显示出来而已。

小平姐喝了酒，话多起来。她说马经理帮忙，给她出了点子，把她开的一家餐厅和买卖儿童服装、妇女用品兼玩具的店面全盘了出去，她就只收租金和店面费用，保证她旱涝保收，都有一份收入。这份收入虽然没有她亲自经营时生意兴隆年头的高，但她省事多了。更主要的是，新冠疫情来了以后，无论是餐厅，还是小小的商铺，状况都不佳。她忙得焦头烂额，一年到头，只能勉强保本。而她个人，既要管着调皮的儿子兵兵，又要餐厅、商铺两头赶，千头万绪，根本没有一丁点儿生活乐趣了。现在这样放手请人做，她一下轻松下来了。

经试营业半个月以后,这是餐厅正式试菜八折优惠,推向社会第一天。没想到,餐厅里坐满了食客,一派生意兴隆景象。看,这些菜肴就是新聘的大厨炒来让我带回细细品鉴的。

西亚眨眨眼睛,她对金小平讲的这些生意经一概不懂,品了一口董酒,忍不住问:

"不是社会上普遍说,现在的餐饮也不好做,你是哪里找到管餐厅那人的?"

金小平喝口酒,巴掌做扇子状扇着嘴巴,道:

"这酒比我前几年喝的味道醇厚多了。嘿嘿,告诉你,西亚,还不是马宏滨帮忙。这人是他部队的战友,转业后经商,赚了点钱,就喜欢餐饮。听说,在部队上,他干炊事班长,后来还提了事务长。"

"怪不得。"西亚这下明白了,品过董酒,她也赞成金小平的话,这个董酒放了几年,回味还有股甜丝丝的舒服劲儿,比她家乡小城里的金壶春白酒还要好喝。西亚抿着酒,夹着菜吃,饭店里炒出来的菜,确实比西亚自己做的味道还要好。她说:"这个马经理,真是个热心人。你看他,为我们联系了粉刷墙壁,我心里老说,什么时候约上你,由我买单,专门请他吃个饭。"

"不用不用,不用那么讲究。"金小平又喝口酒,她显然不擅酒,丰满的脸颊上已经显出酡红色,"你还看不出吗?他是在想方设法地讨我欢心。旁边也有人帮他说话,说他丧妻独身带一个女儿;我呢,又是离婚带了个儿子,两个人还说得上话,都在经商,不如住一块儿去得了,也好有个互相照应。"

说着,金小平把一双眼睛瞪得大大的,盯着西亚。

西亚回眸真诚地望着她,她发现金小平喝点酒,不但脸颊泛红,连一双眼睛也红红的,如同充了血。哈,她还真不会喝酒,一个是见酒好上口,她端起来就喝上一口。殊不知,白酒,尤其是高度白酒,只能浅酌即止,不可以这么喝的。拿外公生前的话说,只可以品酒的滋味,不能像有些书上写的,大碗大口地喝。西亚端起酒杯,迎着金小平放在桌上的酒，轻轻碰一下，又微微呷了一口，说：

"那不很好嘛！小平姐，我看你和马经理蛮谈得拢的。你为啥……"

"还不顺水推舟，两家并一家算了，是吗？"金小平把西亚没说出口的话大声说了出来，她伸出食指，指点着西亚说，"不是一个人这么说过。连楼下素娟阿姨，也委婉地问过我，说在她的眼光看来，马经理这男人，是个过日子的……"

"那你还犹豫啥？"西亚终于说出了心头的狐疑。

"我嘛！"金小平拿起筷子，夹了一块醋熘鱼片，咀嚼着道，"这大厨的手艺还真不错，听说，请了他，回头客还增加不少呢！到底是正规培训过的。你吃过没有？"

"吃了，"西亚笑一下，仍把眼睛睁得大大的，等待她的回答，"你怎么了？"

"对婚姻两个字，我不仅仅是害怕，而且是失望了。"金小平把筷子重重地往桌子上一搁，偏了偏头说，"你听说，我原来那男人，就是兵兵的爸，是怎么给我休了的吗？"

西亚摊开双手，用坦诚的语调说："你看到的，在这之前，我的眼睛里只有王万吉，从不打听小区里的家长里短。"

金小平重重一点头，一只手臂直直地伸过来，拍了一下西亚手背：

"我信！我来告诉你，这家伙是个赌鬼！不是一般的上海人说的，小来来，白相相，而是大赌特赌，疯狂地赌，一天到夜二十四小时不停顿地赌。他不是个笨蛋啊，前些年上海的房地产大发展时，他承包的工程，一个接一个，赚得最多的时候，他的身价就有六七千万啊！老弄堂里，现在的红弘小区，那些老邻居和小姐妹，都说我金小平有福气，这一辈子吃用不愁了。哪晓得这个瘟牲，屡教不改啊。幸好我金小平当机立断，快刀斩乱麻，在他去澳门豪赌一晚上输光二千万之后，和他离了婚，才为兵兵保留下303这套房子，餐厅和商铺各一个,要不,非得给这个败家子全输个精光不可。不是嘛,离婚以后,判给他的一套房子、一千多万做生意的流动资金,不到两年,就给他输了一个两手空空。最后一次,全部财产输光之后,连从澳门回上海的机票,都是赌场给他买的。现在他没钱了,太平了,再也没脸见人,有人传他躲在城乡接合部的工程队里,当个小包工头,自己都没脸来见兵兵。也有传他死了的!"

"竟然是这样!"西亚说话的声音虽轻,但她的语调,还是透露了内心感觉到的震惊。

金小平拿起董酒瓶子,先给西亚的小杯斟满,又给自己斟。用力大了些,香味弥散的酒液都溢出了杯沿。小平把酒瓶放在一边,仰着脸笑了起来,一边笑一边对西亚道:

"我看出来了,你是能喝一点的,哈哈,我看出来了,你喝得和我差不多,脸不变色心不跳。你能喝,对吗?"

西亚无奈地一笑,招供般承认:"从小受外公影响,能喝一点。"

"那是好事啊!以后生意场上有应酬,我喊上你参加。你看我啊,我自己都感觉到了,心咚咚跳,脸庞儿发烫。"

说着,她两个巴掌捧着自己的脸颊道:"幸好这是在家里。"

西亚趁机把董酒瓶子往桌子边推了推道:"那我们把面前这一小杯喝完,就不喝了。你带回来的菜,我每一个都尝过了,也饱了。我从来没一顿吃这么多的菜。"

"不忙呀!你能喝,就再喝点,尽你能力喝。"金小平的谈兴被酒劲刺激上来了,伸手又把董酒瓶挪到西亚面前,接着道,"论说嘛,都已经离了婚,两清了,不该说兵兵爸的坏话。要讲他这个人嘛,聪明、能干,业务能力也强,可就是赌瘾一上来,他就啥都管不住了,老婆、儿子,都不管不顾了。赌博这东西呀,瘾一犯了,就像吸毒鬼一样,已经不是个人了。西亚,你不知道啊,刚刚赚到了一千万现金的时候,我们做过多多少少美好的梦啊!那几个月里,我真是睡梦中都会笑出声啊!哪晓得,碰上了这么个赌鬼。"

西亚看得清清楚楚，说到这儿，金小平眼角溢出了泪花。她连忙离座去抽了几张餐巾纸，递给金小平。顺嘴说：

"现在这个马经理，看着是个热心人。"

"我知道你的意思，西亚，男人啊，想要在女人这儿达到目的时，他什么都想讨好你，让你觉得他什么都好。可这只是表面的……"

"表面的？"

"知人知面难知心啊！我比你毕竟大好几岁，"金小平直率地道，"在你面前，我要用上海话，叫你一声小阿妹了。马宏滨这人啊，勤快、手脚麻利，人也聪明，善于和人打交道，关系面也广。这样的人，上海滩有的是啊。"

"有的是？"西亚来上海三年多，已经明白上海话，"有的是"就是比比皆是。可是，在西亚有限的接触中，她觉得陆家嘴公司的老总，那个对她不怀好意的总裁助理，包括走了的王万吉，都不像马经理这样热情待人啊！

金小平又笑了笑，说出了心里话："他是看着聪明，缺的是大聪明，也就是常有人说的，大智慧。"

"大智慧？"西亚没想到，金小平的眼界这么高。

"给你举个例子，马宏滨年轻貌美的老婆，外界都传说他是丧妻，旁人一听这两个字，都以为他老婆老了，连我初次听说，也这么认为。"看西亚一脸困惑，金小平侃侃而谈，"交道打多了，才知道真相……"

"没死？"

"是啊！人家活得好好的，看马宏滨赚那么点钱，一天忙到晚。那妖艳美丽的妻子勾搭上一个富豪，听说那真是富豪，黄浦江边有江景房，松江和市区交界处有别墅。富豪一说愿娶她，小妖精要死要活地闹着离婚，连个宝贝女儿金金也不要了。人家是觉得马宏滨热心助人，同情他，才故意讲，这种连亲生女儿和丈夫都背叛的女人，活着等于死了！故而只要一问及小金金的妈妈，异口同声地说死了死了，他是丧妻。"

西亚听得心"哔剥哔剥"一阵跳。原来，那个她也见过的小金金的亲妈，还活着啊！这上海普普遍遍的红弘小区里，还真藏得有故事哩。

"这会儿你该明白了？"金小平盯着西亚，那神情显然在探究，西亚听清楚了吗？

西亚点了一下头，可小金金亲生母亲的不是，和马经理个人品质有什么关系呢？

"是的，不要说你看得出来，我心里也明白。西亚，"喝了酒，金小平有股倾诉的欲望，而西亚，同样能喝一点酒，成了她最好的倾诉对象，"有时候常看着兵兵和金金在一块儿玩，我也曾寻思，干脆搬一块儿住算了。但是细想想，感情的事，可不能凑合，男女之间，还得讲个爱情，不说是惊天动地的爱情，至少也该刻骨铭心，觉得离了对方不行才是。我现在的情况，虽然是一个人在社会上周旋打拼，日子过得还是好好的，轻易地再把人生，而且还得带上命根子兵兵，去同另外一个人拴在一起，万一……说真的，经历了和赌鬼的那场婚姻，一提及男人，一提及结婚，我怕了。内心总存有一种莫名的恐惧感，没任何把握。"

西亚端起酒杯，又喝一口酒，双眼诚恳地望着金小平说：

"这下我明白了。"

"你明白什么呀！"金小平"咯咯咯"地笑起来，又呷了一口酒，夹一筷菜咀嚼着道，"我虽然不像你这么花容月貌，可也不难看，对吗？"

"小平姐，你很耐看的。"西亚放声说，"你没注意到马经理瞅你时的目光嘛。"

"我怎么会迟钝到这个地步，早看出来了。"金小平不屑地一挥手道，"天天在生意场上打交道，和三教九流什么样的人都打交道，像马经理这样看上去是好人的,多着哪!知道我没男人,只带着一个儿子生活的男人,好像都愿意鼎力助我,仿佛真的很有本事似的。现在,马宏滨介绍的经营餐厅和商铺的两个人,刚刚开张干起来,还得让他们干起来再说呢!要蹚婚姻这条路,至少允许我再谈一次恋爱吧!哈哈,对你西亚,我可以说是彻底地敞开心扉了。是不是?"

西亚连忙表白:"小平姐,我也是真心的。"

金小平又竖起食指,不无妩媚地说:"我看得出来,你是上海人说的,'聪明面孔笨肚肠',但你是个好人,这不会错。我们之间,一回生,二回熟,三回就成好姐妹了。我看出来了,你不但会喝酒,而且你还很节制。来,我们干了杯中酒,就吃主食。刚才我看你在煮面条,你看主食吃点啥?"

说着,金小平一口把杯里的董酒喝完,脸膛红润放光地瞅着西亚。

西亚看看杯中尚剩一半的白酒,估计一口喝光,也无大碍,便举起小杯,一口喝完,像生前外公一样亮了亮杯底,笑着对金小平道:"说真的,小平姐,这么多菜,我已经饱了。吃不下主食了。"

"那也好,"金小平也不勉强,豪迈地一挥手说,"这只碟子里有四个'蟹壳黄',我们在微波炉里转一转,就当主食吃了。"

"那好,"西亚利索地接过小碟说,"我去转,小平姐,你的微波炉在哪里?"

金小平往椅背上一靠,不客气地道:"就在厨房冰箱边上,你一进去就看到了。我有点酒意了,得休息一会儿,就麻烦你自己动手了。中国人,吃正餐,怎么能不吃主食呢……"

从小平姐情不自禁最后吐出的几句话,西亚听得出,她确实有点醉意了。

第八章

西亚从和伊勤勤、金小平两个年长姐姐的交往中,感觉到了,她俩虽然都已三十出头,一个是"剩女",一个离异,但她们都仍期盼着恋爱一场的。

要不,伊勤勤不会答应去相亲。

而金小平呢,明确地表示自己还盼望着一场能在内心掀起感情波澜的恋爱。她甚至对凑合型的、谈条件般的爱情,还有些不屑哩。

那么,她呢?

喝董酒的那顿饭,金小平问她听明白了吗,她答应理解小平姐的意思了。其实在心底深处,她还是有疑惑的。

她虽然没有和王万吉正式结婚,但他们在202这套房间里,已经公开同居。坦率地说,有过"性"了。

金小平呢,已经和赌鬼丈夫生下了兵兵,也是过来人。西亚想问的是,到了今天,金小平对恋爱,对未来的婚姻,还有那么高的要求和台阶,那么作为独身女人,她对生理上的欲望,简而言之就是对"性"怎么看呢?

借着酒劲,西亚几乎就要问出口了。但她终于克制住自己,没问出口。她觉得自己和小平姐之间,还没达到可以坦然地交底这类私密话题的地步。她还羞涩地问不出口。

之所以喝了味道醇厚有股百草盛开时节那种香味的董酒，冒出这个话题来，是和她同居一年半的王万吉离去之后，西亚每一个夜晚孤独地上床睡觉，已经有一段时间了。

从她被炒鱿鱼，她和王万吉大吵一顿那天开始，直到现在，已经由初秋进入了中秋，快到十一黄金周了。西亚随着在勤勤服饰的适应，内心的安定，开始了和在陆家嘴上班不一样的生活节奏，半夜里醒来，早晨苏醒过来，她的身心和生理上不知不觉间有了一股需求和欲望，这股因王万吉的离去而冷寂的需求和欲望是怎么来的？西亚一时没想明白，但她知道，这是对异性的饥渴和期待。她孤寂的心也好，她健康的活力四射的青春胴体也好，她喝过酒之后明显地血脉偾张也好，都在潜意识里告诉她，有意无意提示她，她需要温暖和情爱，需要那份曾经享受过的温柔和异性的抚爱。

如果说没有前面和王万吉的同居一年半的经历，她还是一个黄花闺女，也许她会不渴念不想。如同满大街走着的那些个"剩女""大剩女"一样。也和她高中、大学里那些至今没有恋爱、结婚的女生一样，她会不那么想。而正因为她有过和异性的同居经历，一旦这念头又冒出来，就会像野火一般，时时烧灼着她，敏感地提醒着她。

林源就是在这个时候成了她202的房客。而这个房客出现得那么偶然，又那么突然。

他几乎是无声无息地掀起了西亚内心的波澜。

他是那么不同。

尤其是与西亚曾经倾心、熟悉的男人王万吉相比，他完全是另一个人，另一种类型。

如果说西亚原想把王万吉的追求事业的成名，看作是为理想的奋斗，看作是充满远大志向的表现，那么，林源却是默默无言，一点儿也不张扬地在努力着。

而且，他的为人也让西亚着迷。你看他丝毫也不炫耀，在马经理和金小平陪他来看房子的时候，他连对202的赞语和挑剔，一句也不说，只淡淡地表示愿意租下一间屋，并且通过马经理很快把一个季度的租房费用打进了西亚卡中。

这是什么路数？西亚不懂。她只把此视作是马经理中介的能力，但是往细处一想，他若不是个爽快人，能如此干脆利索地办成琐细的租房手续吗？

就连马经理和金小平，都没对西亚说清楚，他的真正身份是青年导演，而且颇有成就。是他俩只管做好中介，还是故意不说？

可当西亚逐渐地了解他的真相，开始慢慢留神关注他一切的时候，她总是产生一个又一个疑问，让她有种出乎想象和意料之感，逼着她，或者说是令她不知不觉地希冀揭开他身上的谜。

什么谜呢？她扪心自问的时候，却说不上来。

但有一点，是西亚自己也没意识到的。自从无意中窥破他的身份以后，她喜欢在客厅里看电视了。她在客厅里滞留的时间长了。

只不过电视上在播出些什么，她都视而不见，听而不闻。

只有她心中明白，她是在有意识无意识地期待房客林源的归来。但她又不想承认，这是她自己的家，待在202，她愿意在哪儿就在哪儿，没有人会在乎。

而事实上，林源如若没有回来，她即使等不及，回到卧室，熬不住白天的疲倦躺在床上，她还是睡不着。总要听到他进屋的声音，她才会翻一个身，安心地睡过去。

天气也不知是怎么了，已经是由初秋进入即将中秋了，上海还是那么热，气温最高的时候，总要到三十度。这情况和西亚来的前三年都不同。前三年里，到了这个时令，明显地是中秋时节舒适凉爽的气候了。

西亚完全可以推说，她睡不着是因为异常的天气。虽然没有任何人打听过她为什么会喜欢在客厅逗留，她脑子里却要这么想。

真奇怪。

无论她睡多晚，或者准确地说是他多晚回来，她才安心睡着。

她都会在早上早早地起床,准备早点。一来这是在陆家嘴大公司上班时,要准点打卡,不准迟到,她已经习惯了早起,给自己和王万吉做好早餐,然后吃了就出门,把王万吉的那份留在蒸锅或者微波炉里,他是要睡懒觉的。现在王万吉离开了,她也不需要从浦西市中心,赶往陆家嘴上班。勤勤服饰又离家那么近,她完全可以像所有的年轻男女一样,在床上多赖一会儿。她确实也是慢慢接受这一种更舒服点儿的习惯。但林源住进来以后,特别是知晓了他的身份和职业,又亲眼见过他的工作方式之后,西亚又恢复了早起的生活习惯。准备好早点以后,就在客厅一侧的餐桌上,慢悠悠地吃着早饭。

有时候,她正吃着早饭,林源开门出来了,会露一个微笑,打个招呼,进入盥洗室。有时候他也会睡懒觉,那扇门总也不打开。她的这顿早饭就吃得时间尤其长,直到该去勤勤服饰上班了,她才起身出门。临走出202这扇门时,她会朝着林源还没动静的那扇关上的门望一眼。

她知道这完全没有必要。林源只是她的房客,他付的是房费。她不需要管他一日三餐吃什么。即使他开门出来时,她正在吃早餐,在互打招呼问好时,她会客气地扬一扬手中吃的包子或是花卷,问一声:

"你要吃点吗?"

他不是笑一笑,摇摇手表示不,就是轻轻道一句"哦谢谢!我出去吃"。

她也便不说下去了。他是个成年人,在上海市中心四处都是早点的马路上,对付一顿早餐,是十分简单的事。

但是久而久之,她会想,天天在外头吃,他吃不厌吗?听他说话的口音,他完全是个纯正的上海人,他有家吗?父母是干什么的?始终没听他讲起过回家的事,他的家一定离这附近很远或交通不便捷。或者说,他来上海久了,学会了一口标准的上海话,他的老家不在上海?还有他工作的环境中,他参加导过的那么多影视剧中,一定有不少花枝招展的姑娘和这么年轻的导演合作，他有恋人吗？看他的年龄，正是恋爱的季节啊！

这一点是非常重要的，恋爱中的男孩，和完全没有坠入爱河的小伙子，是完完全全不一样的。

西亚喜欢在他偶尔早回家的日子，同样逗留在客厅里，有时也听到他打手机，有时是他打出去，更多的时候是他听到铃声接电话。这时候西亚会情不自禁仄起耳朵，不是她爱偷听人家电话，而是她有一种一探究竟的愿望。主要的原因，她想听听，他是在跟什么样的对象通话。和恋人通电话，小伙子的声气会和平时讲话不一样。

听不出，西亚有意无意之中听过他打的多次电话了，有时是她在厨房，有时是在盥洗室，也有时就在客厅，听得更真切一些。都没有听出他和平时讲话的腔调有啥不同。

现在西亚有点遗憾和后悔，一开始约法三章时，答应了相互不打听对方的以往，包括家庭和往昔的经历。要没有这一条的约定，早可以问了。这会儿她没有办法，已经答应了他，西亚觉得，她得遵守这一口头约定。要不，住在一套房间里，什么话不可以说啊。拿金小平的话来讲，住在红弘小区这样一个普通市民聚居的地方，没有绯闻人家都会编一些"乱嚼西瓜子"的流言出来了。不是吗，林源刚住进来，就有人说她招蜂惹蝶了。这样的蜚语，不知道林源听说了没有？更不知，他听说以后，会是一个什么态度？

他可真是忙，工作肯定没有西亚现在在勤勤服饰悠闲和得心应手，你看他每天都在她上班前后出去，天天都要在晚上再回来。有时候回来得早些，七八点钟，有时晚些，八九点，甚至十点之后，还有一两次是在深更半夜，西亚等不及，回卧室躺下了，才听见他蹑手蹑脚进202的声音。西亚感觉这个人的自律性是很强的，不仅不想影响她的休息，即使他每次使用盥洗间之后，他的一切小物件，毛巾、浴巾、肥皂、牙刷牙膏什么的，都收拾得井井有条。让她用挑剔的目光审视，都挑不出啥毛病。

她只在亮泉宾馆的大会议室门口,透过门缝见过匆匆一瞥他拍摄的情景。西亚忍不住想,他这么忙碌,天天都在那个地方拍摄吗?凭她对影视剧拍摄的一知半解,她现在看电视上的影视节目时,知道每部影视都是要不断地更换场景再拍的。他在哪里拍呢?随他一起参与拍摄的影视演员,剧组里的人,都住哪儿呢?

西亚自己都奇怪,似乎有关他的一切,她都想了解。只可惜,他俩虽共同住在202的两间屋子里,连交谈的机会也没有。

这是西亚失落和有点遗憾的地方,好在合同签了两年,他还要在202住下去呢,至少住满两年吧。这也是马经理为西亚着想的地方。他若中止合同不住下去,还得多付两个月六千元的房租呢。

"嗳,我多煮了一个茶叶蛋,你要不要带上?免得饿。"

这天早晨,西亚正在津津有味地吃着点心,看一脸急迫的林源赶着要出门,西亚终于逮着了一个机会,指指桌上的盘子道。

走到门口的林源回头望了她一眼,出乎意料地答道:

"好的呀!我睡过头了,来接我的车说几分钟后就到门口。现在还属于疫情期间,快过十一了,外来车辆不让进红弘小区,我怕师傅等,就急着出门了。"

"那你快吃一点,这是茶叶蛋,"西亚热情地指了一下她盘子里的早餐,又指指主食道,"这是我昨天下班回家买的椒盐酥饼,你尝尝。"

说着,西亚去橱柜上抽了一双筷子,递给退回桌旁坐下的林源,安慰说:

"不在乎这几分钟吧,工作忙,早饭总要吃的。"

话语里透着她的关切。

林源拿起酥饼咬了一口,道:"今天是拍外景,出现场的美工、道具他们,提前一小时就走了,这会儿只等着我去。坐上车就得直接赶到现场,不能再在半路上吃早饭。"

"那好、那好，我微波炉里还有一只，你一块儿吃了吧！"西亚又打开微波炉，拿出另一只烘烤得香喷喷的酥饼，端到林源跟前，"味道还可以吗？"

林源咀嚼着酥饼，连连点头道："很好吃，有点咸中带甜，还有股玫瑰香味，好吃的。"

西亚又拿出一只小碗，给他倒了一杯豆浆递过去：

"光吃干的，你再喝口豆浆。"

林源低头瞅了一眼答应着："好的好的，谢谢你。"

他咽下一口酥饼，又喝点豆浆，突然想起来什么似的说：

"我这一吃，不要把你的那份早点吃光了。"

西亚无声地一笑，说："我还有哪，你尽管吃饱。"

说着，她很自然地坐在林源斜对面，拿起他还没吃的茶叶蛋，把蛋壳剥下来。边剥边垂着眼睑道：

"我老家的小城里，也有这种饼。有叫烧饼的，也有叫麻糕的。看见点心店里的椒盐的，我尝过，蛮特别的，我就买了一盒。"

意思是让林源放心吃。

西亚把剥去蛋壳的鸡蛋放在盘子里，推到他的跟前。林源也不客气，拿起就咬了一口。遂而又端起碗喝豆浆。他仍吃得有点急促。

其实，西亚早就想招呼他一起坐下吃早点了。看到他不吃早饭就去上班，有时正遇上西亚在吃，她很想邀他一起吃点，又怕他觉得她太热情了。西亚还有一个心病，马经理看在金小平分上，给签下了三千元一个月的房租，占了她租下这套202的四分之三。变得她现在住着这套房子，每个月只需付一千元了。她内心深处总觉得占了林源的便宜，但也不便说穿。她又不少这一千元，于是她就想能找个什么借口，补偿一下吧。

恰在这时，林源兜里的手机响了，他掏出手机瞅了一眼，没接电话就离座站了起来，一口喝尽了碗里的豆浆，手里还拿着吃剩的半个酥饼，他瞅着双眼望着他手机的西亚，抱歉地说：

"车来了，我走了。"

"让师傅等一两分钟没关系的呀！"西亚想当然地说，"你看你，都快吃完了。拿着一路吃，让人觉得……"

语气完全像是林源的一个小姐姐。

准备转身的林源迟疑了一下，回看了西亚一眼，站着不走了，又咬一口酥饼说：

"好，那我吃完就走。"

西亚转脸去，偷着一笑，嘴里嘀咕着："就是嘛！工作再忙，也别委屈了肚子。一天三顿饭，总要按时吃的。"

林源不知是不是听见了她的话，他搓了一下双手，用完成了任务的语气说：

"吃完了。衷心谢谢你，西亚。这下我该走了。"

西亚随着他转身站起来，忍不住又说一句："真这样紧张啊！"

"是的，今天是拍摄的最后一天。下午我会早点回来。"

说着他一阵风般走到门口，拉开了门，疾步穿过走廊，连蹦带跳地下了楼梯。

西亚痴呆呆地站在餐桌旁，倾听着他的脚步声出了门洞后消失了。她仍在回味着他匆匆出门时的那句话，他说是拍摄的最后一天，怎么拍一部电影，这么快就结束了？她记得去宾馆看见他在大会议室拍电影，到现在没有几天啊。另外，他为什么会冒出一句，告诉她，他会早点回来。这是不是说明，他确确实实是把这202当成家了。拍摄完毕，可以安安心心地在家里休息了。

西亚当然愿意他早点回来啰！回来了她要问他，怎么这样快结束了拍摄？以后要不要她在准备早餐时，为他也准备一份，一人吃和两个人吃是差不多的。西亚会顺便告诉他，自小在外公外婆的身边长大，她和其他同时代姑娘们不同的是，她会做家务，会一点厨艺。这都是她从小跟着外婆学的，外婆是传统的江南小城里的家庭妇女，可能干呢！外公说她能为客人们做出一桌菜来，荤荤素素都有。外婆还会做几种家乡的小吃和点心。进中学以后,西亚就能自己准备每天的早饭了。

转念一想,西亚不由得暗自在笑自己,给林源一个男孩子,说这些干啥呀!他才不会给她面子耐心地听呢。

西亚扪心问自己:她脑子里怎么想着想着,就想到林源身上去了?她这种心情,是不是对他……

想到这儿,西亚举起手来,做扇子状,连续在脸前扇了好几下。似是要把一些跳跃的念头,全都驱赶走。

天气仍然热,今天热得还有点闷,给人一种压抑感。

这可一点不像秋天的气候。秋天往往都是秋高气爽的。

今天上午真的让人感觉闷得难受。

不过西亚的心情很好,收拾桌上早餐的盘碟和碗时,她还有点儿莫名的亢奋。她的内心里还有股想要唱歌的欲望。自从王万吉消失以后,喜欢唱歌、听歌、欣赏歌曲的西亚,很久没有萌生这股歌唱的感觉了。今天不知是受什么触动了,她一边涮洗碗碟,嘴里一边哼哼起了那首传遍全球的《天下一家》:

> 没错
> 创造更美好明天的
> 正是我们
> 就是你和我
> ……

西亚嘴里哼到这一句,不由咀嚼着重复着这几个字:就是你和我……

西亚的眼前不知怎么浮现出林源那张阳光男孩的脸:明朗、清纯、坦诚……还有?什么呀,她怎会洗洗碗也想起他来?人家刚刚走,离开202赶着上车去上班,干他的活儿。她却像惦记似的,马上又思念起他来。羞不羞吗？西亚。

洗净碗碟，抹干手，西亚不由自主地走进盥洗间，抹一点护手霜的同时，她对着镜子打量了自己的脸庞一眼。

天哪，她几几乎不认识自己般细细瞅着脸，她的脸色抹上了一层胭脂般绯红绯红的，透着青春的光泽。特别是她那双眼睛，王万吉小乐队里那些男生曾经夸张地说，你的眼睛呀，只要定睛朝着哪个小伙望，小伙子就会没命地亲近你。西亚倒不觉得自己有这么大的魅力，可实事求是地说，和王万吉相恋以后，她还真没正眼瞅过另外的啥男孩一眼。西亚狐疑地问着自己，刚才望着林源时，是不是这副神情。如果是这副目光，这根木头，他怎么会是无动于衷的？

想归这么想，西亚却一点儿也不颓丧。相反，她的心情有股莫名的欣喜，人也感到有些亢奋。内心深处，她真的有点感激林源在生活里的出现，她把他住进202房间，成了她的房客，看作是上帝为拯救她由于失恋坠入深渊特地派来的。使得白天黑夜沉浸在悲伤里的她不再时时处处事事想起王万吉来，使得她不知不觉地把注意力转到了林源身上。探究他的来历，设想他的一个又一个工作环境，猜测他的家庭、感情生活，揣摸他早出晚归的规律，摸清他的秉性，以至于关心起他什么时候入睡，每天的早饭……就在这个过程中，她把王万吉置之脑后，把这个不辞而别的家伙忘记。

她的睡眠恢复了，她的情绪不再波动起伏了，她又回归到正常的生活轨道上来了。要不，她的脸庞怎会转回红润，她的心情怎会重新燃起希冀和憧憬的火焰，她的双眼怎会熠熠放光，看得她自己也不认识自己了。

西亚就是在2021年9月29日的上午，一个气温高得如同夏日，又有点气闷压抑的早晨，步行着走出红弘小区，轻松愉快地去勤勤服饰上班的。

西亚自己都为外貌上巨大的变化而暗自愕然。她还记得去勤勤服饰时勤勤姐说的话，那个时候她憔悴得不成形了。是呵，被公司炒了鱿鱼，那份稳定的工资又没有了，失去了赖以生活的唯一退路。而暴怒的王万吉又离她而去，在那几天里，她陷入了深深的绝望。她只觉得自己的人生跌入深渊之中，黑暗，没有前途，她在这世上，再没一个亲人了。自从外婆和外公离世以后，她把王万吉视为自己的一切，连他都说甩手就甩手，一走了之。她还能怎么样？只有她知道，自己在那几天里是如何从精神的痛苦中缓过来的，受了重创的心灵是如何愈合的。

先是勤勤姐伸出了挽救她的手，给了她一份新的职业和薪酬，几乎是把她从溺水无助的境地中拉了起来。为此她对伊勤勤产生了深深的感激之情。

继而是金小平粉刷房子启示了她，在马经理的无私帮助下同样改变了202的居住环境，还分文未取，并福音般给她介绍了一位房客林源。

林源在她生活里低调地出现仿佛拉开了帷幕，让她陡地感觉到另外一种人生的开始。这个人身上的一切都让她欣喜，她愿意去了解他，洞悉他的世界和生活。

一路慢悠悠走去勤勤服饰的人行道上，时有戴着口罩和没戴的行人在她身旁穿梭而过。每个人身上的衣着几乎仍都是穿着夏装，姑娘们有说有笑地去上班，老人们悠闲地迈着步子进出餐饮店吃早饭，一些拎着提包、背着挎包双肩包的上班族往往步履匆匆，走得急急忙忙。这座城市所有的人都十分注重穿着，他们都穿得十分体面，讲究搭配，讲究优雅，就连打工一族，疾行于人丛中的快递骑手，马路边的清洁工，衣着都是干干净净的。

西亚每次行走在马路上，都从心底里由衷地感到，勤勤姐选择的事业，实在是一个能给人提供无尽提升空间的职业。她在勤勤服饰只要善于钻研，一定也能提出一个又一个令伊勤勤眼睛一亮的创意。在她寻觅到商机的同时，自己也感觉到喜悦。

中午时分，闷热压抑的气温达到了顶点。和西亚同在阁楼上班的胖胖，热得浑身冒汗，只穿着露腰胸装和超短裤，完全是居家在内室的打扮。嘴里还在说：

"太热了，反正下面的人看不见，我凉快凉快！西亚，你的修养真好，还穿得这么整齐哩！"

西亚瞅了一眼胖胖胸前耸得高高的乳房，说：

"我是怕勤勤姐在下头招呼，听到唤，我得及时下去呀！"

"真是五好职工。"胖胖调侃着，"热死人了！"

幸好下午落了一场阵雨，雨势大得还有些惊人。勤勤服饰门前的人行道上，飞溅起来的水沫雨珠，把服饰店的落地钢窗玻璃都污染了。雨一停，西亚就听见勤勤在招呼员工，去把钢窗玻璃抹拭干净。

阵雨下得透，效果也明显，气温明显地降下来，闷得人透不过气来的低压不知不觉间消失了。胖胖已在把她那件网格黑色披肩衣穿在身上。这也是西亚来上班以后，给胖胖的建议，让她把原来那件花纹图案的，换成现在这一件。

胖胖换上以后，感觉满意，当面就夸西亚："怪不得勤勤姐聘你当助理、做创意呢！"

午后四点多钟，勤勤姐在店堂里喊她："西亚，把你身上的活儿停一下，到店堂里来。"

西亚向胖胖做个手势，顺着梯子下了楼，来到灯光通明的店堂里。

勤勤姐指着一对母女给西亚介绍："这是宋芳琳总经理，上次我让你送去的那套服装，就是她订的。这是她的女儿关菊关小姐。"

西亚笑着跟她们打招呼："我姓曾，曾西亚，是勤勤姐的员工。"

宋芳琳总经理微笑着向西亚伸出手来，和西亚边握手边道：

"听勤勤说起过你，好个美女。只听勤勤夸过你的创意，没想到你长得这么美，有气质的美啊！"

"谢谢宋总，谢谢宋总！"西亚还没这么当众受到有身份人物的夸奖，连声道着谢，并和关菊也握了一下手："你好！关小姐。"

关小姐也是个上海美女，是那种五官端正的无可挑剔的美。母女俩都穿着亮泉宾馆的职业套裙。齐膝盖的深色裙子，上身是剪裁得体的短袖小碎花衬衣，雅致的小领子。

西亚心想，关小姐也是亮泉宾馆的服务人员吗？母女在一个单位，很少见的。

"是这样，"勤勤指了一下关菊，直截了当说起了她俩的来意，"关菊小姐刚做了一件晚礼服，是在茂名南路上锦江饭店沿街专做的，当时选定的料子，奉帮裁缝量的尺寸。真正做出来，穿上身，她们都觉得还可以。可总感到，还有点儿美中不足，却又说不出如何补救。宋总让我们看看，有什么办法没有？"

宋芳琳矜持地一笑："就是咨询一下。"那神情对西亚似还有些不放心。

"那就请关小姐穿出来，我们看看。"勤勤指了指内墙上一面和门一样大小的镜子道，"镜子后面就是试衣间。"

关小姐提着晚礼服走了进去。

宋芳琳又道："当时兜遍了淮海路，也是她选定的料。我想她在亮泉宾馆实习，期满以后就要正式求职踏上就业岗位了，要做，就做好点，高级一点。也算是我这当妈的一份心意。我这个女儿啊，从小就喜欢别出心裁。"

"没事儿，"伊勤勤道，"宋总，我们尽所能作点儿补救。她呀，看上去同你女儿差不多大，在这方面眼光很有见地的呢！"

最后这一句，勤勤姐是指着西亚说的。

试衣间的门一开，换穿上一身晚礼服的关菊，一步一步款款走来。

西亚迎着关菊望去，只一眼，就看出了这身制作精良、非常贴身的晚礼服的美中不足在哪里了。

关菊的晚礼服是深香槟色的丝缎连衣裙式，这色彩衬托不了关菊白皙的皮肤，况且，那衣领显得有些累赘了。整件礼服穿在身上，反而令关菊看上去年纪大了。

伊勤勤对关菊做了一个手势："关小姐，转个身，对，转个身。"

关菊迟疑了一瞬间，慢慢转了个身。勤勤笑对宋总道：

"你感觉到没有，关菊换上晚礼服以后，好像更成熟了。上海人讲，显得老气了。"

"是嘛，"宋总完全赞成，"当时她一定要选定这块料，我就凭经验说，她穿出去，会显得老气，没有女孩子应有的模样。她还顶我嘴，说人家很多晚礼服，还都是更深颜色的呢！"

关菊见妈妈当众责备她，噘起了嘴，往试衣间里走去。这会儿，她可能也意识到了这身晚礼服的不足。

宋总瞥了西亚一眼，又望着勤勤："你看，有没有办法补救一下？"

勤勤把脸转向西亚问道："西亚，你说呢？"

亮泉宾馆的总经理要带着女儿来店里试穿晚礼服，吸引了勤勤服饰的所有员工，连后面工场间裁制衣片的师傅也都到店堂里来围观了，几个女孩勾肩搭背，还在那儿窃窃私语。

"宋总是我好朋友，"勤勤放声对员工们说，"不是外人，你们有什么话，尽管说出来听听。"

西亚把脸转过去，一个三十岁上下的员工道："我们都同意伊总刚才说的，小姑娘穿这身晚礼服，显得老成了一些。"

"有什么改进建议吗？"勤勤又问。

员工们面面相觑，又都摆手、摆头，不说了。

胖胖的圆圆脸从阁楼栏杆上露出来，高声道：

"西亚说，西亚你说。你平时说出的那些点子，不都让我们一怔一怔的嘛！"

"对，听听西亚的。"

"你专业都是做创意设计的。"

其他员工纷纷附和。

这会儿,关菊又把衣服换成了宾馆的职业装,走了出来。

西亚淡淡地一笑说:"宋总女儿穿上这身晚礼服,是很优雅、典雅,也很有风度的。考虑到她和我们年龄差不多,就是觉得过于成熟了一点。但这身深香槟色的料子又很贵,不便于大动干戈。我的建议是,把礼服上的衣领剪去,改成无领的;另外,这一点要听取关小姐意见了,选择亮丽的珠片色,在前胸上方靠左肩处,点缀上花饰。这方面,是我们勤勤服饰的优势了,大家一起来出主意、想办法,并征得关小姐喜欢和同意。这样,可以补救这件晚礼服的美中不足。"

话没说完,西亚已经看见,勤勤姐的脸上露出了笑意,还在不住颔首。

连一脸愠怒的宋总,脸上也开朗起来。

西亚的话音刚落,阁楼上的胖胖就挥动着她圆滚滚的手臂,一阵叫:

"我说嘛,我说嘛!西亚一定有办法。"

人们都哄然笑起来,谁都知道,在店里兼任出纳的胖胖是勤勤的亲戚。

笑声平息下来,勤勤从关菊手里接过晚礼服,熟练地折叠着,望着这对母女问:

"你们看怎么样?"

宋总既怜又爱地望了女儿一眼:"我没什么想法了,听听她的。"

关菊定睛瞅了西亚一眼,说:"卸去了礼服的领子,那脖子上会不会太光了。"

宋总拉了一下女儿的手指:"这可以用项链来吸引客人眼球的呀!晚礼服都是在庄重场合穿出去的,总要配首饰、项链。"

勤勤补充道:"还能更加凸显女人项链的魅力呢。"

"那我同意。"关菊这才爽快地答应了,还感激地望了西亚一眼。

宋总也向勤勤伸出手来,握着她的手说:"那就拜托伊总了。"

同时，她还对西亚赞许地点了一下头，微微一笑。

下过阵雨，虽然气温还像晚夏一样，不过让人郁闷压抑的感觉消散了，呼吸也感觉舒畅多了。

下班时分，吹来点小风，马路上熙熙攘攘的人流不断传来阵阵欢声笑语。

西亚在走回家去的人行道上，惊讶地发现，同行和迎面走来的路人中，竟有一半没再戴严严实实的口罩。看着人们一张张轻松的笑脸，西亚也把在陆家嘴大楼上下班习惯戴上的口罩摘了下来。

上海的疫情要求，现在只让坐地铁和公交车时，必须戴口罩。进入大型商场和超市，必须戴口罩，有的还要顾客出示健康码。在行走的人行道上，没有强制性的要求。

呼吸着清新的雨后空气，看着人行道上还没干透留有水渍的街面，西亚的心情就如早晨来上班时一样亢奋和欣喜。她都奇怪，王万吉离去之后带给她情绪上的失落、脆弱、伤感和心乱如麻得夜不能寐，都一扫而光，脸上也没了悲戚和失眠造成的困乏。

这固然是勤勤姐在她最为无助时伸出的援手，也因她快速适应了勤勤服饰店里的工作和生活节奏。同样，只有她心灵深处明了，还因林源在她生活中的出现，他今天自然地吃了她的早点，还和她对上了话。

虽然说的话不多，匆匆忙忙中只有几句，可西亚都记住了，一句说他今天会早点回来，还有一句，是他吃了她的酥饼，向她道了谢。

回家路上，西亚有意识地为晚饭多买了点菜，荤素都有，她要趁着心情舒畅，煮几个菜犒劳犒劳自己。她还选择了几样早点吃的半成品，花卷、绿杨邨的蔬菜包、面条、馄饨。选得有点多，放进冰箱的冷藏柜，方便选用。马上就是连休七天的十一黄金周了，每天的早晨不需要都跑到外面临时去买来。

这都是她给自己找出来的理由。其实,没有说穿的一点是,如若林源今天说的早回来,是不是暗示他会在202自个儿准备晚饭呢。如果有这层意思,她就会邀请他一块儿用餐。多备早点,也是这个含意。其实前两天在食品店发现椒盐酥饼时,她顺手就买了两盒;一来确实是她想尝尝这种故乡小城也有的酥饼是啥滋味,购买时,脑子里也掠过一个念头,如果在微波炉里转动时,或是她正在吃早点时,林源闻到香味,表现出兴趣,她就会自自然然地邀他一起尝尝。这样既不动声色,又显示对房客的尊重。也就达到了和这阳光男孩交流和增加接触的机会。

当然,这都是西亚的一点小心思,是表示她对林源好感的委婉表达,她是绝不可能对任何人说的。

采购了大包、小包熟的和生的食品,西亚回到202家里,开门进屋,一眼就看见,林源那间屋里静悄悄的,门关得严严实实的。

他说得没错,今天回来得竟然比准时下班回家的她还早。一般的情况,他回来,房门不是敞着,就是随意地半开着,即使关上了门,也是掩着,多多少少有点儿动静。今天有点反常,门关得紧紧的,而且,一点儿动静也没有。人在屋里,同一套房里住着,哪怕是起身走动,喝水,坐在椅子上,歪在床上,或是他晚上回来时那样,有时听听音乐,有时坐那儿看网上的影视,总有点儿声响的。

这会儿的情形却有些奇怪,啥声音都没有。那他这时候在干啥呢?

西亚把买回来的食品在厨房里一样一样取出来,该放篮里的放篮里,准备洗的蔬菜放进水兜,买的豆腐干放进盘子。顺手淘了米,煮上饭。舀出大米来准备在双人锅里煮饭时,她掂酌了一下,煮两个人吃的,还是她一个人吃的?

只愣怔了一下,她脑子里闪过一个念头,曾经的小乐队成员,那些来自故乡小城的成员,在202蹭过她多少顿饭吃啊。小乐队散伙了,他们作鸟兽散,她都从来没有啥想法。林源现在是她房客,一个月交她三千房租，她在乎啥呢?

她不再犹豫地舀了两个人吃的饭，淘干净了米，煮上了。一边这么做，一边仍在自我寻找着理由安慰自己。

走出厨房间，清洗买回来的荤菜和素菜之前，西亚忍不住走出厨房，来到客厅里。

客厅里一片安寂，仍然没什么声响。楼梯上有人上下的脚步声清晰地传过来。西亚猜不透林源回了家在捣鼓些什么，忍不住蹑手蹑脚、小心翼翼地走近他的门边，仄耳细细地倾听。

啥也听不见。

一个念头陡地跳出来，她想起来了，昨夜直等到他半夜，才听见他回来。今天上午他睡过头了，听到动静才起的床，匆匆忙忙吃了她的早点。今天早早回家，他一定是睡觉了。补睡眠呢。

一缕笑纹出现在西亚嘴角，准定是这么回事儿。

这么一想，西亚似偷听人壁角唯恐被发现一样，悄悄地回到厨房里，安心地准备起晚饭来。

第九章

都说有过早恋经历的人,都是多愁善感的、敏感的。

西亚觉得自己也不例外。可能是基于西亚的花容月貌,或是外婆察觉了西亚时常若有所思的神情,在西亚高中还没毕业的时候,外婆就不断地嘱咐她,给她敲响警钟,让她千万不要早恋,不要早恋,早恋没啥好处。

但是,外婆劝阻她的振振有词的理由却又是,这辈子一旦爱上一个人,认定了,那就得悉心地为对方着想,碰到任何事情,都想着这是两个人的事情。好好把日子过下去。

西亚知道,外婆和外公,两个人厮守了一辈子。以至外婆病重一离世,外公也随之跟着外婆走了。把西亚孤零零地留在世上。

从此故乡小城的巷子里,就少了一对做什么事儿都在一块儿的老人。

西亚没有听外婆的教诲,早恋了。和王万吉早早地海誓山盟地恋上了。但是,一旦恋上,特别是来上海闯荡并且在202这套房子里同居以后,西亚是遵照着外婆的教导做的。她爱他,把王万吉当成生活里的主心骨,她赚钱支持他崇高而美好的音乐事业,她盲目地相信他的才华,当他的脾气越来越大,稍不满意就对她呵斥发火时,她绝不还嘴和他顶撞,她理解他在事业上的坎坷和挫折,她相信在大学里读到的一句格言：挫折，是成功的阶梯。她委曲求全地和他生活在一起，看在曾经爱得死去活来的分上，她照顾他的生活，她尽自己所能，去满足他一个一个大大小小的要求。小乐队的所有成员，那个"长脚"，那个"小四眼"，每个人都说她是当代世界上最好的姑娘，在偌大的上海再也找不到像她这样的姑娘，一个好姑娘。但她还是失败了。

早恋曾经带给她的五光十色的一切，都荡然无存。

王万吉转身就无情地抛弃了她。他怎会如此无情无义，如此毅然决然地割舍以往的一切。根本没把她对他的好，她的善良和美貌，放在眼里。而且他在离开不久，就投身到梁云霞那个比他年长的女人怀抱里！一点不顾自尊。

西亚真懊悔自己怎么会和这样一个男人展开一段早恋，西亚后悔自己轻易地和他同居在202这套房间里。特别是这套如今焕然一新的房间里走进了林源这么个阳光男孩。随着日常接触的增多，西亚觉得林源不但脸庞阳光，目光清澈，他浑身上下都是阳光的。她不敢想象她和王万吉曾经的过去，一旦被林源知晓，他会怎么看？

沉浸在思绪中，西亚清洗菜肴的速度明显地慢了。或者说，干脆就停顿了。电饭煲"嗒"一声跳到了保温键，这才提醒她回过神来。她瞅了瞅拿在手中的一片菜叶子，这才觉察自己完全走神了。哦不，岂止是走神，是有点儿走火入魔了。没觉察吗，窗外的走廊已晦暗下来，楼外的天擦黑了。

西亚自嘲地一笑，急急忙忙加快了自己的速度。

她炒了一个芹菜、豆干、肉丝。一个醋熘白菜。切好一盘蹄髈肉，这是她在熟食店选的，应该味道不错。正在煮一个笋干火腿汤，门上一声响，西亚回头望去，林源从他的房间里走出来，睡眼惺忪地望了望，自言自语道：

"天都快黑了呀……"

西亚明白自己猜对了，他果然在睡觉，笑吟吟地招呼道：

"你睡醒了呀！都到晚饭时间了。"

林源不好意思笑了一下，走进厨房，没话找话地说：

"你在烧晚饭啊！我还说，好好睡一觉，睡醒了请你出去吃个饭呢。"

西亚不解了："请我……吃饭？凭什么呀？"

吃饭总得有个理由吧。

"我不是你的房客嘛！顺利地租上你的房子，马经理和你楼上的金小平，我总该表示一下感谢啊！"林源挺自然地道，"那天，他俩到亮泉宾馆来看我们拍电影，完了，我已在宾馆里，请过他们两个。说起也想请请你，金小平讲，反正你们住一套房间里，天天见上面，以后有的是机会。让我单独请你，到时候她来作陪，还可以多蹭一顿好吃的。这个金小平，真的好直率。"

西亚心里一阵高兴，笑容满面地道："你请我们，当然乐意啰！不过今天啊，晚上我都煮好了，你一起吃吧，不是专程请你，是我的家常便饭。一起吃。"

说着，西亚睁大双眼，盯着林源的脸。

"行啊！"林源一口答应，"上午吃了你的早点，这会儿又吃你晚饭，下回一起请还你吧。"

西亚简直是喜出望外，煮晚饭时，她还怕直接请他吃晚饭，有点唐突，好像在专门讨好他。这会儿话说到这份上了，她灵机一动，显得又大方又自然。她朗声道：

"那你稍等，一会儿就都好了。"

她心里是有想法和算计的，多买点早饭吃的半成品，在她吃的时候，正碰上他也在家，她就客气地招呼一声，她得真心实意，真备得有吃的。今天吃这顿晚饭，熟菜、生菜她准备得这么多，可以说是家常便饭，也可以说是她有意无意多烧一点。只因为他早晨说了一句，他会早回来。他若没有随口吐露这一句，以往她一个人吃，往往她只准备一荤一素一汤就行了。这会儿，她实际做好了三菜一汤了。

况且，她花了点小心思，三个菜她配的是一色的盘子，汤舀进盘里，放上餐桌，就是一个造型精美的家常菜格调。这都是外婆言传身教的熏陶，她自小在外婆身旁长大，喜欢在厨房里学着煮饭，做菜，配冷盘，炒热腾腾的菜肴。

事实证明她的用心是有效果的。当她把火腿笋干汤的盘子端上桌时，林源对着餐桌瞅了一眼，就赞叹道：

"哈，摆得真好看。看来你平时吃得很讲究的。"

西亚晃了晃手中的两双筷子，一边一一地放在小碟上，一边道：

"随便吃点。嗳，要不要喝点酒？我这里有从家乡带来的土酒。"

林源直了直腰，似想起了什么，说："你提起酒，我这儿有，是贵州茅台镇上产的……"

"茅台酒吗？"西亚有点惊喜。

"不是茅台，不过他们喝过的说，这款黔台酒年份五十年，一点不比茅台差。"林源抱歉地一笑，"不过我不怎么会喝，我去拿来。"

说着他转身去往房间里。

西亚只有产自故乡小城的酒，还是小乐队成员来上海时带出来的，肯定没有产自茅台镇的酒好。她就不和林源争了。不是她喜欢酒，是她觉得，喝着酒，可以和林源相对坐着，多待会儿时间，聊聊，增加些了解。

眨眼工夫，林源手里拿着一只黄颜色的酒盒来到桌边，打开，从中取出一瓶和盒子颜色相同，造型又和贵州茅台酒相同的酒来，轻轻放在桌上。

西亚好奇地问："这么远地方的酒，你们怎么弄来的？"说着，她拿过酒盒，看着那上面的文字，果然产自茅台镇上。

"是黔台酒业赞助我们电影剧组的，影片里用得到酒。"林源又指指酒盒，"那下头还有只小盒子，里面有两只小杯子，说是专门配来饮黔台的。"

西亚取出小盒，打开，里面果然有两只细脚伶仃的小杯子，西亚欢快地笑起来：

"哎呀，真可爱！这么小的杯子，一只能斟多少酒啊？"

林源也跟着笑了："会喝酒的大汉嫌小，这种杯子，正好我这样不会喝的人用。他们说，一两酒可以斟七八杯。"

西亚把杯子拿在手里旋转着，笑道："那就真可以一口干一杯了。"

林源拿过两只小杯子说："我去洗一洗，还没用过呢！"

西亚手指了一下厨房的水池："那好，你洗小杯子。我再去添两个菜。"

"你不用忙了，桌上的菜够我们吃了。"

"这么好的酒，菜太少了。你不用操心，我手脚很快的。"

林源在洗杯子，又用净水清洗时，她炒了一个葱花鸡蛋，又切了一小盘鸭肫肝，几分钟工夫，就端上了桌。

五十年黔台酒一打开，一股浓烈的香味弥散在客厅里，能品上一点酒的西亚顿时感悟道，这确实是好酒！酱香的玫瑰味里兼有股浓香。

林源端起袖珍型的高脚杯，向着西亚道：

"谢谢你的热情招待，吃上一顿家常菜。看菜肴的模样，味道一定不会差。"

"也谢谢你慷慨地拿出一瓶好酒！"西亚急忙端起小杯子，和林源的杯子碰了碰，把酒杯送到嘴边。她原想抿一下，像其他烈性白酒一样慢慢啜饮，哪知道一舔酒味，那味道实在香得醉人。她一口把小杯中的酒全饮尽了，又情不自禁赞道："真的是好酒！我从来没喝过这么香的酒。"

"泸头酱味。"林源只轻轻啜了一小口，小小的杯子中，色泽微黄的酒液只下去了一点儿。他放下酒杯道，"听拉赞助的制片说，这款酒，首屈一指的酒界泰斗，活到一百十一岁才去世的秦含章老人称赞它的香味，初品如名酒泸州老窖，喝到回味上来了，又有股茅台酒的酱香味。"

136

"哈哈，"西亚欢欣地笑出声来，她指指林源的小杯子，"瞧你，一点不会喝酒，讲起酒经来，却头头是道。"

林源捻开瓶盖，又给西亚斟上酒，然后把酒瓶放在她那边，说："喝了你自己倒。能喝多少就多少，反正就这一斤酒，我看你是能喝的。"

"哪能喝完这一斤啊！"西亚摸了摸酒瓶，"没喝完的你拿回家去，过节喝。这酒，真的不比茅台酒差，价格不会便宜。"

林源开始夹菜吃，他光吃一小片鸭肫，又夹一块蹄髈肉，觉得味道都很好。醋熘白菜、香干芹菜肉丝，滋味同样不错。一边吃一边说："很难得的，我大学里那些女生，剧组里的小姐们，一个个都不做家务；还公然宣称，不会做菜。你和她们都不一样，既会品白酒，又会煮饭炒菜。剧组里，有对酒感兴趣的人，发到手每人一瓶黔台酒，就跑去南京路上第一食品名酒柜台上打听，这酒多少钱一瓶。"

"多少钱？"西亚被他随意说的话吸引住了，又一口把第二小杯饮尽了，一面拿起酒瓶，一面双眼望着林源问。

林源笑了："说是5999还是6999，我记不住了。反正一说出这价格，剧组里欢腾了，不少人说要拿回去孝敬老爸。也有正在恋爱中的小伙，就说要放到过年，去讨好未来的老丈人。"

"我说这酒不一般吧！"西亚认真说，"那你的这瓶打开喝了，就既不能孝敬父母，也不能去讨好未来的老丈人了。"

说完，她颇有深意地瞅了他一眼。

林源仍是平平静静的，摆一下手说："我父母都不会喝酒，我也没有未来的老丈人。你尽管喝，喝完还有。"

"为什么还有？"西亚眼波一闪，问道。

林源微微一笑："赞助了酒。这酒的董事长兼总经理提出，要来看看电影是怎么拍的。"

"是啊！好多人不知道电影是怎么拍出来的呢！"

"他后来在我们出外景时到了现场，仔细看我们拍了两场戏。"

林源抿着酒，津津有味地一一吃着菜，西亚留意了，每一个菜他都吃了不少，没有觉得哪个菜的味道差。林源边咀嚼着边道："听制片主任说，这位董事长想请我们给他的酒，拍个纪录片……"

"是拍酒广告吧！"西亚不由自主提高了嗓门。

林源摇头："这位董事长是企业家型的，他说广告他在上海电视台、中央电视台做过了。连在澳州华人电视台都做了……"

"酒老板有钱啊！"西亚啧啧连声道。

"他要求拍的，是从文化的角度诠释黔台酒的纪录片。"林源又把细脚小酒杯举了起来，"你喝呀！你看，连喝了几杯，你都脸不变色心不跳。我呢！脸颊上都热乎乎的了。"

西亚连忙端起酒杯，一饮而尽，然后睁大眼望望林源。

是真的，他没瞎说，那一小杯不足二钱的酒，他仅仅只喝去一半，脸上已泛红了。他那张脸，一泛红潮，更显出了几分英俊的帅气。而且，西亚感觉到了，他比平时在202的时候，话多了，健谈多了。虽说两人相对坐着喝酒吃菜，讲的都是无关痛痒的酒啊、剧组啊，纯粹是闲话，纯粹是在吃晚饭。但西亚却觉得，这个氛围融洽而又和谐，有股其乐融融的亲切感与和谐气氛。是自从她受尽感情伤害、失恋以来，最愉快的时候，心头涌起了少有的温暖感。勤勤姐主动邀她加入服饰店做创意，金小平和马经理无偿地帮助她粉刷了202的房间，她也曾感觉温暖，感觉到来自她们的关心。但是，和这会儿与房客林源相对坐着喝酒、吃晚饭，是不一样的。她有种情感滴血的伤口在痊愈的温馨。

现在酒盒中的杯子太小了，也许是西亚真的有点儿酒量，她饮尽一杯添一杯，也不知是怎么的，这酒瓶仍然沉甸甸的，一点儿也不见少。

偷眼窥视一下林源，他仍然是那副清风雅静的神态，专注地吃着盘中和碗里的菜，时而用小勺子舀一勺汤喝，遂而又胃口显得很好地夹菜吃。

他面前那只小杯子里，还有舔底的一点儿酒，他几乎不主动拿起来喝。

西亚忍不住询问："你觉得我烧的这几个菜，有太淡和过咸的感觉吗？"

"正好，没有。"

"好吃吗？"

"好吃。"他抬起头来望她一眼，"拍戏时，天天吃的都是盒饭，要不就是回到招待所、宾馆里吃自助餐，都是大锅饭。没你一个一个做的好吃。"

他好像是在解释为什么如此贪吃的原因。

西亚听了心里高兴，可她没笑，只是把斟满酒的小杯举起来，左手指指他的杯子说：

"那你喝酒呀！瞧你，我都喝下去六七杯了，你第一杯还有点儿。来，把它干完。"

林源应了一声，拿起自己的小杯，把舔底的一丝儿酒饮尽，放下杯子，眉头微微一蹙。

西亚拿起酒瓶，给他斟酒："再添一点，这是你的酒。"

林源摆手道："我不会喝呀……"

"不会喝，也要喝！有首少数民族的劝酒歌不是这么唱的嘛！"西亚开朗地笑着，再次给他斟满酒说，"你不是说，一两酒能倒七八小杯吗，两杯都不到半两呢！来，就喝完这一杯，我们把汤热一下，马上吃饭。"

说着，她把自己跟前的杯子斟满，遂而举起来一饮而尽，又斟一杯。

林源瞪直眼睛望着她，她莞尔一笑，举起了杯子，迎向林源："来，你慢慢地喝。"

林源被动地拿起小杯，重复了一句："慢点，慢点喝。"

碰杯的时候，带着点儿酒意，西亚对他道："有一件事情，我要给你说。"

"你尽管讲。"林源抿一口酒,爽快地说。

"就是你呀,"西亚说话转了个弯,"每天上午出门去,我看你都不吃早饭。你既然喜欢吃我的饭菜,要不,我给你也准备一份。省得我一个人吃着,弄得不好意思。"

好像她是因为感觉过不去,临时想到这个主意似的。

他愣怔了一下,说:"有时是赶着去上班,有时也在马路上买点吃的。"

"那多不好啊!一上午时间很长的,"她关心地道,"时常这样,胃就得病了。"

他笑了起来:"你这样说,有点像我父母常讲的了。"

"你本来就是个阳光男孩嘛!"西亚不知怎么的,会把心里话脱口而出,"我当你姐姐绰绰有余了。既然当了我的房客,我照顾你一下也是应该的。再说,早饭简单,做起来不费事儿。真的。"

西亚的话语十分诚恳,说完了,她大睁着一对眼睛,征询地望着他。内心里却在嘀咕,我这样,是不是太热情、太主动了?顾不上那么多了,借着那点儿酒劲,说都说出口了。

林源回望了她一眼,见她凝目盯着他,他的目光错开了一下,又夹起一片肥瘦相间的蹄髈,却并不送进嘴里,说:

"好吧!谢谢你了,我也不能天天白吃你的,我加一份早餐费,下次付房租时,我一并打给你。"

西亚向他晃了晃手,想说不要不要,你的房租里已经包含了。但她没说出口,为自己又添一小杯酒以后,她说出口来的,已是另外的意思:

"这样也行。你们上海人,就是喜欢亲兄弟,明算账。"

"这么定下来,我也吃得安心。"林源所答非所言地道。

喝过酒,吃了饭,西亚收拾碗筷的时候,林源和她客气了一声,要我帮忙吗？西亚让他回自己的屋里休息，他却说要去红弘小区里外走走，熟悉一下这周围的环境和马路。西亚边洗碗边仰起脸来问他，要不要我陪着你转转？他说不用，他就是去散散步，活动一下，放松点心情。

202的一小点家务活儿，西亚早已做熟了。原来和王万吉同居时，他也啥都不干，全是她一个人忙活。一切收拾干净，林源散步还没回来，西亚干脆进入盥洗间沐浴。开着莲蓬头冲洗的时候，西亚的心情仍然满是欣喜。稀奇的是，忙碌了一天，她一点儿也不觉疲倦，被温热的水一喷淋，反而有些愈加亢奋和高兴。不晓得是刚才林源那瓶好酒的作用，还是和林源吃了一顿和睦的气氛温馨的晚饭，说定了每天和他一齐吃早饭这么件事儿，她都觉得愉悦和欢乐。

抹干身子的时候，她面对着墙上的大镜子，不由得细细地在雪亮的灯光下，打量着自己的胴体。天哪，是灯光格外明亮的关系吗？她的皮肤亮晶晶的那么洁白，耸起的乳房挺得高高的，吃过晚饭没多久，又由于喝酒吃多了菜吧，她的肚皮要比平时鼓出来一些，略微有些腴，尤其是两个红殷殷的乳头，这会儿竟然闪烁着光芒。她的整个青春的血液充溢的身体，该高起的地方高着，该凹陷下去的地方低下去，错落纵横，西亚自己都惊讶，还能有这么美的体态。一个念头不合时宜地跳了出来，就是在202的卧室里，一年半之前的那个夜晚，她和王万吉第一次过夜。当她把全部衣裳脱去以后，王万吉发了疯一般在她的身上揉搓抚摸。当时她惶惑，紧张，不知所措，还有一阵阵欣喜。

可这会儿想起来，她怎么觉得他抚弄吉他的双手，竟像动物的爪子一样肮脏，像魔法电影里妖怪的爪子一样尖利。

一定是因为这个缘故，沐浴时她才会把水开得大大的，让清澈的水彻底地洗净她皮肤上的不洁吧。

一定是因为这个缘故，她才会有好长好长一段时间里，没有对着大镜子直面她的裸体了吧。

这会儿看到自己仍然如此洁白，如此诱人的美丽，她都有些暗自愕然了。

不知不觉的，纷乱的思绪和念头一个个萦绕在她头脑里，她的脸颊绯红绯红的一片。

换穿上睡衣衫，开门走出盥洗室时，她有些意外地看到，吸顶灯下，散步回来的林源已坐在沙发上。听到门响，他回过头来朝她微微一笑。

西亚晃晃自己的脑袋，似要把发梢上的水珠晃落，其实她是不由自主，要把刚才那些杂乱的念头摒弃。她回了林源一个笑容。

林源定睛望着她，有那么一两秒，遂而用认真的语气说：

"我有事和你商量。"

说着他要站起身来。

"你坐呀！"西亚无端地紧张起来，她一边走到沙发前来，一边向他摆手，并顺手拉过一张椅子，坐在他的前面。吃饭时说了那么多闲话，他怎么不讲？这会儿出去转一圈回来，他怎么一本正经有话要说呢？"你说。"

"是这样，"他还是那副平静无澜的模样，"出去散步时，我给家里打了个电话……"

"家里？"西亚不由疑问起来，"你成家了？"

林源淡然一笑，双手交叉在一起说："我是说给爸妈打了一个电话。"

西亚轻吁了一口气。她都不明白，刚才她紧张什么。

"过了明天，我们吃过剧组的关机饭，就放休息了。可以休息到10月10日。"

"十天啊！"西亚放松下来，不会有啥大事了，"人家黄金周都放七天。"

"我们剧组连续加班多了。"林源说话又恢复了慢条斯理的腔调，"我本来说，明天晚上回家去，陪爸妈过个十一。哪晓得爸妈要我明天吃完关机饭就回家，陪他们过个晚上。从十一开始，他俩要出去旅游，从大西北一直玩到大西南，共十一天。"

这完全是他家的私事，他说给自己听，是什么意思呢？

西亚揣测着。静静地听他讲下去。

林源向西亚摊开双手："本来想节假日回到爸妈身边，蹭他们饭吃。现在，我若住在家里，得自己搞饭吃。"

林源一面说，一面窥视西亚脸上的表情。

"嗯！"西亚哼了一声，表示自己在听着。她逐渐猜到林源要说什么了。

林源接着道："你不是邀我一起吃早饭吗，我就想，这休息的长假里，干脆在你这里搭伙算了。或者，这假期所有的饭菜费用，都算我的。"

西亚听得心花怒放，她几乎要对着林源当面拍着巴掌叫好了。真的呀，长假七天，她都没想过如何来打发呢！没想到林源会主动给她提出这个要求。这样的话，她不也有事做了嘛！刚才沐浴时杂乱的思绪和念头在这一瞬间全都置之脑后，在林源征询的目光注视下，她一动不动地坐着，仿佛在犹豫和思考。她不能把自己的心情表现出来。

"是不是……是不是太唐突了？"林源一定是怕他显得太过分了，迟迟疑疑地问。

西亚连忙摇头否认，她怕他一下子改变了主意，说：

"我犹豫的是，自己做的饭菜，不能合你的口味。"

"很合口味啊！今晚这顿饭，吃得很舒服啊。"林源说，"我主要是偷懒，不想去买菜、洗菜、做菜，做多了一个人要吃剩下，做少了又委屈了自己，毕竟是过节嘛！也怪我，事前没主动给爸妈打电话，要不，听说我回家过节，爸妈……尤其是我妈，就不会出去旅游了。刚才电话上，妈还怪我了。"

西亚笑了，她觉得不能再装作矜持了，她得热情点，事实上，国庆黄金周，她都没好好想过怎么打发呢。她双手举起来，拢了拢自

己沐浴散开的一头乌发,说:

"那好,我答应你。不过你也得坦率告诉我,你平时喜欢吃什么,不喜欢什么,有没有忌口,我好让你尽可能吃得满意啊!"

"我没啥忌口的,"林源手随意地一摆说,"你烧什么,我吃什么。你照平常日子的饭菜烧吧。我都吃的。"

"那我总得动动脑子的呀!"西亚这句话,既像是对他说的,又似是在自言自语。她讲的是真心话。

林源离座站了起来,道:"那就太谢谢你了!帮我大忙了。给我省下好多时间了。"

"黄金周休息,你也很忙的吗?"西亚不解。

林源指一指自己那间屋:"有点事要做的。那我不打扰你了。"

说完,他转身走向自己的房间。

看着他掩上门,西亚几乎要拍着巴掌笑出声来。这样,在连续多日的黄金周休息天里,她的日子可以过得充实些了,每天去菜场和超市买菜,选择一日三顿饭的食品,回家来做一顿一顿的饭菜,多调换些花样,同时也可以吃得更好、更丰富、更美味些。

如今,勤勤服饰每月的薪酬,加上三千元的房租,她再不需要赚钱养活王万吉,应付他的那些小乐队成员和这个那个带来的同伴,她宽裕多了。业余时间,也不会再像以往那样孤独、寂寞,总觉得懒神无气,无所事事。她觉得自己有好多事要干,勤勤服饰每一季的创意,她思考中2021年冬季的式样和花饰,还有2022开春以后,她脑子始终在盘旋的一款衬衫礼服裙,这衬衫得汲取西双版纳傣族妇女紧身服的优势,又得和现在时尚中流行的晚礼服搭配,还得选用新颖、轻薄、飘逸的面料,和让人眼睛一亮的色彩。

独出心裁的色彩。

这一创意在她脑海里浮动了很久,她得在电脑上渐渐地构思出来,成熟以后,再把她完成设计的服装样式给勤勤姐看,也请卖时髦服饰的雷小碗一起来听听意见。

在心底深处，这一切都是林源住进202之后带来的，特别是在无意中察觉了他的身份，知道了他是个青年导演，并且和她的生活离得这么近，她又和他在202自然而然接触起来，两人的交往是和谐的、融洽的、自在的。这以后连续七天之上他都在202搭伙吃饭，会给他和自己之间，增加很多的接触机会。这些天里，他们要讲多少话啊！她的心里，又涌现出多少话题想要问他啊！和拍电影有关的一切，每个环节中那些人们感兴趣的话题，比如电影中的故事怎么来，有了剧本怎么选演员，对男女演员有些啥特殊要求……哎呀！多了。还有，在拍摄现场，他那么年轻，那些比他年龄大的工作人员、演员，特别是明星、大咖架子很大的著名人物，怎么会听他的？若是不听，他又怎么办？

总之，西亚要打听的话题多着哪！

她忽然意识到，自己有一股愿意接近他、接触他、进一步了解他的愿望。自从他住进202之后，她时不时地会想到他的存在。难道房客和房东的关系，都是这样？如果马经理给她介绍来的，是她提要求时所说的，年纪和自己差不多大的女性，是个朝九晚五租房的姑娘，上海滩的新型白领，她会不会也时不时想到她？

西亚觉得自己没有肯定的答复。她在没察觉他是个有点成就的年轻导演时，就留神到他不吃早点，就会在给自己准备早饭时想到他了。

难道只因为他是个男性？是个她说的阳光男孩？难道……

西亚惊慌地不敢想下去，她的目光不由自主注视着他的房门。屋里面还亮着灯光，他还没睡觉，是呵，他都没上盥洗室呢，他还要出来的。

西亚似有心事被人窥破般，情不自禁地涨红了脸。

她没照镜子，看一看自己羞红的脸。但她敢肯定，自己的脸红了，脸颊上阵阵发烫。

她惶惶地离座起身，像逃避似的走进了自己的卧室。

要偷偷地想心事，还是独自一个人待着遐思冥想吧。

第十章

西亚太意外了，林源会给她提出这么一个大胆和奇葩的要求。

这主意是他想出来的吗？

他这是要干吗？

莫非这是他拍电影里的情节？他要把电影情节移到现实中来，而且还要求她在其中扮演一个角色。

太好笑了。

她绝不可能去做的。她诧异和不解地瞪着他，不由得问：

"你这是开玩笑吗？"

他的脸色是认真的，也是严肃的。见她这么吃惊，他的眼神里带有一丝歉意，但他仍然在说：

"你觉得很难是吗？"

她摇头，不再看着他的眼睛，然后说："只是不理解。"

没有说出口的那句话，堵在她的胸口，她还有些生气。

这是十一黄金周的第四天了。气温天天都高过 30 摄氏度。楼下 102 的素娟阿姨说，这是她记忆里上海最热的国庆节了。西亚没有这么多年的上海生活体验，她只来了三年多。她只能说这是三年里上海最热的一个十一黄金周，特别是她在厨房里一忙，开火煮饭炒菜时，她忙碌得额头上都沁出一小片细密的汗珠了。吃现成饭的时候，看着她潮湿红润的脸，林源总要客气地向她表示着感谢。天气热，他们没再喝那瓶白酒，但他俩总是喝点饮料，西柚汁、橙汁、可口可乐。林源总会端起饮料杯，真诚地谢谢她。

西亚不是要讨得他的感谢，她忙得开心，忙得心甘情愿。

这种善良的天性是外婆言传身教感染她的吧。她不仅忙碌，她还对每顿吃的都费心做了准备。

就拿十一到今天 10 月 4 日的早点来说，她都没重复过。喝的饮料有牛奶、豆浆、五谷杂粮、西红柿汤；吃的点心有三丁包、绿杨邨菜包、黄桥烧饼、黄松糕，每天上午都给林源带来一点小惊喜。午饭和晚饭，西亚精心准备的菜肴，也都是不重复。西亚看得分明，每顿饭，林源都像 9 月 29 日那天的晚饭一样，吃不少菜，吃得心满意足。他夸她的烹饪水平，都可以和厨师媲美了。

难道她对他如此之好，他就认为她好说话，竟敢提出如此的要求？

202 的客厅里沉默了片刻，唯有她端上桌子的汤盘，缕缕的热气淡淡地冒出来，让餐桌弥散着好闻的香味。两个人都停止了吃饭。

林源抱歉地对她一笑，低声问道：“你不能考虑一下吗？”

"不能！"西亚一口回绝，把脸转到一边去。心里对他的生气，增强起来了。他始终这样，言谈举止温文尔雅、文质彬彬的，显得十分有修养。而要她去做的事儿，帮助他做的事，是欺骗人，是"下三烂"的。绝不是正人君子的行为方式。"你不想想，这有多么荒唐吗？"

她用了责问的语气。

"不荒唐，一点不荒唐。"他仍是一脸的认真，"在我来说，这是正经大事。于公于私，都有益处。"

"你这是在给自己寻找冠冕堂皇的理由。"西亚马上给他顶了回去，"对你有莫大的益处，你就让我参与去骗人家？我的导演，这是恋爱婚姻的大事，不是演影视剧。"

林源的双手放到桌面上，向着西亚摊开，蹙着眉头，一脸苦恼地说：

"我不也是无可奈何了，才想到这个不是办法的办法。既然你不愿意，那就作罢吧。对不起，你就当我没说话。吃饭吧，瞧，你又做了一桌看上去这么引人食欲的菜。"

说着，林源带头端起碗筷，向西亚比画一下，就刨了一口饭。

看他蹙起了眉头，一脸的失望。西亚的心里又有些不忍。他有难处，求到她，她觉得为难，不愿干，也没必要如此断然地回绝他啊。

她也端起碗、拿起筷子，夹了一筷子菜咀嚼。眼皮掀起来，偷觑了他一眼。

遭到西亚当面拒绝，他愁眉苦脸，整张脸平时显示出的阳光和明朗，荡然无存。

不知为啥，西亚的心也随之紧了一紧。她都搞不懂了，怎么看见这阳光男孩难受和不悦，她也会心痛，并感同身受。他不就是她的一个房客吗，他们之间才认识多久啊，她可一定要把握好自己。

想是这么想，她还是放缓了语气，对他说："你吃菜呀，怎么尽刨饭啊！你要不吃菜，就要剩下了。"

说着，她把桌上的菜盘和碗，朝他跟前推了推。

"谢谢！"他再次礼貌地轻轻道一声，筷子在几只菜盘、菜碗里夹了几筷菜，脸不再仰起来坦诚地望她，吃着饭菜，停歇时，他又说了一句："我太冒失了，不该贸然向你提这么一个办法。这个方案不行，看来只得采取制片主任的备用方案了。"

正在夹菜的西亚筷子停留在汤盆上方，愣怔住了。什么，这主意还不是他独自个儿想出来的，竟然还有备用方案。他们真的把生活当成演戏了呀。

202屋子里一不说话，就显得很静。楼上楼下的邻居家里，有说话声、电视机播音声传来。整体仍属于疫情期间，全国各地，这里

148

那里，不时地还有感染者冒出来。节日期间，喜欢外出旅游的上海人大多数仍然没有离开本地。红弘小区的楼栋，显得比平时喧嚷热闹多了。

西亚忽觉得，氛围融洽和谐的202，陡地显得气氛有些压抑。她自个儿的情绪也低落下来。

她不由得瞥了林源一眼，这个阳光男孩，凡事都显得平静、坦诚、开朗，这会儿也因受到她的拒绝，烦心地蹙着眉，略有所思地闭嘴咀嚼着。他肯定也没吃出她精心烹制的菜肴真正的滋味来。

沉默得久了。两人似乎都有些意识到了，气氛有些尴尬。西亚姑娘的心又有些不忍，自他住进202以来，他们俩之间，可都是客客气气，和谐安详的。而且，他的存在，不管西亚主观上承认不承认，带给她一种安定感和充实感。西亚不想让这种感觉这么快地就离她而去。她伸出筷子，在一盘百合炒西蓝花中无目的地夹了一筷菜，放进了自己跟前的小碟中，用息事宁人放缓下来的语气道：

"再说了，你要我去公众场合，扮演一个我都讲不出口的角色，木偶似的去吃一顿饭，你也应该把事情的来龙去脉，细细地给我这个当事人讲清楚吧。"

说着，西亚换了一副带点调皮的神情，睁大一双眼睛望定了他。

"哦，对不起！"林源放下了筷子，舀了一口汤吃，"怪我，把这事儿想简单了。剧组里给我设计好了，我以为你只是去客串一个角色，平时你又是那么善解人意，一定会一口答应下来。毕竟，像他们说的，这事有点好玩。"

"好玩？"西亚又不悦了，"你把在大家面前介绍我是你的未婚妻，认为是随便玩玩？"

这回西亚的眼睛里带着愤然了。

"噢，对不起，对不起！"林源连声给西亚道歉，他又是摆手又是皱眉头，"这些年我太忙了，一个影视接一个影视地拍，整天生活在剧组里。副导演找来的演员，演些什么，出一场什么戏，剧务和制片都会给演员讲解清楚。我觉得你这事儿就像过个场，很简单的。我疏忽了，真对不起！是这样，是这样，我详细地给你讲一讲。你愿意劳神听吗？"

"你说啊！"

"你知道离这儿不远的亮泉宾馆吗？"

"去过。"

"这次亮泉宾馆赞助我们《暗流》剧组，不是以现金赞助，而是以宾馆设施，包括整个剧组的住宿、饮食、客户、会议室以及一切服务茶水啊、配备会务、水果点心啊等等，制片主任算下来，也可为拍片省下三四十万了。"

"这是好事啊！"西亚说。这些情形她是从未听说过的，觉得颇新鲜。同时，她心头又浮现一个问题，既然条件那么好的宾馆赞助客房，你当导演的，为什么不住在宾馆里，而要花钱来租202一间屋呢？但她忍着，没问，听他讲主要的。

林源点头承认这是好事儿。接着说："剧组入驻亮泉宾馆以后，宾馆给我这个导演派来了一个'一对一'服务的对象，是个漂亮的小服务员，她说这是她在旅游专业即将毕业的最后一年，派到亮泉宾馆来实习，实习成绩也要记入毕业生档案的。而宾馆对她说，对她实习的评价，主要看她在协助剧组工作中的表现。故而她干得十分投入和尽心尽职，剧组的伙伴们说，她这才是真正的全心全意为人民服务呢！"

西亚听到这儿，觉得好听起来。同时她也理解了，为啥刚才林源只是给她简单提一句，看来，说起来颇费口舌的。不过她愿意听。

林源干脆把碗中最后一小口饭吃了，又夹一筷菜，边咀嚼着边舀了几勺汤在碗里，又拿起来一口喝光。

西亚关切地往前倾了倾身，问："还要添点吗？"她是要缓和刚才生硬回绝他带来的窘迫。

林源边摆手边道："我吃饱了。这个姑娘的服务确实十分周到，每天上午，只要我一打开客房的门，她就站在门口向我施礼问好了。一天的工作忙完以后，有时候导演组的会议要开到十一二点才结束，我们走出会议室，她就会出现，一直陪伴我走回客房门口，道过晚安，才回去。哪怕第二天是一大早，我一开门，她又站那儿了。一天到晚三顿饭，她也是这样。即使出外景，她都随时跟在身旁，刮风下雨，出大太阳，她都站在离我三五步远的地方待着。可谓大小事宜，凡涉及服务、联络的，她都称是，并且有问必答。连有些是剧务的活，和她无关的，她也揽了过去，急得剧务叫起来：干脆你进剧组打工算了。"

西亚听得笑起来："也许她是羡慕拍电影，真有这想法？"

林源含蓄地一笑道："才不是呢！我们制片主任是集团派出的领导，年纪是我们叔伯辈的了。他最先看出来了，说小姑娘是看上我们林导了。他先试探我，问我，现在漂亮的姑娘都有自己的眼光和心思，和他们年轻时代不一样，当今时代的知识女性都会主动出击。问我，小姑娘长相不错，又会体贴照顾人，你怎么样？"

"你怎么答复主任？"西亚听出滋味来了。

林源连连摇头，一劈手说："不可能的事。"

"为啥呢？人家又漂亮又年轻。"

"我们主任和我搭档几部戏了，知道有的女演员向我示好，都是不可能的事。故而让剧务联系了亮泉宾馆附近，给我租一间房。"林源解释着缘由，"要不，我们也不可能认识。"

西亚听着这些情况，心里有点儿波动和多种思绪涌上来，产生了好几个小问题。但她不必细问，只是说：

"搬出来住了，问题明朗了，怎么又……"又还要西亚出场扮演林源林导的未婚妻呢？

"是这样，《暗流》剧组和亮泉宾馆合作得非常好。所有剧组成员都对他们提供的客房服务、餐饮，提供拍摄方面的协助，都十分满意，大声叫好。我们制片主任代表集团领导，向他们以宋总为首的领

151

导班子表示了感谢。并且达成了下一步电影拍摄的赞助意向。这也是我为什么要租你这儿住两年的原因。下一部戏同样让我导演，而戏里面的很多上海城市景观，这附近都符合。"林源讲起他们行内的事，西亚听来越来越复杂和琐细了，但她并不觉得啰唆，相反，她还感到蛮有趣味的，她眨动双眼，丝毫不掩饰她对这话题浓郁的兴趣以及她对林源整个人的好感。她隐隐约约觉得，他对她这个并不非常了解和熟悉的姑娘提出那种近乎荒唐又带点戏剧性的主意，原来是有缘故和充分理由的。她是在用自己的眼神和表情向他示好，不知他看出来了吗？

西亚揣测不出来，他仍用介绍情况的口吻继续说着为什么请西亚出场的原因。他说："九月三十日，《暗流》剧组吃过关机饭，所有人聚在一块儿将就自助餐畅饮了管够的一顿啤酒，宋总把制片主任请去，说她个人要在黄金周期间，请剧组的几位领导和编、导、演主创人员吃顿饭。制片主任觉得这是常有的事，就一口答应下来。并且兴奋地告诉摄、录、美几位，说宋总既为避嫌，又显示对整个剧组主创的尊重，初定把地点定在浦东陆家嘴著名的上海中心宴请。具体时间和哪一个餐厅，等正式定下来以后微信通知。假期前几天，你们尽可以玩，考虑在十月的五、六、七三天里安排。"

"和我无关呀！"西亚听到这里，更觉怪异了，人家请的是剧组成员啊，西亚自觉和这事儿搭不上界，没任何理由让她去吃这顿饭啊！"你刚才是故意和我开玩笑吧！"

她两眼灼灼放光地盯着林源。

林源连忙说："不是不是。昨天，我们的制片主任把宋总宴请的时间和具体地点发给有关几位了，是在上海中心，一个叫什么湖的餐厅。今天，他又单独给我通了话……"

"说的什么事？"西亚问出这话，心开始"怦怦"地不安分地跳了起来。她晓得后面的话要同自己有关系了。

"我听说以后也吃了一惊，"林源说话的语调平静，说出来的每一个字却直击西亚的心扉,"主任说他也是刚知道,亮泉宾馆指定派给林源的那个'一对一'服务的姑娘,原来就是宋总宋芳琳的宝贝女儿。宋总宴请剧组的主要目的,就是想把女儿正式推出,言明她的真实出身和身份,并且把女儿,作为女朋友介绍给林源林导演。宋总明确请制片主任以林源忘年交和领导的双重身份,促成这件事。"

西亚的眼前出现了宋芳琳和她女儿关菊母女的形象。宋总也是勤勤姐的老朋友,那天她还把女儿一起带到服饰店来,要求给关菊那件定制的昂贵晚礼服作锦上添彩的修改,而改成之后勤勤姐和宋总母女都相当满意。那修饰得天衣无缝的创意点子,还是西亚提出来的。一瞬间,关菊和她妈的脸迅疾地在西亚眼前闪烁。

"原来是这样。"西亚几乎是一字一顿、恍然大悟地说。

"哪有这么简单。"林源第一次在西亚面前,皱了皱眉头,"我的情况,集团领导、制片主任他们都知道的。制片主任一开始爽快地答应赴宴,感觉唐突了。他在把情况告知我之前,先和制片小组商量通气,随后又给集团领导汇报了此事。最后才把他们商定的策略告诉了我……"

"就是你刚才给我说的馊点子?"西亚早就忍不住了,终于插嘴问了一句。他们把她视为什么了?随意摆弄的棋子?她又有点生气了:就因为你们是一帮拍电影的?

"不是,西亚,你别误会,"林源连声说着,"商定的第一方案,是以最快的速度找着一个年轻漂亮、至少要比宋总女儿还要出色的女演员……"

"你们是没找到合适的,才想到了我。"西亚再次插嘴了。

林源轻声道:"制片和集团领导,又不认识你……"

"那……"

"是我提的你……"

"好啊!闹半天还是你的鬼主意。"这下西亚真的是勃然大怒了,她愤愤然地离座站起来,还把椅子往身后推了一把,她的手颤抖地指向林源："你没经我的同意，就要我出场去耍阴谋诡计！你、你……"

她气愤得胸脯一阵一阵波动起伏。一时找不到斥骂诅咒的话。

林源的语气分外平静："西亚，我这……不就是在和你商量吗？"

"商量！"西亚重复着这两个字，气得说不出话来。她也讲不出，她的气愤恼怒来自何处？她气愤林源背着自己琢磨人，她妒忌关菊有当官有实权的母亲为女儿张罗对象，她也忌惮关菊的美，她能一眼看上林源这么个出类拔萃的阳光男孩。她的气不打一处来，却又觉得无可奈何。

"制片主任说了，"林源目光畏惧地瞅了西亚一眼，"这个方案如果行不通，或者说你不同意，就只有采取大家想出来的备用方案。"

"我不同意！"西亚干脆利落地说，"就请你们用想好的方案吧！"

林源的一只胳膊撑在椅背上，两只手向西亚摊开说：

"备用方案也有麻烦啊！"

"麻烦在哪里？"

"就是由剧组出面，把我们下一部戏，就是下一部要拍的电影女一号，请出山，让她先行以试镜名义，出演一下我的未婚妻，看看她行不行。"

"那不很好嘛！人家本身是女演员，会演戏，而且接下来还要同你们合作。"西亚道，"再说了，能出演女一号的，肯定是个大美女！"

"大美女"出口，西亚也不知是怎么啦，心头涌起一股酸溜溜的滋味。她强忍着内心深处涌上眼来的泪，她又想起了自己实际上是个孤苦无依的姑娘。

"那也麻烦啊！"林源见西亚激动地站着，也离座站了起来，用介绍情况的语气道，"导演组把女一号千里挑一地选了来，我觉得她出演角色是合适的，没有提否定意见……"

"否决权在你这里？"

"我有最后拍板权啊！可那些选角色的人都不知道，这个女一号，人家给我和她介绍过朋友……"

"就是恋爱中的男女朋友？"

"是啊！我是怕，当初没有谈起来，这会儿求到她，她假戏真做，认真起来，那就……"林源说着搓了搓双手。

"慢着，慢着！"西亚这一回有些寻根问底了，她觉得话已说到这个地步了，得问问明白，"当初，人家给你们介绍，是你否定了人家吗？"

林源点头，又做了个不置可否的手势，表示就是他没看上人家。

"这又是为什么呢？林源，你这个人有点让我看不懂了。"西亚狐疑地也有点故作糊涂地道，"人家既和你是同行，又是现在赚钱很多的演员，还是美女。你是挑花了眼吗？"

西亚说这句话时，故意显出一副咄咄逼人的气势。

林源站定下来，正视着西亚，反问了一句道：

"西亚，你觉得恋爱，就是挑选美女吗？"

"你们男生不就是这样的吗？"西亚说了一句读大学时女生们经常嘀咕的话，"喜欢在背后说那个、这个怎么样的！喜欢私下里评选谁是班花、系花、校花什么的！谁在评，哪些人在起劲地评？不都是男生吗？"

林源笑了，不无狡黠地问了一句："那你被评过校花吗？"

"你别开我的玩笑了！"西亚正色道，"我连班花都没资格评。在男生们眼里，我就是洪水猛兽，是个丑八怪。"

林源不解地瞪大了双眼，舔了一下嘴唇，认认真真说：

"那你们学校的男生，就都是些瞎子！"

西亚听懂了他话里的意思，心中是愿意接受，也觉得他的话真正的含意是什么，听来很悦耳。但她仍装作没听懂，打岔道：

"你别把话题岔开啊！你还没回答呢，为什么把人家女演员撇开了？"

"她当下一部片子的'女一号'是合适的。可作为要谈起来的对象，"林源是在沉吟着每一个吐出口的用词，"嗯，我也说不上来。反正我的直觉，是不对头。"

西亚笑了，感觉逮住了理由，她振振有词地举起手来扬了扬：

"好啊，你把专业的、会演戏的'女一号'撇在一边，反而要赶着鸭子上架，要我去扮演这么个角色，理由何在呢？"

"很简单啊！"

"说出来我听听啊，我不能理解。"西亚步步紧逼地道。

"你美啊！"林源吞咽了一下口水，望着她道，"尤其是你的双眼，不仅仅大而明亮，纯真得像秋阳明丽日子里的晴空，专注地望着人的时候，还有股摄人心魄的美。你一出场，什么话也不要说，只要安安静静坐着，挑喜欢的东西吃就行了。"

后边半句话，西亚都没听清林源说了一些什么。他的那一句摄人心魄的美，像鞭炮般在她身旁震响，她一下子被轰然的巨响震聋了。

从来没人这样形容过她的美，她的两只眸子。

这个阳光男孩，她一下子被他的形容愣怔在那里。

原来他是看见她的美貌的。原来他不是陷在美女群里挑花了眼。只是他从来不显露出来，不当着她面说出来罢了。

这个呆瓜，这根木头，他才不像她以往感到的那样痴傻哩。

西亚感动了，她感动得都说不出什么话来了，她想笑，放声笑出来，畅怀大笑。但她啥表情也没有，只是目瞪口呆地瞅着他。

"怎么样，你还不答应吗？"林源仍在追着她问，"很简单的，不用你说任何台词。你就像这样望着我似的，望着大家就行了。参加宴会的人，我会一一介绍给你的。"

"好吧。"西亚像终于被他说服了，勉强答应下来，"陆家嘴的'三件套'，离我原来当财务的那家公司很近。中午休息时，和同事小姐妹也去地下室的商场逛过。可在那么高档的餐厅里吃饭，我还从来没去过呢。明天，我们怎么去呢？"

"这你不用担心，"林源道，"制片主任会开着我的车，到点来红弘小区大门口接我们。我们坐车去，坐车回。"

西亚又问："那我要做点什么准备？比如穿着上，说话行事该注意啥？"

"你穿得比平时讲究点就行，没啥额外要求。"林源摸出手机，道，"至于其他小细节，明天上了车，制片主任会关照你的。你不要有负担，就是个过场戏。主任焦急地等着回音呢，我先给他去电话。"

这回西亚可以堂而皇之地看着他打电话了，因为这打出去的电话，和她有关。昨晚上，她在客厅的沙发上坐着看电视，也听到他在屋里打电话，有一句没一句，她有时候听见，有时根本听不见，她也不屑去听。他讲的，都是和他的工作有关的话题。现在她再想起来，昨晚他的那个电话，打的时间有点长，是不是讲的就是这件事儿。

节日里这三天多来，时间虽然不长，可一日三餐都坐在桌前面对面地吃饭。她对他太好了，好像他就是一个家人，如同她原来对待王万吉一样，他才会想出这么大胆近乎荒唐的主意来的吧。

一定是这样。

问题是她为什么对他如此热情和周到呢？变着法儿给他煮好吃的，三天半里的每一顿饭，几乎每一个菜肴都不是重复的。她不是厨房专业人士啊，她做的家常菜当年都是看着外婆做学会的，她也不懂烹饪啊。

不过他今天总算吐露出了内心深处的看法，他夸她美，夸她的眼睛……那话是怎么说的，听得她心都醉了。从来还没人用如此动人的话夸过她呢！毕竟是当导演的，有艺术细胞。

这当儿林源已和制片主任通完电话，他好像对旁人也是这样，说话简捷明了，只是对主任说，她同意了，搞定了，也没表示他完成任务后的轻松和喜悦。后面的话，一定都是主任在对他讲。西亚觉得，和他同住在202，比较离得近，她在熟悉和适应他的性情。

林源挂断电话，笑着对她道："主任听说以后，很高兴。他说明天会在下午四点四十五分左右到小区门口接我们。哦，对了，主任说谢谢的同时表示，对于你的出场，可以付一点报酬的，你觉得，付你多少费用合适？"

西亚想说不要，话到嘴边，她改变了主意，想了解他们这个行当，是怎么个付酬法。她斟酌了一下道：

"你觉得呢？要付酬的话，给一百吧，拿来我买点菜，让我们在假日里吃得更好些。"

她是带着玩笑口吻说的。

"那太小儿科了，剧组里的群众演员，都不止这个数呢！"林源以严肃的语气道，一点没开玩笑的意思，"也不用你拿来买菜，黄金周里我们餐饮的开支，我会付给你的，这是我们个人之间的事。剧组给你付酬，是公事，是你付出了劳动，应该得的。"

"怎么变成公事了？"西亚还是不解，明明这是她帮他的忙。

"主任之所以对这件事如此操心，是不想得罪亮泉宾馆的老总。他和老总事前达成了意向，下一部电影亮泉宾馆继续赞助剧组，那省下来的几十万食宿费用，等于是剧组的收入。"林源在把这里面的关系告诉西亚，帮助她理清头绪，"你的出场，是间接帮助了剧组，剧组该给你付酬。要不是考虑到关系，主任完全可以公事公办，说声你女儿关菊和林源已经认识了，让两个小青年自然发展，自己谈吧。"

"是啊，该这样啊！"

"可昨天人家宋总专门给主任打了电话，务必请他帮忙。主任哪能不给她个面子。但他又知道我的态度，"林源觉得把事情的根根梢梢都得讲清楚了，停顿了一下，道，"在节日里紧急召集制片组开会，晚上才把他们商量出来的方案打电话给我讲。"

"你呢，"西亚更明了啦，接过话说，"又提出了推出我当冤大头的主意。"

"不是冤大头，不是……"

"嗯！"西亚眨巴眨巴双眼，逼视着他讲下去。

林源脸上显出狼狈之色："是找到一个没有后顾之忧的方案。"

"那你，怎么就认定我会答应呢？"

"这不是和你商量嘛，你若坚决不同意，我也无法。只能听凭他们几个摆布。"

"这下，"西亚慢悠悠地说着，这下，她不愿说出"不同意"几个字了，她的眼前闪过关菊和宋总的脸貌，心里陡地冒出一个和关菊竞争一番的念头："我只能按照你们编定的剧本出演了……"

"谢谢谢谢！"这下林源及时截住了她的话头，生怕她变卦似的说，"所以我说，报酬你完全可以拿。这样吧，要不我给主任建议，给你付个一千或者两千？"

"这么多啊！"西亚叫出声来，她善良的本性又冒了上来，"你别给主任建议，就让主任定，该给多少是多少。我纯粹是帮你的忙。"

西亚觉得，唯有这样，才显得合适和踏实。

你一言我一语地把事情讲定下来，沐浴以后，两人各自回到自己的房间里休息，西亚躺在床上，思绪万千，新鲜的念头一个连续一个，直往外冒。

她睡不着了。

她的脑子里那么鲜明地掠过只见过一面的宋总母女的形象。

那天在勤勤服饰见面的所有细节，一一地浮现在眼前。宋总女儿关菊雅致秀丽的脸蛋不时地在西亚脑子里晃来晃去，西亚觉得关菊有一种上海姑娘小家碧玉般的美，除了秀雅，她那白皙的皮肤，薄薄的耳朵的轮廓，特别是那双虽然不大，却让人感觉灵敏和聪慧的眼睛，同样容易诱惑上海的小伙子。西亚的内心深处，在关菊面前还有种自卑感。关菊的母亲是事业有成的亮泉宾馆总经理，她父亲的地位一定不会低。这么个家庭，在上海是属于条件优越能随心所欲挑选心上人的家庭。把她介绍给林源这么个事业开局很好的阳光男孩，在上

159

一辈人眼里，一定是觉得合适、般配的。瞧，她正逢毕业，宋总就把她安排在林源身旁，当"一对一"服务的人员。让他们自然而然相识，在日常生活中先磨合起来。关菊在时时、处处、事事上热心、热情地关照林源，协助他做好联络、协调及一些琐细小事儿，也显得合情合理。这是多么精心而又不露痕迹的布置啊！现在一部电影拍完了，两个人不但相识，相互之间也建立起了联系和信任，再由宋总出面宴请，点破他俩之间的关系，一对新人的恋爱关系，也便水到渠成地确立了。

简直是天衣无缝。各方听来都会觉得顺顺利利，和和睦睦，简直堪称恋爱的经典，婚介所可以拿去做成功案例的样板，给予大肆推广。

上海的中产阶级、白领男女，不都在抱怨接触机会少，碰不到合适的人，找不着心仪的对象嘛。

西亚联系自己的命，不觉有些黯然神伤，她连自己的父母是哪个，他们是如何甩下她这个女儿，不幸地离开人世的，她都讲不清楚。外公外婆答应过她，在她大学毕业，踏上正规就职岗位时，一定会将实情告诉她。可没有等她走出校门，外婆外公就辞世了。以至她的具体身世，都成了一个谜。西亚就任凭自己作为一个美貌少女的直觉和对生活和美好未来满腔的憧憬，进入了青春时代，莽撞地闯进了自视纯真的感情世界，无忧无虑地和心目中的王子兼才子开始了恋爱和同居生活。在这一过程中，哪一个上辈的人叮咛过她，告诫过她，嘱咐过她？没一个人关心她，没一个人给过她哪怕是只言片语的忠告。

有的只是小乐队成员们对她的夸奖声和赞扬声。

有的只是外婆一次一次对她这个外孙女的谆谆教诲：要当一个善良女性，要为他人着想，要学会让你不喜欢的人也好好活着的理念。

结果怎么样了呢？

成了现在这样的孤家寡人，成了一个没人怜悯的孤女。

和关菊这样一个出身于上海，在父母的悉心关爱中长大的女孩相比，她有什么竞争优势啊！

而明天，她就要扮演一个事实上不是的林导演的未婚妻，以一个莫须有的身份，面对曾经见过一面的关菊和宋总。

西亚想象得出，当把她以虚构的身份介绍给宋总和她女儿时，母女俩会以怎么样的目光看着自己。

现在，这样两张脸，就在西亚的面前交替出现，轮番地掠来掠去。宋总似在以她居高临下的目光挑剔地审讯着西亚，而关菊射过来的，肯定是妒恨的、埋怨的眼光。

凭啥西亚得去得罪这一对和她素昧平生、无缘无故的母女呢？

也许，宋总早以她的精明和人脉资源，对林源进行过从家庭到个人全方位的考查了，心中认可了，觉得自己的女儿配得上他了，才会做出把女儿介绍给这么个阳光男孩作为对象。

而关菊呢，早在和林源的接触和为他服务中，一往情深、或是发自内心地爱上了林源，像她这样的女孩，条件如此之优越，绝不会仅仅听取母亲一个人的意见。

而西亚呢？和林源的真实关系，不过就是房主和房客之间的关系。现在却要横插一脚，去扮演一个本身不是真实的身份。

不行、不行，她不能干这件荒唐事儿。

西亚忖度到这儿，浑身像着了火似的。白天，面对阳光男孩林源一双坦诚的眼睛，她真是昏了头，竟然答应了他的提议！

她不是演员啊！

西亚"呼"的一下从床上坐了起来，手摸着床边的开关，她冲动地想去敲隔壁的门，叫醒林源，坦然告诉他，她不能做这件事。让他明天一早另想办法。

屋子里一片幽暗，仍有几分燥热，都是十一黄金周了，往年的中秋季节了，上海的天气还是这么热。媒体上说，这是上海这座城市多少年里最热的中秋时节，八月十五中秋节都过了十几天，还这么热得让人受不了。真是"魔都"气候。

　　有一束昏黄的微光从窗户外射进来，西亚的眼睛适应了幽暗中的光线。室内熟悉的梳妆台、椅子依然可辨。

　　太闷热了，西亚终于没开灯，借助点微光，她下了床，去打开半扇窗户，让外面稍显凉爽的小风拂进屋内。

　　她顺便往窗户外望了一眼，红弘小区里大多数住家的灯都已熄了，高高的路灯下，一只猫在灯影里慢吞吞地走着。

　　太晚了，现在这样的半夜时分，去敲林源的门，他从酣睡中醒来，会造成误会的。

　　西亚骚动的心逐渐平静下来，退回到床边，躺了上去。

　　夜，很深了。

第十一章

是昨晚思绪纷乱，一个一个念头在脑子里浮起，入睡太晚，一觉睡醒，竟然天大亮了，一束明丽的秋天阳光从没拉紧的窗帘中射进来，把屋子里的一切照得一览无余。

睁开眼的那一瞬间，西亚心头陡地涌起一股有点儿错过机会的感觉。

错过啥机会呢？

睡得太沉了吧，不知什么时候，她的一只脚丫伸出了被窝。她舒展了一下四肢，感觉睡眠充足之后的满足感，而且伸出被窝去的光脚丫一点儿没觉得冷。

由此可以判断，黄金周的第五天，气温仍同夏日相仿。手机上的天气预报，不是已经说了嘛，连续多日超过 30 摄氏度的最高气温，是上海这座城市有气象记录以来最热的国庆假日。

西亚大睁着一对眼睛，眨巴着盯住粉刷得悦目舒适的天花板。她在琢磨，是什么原因使自己觉得错过了一个机会。

这念头不知是怎么冒出来的，她突发奇想地觉得，若是昨晚半夜敲响了林源的门，把他从睡眠中喊醒，他打开了门，一眼看见她穿着睡衣睡裤站在那里，他会怎么样？如果他冲动地一把将她抱进怀里，她又会怎么样？是拼命挣扎，还是任凭事态发展……

西亚赶紧闭上了眼睛。

仿佛一刹那间被人窥破了心事。

当然这事儿没有发生，也不可能发生，她克制住了自己，并没敲他的门。

问题是，此时此刻，踏踏实实睡过一觉醒来，她怎么又会产生错过机会的感觉。

难道是她期待着这种情形出现？抑或是……

西亚不敢想下去了。她觉得自己的脸颊上热乎乎的，一定是浮上了害羞的红晕。

她的心里有他了。有林源这个人了，否则怎么会产生如此离奇古怪的念头呢？

冥冥之中，西亚在暗暗诘问着自己，怎会在朦朦胧胧中又出现初恋时的感觉呢？

她是有过初恋的呀！少女的情怀和感觉，不是都献给了王万吉了嘛！为他的歌声着迷，为他的才华折服，为他在小城乐坛取得的成功欢呼，像所有女生一样追逐他在小城的每一场演唱会。当他张开热情的双臂拥抱着她亲她时，她在迷醉和狂热中很自然地接受了。

而现在，她对林源的感觉，是她从未体验过的。这种感觉更为内在和隐蔽，更接近心灵的萌动和……

和什么，西亚都讲不出来。甜津津的，回味无尽的，又是耐人寻味的。不过她承认，这种感觉很好，虽然有些难为情，却真的好。

她听到隔壁林源的门打开了，遂而走进了盥洗间。

噢，不行，她得起床了。西亚的双手在自己脸前挥动了好几下，得把这些念头赶开，赶紧起床了。以往，她都是比他起得早，他开门时，往往她已经准备好早饭了。

这么思忖着，西亚利索地起了床。

下午的四点四十分，制片主任打来电话，对林源说他三刻准时到红弘小区门口。

林源挂断电话,对坐在沙发上的西亚道:"我们走吧。主任一会儿就到。"

虽然林源让她像家常时光一样随便穿衣服,西亚还是精心地做了准备。

她把自己一头浓密乌黑的头发全都盘上头顶,梳了一个高发髻,这让她整张脸的美丽动人一览无余地全显露出来。上身,她穿了一件紧身的白衬衣,全身上下,一袭黑丝连衣裙,没有佩戴任何的手镯、耳环、项链。整个人显得干净、素雅,却又别有一番妩媚。

她看见了,当她穿着打扮完毕,走进客厅来的时候,林源的眉毛扬了起来,一双眼睛顿时变得辉亮辉亮,嘴里只简单说了一个字:

"好。"

他们一起走下楼时,恰好遇见102的素娟阿姨和她老伴。素娟阿姨只对西亚望了一眼,就说:

"西亚,你今天这身打扮,让我一眼觉得你是不是要去走T形舞台。"

她的老伴季德宝一旁眯缝着眼说:"西亚,最近你恢复了。前一阵,你瘦得怕人,把我们都吓着了。现在好,现在这样好。"

"谢谢你们。"西亚轻声说。她微笑着。

搭讪着,西亚和林源一先一后向小区门口走去。

快到小区门口时,林源告诉西亚,制片主任姓蔄,不是命令的令,而是草字头,下面一扇门里站一个佳人那个蔄,你招呼他蔄主任就行了。

西亚不无怨言地在心里说,这个人,总算开口介绍了,开口闭口主任主任的,好像主任是个多大的官似的。

两人走到红弘小区门口,白色的宝马车已经停在门边。车门前站着个五十出头的壮实汉子。林源给主任介绍:

"这是西亚,她姓曾。"

他又对西亚道:"这是蔺主任,既是剧组的制片主任,也是整个剧组的领导,支部书记。还是集团党委的委员,副主任。这是名副其实的领导职务。"

西亚笑着喊:"蔺主任好!"

蔺主任向林源摆手,示意他不要炫耀他的职务,对西亚边握手边道:

"林导果然是导演眼光,你如若对演戏有兴趣,肯定上镜。"

西亚听了,满心欢喜。她觉得,跟林源身边的人打交道,果然和其他职业的人不一样。她觉得,蔺主任对她的评价,已经是令自己十分高兴的赞扬了。

在西亚心目中非同寻常的晚餐是在上海中心裙楼里一个叫翠园的饭店举行的。

她想象中的尴尬不安,窘迫不自在都没有发生。

既没有语带暗讽的指桑骂槐,更无剑拔弩张的唇枪舌剑。晚饭吃得平静和安然,席间谈笑风生,气氛和谐。当把西亚作为林源的对象介绍给一身名贵西服套裙的宋总和她女儿时,宋总仍以她和蔼的目光扫了西亚一眼。穿着香槟色礼服裙的关菊,经勤勤服饰给点缀以后,左上肩处那一串用珠片点上去的花朵,顿时把整件礼服的品位和亮色提了上去。剧组同去吃饭的摄影师、录音师、美工师和化妆,都从不同的角度称道和夸赞关菊这身礼服,盖过了在翠园饭店里所有吃饭的女宾。说得关菊兴奋得脸都红了。相互敬酒的时候,当林源和西亚双双去给她们母女敬酒举杯时,关菊轻轻和他俩分别碰了杯,宋总在抿酒的时候,双眼盯了西亚一眼,客气地问:

"姑娘,你父母是在上海,还是……"

"哦,我是小城市人,新上海人。"西亚急忙申明,"老家不是上海的。"

宋总点点头,没有往下问什么。

一桌人，大家都吃得很客气、很节制，也满意。只喝了一瓶宋总带过来的红酒。只有蔺主任喝得最多，退席的时候，他的脸都红膛膛的了。

因而回去的时候，是林源驾驶着自己的车开回亮泉宾馆停车场的。

西亚察觉了，刚才从红弘小区门口上车时，林源请她坐进了后座，想陪同驾车的主任一起坐在副驾驶位置上。主任把他赶到后座，让他和西亚同坐在后边。主任半开玩笑地说了一句：

"从现在起，你就要进入角色，陪好你的未婚妻。"

这会儿，主任喝多了酒，仅仅只在给对方敬酒时轻轻抿了点酒的林源驾车，主任坐上了副驾驶位，西亚仍旧坐在后座上。这会儿，她成了一个人独坐。

她自嘲地想，我的使命完成了，不再是"未婚妻"了。

国产的宝马车转出花园石桥路时，主任说话了：

"西亚，谢谢你！你的出场对我们很重要，圆满完成了你的临时角色。过完假日，我会把你的出场费二千元让林导带给你。到时你在信封里的那张收据上签个字。这是手续。"

"蔺主任，我免费吃一顿饭，就不要啥出场费了。"西亚说出了真正的心里话。还有一句她没说出口的，她想说，况且我也喜欢这个角色。

"嗳，那怎么可以呢！这是事前我就跟林导商定的。"蔺主任显然有酒量，从他说出的每一句话，听得出他都是十分清醒的，"再说，刚才酒桌上，宋总已把签了字的合同交给我了。说明她没有因这个事影响情绪。反而觉得，我们做事光明正大，林源已经有了一个对象，就不能和她女儿再展开另一场逢场作戏的恋爱了。"

西亚无言地坐着，呆痴痴地思忖着，可惜这不是真的呀！我不是林源的未婚妻，我是假扮的。我已经和他人同居过了。

国产宝马车驶得很快，进入了延安路隧道。隧道里的车辆排着长队，车速明显地放慢了。

西亚陷入了深深的后悔之中。她第一次觉得，青春年少时，她的恋爱过于轻率和盲目了。以至于这会儿悔之莫及。

车子在隧道里缓行一阵，隔着窗户传进来的清晰洪亮的广播声："现在隧道路况畅行，请各位加速驶出隧道。"

这一切对西亚来说都很新鲜。在陆家嘴公司里上班时，她都是坐地铁或公交上下班，从来没坐过小车在夜间穿过隧道。她的工资不低，可她得省下钱来，支持王万吉的事业追求。

出了隧道，驶上延安路高架，宝马车驶得快起来，在两侧远近璀璨的楼房中穿行而过，有风吹来，这种感觉同样好极了。林源驾驶自己的车，一定是得心应手，西亚从后侧望去，他的神情同样怡然自得。

林源先把蔺主任送到上影公寓楼前，主任让他俩不用下车了，快回去休息。林源就把车直接开回亮泉宾馆，西亚不解地问他，为什么不把车就停在红弘小区里，林源说，他问过小区物业，物业回答说：除了要收费，还要排队等候，小区车位不够。而亮泉宾馆停车场呢，停车费给剧组全免了，反正这两年里我们剧组都在亮泉宾馆上下班，我每天走走路，也是锻炼。

"要不，我请素娟阿姨去找找物业，沟通一下。你是导演，车子放身边，临时有个事，也方便。"西亚身子前倾，对林源说，"红弘小区里的车位费不贵，一个月才一百五十元。"

"那当然好了！"林源道，"那就麻烦你了。"

"你何必这么客气呢！"西亚嘀咕着。她很想说一句玩笑话：我不是你未婚妻嘛！但她没好意思说出口。

亮泉宾馆的停车场同样收拾得干干净净，灯光通明透亮，开得如同白天。

收费价格也不低，西亚跟着林源走向车库电梯口时，看见墙上醒目地写着：停车费扫码支付，每小时 30 元。

车子停在这里，当然是既安全又踏实啰。

从大堂走出宾馆，步行回红弘小区，也就十来分钟吧。

西亚理解了，林源把车停在这里，还是有他的道理的。

虽是黄金周休息的第五天，马路上已有不少车辆。人行道上，行人不很多。走不上一两百步，有一条附近居民都引以为豪的林荫道。马路两边的悬铃木树叶把挑得高高的路灯都遮蔽了，路灯的光影透过大张大张的叶片间的间隙，疏疏落落地洒在人行道上。营造出一股特殊的诗意和浪漫。夏日的白天，市民们走过这一段路，会为其凉爽和不绝于耳的知了声放慢脚步。到了夜晚，情侣们同样爱到这里来喁喁细语。老上海人喜欢把这些树木称为法国梧桐，而新上海人，则依据媒体的说法，叫悬铃木。

西亚在红弘小区入住三年多了，这些情况都了解。但她已经和王万吉同居，自以为过了谈情说爱的"逛马路"阶段，没到这条林荫路上来体验过。

今晚上是喝过了一点红酒，还是扮演假未婚妻得到主任的肯定，她的心情很好，心头也有点异样的勃然之感。

步入幽深的林荫路，她不假思索地大跨一步，一把挽住了走前她半步的林源臂膀，挽得紧紧的，生怕跌倒似的。怕林源误会，她自编了一句台词：

"我还想体验一下当未婚妻的滋味。"

"嗯。"林源转过脸来瞅了她一眼，仍用平时讲话的平和语气道，"你觉得演戏的感觉好吗？"

"好啊！"

"好在哪里？"

"初演有点紧张、不安，演着演着，就进入角色了。"

"是吗？"他的口吻仍是不置可否的。

她紧紧地挽着他，意思是让他走得慢一点，一共才二三百米，

169

走出林荫道，路灯的光亮了，她就不能公然地亲昵地挽着他了。这里离红弘小区很近了，她怕遭人看见，又惹出闲话来。可这个阳光男孩，这根木头，还是照他以往走路的模样，她终于忍不住了，重重地逮他一把，说：

"你走慢点嘛！我问你，主任刚才说我演得成功，任务完成得好。你说呢？你是导演啊。"

"可这出戏是他们几个导的！"他笑出声来，回避着，不过西亚感觉到了，他的脚步放慢了，西亚满意地又重重逮他一把，这环境太有诗情画意了，她有些留恋，有点要把这美好的时刻拖得长一点，更长一点。她把自己的脸向他面前凑近一点，故意晃了晃脑袋：

"那你说说，我这发型梳得好吗？"

"好。你是怎么想出来的？和一般女孩不一样，新颖、别致。"

"这是传统的老式样了，你仔细看看啊，下午睡醒之后，我梳了四十分钟，才梳成这模样。你看看像不像？"

"像啥？"

"奥黛丽·赫本创造出来的发式，风靡全世界的啊。"

"怪不得。"

"不过我没照着她的样子依样画葫芦，我根据我的脸型，作了一点修改。"

"你很聪明。"

"你别敷衍我。你看看，看看呀！"她把整个头饰拱到他跟前，几乎侧过身子，不让他往前走了。但她的手始终没放开他的臂膀。谢天谢地，他没甩脱她主动挽上去的手。

他定睛看了看她的发式，说："真的很好，你梳得很用心。"

"你啊你啊！阳光男孩，"她不知怎么就把心里话一股脑儿说出口了，"你连讨女孩子欢心都不会，夸人家几句又怎么了！你真是根木头。"

"你说我啥都可以，"他沉寂了几秒钟，固执地说，"我不能讨女孩和女演员欢心，我一夸她们，她们就会和我闹。"

"闹啥？"西亚不明白了，她干脆站停下来，细心地举起双手，摸着自己高高发髻上的鎏金饰品。

"闹角色呀！当群众演员的想当角色，当了角色的要争当女一号、二号，那我无法导戏了。"他告诉她，"我得按照演员的性格，对角色的要求，这个演员的演技，她能不能胜任来演戏。有的角色就需要'大傻帽'来演，我不能要一个生相聪明的演员。有的需要角色丑，我就不能挑所谓的美女。我哪能、哪能看到漂亮女性就恭维人家。你说对吗？"

"对的对的，"西亚忽然从任性中回过神来，这个"大傻帽"（她临时从他这里学来的），他一谈起自己的工作就一本正经，滔滔不绝。她仍不依不饶地挽着他，慢悠悠地往前走："讲讲，你给我讲讲，我喜欢听，爱听。"

林源可能也从刚才一番情不自禁的发挥中醒过神来，瞅了西亚一眼说：

"今天你抹了香水，是吗？"

"你到这会儿才发现啊？"西亚叫得嗓音都发尖了，她委屈得几乎掉下泪来。

"是啊！你刚才凑近我，我才闻到的。"他还是一副顶真的脸。

"哎唷，"西亚急得简直要朝他跺脚了，"我从牙缝里省下钱，用很贵的价钱买了一小瓶香水，平时都省着舍不得用，只在原来就职的公司搞活动时，才抹一下。自从离开那个大公司，我就没使用。今天想到是去上海中心，才抹上一点，没想到你……"

"我迟钝、迟钝，对不起。"林源抱歉地笑了笑，问，"是什么牌子的香水，好像有股淡淡的朗姆酒味，令人沉醉的、多情的香氛，是这样吗？"

"嗯，这还差不多，"西亚又一次被他的话打动，这个阳光男孩，怪不得年轻轻就导上了电影，什么东西在他嘴里说出来，就有种另外

171

的打动西亚心扉的滋味。她的情绪又好起来,"你让我演未婚妻,我不该显得得多情一点嘛!"

这话是西亚故意说的。

"该的、该的。"

"告诉你,这是一款专门给姑娘在秋天里抹的英国老品牌,叫'乔治勋爵悲剧'的香水。"她用另一只没挽住他的手,拍着他手臂道。

"你虽然是个新上海人,我发现,你在这方面懂得很多。"

"哪里呀,"受到他的肯定和夸奖,西亚由衷地感到高兴,她仰起了脸道,"我懂什么呀!还不是在陆家嘴公司里上班,听那帮爱时髦的白领姑娘们说的。"

林源认认真真地回答着她,"这也是知识。"

她仰起了脸,林荫道很快要走到尽头了。在幽暗和明亮交界处的人行道那边,有绰绰人影在朦胧中晃动。

西亚突然感觉自己郁闷的胸怀豁然开朗,原来生活是这么美好!这不是因为她应邀吃了一顿饭,有了二千元的收入。还因为她对身旁的林源,充满了好感!这真是命运恩赐给她的吗?

她的整个身心好似充溢着一种从未有过的初恋的感觉。

她真的坠入情网了吗?

林荫道走尽了,步出悬铃木笼罩下的那股特殊的氛围,回家的人行道上显得分外明亮和清晰。西亚不由自主松开了挽住林源的手,她害怕真给红弘小区里什么人看见了,102的素娟阿姨,又会传给她听小区里那些瞬间会传遍的闲言碎语。

林源就着路灯的光,对她道:"西亚,我给你提一条意见好吗?"

"你说。"西亚暗暗吃了一惊:他又有啥不乐意了。

"不要叫我阳光男孩,我不是小孩了。究具体年龄,我可能比你还大呢!"

"啊——好,"西亚还以为他那么认真严肃地提出来,是真对她有什么不满呢。她情绪甚好地拉长了语调，一口答应着，"你提出来，我接受。可你真的看上去那么小，你不觉得吗？"

"我不觉得。"他仍显得一脸的正经，似乎没一点儿通融的余地。

西亚不想逗他了，朝他讨好地一笑："好的，听你的，这下可以了吗？那你叫什么？该像刚才剧组摄影师、美工师、录音师他们那样，一个个都尊称你领导——林导。"

她有意识地把林导念成了领导。不过这种感觉是真实的，那几位，看年龄一个个都比林源大，但无论是见面时打招呼，饭桌上聊天说笑，告别时挥手，他们对林源都很尊重。

林源说："那也不必，你不是剧组成员，平时招呼，你就叫我林源好了，就像我随众人一样叫你西亚。"

"好的好的，我都听进去了，"西亚用哄小孩般的语气道，"这下你该满意了吧。"

夜里，躺上床，西亚又睡不着了。

这是一种亢奋的、有些异样的情绪在躯体里泛滥和沸腾。白天去上海中心赴宋总宴会的前前后后，所有出场人物和细节，一一地浮上心头。

特别是一路回归时，几几乎置之脑后的宋芳琳总经理和她的亲生女儿关菊的脸，掠过来掠过去地闪现在眼前。是的，母女俩都说话不多，宋总显得矜持庄重一些，关菊幼稚点儿，但是可以肯定的一点是，她们不是那么高兴的。

宋总私人出钱，请这么一次客，目的没有如期达到。

真像剧组成员们都知道的，她名义上是宴请《暗流》剧组合作方的主创人员，实质上是要把已经"一对一"服务时相互认识并熟悉的关菊，正式地介绍给林源作为"女朋友"。

"女朋友"在这么个场合，是作为恋爱的特定对象介绍推荐给林源的。用如此隆重的方式，是让林源及他周边的伙伴们无法推辞，反而该起一种见证和促成的作用。

但是，林源出其不意地把西亚带到了大家面前，尤其是在她们母女跟前。

她们能接受、能高兴得起来吗？

问题在于，她这个"未婚妻"是假扮的，她只是作为角色出了一个场，阻止了宋总母女的意图。

不到场面上，西亚感觉不明显。同坐在翠园包房里的一张餐桌上，西亚看得分明，不声不响神情显得有些拘谨的关菊，自从上了桌，一双眼睛始终望着林源，那神情让人一望而知，她对林源充满了向往、崇敬、渴望、爱慕和倾心。而坐在西亚身边的林源呢，总是在回避关菊热辣的目光。

不错，餐桌上的氛围很好，始终洋溢着和谐的、彬彬有礼的气氛。摄影、美工、录音、道具，个个展示着他们的口才，讲述他们在拍摄影视剧过程中的花絮，明星们的轶事，无伤大雅的洋相，还有有惊无险的小事故，以及各种只在影视界流传的段子，有趣且逗人发笑。餐桌上自始至终都显得谈笑风生，连蔺主任都讲了一两个关于美食的趣事，让人觉得在影视界从业，走南闯北，见怪不怪之事时常发生。

听得西亚都跟着众人笑个不停。

这会儿夜深人静，西亚独自个儿躺在床上，心头不觉有些发凉和害怕。她是成功地扮演了一次假未婚妻，却阻断了一桩林源的姻缘。给无缘无故一往情深单纯圣洁的关菊萌生的恋情，泼上了一盆冷水，浇灭了她初恋的火焰。

她这是在干吗呢？

西亚躺在床上，背脊上冒出了冷汗，身上却热得有些发闷，连薄薄的被子都盖不住。她骇然地睁大了双眼，望着黝黑的熄了灯的室内微微的暗光。

她睡不踏实了，她脑海中又冒出了跳下床去，敲隔壁林源门的念头，她要对他说，在他的要求下，她做了一件坏事，她上当了，她越想越后怕，一旦真相被戳穿，她怎么做人？真相是很容易为人知道的啊，宋总和勤勤姐是朋友，又是勤勤服饰的客户，以后宋总若从勤勤姐嘴里知道了真相，她的脸怎么搁？

她要追问林源，她要他表态，就是逼着他，也要他表态……

思绪纷涌而来，西亚觉得自己仅穿着薄薄的睡衣裤的身体，被这些一股脑儿冒出来的思绪搅得头脑发热，浑身上下烫乎乎的、热腾腾的……都10月5日了，中秋节过去快半月了，怎么还这样热、这么闷啊！

她躺不住了，掀开了被子坐了起来。痴呆呆地坐了片刻，她又一转身下了床，趿上了床边的拖鞋，去把开了一条缝的窗子开大一点。

有点凉意的夜间的小风拂进屋来，西亚忍不住打开房门，走进了黑黝黝的客厅。她几乎就要走向林源那扇房门了，走了几步，她又停住了，这么黑乎乎的去敲开他的门，太唐突也太莽撞了，况且她的这身睡衣裤，身上还带着被子里的热气哩！

她一转身，只是朝着他紧闭的门瞅了一眼，他已熄了灯，可能睡着了。

西亚努了努嘴，在双人沙发上坐了下来。客厅要比两间卧室都大一点，也宽敞一点，坐在沙发上，她不感到那么热了，人也觉得舒畅了一点。

想到林源，也不知怎么的，她的心里会自然而然有种充实感。自从他作为一个陌生的房客住进202室，她有意无意地会想到他。王万吉甩手离去之后那种空落落的寂寞感，不知不觉间就消失了。她情不自禁地叫他阳光男孩，其实不仅仅只是他的脸貌阳光开朗，双眼明亮澄净，还因为他在她生活里的出现，给她心里带来的一种感觉。仿佛一盏灯，一朵晃悠悠的火苗，亮在了她的心里。

她心头好受多了。

但这种感觉她又说不出口，是幸福的预兆，是欢乐的源泉，还是……

她不但说不出口，心里还一点儿也没把握。这一次扮演未婚妻，她总算在这过程中，听到从他的口里说出的夸她美的话。问题不在他说得有多么动人和令她心醉，问题是她终于明白了，他不是根傻乎乎的木头，他是认识到她的美的。

可明白这一点之后，西亚又增添了新的忧虑和后悔。现在她对自己高中没毕业就从粉丝迅速地发展成了王万吉的恋人，在到上海一年半之后就同他同居，有点后悔了。她后悔自己懵懂的早恋，后悔自己和后来的事实证明是一个不负责任的男人同居。

她已经不是一个纯洁的少女了。

从林源在同事们的协助下婉拒宋总和关菊母女确定恋爱关系，她间接地清楚了，林源至今没有恋爱意义上的女朋友，也就是上海人惯常说的"对象"，她是有可能也有权利和他展开一场新的恋情的。可她……

她已经丧失了先天的优势，红弘小区里的远近邻居们，都知道她和一个弹琴的小伙子同居过，素娟阿姨夫妇、金小平等近邻，还叫得出王万吉的名字，要瞒是瞒不住，也瞒不久的。

当然，西亚可以装作啥也不曾发生，只把林源当作一个普普通通的房客对待，如同红弘小区里很多租房住的房客一样。客客气气地对待他，每月收取他三千元的房租。她西亚还是西亚，一个每月靠自己的劳动有一万三收入的单身漂亮女性。至少在表面上，在红弘小区所有的同龄人中间，优雅和体面地活出自己的一份精彩。

尽管曾经的同居男人走了，隔开一定的时间，她仍然可以寻找一个对象，开始另外一段感情生活。

这是无可厚非的，也是能令所有人包括红弘小区里那些喜欢说些闲言碎语的人接受的。就像303的金小平，她不但和赌鬼丈夫有过婚姻，生下了儿子兵兵，后来离了婚，现在和做房屋中介的马经理常来常往，没有任何人对此说三道四；相反，关心她感情生活的邻居们，还鼓励她尽快和马宏滨明确关系哩!

西亚为什么要在自己的心上立起这么一道凸起的坎呢?

西亚回答不了自己。

问题就出在林源这个人太出色了,他是低调的青年导演,他长相阳光开朗,即使像素娟阿姨这么个教了一辈子书的老上海人,只看见他一眼,就断定他是个好小伙。他已经有了不俗的成果,竟然还没个对象,看看,今天饭桌上剧组的那些人,个个还都愿意帮助他,连宋总母女,只和剧组合作过一次,当母亲的要费心思把女儿作为对象介绍给他。而关菊,西亚觉得同是作为姑娘,她愈加看得懂关菊,这个才从旅游学校毕业、情窦初开的大学生,已经近乎迷恋地爱上了林源。她虽然话语不多,在饭桌上笑得很拘谨,可她痴痴地盯住林源的双眼,已经透露出了内心的秘密和炽热的感情。

西亚知道,这股初恋的火焰,一旦燃烧起来,就会像当年她醉了似的迷恋王万吉一样,把外婆告诫的话置之脑后,不管不顾忘乎一切地熊熊烧灼起来。

西亚曾是过来人啊。

就上海人习惯地要讲的条件而言,关菊的条件多好啊!她年轻、美貌,刚从大学毕业,是个纯情少女,无论她正式就业在哪一个工作岗位,她那当总经理的妈妈的光辉,总会罩着她。所有新人首先要考虑的房子,不是家庭里对她已有准备,就是会为她提供强有力的帮助。她妈妈已是总经理了,她的父亲即使不比母亲高,至少也不会差到哪里去。如果再有一个类似林源这样的对象,那这一对未来的新人简直就是美好姻缘,天作之合。

而西亚呢?

她有什么?她无任何背景可言,外公外婆已先后离世,父母更是连西亚本人都说不清楚是怎么在这个世界上消失的。

在上海滩,除了勤勤姐慧眼识珠给了她一份职业,她啥都没有。是的是的,现在她个人的情况还说得过去,连转租一起,她每月有一万三的收入。付清租下202的四千元房费,她个人有九千元可以支配。在上海的青年打工群体中,算是过得去的。吃用开销之外,每月多少可以有几千元存下来。

这一笔账,还都是她在陆家嘴大公司财务中心上班时,听那些老少姐妹们聊天时学会盘算的。

可她真是像大太阳底下的广场一样,白茫茫一片平平坦坦,她再无任何的底子和积蓄了。从这一点来说,她是最没有资格谈婚论嫁的了。

最为糟糕和可怕的是,她无可救药地恋上了林源这个阳光男孩,哦,对了,从今往后,她不能叫他阳光男孩了,她只能在心里这么叫叫。

难道她真的这么没有出息,非要恋上这个马经理马宏滨作为中介偶然介绍来的小伙子。她真的是多愁善感,真的是多情吗?刚刚上了王万吉的当,几几乎陷入了感情的泥潭不可自拔,怎么就把林源这个闯入她命运中来的人当作了灯塔,视作圣明呢?她跌入过泥潭还不够吗?

只是,林源和王万吉不是一样的人,他俩之间的差别太大了。

一对比,一放在那里比较,好坏优劣一下就看出来了。

甚至连对比也不需要。

不过有一点是肯定的,她对王万吉应该说是了解的,是知根知底的同是出生于小城市的人。

而对林源,除了网上那些文字介绍和照片,还有他那些作品的剧照,她啥都不了解。一下子也无从了解。他刚入住202的时候,他们之间约法三章,他提出不要打听家庭背景、不要打听各自的以往,她出于自己的具体情况,一口答应下来。那是她不愿意提及王万吉这个渣滓,不愿意面对外人说自己一点不知父母亲是什么样的。现在想来,他主动这么说,是不是也有啥难言之隐?

别看他脸庞开朗阳光,眼神明亮澄净,也许,他也有不堪的往事呢！现在，遇见她的人，不都夸她又年轻又漂亮、又恢复得像过去一样了嘛！有几个人真正懂得，她受到的伤害啊！

忖度到这儿，西亚不由得转过脸去，瞅了瞅林源关着的那扇门。晦暗中，那扇门纹丝不动，黑黝黝的。

西亚的思绪渐渐平静下来，对的，她对林源这个房客的了解还是不够的，她不能盲目，不能自以为是，更不能像以往一样受感情的驱使，她得把自己的恋情深藏内心，千万不能轻易表露出来，更不能傻傻地表达，甚至不能表现出来，她至少得从另外的渠道，深入地对这个所谓的青年才俊，对这个阳光男孩，作一番了解。别像以往一样，又蹚进了一潭浑水。

第十二章

　　这应该是一个晨梦。西亚眨了眨眼睛醒过来的时候，意识到是黎明时分。上海城市的晓色已经拂进了她的房间，伴随着红弘小区里一辆助动车的启动声，6号楼楼梯上有人过的脚步声。

　　但她醒来之前的梦境，仍萦绕在她脑际。她大睁了双眼，还在寻味梦境里的情形：她赤身裸体地沐浴在灿烂的阳光里，一道巨大的排山倒海的瀑布，翻滚着雪花般的白浪，凌空泻下来，轰然冲刷着她的青春的胴体，她张大了嘴，闭紧了双眼，伸展开双臂，迎接着无休无止的雪浪花般白净的水流的冲击，淋漓尽致地任凭雪沫、雪珠飞溅着泻到脚下……只是，那么大的气势，怎么会是无声无息的呢？恰在这一时刻，她从惊诧中醒过来了，意识到天已拂晓，她明白了，这是一个梦。

　　西亚赖在床上，不想起床，时间还早着哪，况且仍旧是在长长的假日里。她要弄清楚，她怎么会做这样一个奇怪的梦。

　　她至今没有去过海内外的任何一处大瀑布景点，就是换上泳衣，进游泳池的经历，也极其少有。梦里她怎么会一丝不挂地沐浴在大自然耀眼的阳光底下，迎接着自天而降的大瀑布。

　　这么壮观的瀑布，她只在挂历上、电视电影镜头里见过。她从未亲临实地见识过。

可是梦里的一切却又是如此逼真、如此地真切,犹如她确确实实体验了一番、洗浴了一番。

是性梦?

也谈不上,梦中并无异性。连瀑布景点蜂拥而至的游客也没有。

西亚捋着自己因睡眠而零乱了的鬓发自忖着,陡然醒悟过来。她是在懊悔有过的和王万吉的同居生活,她想把与王万吉有过的同床共眠的痕迹抹去,抹个一干二净。

不是吗,天天晚上淋浴时,她总是把水开得大大的,抹上沐浴露之后,任凭温热的水使劲地沐浴冲淋。

这梦,是她这一心理的下意识反应。

原因很好解释,她敏感的年轻的心灵,已在向着202的房客林源倾斜。她不仅在懊悔和王万吉的过去,她在犹豫着,在猜测,一旦林源知道了她原来的感情经历,会不会对她另有看法,改变态度?

她要主动告诉他吗?她若要说,又怎么开口?

他知晓这一切之后,会离她而去吗?他只是202的一个房客,一个过客啊!他随时可以止付房租,搬到另外的栖身之地去。这在上海,可是一件太容易的事了。

西亚又担起心事来,发起了愁。

她该怎么办?

她无解。

夜里,坐在客厅的双人座沙发上,西亚想清楚了要和林源保持一定的距离,逐渐在接触中,慢慢地增进对他的了解,并弄明白他真正的为人和底细。

这是理智的反映,她也准备这么对待他。

可是在十月五日之后的连续相处中,也不晓得是什么原因,只要看见林源那张明朗的脸庞,那一双澄净无瑕的眼睛,他的行为举止,甚至他并没在和她说话,只是在敞开着门的房子里打电话,身影在晃，西亚就把一切都忘记了，她的内心是踏实的，她的一颗心无法不挂牵着他，她自然而然会想到他。要准备菜肴之前，她会问他一声，想吃些什么？晚饭桌上，她会随口问道，今天的早点还合口味吗？明早你想吃什么？我好去准备。

他从没有不耐烦过，每次都会想一下答复她。

可以说西亚是天性善良，是她自小受外婆的影响。但她不会这样关心同在阁楼上班的胖胖，关心原来在陆家嘴大公司财务中心那些经常交流的姐妹。

她的心里也明白，自从林源住进了202，她的内心里不但充实了，生活有了内容，她的阴郁的心理一扫而光，仿佛心胸里也注进了阳光。

这是她贱吗？或者是像素娟阿姨委婉地转告她的，那些嚼舌妇们说的，她是轻佻吗？

不、不、不！西亚绝不承认。是她过去在和王万吉的交往中从未体会过吧，她也不愿承认，她这是又一次进入了恋爱的情结。只不过，那种迟疑中有股甜丝丝的滋味，那种猜疑里带着某种憧憬的向往，那种苦中有乐、乐在不踏实的妒意，都是她从来没有感受过的。总之，她愿意在房间里看见林源，或者他待在房间里不出来，她感觉到他的存在也好，也给她一种快感。

她觉得，她在一天比一天地熟悉林源，一天比一天地洞悉他的为人处世，走进他的心灵中去。

不是吗，陆家嘴大公司里那些叽叽喳喳笑声不绝的姐妹，处于恋爱中的，"轧朋友"期间的，经常会说她们和恋爱对象是一周或十天见一次，间隔长的半个月一次的也有；即使感情热络的，最多也只三五天见个面，碰个头，逛个马路啊，吃个情侣餐啊，看场电影、戏剧和歌舞演出啊，每次不过是两三个小时，最多半天，一个月没几次，一年到头加起来，相处的时间也是算得出的，哪像她现在和林源同住在202，从十月一日至今，连续九天了。他们俩除了夜里各自回房间睡觉，其余时间都待在202这套房里，一日三餐在一起吃饭，饭前和饭后随心所欲地聊几句，遂而各回各的房间里，林源做他下一部电影的案头准备，导演阐述。西亚呢，做她关于2022年从春到冬四季服饰的创意及草图，互不干扰，相互之间也不打听。外人看见，他们在各干各的事业。

只有西亚知道，她的心里明显地感觉到林源的存在。他的存在对她是莫大的安慰，也是无形中的一种依赖和倚靠。她也不晓得，这种感觉是怎么形成的。她只知道，如若这长达九天的假期，202没有林源的存在，她一个人长久地待着，会是多么寂寞、无聊、孤独、茫无所从。他变成了她精神上的支柱。真的，她一天比一天更觉得林源的重要。

公布的法定假日，十一黄金周是连休七天。放假前的九月三十日，勤勤姐说，我们是民营小单位，有自主决定权。平时我经常要求你们加班、加点，这一次放大家九天，算是补偿，你们好好规划规划，放飞心情，出去玩个畅快。

而林源呢，说他们剧组从开拍《暗流》到节前关机，足足两个多月没放休息了，这一次给众人连放十天的假，十一号周一，才要求所有人去公司上班。

故而西亚和林源，在6号楼202的套房里，有了长时间的密切接触。十号西亚去勤勤服饰上班，林源还得在202一个人多待一天呢。西亚心中已经盘算好了，准备今天晚饭的时候，把明天林源在家要吃的午饭做好，让他到吃饭时，热一下就能吃。早点和晚餐，她还是能和他一块儿吃的。

西亚的心中清楚，林源只是她的一个房客，租借房子时，并没涉及一日三餐。她完全可以不管不问，让他自个儿负责一天里的三顿饭。她这是瞎操心，弄得不好，林源心里并不真正念她的好。

可她就是做不到。她觉得在房租上多收了他的一千元，她的心里有点过不去。她得补偿他。明明，全家已经移民澳大利亚的202房东，每个月只收了她四千元。

十月七号那天，她在瓦罐里用黄豆发了一点豆芽，今天的晚饭，黄豆芽已经可以吃了，她准备给林源明天的午饭，做一个油豆腐烧黄豆芽。这是一个典型的上海菜，是西亚到了上海以后学会做的，酱油和素油放得合适，是一道既好吃又下饭的菜。

下午的4点多钟，是受台风边缘的影响吧，一改上半天的晴朗，时而刮过一阵风，时而又飘来点儿雨丝。

好在他们都没什么事儿，也不出去，西亚正把油豆腐切开，听到自己放在客厅茶几上的手机响了。

西亚抹净双手，顾不上解下围裙，走进客厅接电话。

一看手机上显示的是伊勤勤，西亚笑盈盈地道：

"勤勤姐，节日好！你有啥吩咐？"

"节日好，西亚。"勤勤姐的声气有些异样，她说，"西亚，我还从来没问过你，你会驾车吗？"

"噢，我没学过，勤勤姐。你有什么事，尽管说。我可以最快速度找到会开车的人。"西亚想着，天天自驾车来服饰店上下班的勤勤姐，一定是遇上了什么事，才给她打这个电话。说着，她不由向林源那扇半开着的房门瞅了一眼。

"好，那好。那就麻烦你，请你小区里的邻居，要会熟练驾驶小车的，一起到勤勤服饰来好吗？"勤勤姐的语气有些焦虑，"我摔了一跤，要急着去医院挂急诊。"

"好的好的，勤勤姐，你别急，坐着别多动。我马上请人，和他一起来，马上。"西亚知道勤勤姐这一跤跌得不轻了。这是心急火燎的事，得马上送去医院。

西亚连围裙也没顾上解，冲到林源屋子门口，轻敲了两下，"呼"的一下推开门，对抬起头愕然望着她的林源道：

"林导，求你一件事……请你立刻跟我走，快……快……"

西亚说着,哭丧着脸,眼泪涌上了眼眶。

"去哪儿?"林源显然沉浸在自己的工作思绪里,他大睁一对有些茫然的眼睛,问,"出了什么事?你慢慢说,瞧你,气也接不上来了。"

西亚的胸脯在起伏,对她有恩的勤勤姐摔伤了腿,她急坏了,简直慌得六神无主。她真的是经不起事,读大学时,外婆和外公的离世,给过她沉重的打击。

"勤勤姐摔伤了腿,急着要找人开车,送她去医院,"林源的镇定起了安抚西亚的作用,她吁了一口气,总算把要求讲清楚了,"她打来电话,只好求你,你会开车……"

"好的好的,"林源关闭了桌上的电脑,一边站起来一边用安慰的语气道,"我这就跟你去,她在哪儿?"

"在……"西亚听到他答应下来,一颗心放下来,说,"就在勤勤服饰,我上班的店里。我带你去。"

西亚和林源来到了勤勤服饰,只见勤勤姐坐在靠墙的一把椅子上,脸上充满了痛苦、焦虑和沮丧。

西亚扑进店门去,拉起了勤勤姐的手问:"勤勤姐现在还很痛吗?你要我们干什么?"

伊勤勤摇了一下西亚的手道:"不好意思,西亚,休息天,还把你叫来。"她同时瞥了一眼跟进来的林源,点一下头又道,"不好意思啊,要麻烦你了。"

这话显然是对林源说的。

他们很快了解了事情的原委,明天要上班,伊勤勤来店堂和后面的工场间看看情况,做些准备。谁知就是从西亚上班的阁楼上下来时,分神瞅了一眼落地钢窗的人行道,一脚踩空,摔在地上。起先也没觉得怎么样,她还一个人站了起来,继续浏览店堂的摆设和布置,哪晓得膝盖部位很快肿了起来,她以为是淤血了,就坐在椅子上使劲搓、打着圈揉，才过了两个小时，你们看，现在不仅肿胀得不成样子，而且乌青变成了一大块，成了紫黑色了。

西亚惊骇地张开了嘴，双眼瞪得大大的，勤勤姐两个膝盖并列在一起，那个受了伤的膝盖肿胀得像个紫苏馒头，比没受伤的粗大了好些。

林源在一边催促道："那快送医院吧！"

勤勤姐从桌面上拿起车钥匙，指了一下后弄堂："麻烦你，小伙子，就是后弄堂车位上的那辆保时捷，你去开到店门前来，我们直接去中山医院。"

林源接了钥匙就往后走。

西亚俯身道："勤勤姐，我扶你到街沿边去。"

勤勤姐拍了一下她的手背说："告诉我，他就是你的新房客吧？"

"你怎么晓得的？"西亚惊异了，她记得没给勤勤姐说。

勤勤浮起一点笑："是素娟阿姨说的呀！她对这小伙子的评价，比你原来那位好。我虽是第一次见，都看得出来，他有一张坦诚的脸。老上海人会说，这是个'老实人'"。

西亚用对新房客不是很熟悉的口气道："听说，他还是个导演呢！"

"噢，"勤勤姐留心了，"电影导演吗？"

"好像影视都导吧。"

勤勤姐沉吟着说："倒是看不出来。"

西亚搀扶着勤勤姐走到街沿边时，林源驾驶着保时捷，绕了一大圈才开到店门前。

两人上了车，直驱中山医院。

挂号、排队、坐等，三个不常看病的年轻人，都没想到看个骨科的病人竟然有这么多。西亚一次一次走向急诊室门口，透过门缝看医生诊治情况。

起先是七八个病人排队，等了二十多分钟，还有四五个病人！

西亚是替勤勤姐肿得发紫的膝盖焦急,万一伤情恶化了怎么办?

反而勤勤姐比她了解情况,让她安心在椅子上坐下。她说,上海的几大医院都这样,中山、华山、瑞金、华东、一院,连眼耳鼻科医院、儿童医院、妇幼保健医院,所有的门诊,都像上海的菜市场和大节日前夕的超市一样,人满为患啊!

西亚不解,问为什么,勤勤姐道,好理解啊!全国都知道上海的医疗资源最丰富,好多达到了国际顶尖的先进水平,医疗技术手术水平最高,稍觉得自己的病难治,就往上海跑。他们到了上海,当然首选的都是大医院啰!只要细细打听一下,每一家大医院和专科医院附近、周边,旅馆、花店、饮食店、饭馆、点心店、水果店……很多都在依附着病人及病人家属、亲戚、下级做生意啊!

西亚想想,还真是这样。最近这一段时间里,和303的金小平,和勤勤姐接触多了,她由衷地感到,从和她们的频繁接触和亲近一步的交往中,她在更深入地了解今天市井社会的上海。

在一心专注于王万吉身上的同居日子里,无形中束缚了她的目光和接触交往面。王万吉离去以后,坏事反而变成了好事。她觉得眼睛里和感觉中的上海,立体化了,更有生活气息和实际感了。

没想到,勤勤姐的话刚落音,一直坐在旁边沉静不语的林源接了一句:

"是这样的。上海的流动人口多,各种档次的旅馆,做的就是这么一大帮子人的生意。"

勤勤姐颇有好感地瞅了林源一眼道:"小林,你父母是做啥工作的?"

西亚顿时仄起了耳朵。这也是她想知道的,只是和林源有过"约法三章",几次话到嘴边,她不敢问,怕碰一鼻子灰。现在,明显年长的勤勤问出了这话,西亚回过神来了,她想起,在大公司的财务中心,年老一些的职工,对青年男女,经常这么发问,很自然,也一点没有窥探隐私之感。

林源说:"我爸是搞音乐的;我妈嘛,贤妻良母,退休了。"

"搞音乐的,"勤勤想起了什么似的,转过脸去望着林源,"我妈认识一位作曲家林骏,和你……"

"噢,"林源接过话来,声音低低地说,"他是我爸。你妈是……"

勤勤笑了:"她是写本子的,叫伊鹤,我随妈姓。"

"哇,"林源高兴道,"那我今天被西亚叫来,和你有缘了。她是大编剧,和我现在同一个集团。"

长椅上一位膀子吊着整条白胳膊的病人插进话来:

"她写的电影,我看过。林骏写的歌,我会唱。我们作为病友,也是有缘!"

他的脸上挂着欣喜的笑,整个儿是为认识他们而荣幸。

急诊室门口叫号了,西亚站起身,对勤勤说:

"叫到你了,勤勤姐,我扶你进去。"

勤勤一边在西亚搀扶下一跛一跛皱着眉走了两步,一边不忘向那位胳膊受了伤的病员点头,对林源说:

"我们以后细聊。"

西亚嘴里在对走廊里来往不绝的人流打着招呼,脑子里却是"嗡嗡嗡"的一片轰响。天哪!林源这阳光男孩的父亲,原来是大作曲家林骏,她不仅知道,她还见到过他!一位风度气质都和小城人不同的知识分子形象。

还是在西亚高中时初迷上音乐和歌曲演唱那年,上海市文联组织的艺术家采风团到小城来演出,当介绍到作曲家林骏时,有一绺头发已经花白的林骏先生上台和小城观众见面,因为他写的一首歌作为影视插曲正在小城流行,小城的发烧友们顿时爆发出热烈的欢呼,有人向他献花,以王万吉为首的一帮小城歌手、歌迷又是鼓掌又是喝彩跺脚地对他的到来表示欢迎。

那时的西亚看呆了,这是她第一次见到真实的名人,一位作曲家!而且她觉得,她在小城里见到的知识分子,没有一个有他那样的风度和品位，没有一个有他那样难以模仿的温文尔雅和气质，一点也不矫揉造作，一点也没有大家的傲慢，有的只是彬彬有礼，有的只是低调和谦虚。在粉丝们的一阵喝彩声中，在嘈杂和喧嚷中，他在台上说了些什么，西亚一句都没听清楚。西亚身旁有几位小城机关里的阿姨，合起来买了一大束鲜花，叽叽喳喳吵嚷中，推推揉揉地挤到台前，一定要把花送给他。

他呢，自始至终微笑着面对所有粉丝，不住地道着谢，还给全场观众深深地鞠了一躬。

那情景西亚至今还记得。

原来，她的房客、青年导演林源是林骏的儿子！

怪不得林源那么低调、那样子处世为人呢。他在作曲家的家庭里长大，一定从来没吃过什么苦，受过啥委屈，一路顺风顺水地读书、毕业后工作，当导演。他的脸当然总是开朗的，双眼总是明亮澄净的，他哪里像她啊，父母过早辞世，外公外婆没到西亚毕业工作，也都不在了！她和林源怎么可以比较啊！他是命运的宠儿，而她呢？这是开的什么玩笑啊，这样的两个人，竟然阴差阳错地同住在6号楼202一套房里！

西亚真不知这是幸运还是祸事……她整个儿走神了。

医生夸勤勤姐及时赶来看了急诊，说拖下去对她大大不利。接着又说不高的地方摔在地上，肿成这样，双膝短时间内淤血，是少见的。看她忍着疼痛还能走进来，估计骨头没有断。让西亚赶紧陪着勤勤去做一个核磁共振，拍一张照片，才能看到准确的伤残部位和骨头有无断裂。

从医生那儿出来，西亚叫上坐等着的林源，陪着一起去拍片子和做核磁共振。

两个地方仍旧要排队，结果做出来，医生说片子显示，是膝盖处的半月板损伤，骨头没有断裂，好好地躺卧静养，等着它慢慢地消肿、清淤，损伤部位会自己长好。一般意义上的贴药膏啥的，没什么用处。

看着勤勤姐皱紧了眉头，一脸愁苦的模样，西亚忍不住问医生："那痛得受不了，怎么办呢？"

医生说实在痛得受不了，他这里也只有开点止痛片暂时缓解一下，不会起多大作用，药性过后，仍会痛的。如果家里没有，他可以开一点。伤筋动骨一百天啊！这是中国的老古话。

勤勤姐说家里有止痛片。

医生说那就不开了，止痛片吃了没好处。一定要注意静卧着别动，要有这点儿耐心，既来之，则安之。

西亚看得出，勤勤姐听到不算严重，骨头没断，眼神已经安定下来；又听说必须躺着静养，尽量少动，又是一脸的无奈，她知道勤勤姐是想到服饰店的业务要被耽搁了。

离开充满来苏打水和消毒喷雾气息的中山医院，林源把车从停车处开过来，接上西亚和伊勤勤，照着勤勤姐发给林源的定位，开到勤勤姐居住的小区清泉别业。

这小区名字同样带个泉字，西亚不知道和亮泉宾馆、隐泉酒店有没有关系。但西亚看得出，清泉别业肯定是2010年以后竣工的，里面无论是多层、高层和联排别墅，都比她租住的红弘小区上一个档次。车道也宽敞得多，转弯处还有喷泉，绿化也更漂亮齐整些。

保时捷开到地下车库，西亚对林源说："我扶勤勤姐回家，你停好车，在大堂电梯口等一下我。"

勤勤姐对林源说："小林，你也一起来吧。"

勤勤姐住在7号高层的1102室，一套装修得典雅、舒适、赏心悦目的三室一厅住房里。房间里收拾得几乎一尘不染，井井有条，但又没见什么和她同住的老人和保姆一类人物。

西亚搀扶着又在说疼的勤勤姐在沙发上坐下，站在她面前说：

"勤勤姐，你动不得。我给你做好晚饭，让你吃了就好休息。"

伊勤勤瞥了林源一眼，挥挥手说："不要煮，我们清泉小区门口左侧，有家几个年轻人开出的特色面馆，供应的面条很有特色，高、中、低三个档次的都有，面和满头分开煮的，荤、素、海鲜的，什么品种都有。你们俩去那儿吃个晚餐，顺便帮我带一碗回来。"

说着，勤勤姐推着两张百元钞过来，要西亚拿着。

西亚推托："勤勤姐，钱你留着，我们吃了面条给你买回来，你吃什么面？"

"你们给我带一碗肴肉面吧，我吃吃他们的肴肉面正宗不正宗。"勤勤姐说着拿起两张票子，递过来，"钱你拿着，西亚，你和小林已经帮了我大忙，我怎么还能让你们破费，拿着。去吧，时间不早了，到吃晚饭时间了。"

西亚接过钱，对一声不吭的林源说声："走吧，吃面去。"

面馆果然雅致而又洁净，座位安排得既紧凑又有距离感，正是晚饭时分，吃面条对付晚饭的客人已经坐了七八成。

西亚和林源在服务员小姐的引导下，坐在细竹帘和其他座位隔开的情侣位上，同时点餐的单子已经放在两人面前，西亚把面单推到林源跟前，笑着道：

"勤勤姐请客，你先点，吃什么面？"

林源没看餐单，指了指服务台一侧，说："过来的时候，我已经看那里的品种了，我要一碗素鸡面。你点吧，西亚。"

"这么简单啊！那我吃个面筋面吧。这里还有小菜，我们加一个清炒虾仁吧，我们俩一起吃。"说完，西亚又向服务员竖起食指补充道："再给我们要一碗肴肉面，打包带回去。"

服务员答应着，给他俩面前一人放一杯净水，收起餐单离去。

西亚觉得面对面和林源坐在一起，感觉又和在202不一样，蛮有情趣的。她笑吟吟道：

"谢谢你了，林、林导，把你时间都占了。"

林源摆摆手："应该的。她既是你老板，她妈和我爸还认识。况且，我和她妈也算是一个大单位的同事。"

"你这样说，我就不会过意不去了。"西亚坦然说，"一连长休在家九天，我做的饭菜，你还吃得惯吗？"

"很好吃啊！"林源抬起头来，两眼放光地望着西亚，真诚地说，"我还正寻思，怎么个感谢一下你呢！"

"感谢啥呢？"西亚觉得有趣，故意装糊涂，一偏脑袋问。

林源说："不仅中饭，晚饭天天翻花样，我注意到了，就是天天的早饭，也没有一天是重复的。今天上午的'老虎脚爪'，焦黄香脆，我好多年没吃过了。要谢谢你费心去买来。"

这根木头！他终于还是注意到了西亚的用心。西亚乐得什么似的，连连否认道：

"没有没有，应该讲，是我沾了你的光。由于你在202住下来过长假，我才想到，把红弘小区周边马路上的早点分门别类的都尝尝。要不，我也想不到去排队买羌饼、春卷、薄荷绿豆汤、双酿团这些早点——吃过来啊！连续留神了多天，我明白一个道理了。"

"啥道理？"林源好奇地问。

这会儿，他俩点的面条端上来了。果然，两碗面条都是一样的大碗红汤，佐料分别一一地放在大碟子里，虾仁雪白，素鸡油嫩发亮，面筋一只是一只。小姐从托盘里把佐料放下以后，又移过酱醋盐花椒的组合小瓶，说了一句：

"佐料根据口味自己加，请慢用。"

西亚又笑了，指指几只碟子："我们一起吃，都尝尝，不要分彼此了。我尝点你的素鸡，你吃几只我的面筋，都尝到了！真好。"

说着，西亚一边撩起面条尝味道，一边接着刚才的话题说下去：

"那些考到上海来读书的硕士生、博士生，包括找得到工作的大学生，毕业之后都愿意留在上海，吃的东西这么多，穿的色彩如此丰富，也是一个重要原因啊！还有姑娘们都容易喜欢上的零食，其他地方哪有这么多的品种和滋味啊。"

林源一边吃一边点头应诺，他吃得很快，一碗面，三下两下就见底了。西亚看看他大碗里的半碗汤，又瞅瞅自己尚剩半碗的面条，这才意识到自己光顾着讲话，吃得慢了。她带点不好意思的神色笑笑，问：

"吃饱了吗？还要不要给你加？"

林源摆手："不要添了。我是职业习惯，吃饭很快。你慢点吃，照你的习惯慢点吃。我等着。"

西亚由衷地感到，林源是善解人意的。她不仅觉得，面条的味道好，和林源坐进面馆，相对坐在情侣座上，虽然仅仅是简单吃一碗面，这种体验的感觉同样很美好。

夜里，躺倒在床上，西亚大睁着一对眼睛，又陷入了遐思。从十月一日开始，至今九天了。九天里从早到晚，她都和林源待在202这套房间里。双双出去，就是十月五日到上海中心去吃的那顿晚饭。他呢，偶然在午饭和晚饭后到附近散散步，一般在半个小时四十分钟就回来了。西亚呢，除了去菜场、超市选购蔬菜和早点，也是在家里。

可以说，白天黑夜，西亚时时感觉到林源的存在。

每天夜晚上了床，她不是倚在床头，就是躺平了身子，都要睁着一双眼睛，沉思默想一阵。

除了夜间没有睡在一张床上，她和林源之间几乎是朝夕相处。她只觉得充实，觉得生活里充满了阳光。感情的波涛在有意无意地拍击着她。

今晚上这种感觉更甚，她知道了林源的爸爸是林骏，她还知道了勤勤姐的妈妈竟然是写作影视剧的编剧，勤勤姐显然对林源有一种自来熟的感觉，看得出她对林源颇有好感。

回清泉小区去给勤勤姐送肉面告辞出来，没再开车，她和林源又是走回红弘小区的。虽然不再路过那条浓荫密密簇簇的梧桐道，回家路上也有一小截幽暗的人行道，看看几乎没啥行人，西亚大着胆子又一次挽住了林源的手臂，林源只是愣了愣，没有甩脱她的手，也没说啥。即使他说啥，西亚也想好了，就说好暗唷，我怕。

他没说，西亚也就不吭气儿。

她这是干啥？

其实她心里清楚，这是在向他表示好感，表示愿意接近他。

他不是木头，不是傻瓜，这一点西亚心中清楚。

十月十日，长休过后上班了。天气从一早开始就又闷又潮，很像是上海令人讨厌的黄梅天。勤勤服饰的店堂同样既闷又令员工们感觉窒息。一上班就把空调都打开了。

胖胖代表勤勤姐宣布了她的一个决定，在她居家静养腿伤期间，一切日常事务由西亚负责。

西亚听到以后，既感觉到意外又深切地意识到勤勤姐对她的信任。

在服饰店将近20个员工中，她既是来得最晚、资历最浅的一个，又是所有员工中最年轻的之一。和勤勤姐的亲戚胖胖差不多大。听到胖胖一本正经的宣示，她不由脱口而出："胖胖，我怎么行啊！"

不料胖胖严肃地当着众人道："勤勤姐说你行，你就行。反正，我没二话，一切听你的。再说嘛，勤勤姐都安排好了，也没啥事儿。"

胖胖是这么说，西亚一接手干起来，就掂量出勤勤姐开这家服饰店的斤两了。

手机上，勤勤姐给西亚发来一条详详细细的微信。光是预约好要在十月十日当天来取衣裳的客人，就有十来个。还有两位，是来定制新婚礼服的。两位未来的新娘都预约了婚礼上红色、白色、丝绸好几套礼服，必须量身定制的。

上午来取成衣的只有二位女士，一位试穿过后十分满意地走了。她的姓名后面的括号里，注明已经付了费。另一位试衣之后，对肩胛处还有点儿不满意，西亚当即请工场间裁制这套衣裳的中年师傅出来，和她面对面商定修改方案和取衣时间，第二位客人也算送走了。她的姓名后面注明未付款，如若她取了衣裳离去，应收多少，勤勤姐同样写得明明白白。

西亚平时看着勤勤姐迎来送往，平平常常，简简单单，自己接待过二位，她体会到勤勤经营这家小小的服饰店的不易了。

午饭时，她细致认真地看了下午还要接待的两位量婚礼服的准新娘和九位取衣客人。也把该收费和已付款的名字看了一遍，心里明白，每隔15分钟或20分钟接待一个客户，是忙碌得几乎喘口气、喝口水的时间也没有的。

幸好，胖胖主动对她道："西亚，你管自听取客户意见；招呼客人喝茶、吃咖啡的事儿，我来代你干。勤勤姐叮嘱我的。"

西亚向胖胖致谢，心里说，勤勤姐想得可真细致。她让我来负责，还真得好好地向她学一点哩！

下午，黄梅天一样的潮湿、闷热气息愈加浓郁。坐在阁楼上的胖胖，连声叫着："怪怪怪，难受死了。把风扇也打开了。"

预约好来量尺寸的准新娘和一位取衣客户迟到了，而另一位来取衣并要付款的客户早到了十来分钟。

西亚正在接待她，并请胖胖应她的要求给开出发票，手机响了。西亚本不想接，可一看显示，来电话的竟然是王万吉。这个不辞而别后久未联系的冤家！

西亚的脸色都变了，她那惊慌的眼神一定也让取衣客户看出来了，客人指指西亚衣兜，说：

"你先接电话吧。"

西亚轻轻说声对不起，掏出手机，背过身去，没好气地道：

"喂，你说。"

她那冷漠的语气，一定给王万吉听出来了，他说：

"对不起你，西亚，我来电话，是想去202取走我的吉他和一些换洗衣物。"

"好啊！你想什么时候来？"

"方便的话，这会儿行吗？我晚上就要飞深圳。"

西亚迟疑了片刻："嗯，也行嘛！不过我正忙得腾不开身，你反正有钥匙，直接去吧，202有个新房客，我给他说一下，他今天在房间里的。我把你的吉他和所有物品，都装进一个大旅行袋了。你取了以后，把钥匙留下。"

西亚用的完全是公事公办的语气，她都没感到，嗓门有那么大，弄得店堂里的人都望着她。

"行吧。"王万吉怏怏不乐地说了一声，没趣地挂断了电话。

正找出发票簿来的胖胖不由得嘀咕了一声："谁呀？人家愈忙，他愈来电话骚扰。"

西亚顾不上回答她的话，只是向她做了个手势。西亚连忙想到了202的林源，王万吉去取东西，他一定会见到这个人，见到了王万吉来取这么大的物品，他会怎么想？

一刹那间西亚心乱如麻，脑子里"嗡嗡嘤嘤"直响。她不好意思地对客户说了一句：

"对不起，我还得打个电话。"

客户点着头表示理解，西亚即刻拨响了林源的手机。

"林导，是你吗？"一拨通，西亚就语带不安地问着。

"西亚，什么事？"林源的语气仍像她已然熟悉的一样，平静沉稳地接着电话。

"是这样，一会儿，就是今天下午，有个人要来取他的东西，东西都装在一个上青色的大旅行袋里，现在放我屋里储藏间小门后面，你挂了电话，先麻烦你把它取出来。你知道我屋里的储藏间吗？"西亚的话讲得语无伦次，还有一些东拉西扯。

"等一会儿等一会儿，"林源一板一眼地道，"你慢慢讲，这个人叫什么名字？"

"噢，我忘说了，他叫王万吉。"

"好的。我一会儿就去你房间找，储藏间没上锁吧？"

"没上锁。你一打开就看到了，一只搬家出远门的大旅行袋。"

"上青色的，我会先找好搬出来，等他来了，报出名字，我就交给他。"林源说，还轻笑了一声，"你大约忘了，你那间房，我只是在来看房时，望过一眼。住进来以后，我还没进去过呢！"

这倒是真的。挂断电话以后，西亚暗忖着，他只是个房客，他又不是王万吉，同住在202这套房间里，虽然渐渐相熟起来，他还从未踏进过她房间里来一步呢！

这念头像根刺似的，一下子扎在西亚心头，搅得她心上愈发忐忑不宁了。

197

第十三章

忙到黄昏时分,总算只有最后一位未取衣的客户了。她晚到了,说是堵车,不过肯定能在6点以前到勤勤服饰。

刮过一阵风,又潮湿又闷热的气候总算凉爽了一些。后面工场间的一位员工,忍不住跑到店门口来,一边吹着街面上的风,一边道:

"终归是秋天了呀!这风吹来真很舒服。"

西亚坐在椅子上,喝着微凉的咖啡,等待最后一位预约客户的到达。

店堂门被推开,小雨点的嗓门欢叫着传进来:

"勤勤妈妈,勤勤妈妈,你在哪儿?"

西亚循声望去,只见穿着一身小小的连衣裙的小雨点进了店堂,急促地转了两个圈,回转身去,昂起脑袋朝着门口问:

"爸爸,勤勤妈妈不见了。"

迟疑地站在店堂门口的费米也已扫视了一遍店堂,又朝阁楼上望去,目光最后落到西亚脸上,露了一个笑脸说:

"西亚你看她,吵着闹着要来见勤勤妈妈,我只好从幼儿园把她接出来,直接到这儿来了。勤勤不在吗?"

"她没来上班,"西亚瞧瞧小雨点,又望望费米,决定把实情告诉他,"昨天来这里收拾,她从楼梯上下来时,摔了一跤,把脚跌得肿起来了。医生让她一定要在家里静养,不能动。说什么,伤筋动骨……"

费米的脸色顿时变了:"伤得重吗?无大碍吧?唉,她怎么不来个电话呢!"

小雨点顿时哭丧着脸叫起来了:"勤勤妈妈的脚坏了吗?她痛不痛呀?爸爸,我要见勤勤妈妈。"说着话,"哇"一声咧开嘴哭起来了。

胖胖听到动静,在阁楼上穿起外衣,提着包走下来了:

"小雨点来了呀!不要哭,胖胖阿姨认识勤勤妈妈的家,我带你去看她。可你不许哭,你哭了,勤勤妈妈也会难受的。"

小雨点抽泣着点头:"好的,胖胖阿姨,我不哭。"可泪水在她的脸颊上淌得像两条"小河沟"。

胖胖又指指西亚道:"西亚还要守在这里,等一个客户。我陪你们去吧,就坐你的车去。"最后那句,她是对费米说的。

费米拉起小雨点的手说:"也怪我,小雨点在家里,吵着闹着要见勤勤妈妈,我怕她在节假日里有应酬,没打电话问问。走吧,我们这就去看她。"

胖胖又安慰似的对西亚道:"你辛苦。"

西亚站起身来把他们送到店门口,她看见费米那辆车就停在门口,没再送出去,只对胖胖说了声:给勤勤姐问好。

看着费米把车开走,西亚坐回到店堂里,脑子里不由得又翻腾起来。

昨天她见勤勤姐突发意外,脑子里就冒出这念头了。你看,勤勤姐的事业做得这么成功,可以说是有声有色,有自己宽敞漂亮的住房,有服饰店,可她的腿只是受了伤,一个人多不方便啊。她要有个伴侣,一个丈夫或男友,悉心地守着她,不但生活安乐幸福,遇到点事儿,也好有个人照顾。如今她伤了腿,只能依赖我们几个亲属朋友。不是说亲属朋友，包括西亚自己，不愿关心她，但亲属朋友终归是亲属朋友，和深情相爱的恋人、和夫妻是不一样的啊。

　　这一点，有过和王万吉同居一年半经历的西亚，是有切身体会的。

　　对了，这个王万吉下午要去202取他的吉他和随身物品，不知他去了没有？几点去的？那只上青色的装得鼓鼓囊囊的包，林源在储藏室找到了吗？

　　想到这儿，西亚抬头瞧了一下店堂里挂着的钟，6点到了，但那个客户还没来。西亚掏出手机，给林源打了个电话。

　　林源接通电话就笑道："我正说给你去电话呢，你的电话正好打进来了。"

　　听到他的声音，西亚就觉得高兴，心情也好。她想说这证明心有灵犀一点通，转念一想这话太露骨了，出口变成了："什么事儿？你先说。"

　　"我今天不在202吃晚饭了……"

　　"不是有菜吗，热一热……"西亚一听就急了，不等她下班回家，他就要走了吗？昨晚从勤勤姐那儿回到家，她都给他煮好现成的了。

　　"是这样，"林源不急不慢地道，"我爸妈旅游回来了，刚才打电话来，让我回去吃个饭。还让我住一晚，说很久没见面了，聊一聊近况。"

　　"噢，"西亚的心安下来，知道他是回爸妈身边去，她怎会把这点忘了呢。林源是有父母双亲、有家的，他的家就在上海啊！"好的，那你回去吧。"

　　"你打电话来，"林源问她了，"有事吗？"

　　"没多大点事，今天太忙了，这会儿才稍空一点。"西亚镇静下来，"就是先前说的，来取大旅行袋的人，来过了吗？"

　　"来过了，"林源像说平常事一样地道，"接了你的电话，我先进你的房间，在储藏室把大大的旅行袋找出来了。那个姓王的一来，问清名字，交给他了。你放心吧。"

"好的，谢谢！"听林源的语气，什么情况也没有，西亚落心了，又把话题拽回来，"你这会儿就回家吗？"

"是的。"林源说，"和你通完话，我去清泉宾馆开上车，就回家去吃晚饭，爸妈等着哪。"

挂断电话，西亚痴呆了一般坐着。勤勤服饰的员工们都下班了，店堂里显得少有地清静。唯落地玻璃橱窗外，时有行人路过，有人忍不住会往店堂里张望一眼。匆匆赶路的人影，也会在橱窗上一闪一掠的。

店堂门被推开，来取衣裳的客户终于来了，穿了一件红上衣，手里还提了一盒包装精美的点心。

西亚迎着她站起来，红衣女子举起手中的点心盒道：

"不好意思，我特意拐到西饼店，给勤勤买了盒点心。让你久等了，超过6点了。"

西亚取出她的衣裳递过去道："没关系，我要8点钟才打烊呢。你要试试衣裳吗？"

"不在店堂里试了，我是出了地铁，给勤勤打电话，才知道她出了点小意外，我这就赶到清泉小区大门口，和雷小碗一起去勤勤家，看看她，一会儿就在她家里试吧。"红衣女子直率地大着嗓门道，"我姓梅，和勤勤是好朋友。只听她说过找了个新的创意策划，没想到你这么年轻、这么美啊！瞧，不用化妆，就是一朵出水芙蓉。好了好了，雷小碗要等急了，我走了。再见，再见！你是叫西亚吧，以后聊。"

说着，她一手拎着点心盒，一手拿着礼服袋，西亚帮她拉开店门，她又一阵风似的离去了。

西亚坐回到店堂里，拿出手机细看了一下，这最后一位红衣女子姓梅，叫梅花艳，西亚心里说，她的姓名和雷小碗一样，很好记的。人也爽朗率直，见过一面就不容易忘。

勤勤姐让胖胖叮嘱西亚，今天接待完所有预约过的客户，就可以打烊回家，不必非把勤勤服饰开到晚上8点。

原来西亚也准备和胖胖一起，接待完所有量尺寸和取成衣的客户，就一起闭灯、关门，比平时早点歇下来。胖胖作为亲戚，去探望勤勤姐；她呢，赶回红弘小区，和林源待在202室内。他若先吃过晚饭了，她就随便吃点；他若等着她回家，还没吃，她就尽快搞几个菜，像已经过去了的九天长假一样，热饭热菜热汤吃个晚饭。现在，林源不在了，回他父母家去吃了，她再忙慌慌地回到202家里去，又有什么意思呢？回家以后她还是孤零零的一个人，对付一顿晚饭后，她就没事儿了。傻呵呵地坐在沙发上看乏味的电视吗？

那还不如坐在灯光雪亮的勤勤服饰店堂里，即使没客户来，透过玻璃看看马路上的车来人往也好啊。

况且她也不饿。昨晚的这个时候，是在清泉小区大门一侧的面馆，和林源相对坐在一起，吃一碗面条当晚饭。虽然是简简单单一碗面条，毕竟是网红食品，不仅味道好，和林源在一起，那个情调多好啊。这个人的身上，不知施了啥魔法，有一股吸引西亚的东西。西亚和他认识没多久，不知不觉之间，就被他征服了。问题是他以他的为人，他的眉眼五官，他和她的随意对话，征服了她那颗敏感的漂亮姑娘的心，他本人竟然还不知道。

西亚的目光无目的地扫过店堂里悬挂着的一件件时尚的衣服，礼服裙、超短裙、竹节时尚短上衣，秋冬色彩的、过了春节之后的冬春色彩的……她视而不见，她整个儿地沉浸在自己的思绪里。

耳畔响起了一支歌的旋律：

最美的相遇是不问过往
最好的离别是不问归期
……

林源刚才那个电话，说一声今晚回家吃饭，他就走了，从她的202消失了，从她的生活中消失了。

虽说是近在咫尺，他只是回一趟父母家，仍旧在上海。可这么说走就走的形式，一下子提醒了西亚，以后他要离去，就是说走就走这么简单。

王万吉不就是这么走掉的嘛。走得那么干脆利索，走得杳无音信。等到消息传来，已经听说他不顾廉耻地投入另一位比他年长的女人的怀抱。

林源很可能也会同样从西亚身边消失的呀。

当然，林源和王万吉不同，林源只是她的一个房客，每月付她三千元房租。王万吉是她的同居男友，是她曾经的恋人、情人。林源不同，房客的来去要更加自由一些。

但是为啥，林源今晚上回一次家，会让西亚的内心这么翻腾呢？

难道，难道西亚爱上了他？

西亚把伸出去的腿收回来，脚尖踮在椅腿上。

她为自己这一清晰的想法吓了一跳。她怎会如此轻易、如此稀里糊涂地爱上一个小伙子？她是不会承认的。她只同王万吉相爱过，只和这个现在已经彻底分手的人有过恋爱。那才是初恋。

那是她还在高中读书，王万吉像一颗新星一样在小城升起的时候，她和学校里好多粉丝一样那样地追捧他，认为他是今天小城里的明星，明天就会是中国的明星、歌星。姑娘们凑出零花钱决定去买一束花献给他。

花买来了，一大束，鲜艳夺目又美丽无比。

派谁捧着这么大束的鲜花去献给他呢？

同学们一起嚷嚷，要选一个全校最美的姑娘捧着花上去献给王万吉。

西亚是一致公认的美女，是男女生们又拍手又跺脚推选出来的美女。

羞红了脸的西亚只提出了一个要求,让凡是凑钱的同学们陪同她一起去献花。

人们又是一致通过,连老师都说西亚这主意好。

花献给了兴奋得涨红了脸的王万吉,得意扬扬的王万吉接过花来,伸出手臂来就是一搂,把比花儿还要美丽的西亚搂到身前,不管三七二十一地在西亚额头上亲了一口。

兴奋得忘乎所以的男女生们又是欢笑,又是鼓掌,又是尖叫。

西亚就这么堂而皇之地成为了小城明星王万吉的恋人。

西亚确实有过初恋,可是实事求是地说,她还真没谈过恋爱。

世人公认的一对恋人,小城里被人看好的小情侣,连总是叮嘱西亚不要过早恋爱的外婆、外公,也只好哀叹着默认他俩的相好。

小城里不再有粉丝来追王万吉,也没小伙子暗中来追求西亚。

直到西亚大学毕业,直到和王万吉拉起的小乐队成员们一起来闯上海滩,直到西亚顺理成章地和王万吉同居。让红弘小区里关注他们这一对的上海人半公开地说西亚是个傻得出奇的"倒贴户头"。

西亚确实不懂上海社会的市井文化,当她从很多上海女性的只言片语、话中有话、流言蜚语的议论中,一知半解地知道这是在弄堂里、市井社会很难听的一句上海话时,她和王万吉的恋情已经走到头了。

怪不得楼下102的素娟阿姨、楼上303的金小平,在和西亚的交流中流露出那一层为她庆幸的意思。

不经意间,或者说完全是在被动地、她不经选择地认识了阳光男孩林源以后,西亚却对林源产生了一股从未有过的情愫,是愿望,是迫切,是莫名的亢奋,都是,又都不是,总之,她都说不清、道不明,对林源有好感那是肯定的。否则,她不会那么轻率地答应,去假冒他的未婚妻,她也不会大着胆子,在幽暗的林荫路上,主动上去挽着他的臂膀，一次她还借着喝了点酒，说了一句想要再体验当未婚妻的滋味；第二次虽然没说话，但她终于忍不住，又上去挽住了他。

没有好感，没有进一步接近他的欲望，她绝不可能有这样的举动。

看不懂的是，作为女孩，谢天谢地，和王万吉同居一年半，两人唯一达成一致和共识的是，他们双双决定没有要孩子。她还能自称是女孩。

作为女孩，她够主动的了，但不知是啥原因，林源一方没有明确的反应。他哪怕是稍微主动一点儿，或者说有点儿呼应，比如伸出手来搂住她，搭住她的肩膀，再比如握住她的手，紧紧地握一下，她和他之间就有进一步的发展了。西亚是过来人，这点她心里明白。

但他没有，啥动作也没有。这让西亚不免疑惑，难道他真是西亚私下"骂"的木头、"大傻帽"。说他纯粹没有感觉吧，也不全是。他夸过她的漂亮、夸过她的美。他是怎么说的，说得简直令西亚听了心荡神驰。

不明白的是，他为啥没有进一步的表示呢？难道他真的没有和女孩子、和那些如花似玉，争着想当演员、做梦也想上镜的美貌姑娘们有过亲昵的行为举止。

西亚细细想来将信将疑。

你看同样纯情、同样带着少女崇拜艺术家的关菊，她是个正要踏出大学校门的毕业生，她的美貌也是公认的，况且人家的妈还为她精心组织饭局，请出主任这样级别的同事、领导一起帮忙，把关菊隆重地作为对象介绍给他，他都想方设法婉辞了。还叫西亚出面，莫名其妙扮演了一个"未婚妻"，当了一回"垫背"。

从这点来说呢，西亚又觉得他就是给人留下第一印象的阳光男孩，一个纯情少年。不是连102教了一辈子书的素娟阿姨，只看见他一面，也这么说嘛。

天天总是由员工擦得明光透亮的落地大橱窗陡地发出"嘭"一声响。

西亚受惊地定睛望去，只见一只大大的皮球从玻璃上弹了回去，隔着玻璃窗，一个小孩家长在朝着店门里的西亚敬礼致歉，赔着笑脸。

西亚拉开店门望去，捧着新皮球的小孩一脸惶恐望着西亚，那位赔礼致歉的家长在说：

"对不起小姐，孩子的皮球弹到你家橱窗上去了。对不起，快给姐姐说声对不起。"

"对不起，姐姐。"孩子大概是买到新皮球，当街就拍了起来，他抬起头怯怯地道歉。

玻璃窗上只有点痕迹，并无大碍，西亚说声："没关系，以后小心点儿。"

家长连连应诺，带着孩子离去了。西亚的思绪被这一小插曲打断了。只不过代理"店长"的职务仅仅一天，一切还都是勤勤姐安排好的，西亚就体会到勤勤姐张罗这服饰店的不易了。勤勤姐在服饰店里一天忙到黑，生活充实了，怪不得三十多了还不找个对象。西亚只不过代她干了这大半天，不是也把啥都弃之脑后了吗。连王万吉去202取东西要和林源见面这么件令人牵肠挂肚的事，她都没顾上细问。

西亚的心绪纠缠在矛盾之中，这会儿稍一空闲下来，她又想起林源来了，他见到王万吉，说了些什么，脑子里啥感觉和印象，这么大一包东西，他就不生点疑心、好奇心？还有，他这会儿驾车回父母家，到了没有？他父母的家在上海哪个区？平时说过那么多的话，她都没想到问，再见面一定要问问，问他妈是干啥的，问他人家介绍的那么好的一个女孩关菊，他为啥要婉辞，骗人家母女？对，就是要问问，让他吐露点儿心声。哪怕是故意的，也要问。西亚冲动得几乎就要摸出手机，给他拨过去了。转念一想，这未免太急了，她才又把手机放回兜里。那首歌的后两句是怎么唱的？唱的不是：

我们总以为来日方长

　　可一不小心就成了后会无期

　　原先和西亚同居过的王万吉是这样，今天林源平平常常地回一趟父母家中，为什么也让她想起这两句歌词呢？

　　思忖着，安静地坐在勤勤服饰店堂里的西亚，心头愈发不安宁了。思绪闹得她连太阳穴那里的神经都"哔哔"跳了起来。

　　西亚知道，这是她渴念恋爱，渴望被人爱的迹象。

　　第二天傍晚，胖胖主动对西亚说，昨天我陪费米和小雨点去了勤勤姐家，你直到八点打烊才回家，今天你又当了一天班，我看你忙得没停过，晚上只有一两个预约客户来取成衣了，今晚我当班到八点，你早点回家，不要天天误了吃晚饭。

　　西亚答应下来，她心里惦念着，昨天回父母家的林源今天下班后该回202了，也想早点回去看看，他回来了没有。

　　按照节前的惯例，上班的日子，林源会在接下去要拍的网络电影《冬天有爱么》剧组吃过晚饭回来。一般的自助餐，不会回来得太晚。故而和胖胖道别，走出勤勤服饰，西亚不由放快了脚步。原来她想好，下班以后去看看勤勤姐的，胖胖让她别忙过去，说她膝盖的青紫淤肿已经缓解下来，疼痛减轻了，不过勤勤姐朋友多，小姐妹们听说她伤了腿脚，去探望她的人络绎不绝，她都接待不过来，还是隔开几天去吧。

　　西亚听了胖胖的劝，只在通话时，问候了勤勤姐几句。

　　走进红弘小区，来到6号楼跟前时，迎面碰上了102的素娟阿姨，她拎了两只袋子出来倒垃圾。西亚笑着招呼：

　　"素娟阿姨，吃过晚饭了吗？"

　　"吃了，西亚，这不是，把今天最后一件事做完。这纸袋里面是

207

干垃圾，塑料袋里是湿垃圾。上海居民，都养成习惯了。"素娟阿姨把手招了招，"昨天下午，两点多吧。你那个……就是原来和你一块住的王……他叫王啥呀？看我这记性。"

"王万吉。"

"对了，王万吉来了，正好同我当面碰上，我问他，你来干什么？他说来取吉他和一点生活用品。你知道吗？"

"知道。"西亚点头道，"他给我打过电话，我脱不开身，让他自己来取的，正好房客林源也在202，我打电话说过了。"

素娟阿姨甩动着左手说："这样的人，一了百了好！哼，世界上哪有男人不干活，不去上班，在家里弹弹琴，哼哼歌儿，由女人赚钱养活的？咳，这样的男人，早点摆脱一切关系好，以后永远不要让这种人进门。"

西亚心里说，现在和王万吉分手了，素娟阿姨把她鲜明的观点都亮出来了。她点头赞同着说：

"素娟阿姨，我是吃一堑，长一智，再不和他交往了。"

"钱呢！"素娟阿姨愤愤不平地替西亚着想地说，"噢，他在你202白吃白喝白住了一年半，你辛辛苦苦赚钱养活他，那一拨狐朋狗友还时常来蹭吃蹭喝的，就这么……拍拍屁股，轻轻松松地走了。你跟他算钱没有？"

素娟阿姨的双眼，在路灯光影里闪着灼灼的光，问西亚。

"这倒没有……"西亚的话刚出口，素娟阿姨顿时截过话头，嗓门都变大了，道：

"你为什么让他走？西亚，你当时为啥不喊我一声，我一定会帮你拦住他，让他把钱算清楚，把话说清楚再走啊！"

"他没钱，素娟阿姨。"西亚用深知王万吉情况的语气说。再说，她当时只以为，他是一气之下，出去逛几圈就会回来的。她哪晓得，王万吉会投入梁云霞的怀抱，把自己的人格和才气卖了呀。

"你呀、你呀！怪不得小区里的邻居们要议论你。"素娟阿姨伸直食指，既怜悯又可惜地说，"枉自长了一张聪明面孔，做事怎么这样傻啊！你看看，303 的金小平，终于认清赌鬼丈夫不可救药之后，当断则断，坚决离婚的同时，对于自己的利益，该争就争，寸步不让，要不，303 那套这么大的房子、一家餐厅一家商铺，非得给那赌鬼输精光不可。你想，她当时若不争，现在和兵兵母子俩如何活下去？你和那家伙住了一年半，啥钱也没存下吧？"

西亚不好意思地点头："哪还有钱存啊，都花完了，月月光。"

素娟阿姨脸上露出同情之色，摆着手道："坏事变成好事！他一走，你负担轻了，凭你那份月薪，除了房租，多少存得下点钱的。那个新房客，房租准时交的吧？"

"交的、交的。"西亚对素娟阿姨的关心表示感激，"马经理事先谈好的，他一住进来就交了三个月的钱。"

"那好、那好，这小伙子不错。"素娟阿姨笑了，往西亚面前凑近一点，放低声音问，"你们相处得还融洽吧？"

素娟阿姨主动提及林源，西亚心头一阵温暖，她连忙说：

"好的，融洽的。"

"你们年龄相仿，就外表看去，蛮般配的。很可能会相处久一点，好起来的。"素娟阿姨把手指点住西亚胸口道，"不过，我要提醒你，真好起来，你可不能昏了头，房租该收的，还是要收。这叫桥归桥、路归路。懂吗？"

西亚颔首表示理解，嘴里道："谢谢素娟阿姨提醒。"

素娟阿姨"哈哈哈"笑着："不谢，不谢！有事你随时叫一声，反正楼上楼下，方便呀！千万不用客气。"

话音刚落，被一声更响的话语接住了："哈，我说你怎么丢两包垃圾，丢了这么久啊！原来和邻居聊起来了呀！哈哈。"

"你看看，才离家没多久，老季就找出来了。"素娟阿姨乐得满脸是笑，"他呀，现在一刻也离不开我。"

头发花白的老季满脸笑容，来到她俩跟前，还向西亚点头：

"你好！西亚。"

"季伯伯好。"西亚喊了他一声。

"好、好！"季伯伯借着路灯的光，打量了一下西亚的脸庞，点着头，用赞许的语气道："看得出，你的气色好多了。前一阵，你那样子，素娟阿姨对我说几次了，要来开导开导你，你愁得脸都变形了。这样好，凡事看开点，时髦的话是怎么说的，叫没有过不去的坎，对吗？素娟。"

素娟阿姨一边点头赞同，手却指指西亚道："人家懂，西亚是大学生。现在，她可是伊勤勤的得力助手。走吧走吧，我们聊不少时间了，倒垃圾去，一会儿规定时间要到了。"

看着这一对相敬如宾的老夫老妻，西亚顿生一股羡慕之心。是啊，西亚活在这世上，不也求的是要找到一个能一辈子白头偕老的伴侣嘛！瞧他们老两口，多安然啊。

回进门洞，上了二楼。来到202门口，西亚的心热了起来，屋里有灯光！她意识到，林源已经回来了。

果然，开门进屋，除了客厅里亮着灯，林源那间屋子里也亮着灯，西亚还听见对话声。她心头一阵喜悦，带着一股热，直接走到他门口，朗声朝屋里招呼：

"林源，你回来了吗？"

一面说一面伸手到门把上，没等她拉住门把手，林源的门打开了，站在里面说：

"西亚，今天你比往常回来晚。"

西亚往屋里瞥了一眼，并没有和林源对话的人。再一凝神，她看见林源桌上的电脑屏幕开着，对话是从他正在看着的一部影视片里传出来的："你在看片子啊！吃饭了吗？"

"吃了，在看一部印度片《杰伊·比姆》，"林源的手朝电脑屏幕指了一下，道，"你吃晚饭了吗？"

"还没吃，"西亚往他屋里走了一步，往他的屏幕上望去，几个凶狠的印度警察正在殴打穷困的底层妇女,屏幕上闪出的字幕很小,看不分明。西亚说,"不过我也不饿,一会儿搞来吃点。总是听到你躲在房间里看片子,其实,你可以把片子连到客厅里的电视上播放,这样,坐在沙发上看,画面清晰,字幕大,我也可以沾光看看。不好吗?"

"好的,谢谢你。"林源说,"我是怕影响你,才不敢在外面播放。"

"我也喜欢看新片子的呀!"西亚故意在他屋里多待一会儿,昨天他随口说没进过她的屋,她想到了,自从他住进202,她都很少走进他的房间,今天她进来一看,嗬,他还从家里搬来了不少书和杂志。西亚顿时像发现了新大陆般扬起眉毛,欢叫道:"你拿来了这么多书啊!都是些什么书啊?"

说着,她不请就动手拿起了一本,书名是《奥斯卡经典影片赏析》,再一扫那堆书,全是电影艺术创作和拍摄电影有关的书,好像还有影视剧作什么的。

西亚放下手中厚厚的那本赏析,笑道:"以后我会问你借来看的。"

这是她为自己出入他的房间寻找理由。

她的话似提醒了林源,林源"噢"了一声,转身抱起大叠的彩色杂志,对西亚说:

"这是带来给你看的。"

"这是什么?"西亚指指厚厚的彩页杂志,左右转了转脑袋。回一趟家,想到为她带杂志,她心里高兴。

"这是《巴黎时装之苑》,我爸有个同学在出版社当领导,每期给家里寄的。一家人就是看看,了解一下流行的时尚。"林源把一叠杂志举得高高,对西亚说,"你不是在做服装创意和设计吗?我想,你也许喜欢……"

"我喜欢,我真喜欢!"西亚双手捧过他手中的七八本杂志,激动得嗓音都有些颤抖地说,"看看人家做的,我会产生些联想,也能激发想象力。林导,谢谢你!"

说着，捧上沉甸甸的七八本杂志，转身出了他的屋子。

她太快活、太感动了。若是不赶紧跑回客厅来，她真怕自己抑制不住喜欢和汹涌上来的感情，把脸凑上去，亲林源一口。

这个家伙，这根木头，这个她心中叫唤了多少回的阳光男孩，原来他是这么个人啊！西亚捧着一堆杂志回进自己屋内，一下子放在自己的梳妆台上，重重地吁了一口气。不是她收到这些《巴黎时装之苑》高兴，这本杂志她曾经翻过一两次，每一本不过就是三十元。她激动和兴奋的是，通过林源的这一细节，她似乎领悟到了他的心意，探摸到了他的真正想法。原来他不是轻描淡写地随口夸一句她的漂亮，他心底里是有她的，至少是装着她、想到她的。否则，一个工作忙忙碌碌，难得回一趟父母身边的男孩，怎么会想到把家里的杂志带上，专门来送给她呢。

他是想到了她在做服装的创意和设计，他本人是导演，当然懂得创意和设计，需要触发灵感，需要启示，需要举一反三，充分发挥自己的想象力！

这个鬼家伙，别看他外表淡漠，仿佛世间什么事儿都不放在他的心里，仿佛除了拍电影，什么都和他无关。

不，其实不然，他是有心的。西亚停立了片刻，才使得波动的情绪平静下来，她瞧了一眼梳妆镜中的自己脸庞，天呀，为她方才的这一发现，她竟然激动得脸颊都泛红了。

她庆幸自己转身出了他的房间，刚才，就是从他手里接过杂志的那一瞬间，她怎么竟会冲动得想把脸凑上去，亲他一口呢？

幸好她没做出这一举动，幸好她及时克制住了自己。

鲁莽地做出这一亲昵之举，她真不晓得会引出什么结果。万一他会以为她举止轻佻，以为她历来就是这么随随便便和异性有亲昵暧昧动作的姑娘呢！

她有过恋爱，有过和王万吉的同居经历，她是过来人，没把这当一回事。

可他，他还是一个阳光男孩，从他和主任及剧组几位成员想方设法婉辞关菊母女愿同他确定恋爱关系这一点看，他可能还没真正地谈过恋爱呢，甚至、甚至连初恋都不曾有过呢！

不能造次，得把握住自己。

西亚在心中提醒自己。

可是，疑云又升起来了，他的条件那么好，形象又是一表人才，工作单位属于上层建筑，是陆家嘴公司里那帮姑娘们常常说的"绩优股"，他怎么可能没有过恋爱呢？

西亚垂落下来的眼睑眨了眨，目光落在最上面那本《巴黎时装之苑》的封面女郎新颖别致的头饰上，心中又增添了烦扰。

不过，她的情绪是喜悦和兴奋的，她的心头充满了阳光，总体上是踏实的。

客厅里有了响动，一定是他听说可以把电脑视频移到电视上播放，正在那里接线、移动路由器呢。毕竟，电视屏幕要大得多，看起来效果也好多了。

为自己刚才灵机一动的提议得意，西亚忍不住"扑哧"一声笑了。

看着镜子里自己有些俏皮的脸，西亚眉毛一扬，嘴一歪，对着自己做了一个鬼脸。

她的情绪从来没有这么好过，很长一段时间里的阴郁愁绪，不知消散到哪儿去了。

这都是因为林源在她生活里的出现，这都是因为林源就和她同住在202，她只要转身走进客厅，就能见到他。

实事求是地说，昨天晚上，他不在，西亚就没有此时此刻这么快活。

第十四章

从九月到十月的上旬,上海的天气明显地偏热。上海人都说,秋天怎么延退了。

遂而,来了一股冷空气,上海说降温就降温了,人们一下子感觉从夏天来到了初冬。

于是,好发议论的上海人都在说,2021 年,上海没有秋天。

这讲法一传开来,上海气象台出来纠正了,说这讲法不准确,十月的下旬,上海没有明显的降水过程,吹来的是北向风,温度还是很适宜的。

人们熟悉的秋高气爽的时节,来得晚一点而已,来还是会来的。比如十月的二十三日,是二十四节气中的霜降,可离真正结霜的天气,还远着呢。

果然,到十月二十日左右,上海城里的晚桂,迭次先后开了。随着秋天的来临,满城尽开的桂花,姗姗来迟地以那引人入胜的香味,伴随着来到室外的上海人。

西亚租住的红弘小区,步行到勤勤服饰店,一路上都栽种着桂花,每天上下班,走着走着,西亚会不由自主地放慢脚步,尽情欣赏着枝头上或高或低的桂花。

转眼到了十月底,午饭时分,胖胖对西亚道:"勤勤姐请你下午到她家去一趟,她说给你发了一条微信,你没回。"

西亚连忙道:"你看到的,今天上午约好来的客户,都扎堆在中午前后来了,我还没看手机呢。"

"所以勤勤姐给我电话了呀,"胖胖道,"她让我下午代你的班,你吃完饭,放心去吧。由我守着哪。"

西亚放下筷子,打开手机,一看微信,果然,勤勤姐有过一条微信,让她午后去。她对胖胖道:

"真是的呀!胖胖,那就辛苦你了。"

胖胖干脆地挥挥手:"去吧,去和她多聊聊,多坐一会儿。"

"你知道,她招呼我去,"西亚沉思着说,"有什么事儿吗?"

记得,中旬里的一天,西亚和胖胖结伴,一起去探望过勤勤姐。勤勤姐对她俩道,这一阵,她的膝盖在恢复中,情况比医生原先预料的好,患处贴了膏药,晚上睡觉基本不疼了。她俩只要配合好,把服饰店管好了,就是对她最大的帮助。不要老来探望了。今天,勤勤姐让西亚一个人过去,故而她忍不住问胖胖一句,毕竟,胖胖是勤勤姐的亲戚。

胖胖嘴里在咀嚼着一口煲粉丝,点了点头道:

"嗯,听她口气,是有话单独对你说。不过,是什么事儿,我真不知道。"

说着,胖胖圆鼓鼓的脸上,一副坦然的神情。

那就是,确实是有事儿。西亚不由凝思起来。

胖胖"咯咯咯"笑了:"不过你放心,西亚,不是服饰店的事儿。勤勤姐对你的管理,接待客户,包括创意啥的,是称道的。我猜呀,可能是有啥私房话对你说吧。"

西亚点着头,说了声谢谢。

下午近二时,西亚来到清泉小区勤勤姐1102室的家,勤勤姐接待她的方式既随意又显得非同寻常。

随意是西亚进屋后，一眼就看到勤勤姐裸露着伤到的膝盖和雪白的大腿，在对准一盏探照灯般的电光，保持点距离烘烤着。

西亚走近勤勤姐坐着的椅子和电烤灯，先是俯首瞅了瞅勤勤姐的膝盖，只见她的膝盖微微泛红，青紫基本消退，只看得出一些浅浅的痕迹了。原来肿得如同刚蒸出的馒头般的大腿，也已恢复。西亚忍不住问：

"这是干啥？"

"这是特定电磁波治疗仪，龙华医院骨伤科送的。让我对准伤处，每天烘烤个四五十分钟，烘烤到感觉发热、舒服为止。"勤勤姐指着那盏灯说，"你试试，热的。"

西亚伸出巴掌探了探，果然有股热量。她记得勤勤姐第一次是去中山医院看的，这会儿转去龙华医院了？不由问：

"又去龙华医院看了？"

"是啊！"勤勤姐笑盈盈地瞥了西亚一眼，"费米，就是那个带着小雨点的……"

勤勤姐仿佛不经意地说着，好像一下子该怎么称呼他，噎在喉咙口了。

这么可爱的、有点饶舌的小雨点，西亚怎么会不记得呢。她连忙说：

"记得。"

"就是他介绍的，说他认识个龙华医院医生，是位美国读博士回来的中国骨伤科世家，好像还是贵州和云南交界处的地方出来的。"勤勤姐介绍着道，"我去诊疗以后，他们一男一女两位博士看了中山医院拍的片，就明确说是膝盖半月板损伤了，疼痛、淤血、肿胀都是由此引起的。有两个办法，想快点好，尽快上班，就动个手术，把损伤修复。基本上是有把握的，但也有点风险，万一手术后发生意外，就有可能在痊愈之后留下微跛的后遗症。用传统的伤筋动骨一百天的观念，第二个办法就是静养：两个月之内不能上班。两个月之后视恢复情况。当时也找不到人商量，就和陪我去的费米沟通，费米说他偏向慢慢恢复的方案。最好玩的是小雨点，她听说动了手术如果出意外，我以后可能微跛，当场哭了起来，连声叫着："我不要勤勤妈妈成跛脚……嘻嘻。"

说着，勤勤姐笑了起来。

西亚连忙说："我也觉得保守疗法好，没有后遗症啊！勤勤姐，一想到膝盖上动刀子，我就害怕。"

"就是要让你和胖胖在店堂里多担待了。"勤勤姐说，"于是就定下来，采取第二种方案治疗；比中山医院多了的，就是每周要去医院做两次理疗，教我在家里天天做热敷。"

"两次去龙华医院，都是谁陪你呢？"西亚关心地问，她心里说，她和胖胖，勤勤姐都没有喊过，她不知道这些新情况啊。

勤勤姐淡淡一笑："还不都是费米来开车接送的。热敷、理疗那一个多小时，小雨点总在身边叽叽喳喳说个不停，倒也不寂寞。"

西亚从勤勤姐的笑容上，读出了一丝儿幸福和满足感。说：

"勤勤姐，那是你平时为人好。所以人家也一片真心为你。"

勤勤姐双眼定定地盯着茶几上放在两只碟子里精美的三色小蛋糕，咖啡色、白色、奶黄色三种色彩对比鲜明地一层一层叠在一块，最上面那层的白奶油中央，还有一颗红红的水晶晶的樱桃，旁边的咖啡壶里，在弥漫着缕缕咖啡香味。

这也是西亚敏锐地感觉到勤勤姐接待她的非比寻常之处，这显然是为她的到来准备的。

"这个治疗仪，也是龙华医院给配的。让我不做热敷和理疗的日子，每天在家里开灯烘烤个一小时左右。"

"效果好吗？"

"好。你看，"勤勤姐把跷起的膝盖放下来，和她未受伤的膝盖并在一起，让西亚看，"这一两天，肿胀基本退尽了，看起来，左右差不多了。"

西亚看得分明，那只受伤的膝盖除了浅浅的有点淤青，和未受伤的膝盖差不多了。西亚欢声说：

"好得差不多了。勤勤姐，你在养伤，一天三顿饭什么的，谁来照顾你呢？"

西亚进屋以后留神了，勤勤姐并没另外再请个人来护理。

勤勤姐两边眼角显出点笑意，说："还不全靠费米啊！这一趟，把他累得够呛，管着我一日三餐不说，还总是变着法儿弄出点奇奇怪怪的东西让我吃。一天到晚坐着不动，你没看出来，我都胖出来了！"

西亚凝神望着勤勤姐白皙的脸庞，果然，比上班时愈加白净了不说，也比前一阵子丰腴多了。脸颊上都饱满地鼓起来了。

西亚点着头说："真是的，勤勤姐，难得有费米这样的男人，又会带小雨点，还会里里外外操持家务，做好吃的。"

勤勤姐继续架起裸露的膝盖烘烤着，定睛望着西亚道：

"西亚，你说说，费米这个人怎么样？"

"好啊！"西亚猜测，勤勤姐特地喊她单独过来，是不是想和她聊聊纯粹属于姐妹之间的心里话，"到哪里去找这样能干而又体贴的男人啊！我看他对你既尊敬又尊重，还有点、有点……"

"说，你尽管说，"勤勤姐用鼓励的眼神瞅着西亚道，"这里就我们俩。约你来，就是想同你讲点心里话。"

"我的感觉，就是他还有点儿和你相好的意思，但他不敢说出来，不敢表达出来。"西亚小心地说着，"勤勤姐，你看出来了吗？"

"还能看不出来吗？"勤勤姐瞟了西亚一眼，无端地"呵呵呵"笑了起来，笑得很大声，可西亚听来那笑有些干涩和勉强，"真的没想到啊，西亚，隔开多年，又开始有了恋爱，却是和一个费米这样的男子。"

西亚往勤勤姐身前凑了凑，以亲昵的语调问：

"勤勤姐，听你这口气，你原先也有过恋情、遭到过伤害？"

西亚想借此对给自己命运带来转机的勤勤姐有深入的了解。

"谈过恋爱、有过初恋啊！怎么会没动过感情呢！"勤勤姐说着，双眼眯缝起来，似乎陷入到了青春的往事之中，"是在赴美留学时，很自然地和一个也是学电影的男生恋上了。初恋嘛，同样是狂放而又热烈，充满了美好的向往和憧憬，况且又是在这方面充分开放的美国，可以说初恋时该发生的一切，都发生了！这方面你有过体验，我就不说了。"

勤勤姐用一个手势，好像是要把如烟往事拂到一边去，结束了这一阶段的话语。

西亚"嗯"了一声，承认她确确实实和王万吉有过像一段燃烧木头似的初恋："后来呢？你和那人是怎么分手的？"

"毕业了，他是学电影摄影的，而且拍出来的片子确实有口皆碑，很容易能在美国电影界找到活儿。"勤勤姐定睛瞅了西亚的脸一眼，"我学的是电影服装，找个活儿应该也不难。我们是在留美国发展还是回国就业的人生选择上，发生了分歧。"

西亚猜测着说："是他想要留在美国，你要回来？"

"是啊！简单说来是这样。"勤勤姐点头，"美国这社会，只要你找得到工作，在发达的影视界，收入马上就能跻身不愁吃穿的中产阶级。他有了一技之长，铁定了心要在美国生活下去。而我呢，出国之前就答应妈妈，我一定学成归来；和他开始相爱时，我也给他明讲过，你要和我恋爱，学成毕业就得和我一起回国，他也是一口答应的。"

"临近毕业，他就变卦了？"

"是啊！他找了很多理由，倒过来劝我为了他、为了爱情，也为了事业发展，留在美国，我就说他出尔反尔……"

"那你，"西亚忍不住问，"为什么不能将就他呢？换了别人，不都会迁就男方的嘛！况且，在多少人的心目中，美国等同于天堂啊。"

"当时，很多人确实也是这么劝我的。"勤勤姐现在忆起这些往事，已经完全冷静下来了。她停顿了片刻，接着道："所有的好心人，都不了解我的身世啊！"

西亚被勤勤姐的语调打动了，她迫切地想要听下去，听一听对自己有恩的勤勤姐的身世：

"你的身世？"

"准确地说是妈妈的身世。妈妈是在痛苦和屈辱中度过整个青少年时期的。由于外公在解放前是从事地下党情报工作的，表面上也能称之老革命、老党员；但因为上海地下党的主要领导潘汉年被关押，外公始终处于被审查、被调查、等待组织结论的不受待见之列，运动一来，就成了'特务嫌疑''里通外国''阶级异己分子'，故而我妈妈的童年、少年都是跟随着担惊受怕的外婆，过着唯恐天塌下来的日子。妈妈经常听外婆讲一句，'树叶子落下来怕砸破头'，以至这句话后来也成了妈妈的口头禅。这样长大的一个妈妈，唯一的嗜好，就是看电影。故而到七十年代末，八十年代初，国内兴起第一股出国热时，妈妈也想去外国学习拍摄电影……"

西亚被勤勤姐的讲述完全吸引住了，见她停顿下来，连忙把茶几上的咖啡杯端起来，说：

"勤勤姐，你喝点……慢慢说。"

"你也喝呀，另外那杯就是为你备的，"勤勤姐呷了一口咖啡道，"味道还不错，你喝。这也是中午费米送午饭来时，我让他准备的，说要和你商量事。你看，他就买了蛋糕，准备了一大壶咖啡。"

"做先生的，能这么细心，真难得。"

"他是要讨好我。"勤勤姐放下咖啡杯时，问，"我说到哪儿了？"

"你妈妈想出国学拍电影。"

"对了。可不让她去啊，外公的问题还没解决，她就出不去。等过了八十年代中期，外公已到了弥留之际，外婆也拖了一身的毛病，才获得彻底解决，恢复名誉，恢复工资级别，补发的钱也不少，妈妈可以出国留学了，她却走不了啦！"

"外公外婆身边就她一个女儿,她得照顾二老啊!"

西亚听出勤勤姐说到这儿时,嗓音哽咽了,仰脸望去,勤勤姐的眼里,闪烁着晶莹的泪花。

"而妈妈的恋人,也是我的父亲,本指望和妈妈一起,趁第一波出国大潮的尾声,去国外深造的。到了此时,我的父亲签证下来了,只好一个人先走。妈妈呢,肚中怀了我,还顾及二老,就留下来没走。"勤勤姐说到这儿,嘴角撇了一下,鄙夷地说,"我那父亲,临别之际,对着妈妈山盟海誓,说一放假就回来,看望一大家人。但他食言了,不仅放假没再回来,后来也永远没有在我们家人面前露面。就这样,妈妈成了没有丈夫生下我这个独女的妇女,她一一送走了外公、外婆,含辛茹苦把我培养成人,同时也养成了性格孤僻、脾气乖戾的秉性,没来由地会发火,莫名其妙地驳斥人,即使她后来凭借个人努力,成了写过几部电影的编剧,她那怪脾气也是在圈内出了名的。"

西亚听得不知不觉微张开嘴,心里说,怪不得至今没见过勤勤姐的妈妈。

"临到我要出国了,妈妈双手搭在我两边的肩膀上,"勤勤姐接着说,"出国去读书,为的是学成归来,报效祖国。也为的是你苦命的妈妈,你学做电影,要出名就在自己的国家出名,要默默无闻就在自己的国家默默无闻。我答应妈妈,毕业之后,我一定回来,为妈妈,为外公外婆,为我们这个曾经蒙难的家庭,我要在自己的国家里活出一份人生的精彩。看到劝不归我曾经的心上人,我一了百了,买了一张飞机票,回上海来了!"

西亚以敬佩和惋惜的眼神瞅着勤勤姐,心里说,勤勤姐身上所有的,正是她自己身上所没有的,西亚软弱善良的性格所没有、不可能有的。

西亚人生中第一次,看到了自己性格上的弱点和缺陷。到如今,勤勤姐经过自己的努力和拼搏,活出了一份属于自己的精彩,她有了在清泉小区里自己挣出来的一套漂亮住房。远近的居民都知道，地处内环之里的清泉小区，最便宜的价格，都是每平米10万。勤勤姐这套房子，西亚不由环顾了一下这会儿坐在客厅里的这套装修讲究、别有风格的宽敞住房，少说有个150平方米吧。那就是1500万的不动产，1500万的身价。还没算上她正经营得风生水起、蒸蒸日上的勤勤服饰店面和她创造的品牌价值。西亚知道，那肯定也是价值不菲的。从勤勤姐提出聘用她开始，在西亚没提条件的情况下，就开出了一万一个月的薪资，西亚知道勤勤姐是有底气，有她的经营之道。

勤勤姐又品了一口咖啡，把一只碟子上漂亮的小蛋糕移到西亚跟前来，说：

"来，你吃一点。看看费米挑选的蛋糕还行吧。"

"那肯定行啊。"西亚连忙说着，拿起小勺子舀了一小口吃，"啨，味道真好！"

勤勤姐淡淡地一笑，同样环顾了一下她家的温馨、素雅的环境，笑道：

"封闭了自己的感情世界，一心一意追求自己的事业和目标，就这样，把自己熬成了一个大剩女了。西亚，你知道吗，上海人把超过32岁，还没找定对象的老姑娘，称为大剩女。"

"这个我知道。"

"是啊，过了33岁这个坎，我陡然觉得，自己名副其实地成了一个大剩女，不但剩下像老青菜那样无人挑选，主动贴上去，也让人嫌弃了。哈哈！"

"哪里！"西亚急忙为勤勤姐辩解，"你的形象一点不老！在什么场合都是光彩照人的。"

"西亚，你这是在安慰我了，我若是有你这么年轻，身后就真的跟着一个排的男人也不止了。"勤勤姐清醒地说，"人贵有自知之明。这几年里，从过了30岁的剩女到超过32岁的大剩女期间，不知有多少热心人，好朋友，比着我的条件，给介绍对象。实事求是地说，那些个男人，不是每个人都不入我的法眼的。可凡是我看上愿意接触下去的，人家的回话都是婉拒的。一次一次地打击我的自尊心，一次一次地挫伤了我一颗渴望爱情的心。直到那一天，我喊上你做伴，再次当面遭受冷遇之后，恰巧碰到了同样相亲被拒的费米父女。"

西亚顿时想起了那顿在隐泉餐厅的晚饭，与其说费米给西亚的印象深刻，不如说西亚一下子记住了可爱的小雨点。

"那顿晚饭之后，和费米这个中学里高我一级的男生建立了微信联系，当年在学校，我们跨年级一起组织过一次活动，活动的学生会负责人就是费米，当时他给女生们的印象就是一个老好人，姑娘们什么话都可以对他讲，讲对讲错都没关系。就是中学里这点儿好的印象促使失意的我邀他们父女一起吃了个饭，你在场嘛！"勤勤姐的讲述把所有零星的线头都给西亚连接了起来，西亚点着头说："我都看到了。小雨点真可爱！"

"就是小雨点的纠缠，费米常带她来我服饰店堂，说实在话，那时我还没动心。到了我这个份上，人情世故的交往中，主动讨好我的人多了。"勤勤姐用既知心又实在的口吻对西亚道，"直到这一次，腿摔断了，看到费米是真心地为我焦虑，设身处地为我着想。不说别的，光是减缓疼痛的膏药，他就通过亲戚、朋友、同事找来十几种。最后选定了两款，一款是进口自日本的，一款是叫苗通的两副膏药，临睡之前贴上以后，不仅几分钟里就有效果，而且能保证一个晚上哪怕是隐隐作痛都没有。还有嘛，就是你问起的一日三餐了。"

"都是他做的？"

"是啊！有的是他在家里做好，装进保温袋中送来。"勤勤姐的手指一下厨房那头，"还有的菜肴，就是他在这儿当场做出来的。难为的是，他弄的每天的早饭，中、晚两餐配的那些菜，从来没有重复过。同样一只鸡，或是一样的蔬菜，他会变着法儿做出几种好吃的味道来。你知道我是一个人生活，忙碌的时候，吃饭马马虎虎的，对付过去就算了。嗨，这次跌痛了膝盖，还尝到不少美味了。又是小雨点这姑娘，说的几句话触动了我的敏感神经。"

　　说着，勤勤姐拿起手机，翻动着页面寻找啥。

　　一番话同样触动了西亚，这不是和她一样吗，十月黄金周连休几天的长假里，她变着法儿做出种种菜肴来给林源吃，她不知林源心里是怎么想和感觉的，但从勤勤姐道出的话里，她听出了勤勤姐是被费米如此体贴入微、关怀备至打动了的。

　　看来，西亚仍得一如既往地坚持下去。哪怕林源表面上丝毫不露出感激之情，她不是已经从他带《巴黎时装之苑》这一细节，逐渐摸到这阳光男孩秉性了嘛！

　　"你听呀，西亚，"勤勤姐手里举着手机，脸上带点儿笑说，"这是那天小雨点摸着我腹部，撒着娇对我说的。你听听。"

　　说着，勤勤姐按了一下录音键。只一忽儿，手机里就传出了一小段小雨点奶声奶气的录音：

　　"勤勤妈妈，爸爸说，我是从妈妈的肚皮里钻出来的。肚皮就是这地方，对吗？"

　　"对的。"

　　"那么，你这里会不会给我生出一个小弟弟来呢？勤勤妈妈。"

　　勤勤姐把录音掐断了。勤勤姐笑道："小雨点的话一出口，我听得当时就涨了个大红脸。幸好，这当儿费米正在厨房里忙碌，没听见。要不，真难为情死了。"

　　西亚望定了勤勤姐的笑脸，颇有感触地问道：

　　"费米为啥不敢当面向你表白呢？"

　　"我在想，他大概总是想到带着小雨点这么个孩子，老被人拒绝那些事吧。"勤勤姐带着沉思的语气说。

　　西亚突地冒出一句："勤勤姐，有一天，费米真向你表白了，你怎么回答呢？"

　　勤勤姐愣怔了一下，手伸过来，在西亚的膝盖上拍了几下，所答非所问地道：

224

"西亚，你知道，上海所有的姑娘们，在寻找她们未来人生另一半的时候，是怎么评价男人的吗？"

西亚茫然，她坦白地望着勤勤姐，虽然她谈过恋爱，和王万吉有过同居经历，可她真不明白。

"所有的上海姑娘，都懂得，在她们可以选为意中人的男子群体里，有三类人。一种人是'稀有动物'，你听了不要笑，西亚，这是我的说法。其实就是出类拔萃的人物，青年才俊啊，体育明星啊，歌星、舞星、影视新型人才啊，或者是年纪轻轻就获得提拔的青年干部啊！说起来不少，但是在实际的日常生活中，还是少而又少的。你前一阵子选中并跟着他来闯上海的那个唱歌的，曾经是小城里的明星，一唱成名，引得和你一样的大批粉丝的追捧。"勤勤姐把平时放在心里的思考慢悠悠地说来，侃侃而谈："你几乎是不假思索地投入了他的怀抱。你想想，当时是不是这样？"

西亚被勤勤姐说得有些喉咙发紧，她哑着嗓子说：

"事后细想，就是这样。"

"这不怪你。这些凤毛麟角的人物，必然是所有姑娘们的首选。"勤勤姐轻轻拍一下西亚的膝盖，"你一面听一面吃呀，这蛋糕味道好吗？"

西亚端起小碟子，又舀了一小口蛋糕吃着，说：

"味道好的。费米真会挑选，看着诱人，吃着味佳。"

勤勤姐笑了笑接着道："入世久了，踏上了工作岗位，不论是情窦初开的姑娘，还是有了一点阅历的女性，早把她们生活圈、工作圈、社会交往圈中认识的异性扫视了一遍，她们很快意识到，在实际的日常生活中，那些佼佼者，那些众星捧月般涌现的人物，是少而又少的，几乎是无缘碰到的。可是人总得谈婚论嫁啊，那么怎么办呢？靠热心的亲戚、朋友、同事介绍，走进婚介公司选择。怎么介绍、怎么选择呢？就是要论条件了，所以不是论条件就一概否定，说人家只谈条件、不讲爱情。相互之间不认识，要接触起来，就得讲讲条件啊。既然是提条件,那么,总是条件越好,越有选择和被选择的权利啰!虽说人上一百、形形色色,各人的眼光、性情、心里的标准会有差异,可总在收入水平、家庭背景、容貌上趋向选择好的,现在上海这地方开口就讲到的房子、车子、父母双亲,更会有些具体的说法。这些东西确实不是爱情,但是和双方真正组成家庭以后的日常生活,每一天的生活息息相关。而这些东西呢,又是影响未来家庭的安逸和幸福必不可少的因素。谁也不愿过捉襟见肘的日子,谁都想活得潇洒自在一些。你说是不是?西亚。"

西亚把吃完小蛋糕的碟子与勺放在茶几上,点头称是。但她又在心中承认,在她和王万吉相好与同居的整个过程中,她从来没这么想过自己的爱情。现在她明白了,为什么红弘小区里听说了她情况的上海人,都说她傻,说她是聪明面孔笨肚肠了。聪明两个字,其实就是对她美貌的肯定,而笨肚肠,说得就如同"一朵鲜花插在了牛粪上"。

她望着勤勤姐,毕竟,勤勤姐比她大了好几岁,对这问题,可以说是考虑到根子上了。

"经过这你挑我选的一阵子大普选,"勤勤姐提高了点嗓音,接着道,"无论是男方和女方,明显地较为优秀的人士,都有了归宿。是两情相悦也好,是矮子里面挑长子也好,是勉强也好、凑合也好,是生米煮成熟饭也好,总而言之,剩下来的,女方就被叫作剩女、大剩女;男方呢,更糟糕,干脆被叫作'渣男'。上一辈的老人,议论起来更实在,直接通俗易懂地说,拖下来的大男大女,总有这样那样的毛病,是'处理品'。"

西亚不同意这一点:"勤勤姐,你条件这么出色,你可不是处理品!"西亚这话也是为她自己在申辩,她虽然年纪还轻,可她有过和人同居的往事。

"那你说是什么?"

"是、是剩女……"

"剩女就是'处理品'的意思嘛！"勤勤姐自嘲地笑着，对西亚道，"就谈婚论嫁上来说，我曾经在留学时谈过恋爱，我超过了33岁，那就是瑕疵啊！你西亚不要有心理负担，你和人同居过了，同样会遭人议论啊。作为男人，费米遭遇过不幸，妻子车祸身亡，他带着小雨点相依为命。说起来让人同情，但在他作为相亲对象出现在女方面前时，他总是处于被挑选的一方，而且落选到今。我们俩不也碰到过一次嘛。"

西亚眼前又掠过了隐泉餐厅那顿晚饭的画面，说：

"你要这么说，确实也是事实。"

"这一次摔成半月板损伤啊，把我一跤摔明白了。"勤勤姐笑容可掬地对西亚道，"除非我这一辈子，像我妈妈一样，永远不嫁人了！我若仍想过上一份温馨点的生活，那么，眼前就是一个机会。你说呢，西亚。"

西亚举起了双手，清脆地拍了几下巴掌："太好了！勤勤姐，你看上费米啦！我看出来了，他一定会对你忠心不贰的。你真心问我，我就说好！一百个好！小雨点多可爱啊。"

勤勤姐也笑着在点头，看得出这件事，她深思熟虑过了：

"是啊！勤勤妈妈，勤勤妈妈，没让她喊时，她就一句句地这么喊上了，我心里也认可她了。费米嘛，除了知根知底，他就是一个普通男人，相貌不出众，可五官还端正，上海人说的，场面上带得出去。在事业单位，就是个无一官半职的事务员，工资也不高，住房极普通，开的是辆最为一般的车子。除了这些所谓的条件……"

西亚忍不住插嘴说："可他人好啊！忠厚，老实……"

"是的是的，除了那些东西，他身上有上海男人的一切优点，"勤勤姐眯眯笑着数叨起来，"每天吃着他给我准备的一日三餐，竟然有种享受的感觉。有一两次，比说定的时间晚了一些，西亚，你说怪不怪，我还有些盼呢！"

"不怪，一点不奇怪。"西亚以一个和男人有过同居经历的过来人的口吻，诚挚地说。她心里却在暗忖，勤勤姐有这种直觉，她不是也一样嘛。林源晚归了，她会盼。只是，勤勤姐和费米，他们之间是心照不宣。而她和林源呢，好像八字还没一撇呢。

停顿了片刻，勤勤姐接着道："你说不怪，我还是总在扪心问着自己。以往吧，自从和美国的那位断了往来，我的心冷绝了，久而久之，有些不大适应和男人打交道了。"

"主要是勤勤服饰，服务的都是各个年龄段、特别是中青年女子。"西亚替勤勤姐一道分析着，"和费米呢？"

"没这种感觉，"勤勤姐沉思着说，"可能是原来就认识的。和他说话、商量事情，包括吩咐他做些啥，都觉得挺自然的。"

"这就是合得来，是缘分啊！"西亚叫起来，"你应该知道的。"

勤勤姐随之笑了，西亚看得出，勤勤姐是发自肺腑的、会心的笑。她坐着，眼睛睁大了，既像是自言自语，又似在询问西亚：

"没一次花前柳下，也没啥海滨月色，没点儿人们总说的罗曼蒂克，无非，就这样地好上了？"

"这样好啊，勤勤姐，"西亚从旁观察，已经看出勤勤姐真正动了心，"那些东西，以后可以有的。关键是找对人。"

勤勤姐的右手举了起来，纤长白皙的食指点了点西亚：

"西亚，找你来交心，我真是找对了！你虽说来自我原来没听说过的小城，可你身上，有小城姑娘特有的善良、真诚，和难得的善解人意。我下决心聘你，除了看出你在创意设计上有眼光、有见地之外，你宽以待人的心态，也是我十分欣赏的。"

"谢谢勤勤姐，你在我陷入人生绝境时，伸手拉了我一把。"西亚真诚地表白着，"那一阵，我真的是绝望得想死的念头也有了。"

"我们之间，这也是缘分啊，西亚。"勤勤姐给她招招手，"我的伤腿不方便，来，你给自己斟一点，给我的杯子也加一点。我还有话跟你说。"

西亚应了一声，连忙起身端起咖啡壶，给两个杯子斟满。她以为勤勤姐找自己，只为谈一点涉及她感情的私房话，没料勤勤姐还有话说。斟好咖啡，她端起杯子瞅着勤勤姐。

勤勤姐拿小勺搅动了一下咖啡，并没喝，只是很随意地道："十一长假期间，听说你去上海中心的餐厅里吃过一顿饭。"

她疑讶地睁大了双眼："你怎么知道的？"

她看到勤勤姐的笑容变得含蓄着。西亚立刻联想到自己假冒成林源未婚妻的身份，她紧张得心"哔剥哔剥"跳荡起来。

勤勤姐抿了抿嘴唇，说："而且我还知道，你是以导演未婚妻的身份去吃的饭。"

"是的。"西亚没想到事情勤勤姐都知晓了，她的语气像招供一般。

"这情况是真实的吗？"勤勤姐的语气有点将信将疑。

西亚慌张地摇摇头，她觉得不能欺骗对自己这么好的勤勤姐。又一想不妥，连忙又点了点头。

"到底是真的假的呀？西亚，"勤勤姐又笑起来，"你又是摇头又是点头的，把我给搞糊涂了。"

西亚觉得不知从何说起，她微张了张嘴，自圆其说般道："我哪会是林源的未婚妻呢！他才租住202两个来月……"

"和我猜想的差不多，"勤勤姐的语气缓和下来，"素娟阿姨告诉过我，你想增加点收入，租出去一间房子。而且房客原先并不认识，是303的邻居介绍的。恋爱的速度再快，也不会这么快地确定未婚妻身份吧。现在一问，果然是假的。告诉你，我还设想，你长得太美，可能是这位小伙子为你的美色所迷，对你一顿狂轰滥炸，你心一软，就答应了人家，也不是没有这种可能。现在不是社会上盛传'闪婚闪离'的故事嘛！不过我见过林源，觉得从外表看，他也不是那种小伙子。所以专门叫你一个人来，问一问这情况。"

勤勤姐一段话，把她问这事的原因讲明了。西亚又疑惑了，勤勤姐为啥要弄清此事的缘由呢？西亚在寻思，该怎么发问。

"林源请你出场,当一回业余演员,目的就是让亮泉宾馆宋总的女儿,想同他当男女朋友的心愿彻底打消掉。"没待西亚问出口,勤勤姐把事情一下子挑开了,"是不是这样啊?"

西亚干巴巴地道:"就是这么一回事。不过勤勤姐,事前我真不晓得……"

勤勤姐拉长了语调道:"西亚,你还是太年轻,不知道一个道理呀!"

"什么道理?"西亚不明白。

"要想甜,加点盐。"勤勤姐在沿着自己的思路讲下去,"事情往往会朝着适得其反的方向发展。"

西亚更加不解了,她喃喃自语般重复着勤勤姐的话:

"要想甜,加点盐……"

"是啊,上海中心餐厅里那顿饭,表面上是风平浪静地过去了。"勤勤姐说,"直到结束,没碰到啥尴尬的下不来台的情况吧?"

"没有。"西亚还记得那时的所有情景,"宋总母女,和大家客客气气道别的。"

"那是当然,双方都是有身份、有地位、有知识文化的人士嘛!"勤勤姐淡然一笑,"可是回到家,那个叫关菊的女儿,就要死要活地朝着宋总两口子闹开了!"

西亚的心愕然一惊,眼睛都瞪直了。

勤勤姐朝西亚摆手:"瞧你,吓得脸都变色了。你不用太紧张……"

"我不紧张,不紧张……"西亚嘴里这么说,连她自己都听见,嗓音在发抖。她这辈子,真没经过啥剧烈的刺激和复杂的人际关系。

勤勤姐道:"慌成这样,你还说不紧张。害怕成这样,我就不说了。"

勤勤姐果然严肃地闭上了嘴。

客厅里一阵静寂,西亚心里阵阵翻腾,她觉得惶恐、不安,也有点儿害怕。但她想听下去：

"勤勤姐，你说，我想知道、真的想知道，我、我……"

眼泪涌上来，勤勤姐用怜悯的目光定睛瞅了瞅她，说：

"那好。你先喝点咖啡，平静一下。"

勤勤姐的食指指向西亚的咖啡杯。

西亚端起咖啡杯，三口两口把杯子里尚温的咖啡喝尽了，最后那口她喝得急了点，喉咙还被呛了一下，咳了两声才缓过来。她连忙抽过一张餐巾纸，掩住嘴，眼角瞥了勤勤姐一眼，道了一声：

"对不起。"

"看你慌的，"勤勤姐的目光怜爱地望着她，"你还是经受不起呀。是从来没有做过哄骗人的事，怕假冒未婚妻，被人揭穿吧？"

西亚瞅着勤勤姐嘴角露出的一缕讽刺的笑纹，手里拿着餐巾纸，惶惶地对勤勤姐点点头，表示正是这样。

"放心吧，这一点啊，"勤勤姐以宽慰的口吻道，"只有我猜疑。宋总面对女儿关菊的大吵大闹，只同意她既然发了疯似的一心想嫁给林源，就和你展开竞争。理由是未婚妻只是个说法，不是法定名称，可以凭本身的优势继续追求下去。社会上不是还有'小三'把原配妻子挤走了的嘛。说是这么说，人家宋总两口子终究是有身份、有地位之人。为了协助关菊在竞争中确保优胜，就对你西亚，进行了全方位的情况了解。嘿，一了解，就了解到了你不仅是我这儿的职工。而且……怎么说呢，我和宋总是朋友啊，前天，就是前天下午的这个时候，宋总借着来探望我的腿伤，到这儿来了。嗬，大包小包地拎进来一堆礼品。我说，我只是半月板损伤，算不得大病，她怎么如此客气啊？来了坐下一聊，我才明白，她送这么多礼物，为的就是和我商量这件事儿。当然，话题的中心，就是你西亚。"

西亚惊愕地呆住了，她万万没有想到，冒充了一次林源的未婚妻，还有十分好玩地客串了一下业余演员，竟惹出了这么大的后果。愣怔了片刻，她才讷讷地问出一句：

"她……宋总是什么意思？"

"话儿还长，"勤勤姐给西亚摆着手说，"你慌张成这个样子，好像浑身细胞都紧张得起了反应。闹得我也说不出话来了。这样，你坐过来，坐到长沙发上，全身放松，给自己再斟杯咖啡。为约你来，我腾出今天一下午的时间了。我们慢慢聊、慢慢聊。"

西亚离座起身，哀求地说："勤勤姐，你就挑主要的，先对我讲吧。要不，我……"

"哪有主要、次要的啊！"勤勤姐道，"涉及你的感情和人生，闹不好也会影响你在服饰店的工作，哪能三言两语讲得清的。这种事，我知道的，扯不清、理还乱。真得和你好好地探讨探讨呢。来来来，坐下，坐这儿来。"

西亚望了一眼勤勤姐指的长沙发，移动脚步走过去。

第十五章

在勤勤姐让西亚移坐过去的长沙发一端坐下，俯身续咖啡时，西亚还是在两只杯子外头洒出了几滴咖啡，她疾疾地抽出餐巾纸，把滴在茶几上的咖啡抹拭干净。

瞅着她一举一动的勤勤姐不由说："西亚，你在慌啥？"

"我……呃……"西亚把抹拭咖啡的餐巾纸放进那只水晶的烟灰缸里，仰起脸来，见勤勤姐正双眼专注地盯住她，她的话一时又噎在了喉咙口。

她想说，她不慌。但她的内心里，确实是慌得乱作一团。

真的，她慌啥呢？遭西亚痛斥的王万吉在暴怒中摔门而去以后，见他夜深人静迟迟不归，她难受，她担忧，她沮丧，她也失落，但她没有慌张过。这会儿，勤勤姐既没责备她，又无对她不满，她为啥心神不宁呢？勤勤姐是她的衣食父母，怕勤勤姐找个理由解聘她，还是怕冒充当林源的未婚妻被人瞧不起，总之，西亚说不清楚。只觉得像做了啥见不得人的事，被人揪住了把柄。

"好吧，你不说，我来讲。"勤勤姐淡淡一笑，用息事宁人的语调说，"宋总来我这儿，讲起这件事的时候，我有点吃惊。所谓吃惊嘛，也就是觉得，你那个唱歌的男友离去的日子不长，你怎么成了另一个人的未婚妻？真是够快的。在我心目中，要谈成一个寄托终身的男友，那是要有个过程的。不过依我对你的了解，再加上我见过林源一面，我觉得你俩都不是轻率决定终身大事的人。况且你西亚，刚吃过轻易委身于男人的亏。转念一想，你俩都年轻，就外表看，还蛮符合婚介人士所说的'郎才女貌'的，再说了，男女天天生活在一套房子里，你西亚的脸貌又有独特的诱人之处，感情发展神速也不是没这可能。所以呀，宋总喋喋不休说着这事儿，并向我打听你的具体情况时，我照实说了，之所以聘你，是我对你的为人、人品、才华比较了解，而且这方面我可以担保，西亚是靠得住的。但是对你的私生活，特别是恋爱婚姻方面，我还真不清楚。我顺口说了一句，在勤勤服饰员工中，未婚姑娘有好几位了，我基本都不怎么了解。就连自己的亲戚胖胖，我都不晓得她有没有对象。宋总显然也是相信的。"

随着勤勤姐一五一十地道出这些底细，西亚的心安下来，这么说，勤勤姐没有看到宋总是个有身份、有地位的人，还是朋友、客户，就完全站在宋总一边。

"谢谢！"西亚情不由己道出一声谢，"你没说我轻佻、胡乱许人，交男朋友啊……"

勤勤姐"扑哧"一声笑了："刚才你慌成那样子，就是因为这吧？"

西亚不好意思地笑了："我确实担心，宋总是勤勤服饰的重要客户啊！再说了，还是勤勤姐的朋友。我们这些员工，平时只配给她这样的人物，送货上门什么的。"

"让你给宋总亲自送过一套礼服，难怪你这么想。"勤勤姐正色道，"不过西亚你得记住，'来的都是客'。为每一位客户提供优质、良好、热心的服务，是我们每位员工应有的素质和职责，在这方面不分远近、亲疏、贵贱。宋总是我朋友那不假，但也是我们的服务对象。就拿请你送去的那套高档礼服来说，宋总若拿到锦江饭店门口沿街的品牌店，或是迪生、阿玛尼等名品名店去做，三四万都不止。她觉得勤勤服饰的知名度虽然不如那些大品牌，但做出来的礼服一点不输于那些，更主要的是她穿着更舒服。而且我把她的价格压到了二万以下。这么一件礼服，让其他员工去送，我还不放心哩。故而那天就请你走了一趟，让你感觉到了自惭形秽，倒是我想不到的。不过，西亚，也不枉你走这么一趟，现在宋总的女儿拿你作为感情上的竞争对象，用过去的话说，是'情敌'，哈哈！你和她们母女之间，从这个意义上来说，还真是有缘呢。你说是不是？"

勤勤姐的双眼睁得大大的，凝视着静听她话的西亚。

西亚当即闹了个大红脸，听到"情敌"两个字，她一方面想，这下糟糕了，糊里糊涂地就成了关菊的"情敌"。多难听啊，问题的实质是，她是冒牌的，是假的，她和林源之间，别说"未婚妻"，就是连恋爱，都谈不上呢！莫名其妙地，就当了宋总母女的对立面，遭人瞄准了，成了人家"仇恨"的一方。

更加麻烦的是，她还不能给人解释。她这假冒的"未婚妻"，还得继续扮演下去，任凭人家把她当成假想敌、"情敌"。

只因她还收取了蔺主任的出场费。

说出去多难听啊。为了区区两千元，她就……

西亚陡地感到，自己的皮肤上不知不觉地爬满了一只只细细小小的讨厌的蚂蚁，让她坐在沙发上，浑身骚动不安。简直太恐怖了！

西亚对此时此刻不知在哪儿的林源，突然生出了一股埋怨之情。都是他，都是这个人，想出了这么个馊主意，让她硬着头皮当了一回群众演员，扮演了一个子虚乌有的"未婚妻"！这下好了，陷进了一张说也说不清、道也道不明的罗网之中。

她该怎么办？

西亚一双亮得光闪闪的眼睛，蒙上了一层雾。她茫然地望着勤勤姐，不知说啥好。

勤勤姐手里端着咖啡杯，从杯沿上方定定地看着西亚，见西亚的目光投来，她放下了手中的杯子，又移动了一下磁疗灯的方向，关闭了烘烤膝盖的灯，一面缓缓地把裤腿放下去，一面以严肃的语气道：

"现在言归正传，西亚，你坐踏实了，我有话对你说。"

西亚不安地移动了一下身子，望着勤勤姐。

"你得给我讲实话，说姑娘心里话。"勤勤姐一字一顿地说，"林源对今天的你来说，仅仅是一个付房租的房客呢？还是……当过他一次临时扮演的未婚妻，你心里也有了点儿想法？一般地来说，一个姑娘，哪怕愿意帮助他人，也不会轻易答应以未婚妻名义出去骗人的。"

西亚喃喃地说："他是房客。不过……"

"不过什么？唉！"

"这个……呃……"西亚不知如何表达，"勤勤姐……"

勤勤姐友善地笑了，摆了摆手说："我也许太严肃了，把话表达得不够明白。我的意思是，你心里若真没有任何想法，你就撒手，由我负责告诉宋总，让她们母女按照自己的心愿，任凭关菊和林源随着加深交往，发展下去。至于他俩，有没有那个缘分，是他俩之间的事了。你很美，以后自会有一份姻缘；关菊同样是个美貌的姑娘，只是和你身上的美完全是两种风韵，她既然像宋总说的，发了疯似的爱上了林源，让她去追求，你没必要从中插上一脚。听明白了吗？"

"听明白了。"西亚的喉咙像被卡住了似的，声音低低地答。但这不是她要的结果。

"我听着怎么很勉强啊？"勤勤姐又笑了，"西亚，我给你交底，宋总专程上家里来看我，还送了这么多礼物，就是想达到这个目的。"

说着，勤勤姐指了指客厅角落那张白色方桌上，堆放着的几盒丝带彩绳扎着的盒子，其中有只盒子，一看就知是名牌的披肩或是围巾的精美包装。西亚的目光几次滑过，都看到了。

像一大盆凉水泼到西亚的脸上，西亚猛地清醒过来，她不能让这样的事情发生，她也已经习惯了202有林源这么个阳光男孩的入住，她时常想着他，为他准备每天的早点，为他做可口的饭菜。202只住她一个人的话，她决不会费心每顿饭准备风味别致的菜肴，她喜欢和他对话，哪怕讲的都是无关痛痒的话，甚至他不说话，她只要知道他在房间里，心里也会觉得踏实。是的，他们之间从没说过啥情话，可她的心里，真的有他了。

西亚茫然的目光落在勤勤姐脸上，勤勤姐正双眼目不转睛地盯着她。

"勤勤姐，你是要我放手啰？"

"我可没这么说，西亚。朋友之托，我得把宋总母女的真实意图告诉你。"勤勤姐干脆利落地说，"不过感情这事儿，尤其是青年男女爱情上的事，我知道是很复杂、很微妙，勉强不得的。你得听从心愿的召唤。西亚，主意得你自己拿，我决不干预。你对姐道一声真正的心里话，你爱林源吗？"

"我……"西亚想说一个"爱"字，可她实在没把握，憋了一下说，"我心里有他了。"

"对了嘛！林源这小伙子，不仅仅只是相貌堂堂、一表人才，让人看着阳光，且有思想。而且他的职业，他的父母，拿到桌面上讲出去，上海人说起来都是响当当的。"勤勤姐快言快语地说，"你还没见过我妈吧？"

"没、还没碰到过。"西亚搞不懂，勤勤姐怎么说着说着，讲起她妈了。

"那天你请林源来开车，见过他一面之后，坐在中山医院骨科外走廊里候诊时，我看着你们俩坐一块儿，脑子里忽然冒出一个怪怪的念头……"

"什么念头？"

"我说这不是天造地设的一对嘛……"

"勤勤姐……"

"你别不好意思。我当时心里真这么想的，而且我还觉得，可能是老天在报答西亚吧，让她尝到了失恋的苦涩之后，特意给她送来这么个般配的男孩。"勤勤姐笑得满脸乐呵呵的，"可能正是有了这种胡

237

思乱想之后,在我妈有天晚上来看我时,我问她,你们集团不是有个叫林源的青年导演吗?"

"我妈马上对我道:'是啊!他是你也见过的作曲家林骏的公子。'"

"我说小伙子怎么样?"勤勤姐越说情绪越好,"你猜猜我妈怎么讲?"

"伯母怎么评价?"西亚也听入迷了,正好打听一下。

"我妈这个人,记得我给你提起过,是个脾气古怪、孤僻到乖戾的地步、啥也看不惯的独身女人。我们母女在一起,我如不让着她,都会发生争吵。经常还闹得不欢而散。顺便说一句,我就是看着她脾气越来越不可理喻,才陡地想到,我要不趁现在这年龄嫁出去,老了也会像我妈一样讨人嫌弃。嗨,你真的想象不到,"勤勤姐说着说着,嗓门都大了起来,"见了我总是说集团里拍的那些影视,不是说这一部本子没写好,就是那个老演员靠吃老本混日子,或者说现在的小鲜肉一个个都自认为长着小白脸,当上演员就能混了,没一个是性格演员……总之,什么都不是。在她眼里,没啥看得上的人才。"

耐心地听着勤勤姐介绍,西亚心里说,勤勤姐还真是有自知之明,她讲起话来,一扯开就没个完,真有点像她妈的脾气了。找准了,快点和费米成家呗。盼望着要知道她妈怎么评论林源,西亚还是专注地听着。

"大大出乎我意料啊!"勤勤姐说,"我妈把林源好一顿夸,说他年轻、低调,国际上获了奖,记者采访,他就让副导演、制片去,我妈给他的作品提意见,他不仅虚心地听了进去,以后又主动拿即将投拍的本子请我妈看了提意见。尽是好话,竟然没一句说到他的不足之处。"

西亚听了,心里很是欣然。她不也是在和林源的接触中,不知不觉被他吸引的嘛。

"看来我把你请来聊一聊,还是对的。你心里有他了,那么我要提醒你了。"勤勤姐说,"宋总母女俩,特别是关菊,是要和你有一番竞争的。"

这是西亚没料到的,她不由问:"竞争,怎么竞争?"

"你果然没思想准备啊!我要告诉你,宋总母女,已经在摸你的底牌了。"

"我的……底牌?"

"是啊!你的家庭情况,你的父母亲属,你曾经和前男友好过,一起同居在红弘小区,你的性格。多了!"勤勤姐左手摊开了,手指一个一个屈转过来,"有的情况我了解,有的情况我都不知道呢。西亚。"

西亚的心又怦怦怦地跳了起来:"她们问到我家里了?"

"是啊!她们知道你是随外公外婆长大的,只因你父母亲在你幼时就离世了,现在你是孤身一人在上海打工。"勤勤姐沉思着说,"看来母女俩为对付你……"

"对付我?"

"是啊!你是'情敌'啊!没听说过情场如战场吗?西亚。"

西亚不由得摇头,这句话她还真没听说过。在小城的高中,还有大学里,很多女生都曾是王万吉的粉丝,但当姑娘们知道王万吉钟情的是她西亚时,她们都退出了粉丝行列。关菊这姑娘,看上去文文静静的,怎么……

勤勤姐加重了语气道:"而且,宋总母女越掌握你的情况,越有信心翻盘,越有把握把你这未婚妻撬开。"

似有股阴风平地刮起,西亚倒抽一口凉气,她带点委屈地说:

"我、我没啥让她们好说的呀!"

真的,她从来没啥坏心眼,从来不做缺德事。

勤勤姐的眼睛里显露出惋惜之情,她抿了抿嘴,像是决定了要把该说的话全说出来:

"你孤身一人在上海,而且父母、外公外婆已离你而去,有的上海家庭会觉得这很好,喜欢接纳你进入他们的家庭。但也有的家庭觉得你这样的情况会形成性格缺陷……"

"勤勤姐，你觉得我有性格缺陷吗？"西亚申辩似的问。

"我不觉得，可有人会感到，你没有任何家庭背景，还有人会认为，你没有任何家庭经济底子。碰到困难，没有人会向你伸出援手。"勤勤姐跟着说，"你曾和前男友同居过，有的家庭同样会有话，说作为姑娘，你已没了贞节，虽然只是短短的一年多时间，现在断绝了往来，但宋总母女觉得，这都是你作为'未婚妻'不如她们的地方。你的弱势，恰恰正是关菊一家子的强项。这下你看清形势了不？"

勤勤姐说完，偏了偏脑袋，凝定一般望着西亚。

西亚顿时像被人冷不防打了一顿似的，张了张嘴，微弱地吐出一句：

"看清楚了。"

"那你准备怎么办？"

"不晓得，勤勤姐，我真不晓得。"西亚哀声叫了起来，"她们了解到的，都是我的真实情况，而我对关菊……"

她想说，对关菊，对宋总，她只见过两次，听人讲起过。其他任何情况，一概不知。

"你有自己的优势啊！"勤勤姐提醒似的对她道。

"我还有优势？"

"是啊！知己知彼，才能百战百胜啊。西亚，"勤勤姐说，"宋总母女占的优势你没有，你的优势，她们也一点沾不着啊。"

西亚苦笑着，唉声叹气地说："我有什么，202的房子，是租的。同王万吉断了之后，手上才有可怜的几个钱。上海青年人讲起婚嫁来的条件，房子、车子、积蓄，我一样都没有。要不是勤勤姐你给了我一份……"

勤勤姐以一个断然的手势截住了西亚的话头：

"可你有最大的优势，你看不出来吗？"

西亚明显地吃了一惊，她瞅了勤勤姐一眼，勤勤姐在笑，笑容里丝毫没有调侃和戏谑的成分：

"优势？还是最大的？"

"是啊！我问你，西亚，爱情最主要的，或者像书上写的，爱情的真谛是什么？"勤勤姐目光锐利起来，灼灼放光地望着西亚。

西亚回望着勤勤姐，这还用问吗？勤勤姐是比她大点，可她们还都是同时代人啊！勤勤姐能不懂吗？

勤勤姐也没等西亚的回答，直截了当地说下去：

"我想你一定是知道的。你想，林源前一阵一直随《暗流》剧组住在亮泉宾馆，关菊自始至终以宾馆派出的助理身份，陪伴在林源身旁，除了夜里进客房休息，第二天林源打开房门，关菊就已尽职地站在门口，可以说一天到晚两个人都形影不离地待在一起。"

西亚一边倾听，心里一边在想，勤勤姐已经把这些情况和细节，了解得一清二楚。

勤勤姐呷了一口咖啡，用分析的口吻接着道：

"听宋总详细给我介绍时说，她的女儿关菊，就是在日复一日的这种陪伴中，不知不觉地恋上了林源，恋上了小伙子的行为举止，恋上了青年导演的风格，恋上了他坐在监视器前，轻声慢气地发出一道道指令的指挥方式，宋总就是从女儿关菊回到家中还在津津乐道，当现场的执行导演把林源低低地发出的一道道指令，高嗓大门地向着拍摄现场宣布时，全场鸦雀无声地听着并遵照执行时，关菊眉飞色舞的讲述中就流露出少女的倾慕和爱恋。宋总就是从女儿的这些言行中，看出关菊真正的心思来的。宋总忍不住问了关菊，没想到一贯羞涩的关菊，坦然地点了头，向母亲承认不可救药地恋上了林源。这最后一点，是宋总从女儿的言谈举止里看出来的，每天上午，关菊总要细致地对着镜子观察妆容，从来不重复昨天穿过的衣服、裤子、鞋子；晚上回家情绪好，她会自然而然道出林源对自己表示的欣赏和谢意，抑或她情绪低落，那必定是林源对她的助理职责表示出了不满。"

西亚怀着复杂的心情听着勤勤姐转述的这些情况，她仿佛想象得出来，关菊担任林源助理时热心的模样；或者林源吩咐了什么事儿，她赶紧走开去找宾馆有关部门落实。

勤勤姐说："你想想嘛，西亚，有过这么频繁密切的接触，关菊一定是情意浓浓地恋上了林源。正因为这样，同样也认可林源人品、相貌、工作态度和身份地位的宋总，才会以请剧组吃饭为名，隆重地要把女儿作为恋爱对象介绍给他，这可不是一般的介绍啊，他们早就互相认识了，还需要什么介绍？这介绍，在老一辈的上海人中间，有个特定的讲法……"

"啥讲法？"

"敲定。简单说是两个人，针对年轻的恋人，就是'未婚夫妇'的代名词。"

"真的吗？"西亚暗吃一惊。

"你的优势就在这里。"勤勤姐的食指轻轻点了一下西亚道。

西亚摇头，她不明白自己的优势在什么地方。

勤勤姐笑道："你想嘛，面对关菊这样具有'绩优股'优势的姑娘，上海话说的，她完全可以把适龄的小伙子，'捞一把来挑挑'，她选中了哪一位，对方就像古人接到了美貌的富家女抛来的绣球，欢欣鼓舞，求之不得。而实际上呢，她借助天天对接林源的身份，利用时刻陪伴在林导身旁的便利，会在有意无意间流露出她少女的心愿，哪怕是用人家常说的心灵的窗户眼睛看着林源的时候，都会表示出来。你们小青年是怎么形容的？西亚。"

"频频放电。"西亚把勤勤姐想要表达的意思，直截了当说出来了。事实上，这一情形，在听说了关菊是宾馆指定给林源当助理的身份这一点时，西亚就敏感地意识到了。

"是啊、是啊！就叫频频放电，"勤勤姐笑着接嘴道，"林源不是傻瓜，不是木头啊！他能看不出来关菊对他有好感、流露出的那份倾慕之情啊？"

"他好像就是那么个人。"西亚以议论的语气道。

"不、不、不！西亚，"勤勤姐对西亚连连摆手，"你还不懂像林源这样的小伙，他看出了关菊对自己的表示，他还听说了剧组里那位主任传达的宋总要把女儿明确介绍给他当对象的提议。他要对关菊有意思，或者说有好感，他只要顺水推舟，接受这份爱情的表白就行了。可他是怎么做的呢？"

西亚被勤勤姐层层剥笋壳般的分析吸引住了，双眼睁得大大的，盯着勤勤姐，想听她讲下去。

可勤勤姐停下了，同样凝定地望着西亚。

西亚的心跳得剧烈了，脸颊上泛起了红潮。勤勤姐出其不意地拍了一下她的膝盖，道：

"应该是你说出这答案啊！林源是怎么回复关菊的，你比我更清楚啊。"

"他想出了那个馊主意。"西亚不无埋怨地嘟起了嘴，"无辜地得罪了那对母女。"

"可这也是间接地向你表示了爱慕之情啊！"勤勤姐直通通地把手一摊说。

"没有的事，勤勤姐，我们之间……"西亚使劲摆着脑袋否认，"什么也没讲过，什么也没发生过。他给我提出来，我还感觉很突然呢。为我答应扮演未婚妻，主任还给我开了出场费呢！"西亚一股脑儿道出了实话。

"是吗，给了多少？"

"二千。"西亚伸出了两根手指，显得一脸的委屈。

"还真像演戏呢！西亚，哈哈哈！"勤勤姐畅怀大笑起来，笑得西亚有些莫名其妙，而勤勤姐笑毕，却一本正经地告诉西亚，"实话告诉你吧，林源看上你了。"

"不可能！"

"还不信，傻姑娘！西亚，你以为他会随随便便喊个人冒充他的未婚妻吗？他是导演，剧组里外有那么多年轻貌美争着上戏的姑娘，

243

哪怕是随便找个美得出奇的姑娘，说给她试戏，只怕剧组不给出场费，那些姑娘都会争着愿干。而他不找，偏偏找上了你，你仔细想想，我的分析有没有道理？喏喏，你给我说心里话，嗯！"

西亚思索着，心里一阵比一阵激动起来。那不是她始终吃不准，心底深处却又是向往的嘛！

"别不承认了，西亚，"勤勤姐轻轻拍着西亚的膝盖，还在她的膝盖头抚摸了几下，"我告诉你吧，剧组入驻亮泉宾馆拍摄《暗流》期间，是宋总授意并表态，给导演和制片主任安排的套间。而这个林源导演，没等全部拍摄完成，就搬了出来，以清静为名，住进了你202的一间屋。我问你，是五星级宾馆设备讲究的套间舒适，还是你那里好？"

勤勤姐双眼眨动着，嘴边的笑纹蕴含着明显的调侃。

西亚泥塑木雕般地坐在勤勤姐跟前的沙发上，心跳得擂鼓般"怦怦"地响：难道是这个阳光男孩，在搬来之前，看见过她吗？难道是他的入住，是醉翁之意……

西亚不敢往下想。她狐疑地望着一脸自信地瞅着自己的勤勤姐，不知该说啥好了。

是勤勤姐分析出来的，还是她掌握了什么内情？或是……

西亚找不到答案。她张了张嘴："勤勤姐，你把我说得云里雾里，我越听越糊涂了。"

"不要装了，西亚，你应该高兴才是，如果你心里真有了他，那么不仅该高兴，姐姐我还替你庆幸。"勤勤姐真挚地说道，"只是我得提醒你，爱情，是道复杂的课题。这同你以往痴迷过的爱情歌曲不一样，这首歌是不容易唱好的，且别说，你除了优势，还有短板，还得不仅仅让林源、并要让林源的父母，那可是一对正派的知识分子父母亲认可你。"

像把一场看得观众们目瞪口呆的魔术背后的真相，全部揭开了摊开在大庭广众之下一样，勤勤姐把西亚和林源之间的一切，全都说得清清楚楚。

西亚瞬时就想到,甚至是勤勤姐的话音未落之前,自己的肢体和皮肤上有了紧张感。如同她曾经和王万吉同居的事实勤勤姐早就知晓了一样。她的这段经历,早晚是要被林源知道的。瞒是瞒不过去的。

在勤勤姐没有如此坦率地提及这一话题之前,朦朦胧胧之中,西亚的内心深处萌动起对林源的那股感情时,她始终不愿承认它,不愿正视它。她还不无幼稚地觉得,就让这番心中涌动的美好,让她品尝到初恋情怀的憧憬,存在的时间长一些、久一些、拖得越漫长越有回想的滋味。

她万万不曾想到的是,爱情的浪花会随着感情的波涛来得如此之快,来得这么汹涌澎湃。

她该怎么办呢?

西亚的心中一片迷茫和忧郁。她真的不敢正视这件事。

她不由求救般望着勤勤姐。

勤勤姐却像抱有足够的耐心一般,以一种缝纫一大排细密的针脚线似的目光,瞅着西亚。

西亚真想把内心的忧虑和恐惧喊出来,她不敢想象,她的生活中失去了天天会回来的林源,还能不能支撑下去?

"勤勤姐,"西亚用像走了长长的一截路以后,精疲力竭语气诚恳地问,"我该怎么办?"

"我不知道。"勤勤姐似乎知道她会问出这句话似的,断然摇头道。

西亚的颓丧和无奈全都显露在脸上,她不由长长地叹了一口气。

"瞧你啊,又是哭丧着脸,又是垂头丧气,爱情的勇气哪儿去了?"

西亚的双手无助地摊开在勤勤姐跟前:"我和他人同居那种事,勇气无用啊!"

"怎么没有用？勇敢地承认这件事，勇敢地面对它。你想躲、要躲都无用。西亚我跟你说，瞒着、掖着，突如其来暴露出来，只会更糟糕。你仔细想想，是不是这样？"

可这会儿西亚无法凝神下来，她的心绪是乱的，头脑是发热发烫的，身畔还响起"嘤嘤嗡嗡"的噪声。

和勤勤姐相当熟悉了，西亚还真没有和她一起去过金山沙滩嬉戏海水，连上海马路边随处可见的游泳池，她也没同勤勤姐一起去耍过。但此时此刻，西亚却感到自己脱光了衣服，把自己的一切都暴露在勤勤姐面前了。她还有啥不能同勤勤姐说的呢。她沉吟着说：

"勤勤姐，如果是你的亲妹妹，或者干脆是你本人，碰到这种情况，会怎么应对啊？"

"我说过了，不该再重复、再给你出任何点子了。"西亚忽然察觉，勤勤姐的语气，不知啥时候恢复到她在服饰店里和员工们说话的口吻。只见她垂下了眼睑，看了一眼腕上的手表，摆动了一下手道："好了好了，西亚，今天我特意把你喊来，又是我和费米的事儿，又是干预了你感情上的事，就是嫡嫡亲的姐妹，也只能说到这个地步了。你也听多了，总得在头脑里过一过，冷静下来好好地考虑考虑，消化消化。咳，你那么聪明，定会想出办法来的。我看时间也不早了，一会儿费米就会带着小雨点来了，他每天卡着点来我这里做晚饭，我就不留你吃晚饭了。你呢，今天也不必去店堂里了，早点回家去，坐在那里认认真真地思考一下。你看好不好？"

西亚还能说不好吗。

这最后几句话，勤勤姐完全用的是女老板、女企业家的口吻说出来的。西亚听出来，勤勤姐多少有点儿逐客的意思了。她一边嘴里"喏喏"地应着，一边道：

"那你有事，随时叫我。"

说着，西亚满腹心事地离开了勤勤姐的家。

这爱情，真的是让人又苦恼又无助又烦躁不尽啊。

第十六章

从勤勤姐高档的清泉小区，走回西亚居住的红弘小区，正常的散步速度，也只需花 15 分钟的时间。

可西亚今天的脚步，走得特别慢。一下午都坐在勤勤姐的客厅里，窗明几净，舒舒服服地扯着闲话。但这些话一点儿都不使她感觉轻松。也没干什么活，她觉得累。

精神上累，心理上也有了压力。使得她走在人行道上的两条腿，也显得格外沉重。她觉得，即使回到 202 的客厅里，心情也不会轻松，还不如在外面走走，空气好一些，呼吸也爽快了一些。

上海的气象台还是有道理的。

纠正了"上海是不是没有秋天了"的疑惑之后没几天，2021 年的秋天，在上海虽姗姗来迟还是降临了。

西亚上下班途中，已经留神到了，人行道旁的树丛里，红弘小区中，桂花开了。这是晚桂了，好像桂花也知晓时节似的，从二十七日那天开出来，这几天里争先恐后地抓紧好不容易等来的秋季，竞相怒放了。让西亚无论在小区里，还是在人行道上，都会不由自主放慢脚步。有一两个晚上，林源回来得早，西亚几次都想提议，和他一道去小区里散散步哩。几次都是话到嘴边，欲言又止，她忍住了。她不晓得如何启口。

不仅仅只是姑娘的羞涩，她总还觉得，即使要两人双双出去散步，还得是林源主动提议的。

他不提，她不好意思，怕他从一开始就小瞧了自己。

但她真的盼，若真能一起走出去，在桂花树影里，她一定会挽住他的臂膀，挽得紧紧的，让他有点儿心理感觉。

她爱上海。不仅仅只是爱上海的秋天，爱她原先在陆家嘴大公司财务中心高楼里天天鸟瞰的黄浦江，和浦江两岸的高楼及繁华。她爱的是这都市里的一切。哪怕有些上海人，对她并不是那么好。哪怕她生活得也不称心。

她的爱和众多的传统上海人、老上海人不一样，他们都带着一股天生的自信、从骨子里透出来的自以为是的体面和雅致。

她的爱和众多的新上海人也不一样，他们怀着勃勃的雄心和不懈的追求动力，总想跻身于上海社会。实在挤不进魔都的缝隙，他们都还有一条退路，回老家去！就如同去年的春节前后，上海停摆的那一段日子，他们纷纷找各种各样理由还能回去。

西亚连这样一条退路都没有了，外公外婆辞世以后，小城后巷里的那几间旧屋，在她追随王万吉踌躇满志地来闯荡大上海时，只卖了不到四万元钱就处理了，而这点点钱，被王万吉和小乐队所有成员一齐搞两次活动，就花销得无影无踪了。

西亚一点退路也没有。当陆家嘴大公司解聘她时，实际上已经把她逼上了绝路。加上王万吉感情上对她的当头一棍，西亚觉得自己在偌大的上海已经没有一条生路。

不是亲爱的勤勤姐向她伸出了援手，她真不知自己会落入怎样的惨境。乞讨或是……

就因为上海有勤勤姐这样的人，西亚也爱上海。

今天勤勤姐把她专程喊到家里，说是谈谈姐妹间的私房话，讲一讲她和费米小雨点一家，讲一讲她和林源。其实勤勤姐是在从心底里、骨子里关心她，把事情给她挑明了，摊开来说得清清楚楚、明明白白。让她作选择。

西亚这一点是明了的。可勤勤姐那么明确地给她点出来，说林源心里有她，暗恋她，西亚有些将信将疑，主要是她还没明显地感觉到。

唯一的那点，就是他回了一趟父母家，给她带来了一叠旧的《巴黎时装之苑》。西亚心里当然是高兴的，他心里是有她！可也不能凭这点，就认定人家对她有意思啊。

相反，勤勤姐今天的一番话，反而给西亚带来了压力，带来了紧迫感。照勤勤姐说的，宋总和关菊母女，已经摆开了阵势，要同她这个势单力薄的"情敌"，展开一场有你无我的竞争了。

西亚的心情怎能不觉得沉重呢？

面对面坐在勤勤姐家沙发上，这股压力似乎还不那么令人烦躁。

这会儿走在回家路上，西亚忽地感觉，这无形的压力抵制了她呼吸般，越来越大，越来越令她忧郁和窒息。

一旦林源知道了她曾和王万吉的过去，他接受得了吗？

西亚都不敢想象这问题的答案。

有风吹来，轻风中明显地拂来桂花的香味，抬眼望去，红弘小区大门就在前头了。

上海的秋天真的是越来越短了。进入十一月份，明显地让人感觉今年的秋天进入了尾声，刮西北风的冬天就要来了。

这天有雨，西亚情绪低落，不想回家再煮吃的，她就在一家近年来苏州人开的饮食店中吃了个配汤盖浇饭。既便宜又实惠还管饱。不想再回家弄晚饭，是因为连续几天林源总要在晚上九十点钟再回来，202房间里冷冷清清的。一个人吃饭，要考虑荤素搭配，还得备个汤，量多了又吃不了。西亚就不想乏味地做晚饭吃。近几年里苏州商业进军上海开出的便民饮食店中，无论饭食和面食，都有经济实惠的特点。

细心的上海人还专门把这些带一个"鸿"字店面的价格，和上海同类型的饮食店作了对比，发现无论是鲜肉小笼，还是各式面食及饭菜，苏州风味的店里都要比上海的便宜一块钱。

西亚没有这么细致，她只是觉得味道不差，愿意去吃。另外一个原因呢，是她察觉，手头上宽裕多了。每月一万三的收入，交四千块的房租之后，还有九千元，她大可以过得比原来紧巴巴的日子宽松一些。

吃了晚饭，西亚撑着伞，慢悠悠地走回红弘小区去。

有雨，晚上也不可能在小区里散步，活动活动了，她就以这形式代替活动手脚了。

走回红弘小区，路灯的光影里闪烁着雨星雨花，除了一两个居民顶着小雨跑到垃圾筒前去扔垃圾，小区里没啥人。

回到6号楼，收了伞，步上二楼的门前，西亚正腾出右手拿钥匙，意外地发现客厅里有了亮光。

但不是客厅里吸顶灯的光，而是西亚单独一个人居住时害怕起夜时跌倒，插在插座上的一支光微灯。

这么说今天晚上林源已经回来了！西亚忽觉有些欣喜，她推开虚掩着的房门，顺手按亮了吸顶灯的开关。

只见林源坐在沙发上，正聚精会神看着电视上的一部电影。

西亚侧转脸一望，林源在观看的不是电视上电影频道放的影片，而是他通过手机转接上去的电影。

吸顶灯出其不意地像白天一样照亮了整个客厅，林源先是眯缝了一下眼睛，继而大睁着双眼瞅了西亚一眼，打招呼道：

"你回来了。"

"回来了。对不起，我不知道你悄悄地在看影片。你看、你看，一会儿我也跟着你看看。"西亚连忙抱歉地说着，又把吸顶灯关了。

林源说："你要看，我就倒回到开头去，等你一块儿来看。"

西亚盯了屏幕一眼，屏幕上显示，这部电影时长一百三十多分钟呢！她忙说：

"不要为我倒回去，这部电影很长的。我跟着看看就行了。"

说着，她走进了卫生间。关上门，放下湿漉漉的雨伞，方便了一下，又飞快地漱了口，擦了一把脸，洗净手，走回到客厅，坐到双人座的沙发上，问：

"看的是一部什么电影？"

林源手里的遥控器指了一下电视荧屏，道："《圣母》，是一部荷兰名导演保罗·范霍文今年惊艳戛纳电影节的新片，都说好看。今天回来早，我就想花两个多小时看完它。"

西亚望着自己家里的电视荧屏，林源已经把片子重新倒回到开头部分。她心里涌起一股暖流：她不是让他别费事倒回去嘛，他却已经不动声色地倒回去了。

其实，对看什么片子，她并不在乎。她在乎的是坐在沙发上，和林源一起，看一部电影这样一个过程。客厅里只有点儿微光，这情景本身，就令她陶醉和神往。电影的内容，包括导演的名字，讲的是个什么故事，她都无所谓。

影片开始了，画面非常清晰，音响效果同样很好，更令西亚惊喜的是，还有中文字幕，这就保证她也能看懂这部外国片。

片头开始的薄暗中，林源朝她塞过来一只信封。

西亚有些诧异，摸了摸，她觉察到信封里的是钱！十一黄金周以后刚上班，西亚已经收到过一只这样的信封，那是蔺主任请他捎给她的二千元"出场费"，还让她当面清点之后，在剧组开出的一张单据上签了字。这会儿又是一只信封，几乎和上次一样。西亚不由问：

"这是啥？"

"十一我住在202的伙食费，还有每天上午吃的早点。"

西亚把信封往他跟前塞过去："我不要！"

"你怎能不要呢？是嫌少吗？"

"多了！"西亚有点赌气地说，"就是每天上午的早饭，哪消这么多……"

"还有十一……"

"那也没几天。你怎么给一只信封？"

"不多，就是两千块钱。"林源申明一般认真道，"西亚，上个月回家，爸妈问我十一期间休息，吃饭是怎么解决的。我说了在房东家搭伙，他们就叮嘱我，要交伙食费的。上班之后，一开始就上新的片子，我就忘了。今天是和家里通话，妈又问我了，我才想到自己疏忽了。回家之前，我想好，一进202，第一件事就是把钱交给你，哪知你不在。这会儿正好交给你，你要嫌少，我再补……"

"你准备补多少？"西亚把整个身子转过来，口气严肃地问。

林源明显地一怔："呃……你说再补多少？"

西亚高高地举起手里的信封，叫起来："不要、不要，跟你说我不要！我请你吃的还不行吗？"

她心里说，王万吉堂而皇之花销了她近三年的工资，那几个小乐队的成员，经常来蹭饭吃的，都从来没说过要付伙食费。他就只吃了这么一个多月，这么认真干什么？况且，他交了三千房租，已经不少了！

林源转过脸来，荧屏上的光把他的脸忽闪得一明一暗的，西亚只看到他睁得大大的一双眼睛，显得很诚恳：

"你怎么能请我呢？一开头就说好的，你付出劳动，我交伙食费。你不能白请我的。"

他把西亚重重地塞到胸前的信封又递过去，西亚一把抓住了他的手：

"你别给我。"

"要给的。你坚决不收，我从明天起，就不吃早餐了。"

西亚没话说了，坐在桌前一起吃早饭，是她和林源之间，最亲切自然的时候。他真不愿吃了，她不是把这亲密接触的机会放弃了嘛。她急中生智地说：

"那好,我每天记个账,给你报个准确数字,多退少补。"

说着,她把手里的信封扬了扬,放在身前的茶几上。

"好,就照你说的办。"

傻瓜、傻瓜,真是个大傻瓜!西亚心里一迭连声骂着,跟他说着玩的,他还真当真的了。不过,刚才这一番小小的争执,西亚心里一点儿不生气。相反,这么争论几句,愈加拉近了她和林源的距离。

荧屏上的一阵"嘚嘚"的马蹄声提醒了两人。西亚仰起脸来,影片正式进入了情节。

西亚倚靠在沙发上,全神贯注地看着这部绝然陌生的片子。

哦,这真是一部好看的电影,一部刺激的新电影,一部具有巨大视觉冲击力的电影。西亚从来没有看过这样令她血脉偾张的影片。

清规戒律森严的修道院内幕,宗教强大的制约人的力量,压抑的性欲望和女主人靠大胆的不轨之举,女性赤裸裸的胴体展现出来的骇人听闻的美……

人物和情节的扣人心弦紧紧地抵住了西亚,电影只放到一半时,西亚感觉到了自己心房非同寻常的剧烈跳动。当展现女主人翁伯纳黛特和她的性伙伴巴托洛梅亚的同性恋画面时,西亚只感到自己的心房要从嘴里跳出来了,她一把抓住了林源的手臂,挨近了他,胆战心惊地问:

"干什么?她们这是在干什么呀?"

她局促的喘息抑制不住地发出了惊骇的低吟。

林源转过半边脸来,低声对她说:《圣母》的原著就叫《不伦之恋》,83岁的导演是世界上的著名电影人,国内介绍过他两部很有名的电影,都公映过……"

"什么名字?"

"一部叫《本能》,在电影院放映时,引起过热议。"

"还有呢?"

"还有一部叫《黑皮书》,是写二战反法西斯题材的。这个导演啊，在国际影坛上素来就以大胆著称……"

说到这儿，林源停下了。西亚紧张地盯着电视上的画面，《圣母》中另一个美丽的修女克里斯蒂娜因为揭露伯纳黛特的丑行，受到殴打和责罚，在纵火的夜晚登上了修道院高高耸立于夜空之中的楼顶，眼看就要纵身跃下，自绝于全院围观的修女们众目睽睽之下。

西亚屏住了自己的呼吸，不由自主地把林源的臂膀抓得紧紧的抱进怀里。

叫克里斯蒂娜的修女全然不顾人群的喧嚣与劝阻，纵身从高高的修道院顶上跳了下来，看着那么逼真……

"啊！"

西亚不由得惊叫一声。

林源在她的手背上轻轻安抚般拍了两下劝慰道：

"别怕。这是电影。"

"吓死人了！"西亚不由发出一声由衷的感叹。

"老导演要的就是这种观影效果，"林源轻声给西亚边分析边讲解，"他的每部电影，以百无禁忌著称于世。哪怕选择的是反法西斯题材的《黑皮书》，里面的女游击队员，为了从德国军官那儿获得重要情报，不惜牺牲自己的色相，他都照拍不误，不仅展示女性的赤身裸体，一丝不挂，德国军官为女色所迷的镜头，他也照拍下来，展示在所有观众面前……"

"你看过？"

"看过。电影院放过《黑皮书》，后来在展播反法西斯题材影片时，电视上都放过。"

西亚惋惜地说："我没看过，连听也没听说过。"

"难怪。你不喜欢看电影？"

"我喜欢的。只是不知道。"

一边看着《圣母》，一边喁喁细语。西亚感觉从未有过的享受，她的双手抓着他的臂膀，身子紧挨着林源，一个在她的心里越来越感

254

觉亲近的人，嗅得到他身上异性的气息，听着他有一句没一句的讲解。西亚陷入迷醉的陶然之中，这种朦朦胧胧的恋情，她从来不曾体验过，可她心里觉得甜蜜、一种让人觉得飘飘然的美好稚恋。她真希望这电影一直不要结束，让这情形无休无止延续下去。

《圣母》的情节进入高潮了，要烧死这邪恶的伯纳黛特的大火烧起来了。西亚的心也随之揪紧起来。

灵与肉纠缠在一起的疯狂、无所顾忌的邪恶、宗教对女性的压榨和残害，全都血淋淋地展示无遗。

林源还在给她介绍："据推介影片的公司书写的，身为"圣母"的伯纳黛特，史料中记载确有其人。"

"真的吗？"西亚自己都想不到，说出来的声音似梦幻一般。不知为什么，她的脑子里响起了自己迷恋的法兰西钢琴家海伦·格里莫演奏乐曲时常有的情形，眼前出现了五光十色的幻象，是多彩的、魔术般的。西亚的身躯灼热起来，她几次冲动地想要耸起双唇去亲吻林源，她的心勃然地骤跳着，电影中名叫菲丽西塔的修道院院长走进了熊熊燃烧的大火之中，火焰的巨舌吞噬着……

西亚轻叫一声，陡地推开了紧紧挨着的林源，坐到了双人沙发的另一端。

影片进入了尾声，裸露着全身的伯纳黛特在山坡上渐行渐远，好像是要进入云空之中，又仿佛是要回到人间去。既理解她又不理解她，既启示了她的肉欲又恐惧她床笫之欢的克里斯蒂娜目送着她远去。

林源转过脸来，在薄暗和微光中对西亚说："这是中世纪的西方故事，离今天已经很久远了……"

西亚醒悟过来。他一点没有觉察她的反常和控制不住感情的流露，他还以为她是因电影情节中的兽行害怕哩！她掩饰着自己的神情，似心有余悸又解释般道：

"我从来没有看过这么出格的电影……"

林源一面离座起身，一面走过去打开了客厅的吸顶灯，说：

"这是可以理解的。不过，都说这是2021年国际影坛的佳片。"

客厅里让吸顶灯照耀得如同白昼，西亚抑制着自己心的狂跳，眨动着眼睛说：

"确实，这是一部让人看过后忍不住会回想的电影。"

夜里，静静地躺在床上，西亚庆幸着，影片结束之前，陡地推开了他。要不是，她真的会忍不住内心的勃动和感情的升腾，趁着相挤相挨地坐了那么久的温馨之感，主动地会亲吻他一下。

幸好她没有那么唐突，幸好她没有任凭内心感情的泛滥而这么做。她不能想象自个儿做了，接下去会发生些什么。

也许是进一步一系列狂热忘情的亲昵举动，也许是酒醉般疯狂的抚爱，或者更加出格的事儿发生，也是极有可能的。她和林源都年轻啊，都有青春的欲望啊！

但发生过后又会怎么样呢？

西亚不敢想象。她不是没发生过这样的事，她和王万吉有过同居一年半的亲历了，引出的是怎样一个结果呢。

林源又是这样一个有事业心的、内敛的阳光男孩，出生在像林骏这样一个作曲家的家庭里，他会因为和她有过偶然一次的亲热行为，为她西亚负责一辈子吗？

他会爱西亚一辈子吗，会下决心选择她作为恋人吗？

客观的事实上，她和林源之间，都还没有正经地开始一场公开的恋爱哩！

她对他虽然十分上心，可也只是朦胧的暗恋啊！

勤勤姐分析了，说他的心里是有她的，她似乎也有那么点儿感觉，但还从没挑明过啊！

如若一下子跨过这个阶段，直接进入亲吻、拥抱、相互抚爱、甚至于床笫之欢，像她青春年少时和坠入情网的王万吉自然而然发生过的一样，这种仅仅凭感觉和肉欲得到的爱情会是牢靠和巩固的吗？

是电影《圣母》镜头上燃烧起的大火一下子惊醒了西亚，她觉得自己烧灼起来的身躯仿佛挨近了那吞吐着火焰的热浪一般，她像烤痛了似的陡地推开了林源。好在客厅里只有一支光的微亮，林源没有看出她内心的惊慌和骇然，他误以为她是受不了荷兰导演刺激人的镜头语言。

那一刻，西亚的胸腔里，那颗敏感的心真的跳荡得怦怦直响。

这会儿，秋凉如水。西亚只开了一小条缝隙的窗户里，透进来的风已经带了点寒意。等到真正地翕上眼入睡时，要记得去把窗户关上的。

西亚是考取大学，离开小城到地区上大学一年级时开始逐渐适应和习惯一个人独立生活的，她得留神季节的变化，天气的冷热，在一系列的琐事上珍惜身体。她也是从那个时候开始，带着一颗善解人意的心和人交往，并步入情网。

经历过王万吉的绝情绝义和抛弃，她吃了一亏，也长了一智。

在不知不觉对林源萌生情愫，并自然而然关心他一举一动的同时，西亚始终也带着一颗戒备的心，观察着他的反映，洞悉着他的态度。

庆幸自己抑制住了心跳，没有做出过分之举的同时，这会儿躺在床上，西亚仍有一种莫名的亢奋。

照理，整个上半天在勤勤服饰店面上忙碌，下午又去银行、税务局落实了账目，顺便还照着勤勤姐的吩咐，去看了几种吴江盛泽那边发过来的服饰料子，回家来还看了一场情节揪心的电影，该疲倦得翕眼入睡了。可她的神情仍有种言说不明的新鲜感。

西亚眨动着双眼，望着熄灯以后房间里的幽黑薄暗，在沉思着扪心自问，我怎么还不困呢？

寻思着她就找到了答案，她的感觉仍然沉浸在今晚上和林源双双坐在沙发上,静静地敛神屏息看电影《圣母》的状态中。

那是多么令人神往的情境啊,客厅的微光里,她紧挨着林源坐着。糊里糊涂之间,她不知不觉挨紧了他,还害怕地抓住了他的臂膀。她记得刚坐下时,她还有些羞怯,见他端坐在沙发那一头,她自觉自愿地坐在这一头。

两个人之间还相隔一点距离。

她都记不得自己是怎么坐到他身边去的,好像是他有一句没一句地在说着那个老头导演,他的嗓音不高,怕影响她听屏幕上的对话,她呢,为了听清他的介绍,不觉间就挪到他的身旁去了。

挪得近了,几乎就是相挤相挨地坐在一起了。

他时不时地说一两句话,有好几句她都听不清楚,有的她听明白了,也不知他在说些什么,比如他讲这导演还导过的电影《本能》《黑皮书》,都在上海的电影院放映过,西亚却不晓得,也没看过。他还指着电影里的演员,说那个修道院院长有多么出名,那个女主演表演的特点是什么,西亚听过就忘了。不过她觉得这些都不要紧,她既不需要了解,也没多少感觉。关键是只要林源在讲,这就很好。

听着听着,她听入了神,当影片放映到惊世骇俗的画面时,她不由自主就会恐惧地挨紧了他,有几次还把头倚靠在他的肩头,闭上了眼睛。

此时此刻,躺在床上,西亚想到,这是多么美好和温馨的时刻啊!要是有个人,比如说勤勤姐亲眼目睹了这情形,一定会认为我们俩是一对亲亲密密的情侣。

难道林源这么聪明的一个小伙子,他会不懂得这一点、不想到这一点吗?

连西亚脑子里都浮想联翩,幻化出无数如梦如温柔乡般的画面呢。

现在西亚的心底深处至少是有把握的,种种细节表明,林源并不讨厌她、回避她。她觉得他不过是在装聋作哑,装傻罢了。要不然，像今晚上这样子相偎相依地坐在双人沙发上静悄悄地看片子时，他必会以疏离的小动作表示拒绝了。

他非但没有疏远和避开她，西亚记得当她看到影片放映到伯纳黛特和巴托洛梅亚正在陶醉于不伦之恋中，墙上的一个圆洞之中有只眼睛在闪着幽光偷窥时，惊吓得不由抱紧了林源的臂膀，林源不但没扒开她的手，反而把他的一只巴掌轻轻地盖在她的手背上。西亚当时只觉得自己的手背温热起来，血液仿佛都要淌在皮肤上。

这还不明白吗？勤勤姐判断的是对的，至少林源对她是有好感的。

现在的问题是，在同林源的一天比一天频繁和密切的接触中，他俩都没涉及男女之间恋爱这个话题。

西亚猜不透林源心里是怎么想的，几乎是亲密无间地坐在双人沙发上时，西亚不敢主动有啥表示，可她暗暗地期盼过，也设想过，如若他借着幽微的亮光，或受了电影情节的触发，主动侧转脸来吻她，抑或是干脆搂住她，她是会顺水推舟、暗自窃喜地接受的。并且会回报以更热烈的亲吻和拥抱，毕竟，她是过来人啊！

可这情景没有发生。

西亚内心是疑虑重重、困惑的。他不是瞎子，他也夸过她的美，还主动提议，让她出面假冒未婚妻！

那他为什么还迟疑呢？这也是阻止西亚冲动地扑进他怀里去的一个潜在的因素。

西亚怕的是她一个过分的举动突地影响了两人之间发展得很好的关系。

他们之间还糊着一张窗户纸，谁都在顾虑伸出手指头捅破这张纸。林源顾虑什么，西亚猜不出来。

西亚心虚的只有一点，那就是她和王万吉的过去。

她曾经和另一个人相爱并同居的事实，林源接受得了吗？

思来想去，西亚不得不佩服勤勤姐了，她一针见血地指出了西亚和林源相恋的症结和痛点。

而这个痛苦，是不能轻易地戳破的。稍一不慎，西亚明白，那她心灵深处对爱的渴望，对美好未来的粉色的梦，就会破灭得比节日里飘浮在空中的气球炸开更彻底。

林源是作为房客住进202来的，在心灵深处，西亚总怀着浪漫想象般觉得，是命运把这个阳光男孩送到她跟前来的。

而事实上，他一旦要离去，只要停付房租，或是给当中介的马经理说一声，就会在茫茫人海的大上海人潮中，消失得无影无踪。

这样的结局，西亚连想也不敢想。有一回只是在梦中，西亚梦到她和林源在南京路步行街游玩着，璀璨的宫殿般的灯海中，一转个身，林源走没了，西亚都急哭了。从梦哭中醒过来，西亚一阵惶惶然，一边抹着眼角的热泪，一边暗暗忖度着，这是怎么回事？生活中见不着林源，她真的会难受得哭吗？

要知道，负心的王万吉离她而去，她也仅仅是欲哭无泪，一颗眼泪也没为这负心汉流啊。

西亚不晓得梦预示着啥？但有一点她是感觉到的，林源在她心上所占的位置，是越来越重了。

幸好，直到这会儿为止，她和林源之间，相处得是和谐的、相互尊重的，也是明显地有好感，愿意交流和接触下去的。在双方的心里，感觉也许更好一些哩。

倚在特意竖起来的枕头上，西亚睁大着辉亮的眸子，仍能感受到今晚上坐在一起看电影时的温馨、美妙和心尖上激起的涟漪。

这样相恋的滋味，虽然是惶惶惑惑的，没把握的，西亚仍然感觉到从未有过的陶醉和美好。

第十七章

　　西亚正在平底锅里烘烤薄饼，厨房通走廊的窗户上有人轻叩了两下，西亚抬起头来，只见一个人影一闪，遂而响起了叩门声。

　　"来了。"西亚依稀看到好像是楼上303的金小平，忙走过去开门。

　　金小平穿了一件紧身的羽绒服，带着楼道上的一股冷风走进屋来，神采飞扬地道：

　　"西亚，看看我这件新衣裳，还合身吗？"

　　"穿着好精神啊！小平姐，这一阵你的脸色白里透红，年轻了好几岁。"

　　"哪里啊！快成老太婆了。"金小平瞅了西亚的灶台一眼，放低了声音问道，"楼下素娟阿姨昨天问我，你是不是和新房客好上了？我还不知道呢，刚才走过，看见你在厨房里，来问你一下。有一两次，我看到你们坐在桌旁吃饭，很像小两口过日子似的。"

　　西亚没想到小平姐会直通通地问这话，眼角不由得溜向林源的房门，天气冷，他今天还没起床呢！她把声音压得低低的，说：

　　"没有吧。他只是在我这里搭伙吃个早饭。"

　　"付钱吗？"

　　"付的。"

　　"要收伙食费的。你不能像上一回那样，"金小平用力扯了扯西

261

亚的袖子，干脆整个儿转过身子，面向着厨房，把背脊朝着客厅："白白养活个白眼狼。混不下去了，就一溜了之。嗳，西亚，介绍他来入住的时候，我和马宏滨都只以为他是电影集团的一个普通职工。最近才听他说，这小伙子看着年轻，还是个导演哪。是不是啊？"

西亚点着头，给平底锅的薄饼翻了个身，说：

"是的。他是导演。"

"要真是导演，那他就有决定演员的权力。你这么出挑的，趁他是你房客，和他搞好关系，争取去演电影啊。"

西亚苦笑着摇头："我不是这块料。"

"争取争取啊！"金小平的语气带着鼓动性，"你没听说，那些剧组选演员时，多少如花似玉的姑娘排着队去报名，想找个关系也找不到。"

厨房里弥漫着葱油薄饼的香气，西亚把烘好的一块饼移放到盘子里，又放了一张下去。端起盘子到金小平脸前：

"小平姐，你尝一张。"

金小平笑起来，说："我在楼上吃过早饭了。你这饼那么香，我吃点。不过，等你全烘好了，一起吃吧。"

"那也好，"西亚答应着，只听林源的房门一声响，起身以后的林源从屋里走出来了。西亚转过身去，金小平抢先和林源打招呼：

"难得到202来，正好你们俩都在。瞧，西亚请我尝尝薄饼呢。"

林源笑着说了声你们好，指指盥洗室，走了进去。

金小平凑近西亚，用耳语般的声气道："西亚，这人的相貌，一看就是让人放心的。一套房里住了这么久，你就没动过心思？"

西亚回看小平姐一眼，小平姐比起留过学回国的勤勤姐，可是心直口快多了。心里想什么，嘴里非要说出来。西亚真不知自己的心事要怎么吐露呢。

见小平姐双眼睁大大的，紧盯着她的脸，她的脸不由得泛起了红潮。

"怎么，不好意思啊？你又不差的，"金小平颇有自信地道，"现在不是都兴女追男的嘛！你若真有这心思，又害羞不敢说，我替你当面问他。"

"别、小平姐，千万别……"西亚一听小平姐要替她讲，更慌张了，连忙局促地摆着手阻止。

薄饼烘烤的焦香味飘了过来，西亚连忙把饼子翻了个身。让金小平几句话一说，她的心不安地突突跳。两边脸颊绯红绯红，让人一眼看见像喝多了酒。

西亚找出三只小碗，从豆浆机里倒出三小碗豆浆，金小平见了，连忙说："我在家喝过豆浆了，你和林源导演多喝点，给我留一口就行了。"

说着，金小平端起浅浅一小碗豆浆，分别倒进了另两只碗里。

西亚心里明白，小平姐已经看出，她只准备了两个人喝的豆浆。

三块薄饼烘烤完，西亚把它们装进盘子，端了一碗豆浆，走进客厅一侧的餐桌边；金小平端了另外两小碗豆浆，也来到了餐桌边。

两人刚坐下，盥洗室的门开了，林源走了出来。

"看你多福气啊，西亚替你把早饭都准备好了。"金小平快言快语地对他道，"来来来，坐下吃早饭。"

林源走近餐桌，拉出一张凳子，也不客气，拿起一张薄饼，张嘴咀嚼起来。

金小平拿一双筷子，一头按住盘里的薄饼，另一只手撕下小半块饼子，斯文地吃了起来，边吃边说：

"我是吃过早饭来的，西亚让我尝尝，我再吃一点。林导演，我听中介马宏滨说，你是电影电视剧导演，工作这么好，人又长得仪表堂堂的，有女朋友了吗？"

西亚吃了一惊，没料到小平姐会这么问，转念一想，也好，这也是她想知道的。她和王万吉有过感情，说不定林源也有呢！

没想到，正端起碗要喝豆浆的林源同样惊慌失措地放下小碗，

263

瞬间涨红了脸,摇着头说:

"噢,没、还没有……"

金小平的食指直接点向林源的脸:"讲实话,交女朋友是正大光明的事。"

林源的脸涨得更红了,口齿清晰地道:"小平姐,是真的,我还没对象。"

金小平紧盯一句:"是真是假?"

"是真的,还、还没轧女朋友。"林源慌张得语气里都流露出上海口音。

"是在女演员堆里,挑花了眼吧。"金小平语气张扬地道,"我听说,那些个争着要当王冰冰、张冰冰的姑娘们,削尖了脑袋都想在才艺上露一手,争取引得你们这些导演的注意,吸引你们的眼球。"

西亚的目光,由金小平脸上,转到再次端起小碗的林源脸上。金小平接二连三的发问,掩盖了西亚的红脸和紧张,现在她看得出来,林源在连珠炮般的询问面前,只有勉强的招架之功了。

林源把喝了一口的豆浆碗放在桌面上,正正经经地回答金小平:"普通选演员,是副导演的事。我只看基本选定了的角色。"

金小平晃动着她的巴掌:"那不是好中选优到更美丽的姑娘了吗?"

"不。选演员主要得依据对方适合不适合戏里的角色。"

"哎唷,你越讲越专业,我就听不懂了。"金小平连声表示着休战的意思,"我只问你最后一句,你条件那么优越,既然是真的没有对象,我给你介绍一个怎么样?"

西亚听到这一句,搞不懂小平姐葫芦里卖的什么药了,不由得把脸转过去,诧异地望着小平姐。

小平姐左侧的眼睛俏皮地眨了眨,闭了起来。仿佛向西亚示意着什么。

好不容易镇定下来的林源又显出不安之色:"介绍……什么人?"

金小平的双眼盯着林源,一只手指向西亚:"我隆重地向你介绍

264

你的这位房东。这是第二次介绍了……"

"第二次？"林源好像又听不懂了。

"你好健忘啊！那时我听马宏滨说有个电影集团的小伙子要在红弘小区租房子，是我让马经理帮忙的呀！那几天西亚被公司解聘了，眼看要落入没收入的陷阱，跟我说想出租一间屋，你想，楼上楼下住着，她托付了我，我能不当回事吗？"金小平用魔术师揭开谜底似的语调说，"我盯住马宏滨，让他第一个陪你们剧组的人来看西亚的房。你不知道，做这好事的媒人是我啊！"

"谢谢你。"林源的神情显示，他好像真是第一次知道这个底细。

金小平越说越来劲了："起先来看房的是个50多岁的主任，好像姓命令的令。他看过之后，说接下来要拍的一部电影里面，要包括上海高档的、低档的、中等层次的，老街坊、老弄堂，包括煤卫齐全、一门关赛石库门的马路和住宅，为拍摄方便，最好在位置适中的红弘小区找到一间房。他一眼就看中了202，你说我这个介绍人功劳大不大？"

"大的。"林源规规矩矩答道。

西亚简直要为小平姐的口才欢呼和鼓掌了，她七弯八绕，把西亚内心存疑和困惑的地方讲清楚了。这么看来，勤勤姐判断林源之前见到过自己的话，也是不对的。她和林源之间，就是他住进来时才认识的。

那么，她主动在绿荫下挽住他走路，紧挨在他身旁一起看《圣母》的片子，他并不嫌弃她，而且对她表现出来亲昵的举止，他是默默地接受的。

明白这一切的那一瞬间，西亚的内心似乎亮起了一盏灯，阵阵欣喜之情按捺不住地涌上心头。

金小平不依不饶地盯住了林源，她用追问的口吻道：

"哦，你就轻飘飘说这两个字，表示谢我了是不是？"

林源吃完了一张薄饼，抽起一张餐巾纸抹着手心，不知所以地问：

"你说该怎么谢你？"

看林源有些无奈的神情，西亚的心里有些不忍了。小平姐把这阳光男孩逼太紧了。但西亚又想倾听下去，她想听到，小平姐把自己介绍给他，瞧瞧他怎么个答法。

金小平右手的食指点了点客厅的天花板，嗓音响亮地道：

"今年春节，你要专门请我和马宏滨，还有房主西亚，在国际饭店孔雀厅或者华侨饭店顶楼餐厅，订得到哪儿算哪儿，吃一顿大餐。"

林源显然对这些西亚听都没听说过的地方不陌生，他庄重地点一下头，重复着说：

"国际饭店孔雀厅，华侨饭店顶层的维也纳厅，一言为定。我请。"

"这才像话，"金小平放缓了语气，道，"还有我今天的第二次介绍，你接受吗？"

天哪！西亚的心都要跳出来了，小平姐轻轻巧巧，把如此重要、对西亚来说简直是性命攸关的问题，问到了林源面前。她不由从侧面望定了林源。

林源喝着豆浆，回看了西亚一眼，笑了笑说：

"我们已经认识了呀。西亚，你说是不是？"

西亚没防他会这么讲，只好说："是的，是的……"

"啥是的是的呀，西亚，你别听他装糊涂、'捣糨糊'，装傻。林导演，我是说隆重地把西亚作为女朋友介绍给你，是对象，是恋爱对象！林源，你仔细看看，西亚不比那些演员差呀，脸庞秀丽娇嫩，一头浓密的黑发，总是梳成普普通通朴实的发式，和雪白的皮肤形成强烈羡慕死人的对比，特别是她的身材，天哪，天生的舞蹈家般的魔鬼身段，我和她一起走在红弘小区里，那些人的眼珠都盯着她看啊！邻居们听说她在当会计、当裁缝，都说冤枉了她这么好的形象了。"

金小平连珠炮般夸着西亚，把西亚的脸都说得羞红起来。

林源不慌不忙地一指西亚，淡淡一笑说："她不要我呀！"

"什么？"金小平陡地转过脸来问，"西亚，他已经向你表白过？你……"

西亚都没想到林源会这么说，急得张口结舌，不知说什么好，她只是连声否认着："没、没有，他从未说过啥。"说着，不满地噘起了嘴。

"我说嘛我说嘛，有这种事，西亚怎么会不跟我讲呢！"金小平分别望了望林源和西亚两张窘迫、尴尬的脸，回避的眼神，对林源把语气放缓下来了，"林导演，你不好意思当面讲，也没关系。再说了，女朋友这事，是终身大事，不能随随便就这么定下的。我不过是一片好心，提一提罢了。好在你们住在202，抬头不见低头见的，自己接触起来看，感觉对路了，再挑明了也行。这个葱油饼，味道可以的。"

说着，她端起豆浆碗，喝起来。

西亚见她把话题又拽回来了，心里的紧张放松了一点，不由把幽怨的目光投向林源。

林源三口两口吃完了他那份饼，又一口喝尽豆浆，撩起手腕看了眼说：

"唉，小平姐，我今天一早有个本子的讨论会，我先走了，你再坐坐。"

说着，转个身回进屋去，背上个双肩包，直接朝她俩招招手，走出了客厅门。

金小平转过脸去，听着林源下楼的脚步声远去，往西亚面前凑凑，语调亲切地道：

"西亚，我可是帮你把话都给林源挑明了，看他那鬼样子，是在故意回避。不过，我给你讲心里话，这个人比你前面那个，强得不知多少倍了。楼下素娟阿姨，人家可是一辈子教书育人的老师，她都这么看。你倒是给我透透心里话，你的心上，有没有他？嗯。"

267

西亚回看着金小平一脸的严肃、认真，她真想一口承认下来，可又觉得不好意思，不由羞答答地叫了一声：

"小平姐……"

"行了，"金小平向她坚决地一挥手，"有你这神情，这句话，我明白了，刚才我没白忙活。我只给你讲一句话，你心里真有了他，就得盯紧他，这没什么难为情的。好了，我也得去两家店里转一圈了。"

西亚感激地回望着她，问："你不送兵兵去幼儿园了？"

"马宏滨送他女儿去幼儿园时，路过这儿，把兵兵一起捎走了。我乐得轻松。"金小平脸上幸福地笑着，坦然说道，"这个马经理，为什么尽听我的呢？还不是在使劲地追我嘛！处处讨好我，刚才不是说了吗，男人追女人，一样盯得紧。"

西亚不由关切地问了一句："小平姐，那你答应他了吗？"

"没有没有，男追女，翻大山。我还要好好地考验考验他呢！"金小平用交心的语气道，"话说回来了，女追男，一层纸。一张纸多薄啊，西亚，你自己体会。我得走了，谢谢你的薄饼和豆浆。"

说着，金小平又像她刚才下楼来时一样，走出了202房间。

三个人的早点，只有西亚那份，还剩有一点。都怪小平姐和林源说话时，每句话都听得敏锐而又多愁善感的西亚一惊一乍的。

去勤勤服饰上班的路上，飘了一点雨夹雪。已经进入了初九，迎面吹来的风里，感觉到有些寒冽。

西亚走得有点慢，一来是怕路上滑，不小心像勤勤姐那样摔一跤；二来她在想心事。

金小平讲的"男追女翻大山，女追男一张纸"的俗话，西亚不止听人讲过一次了。今天听来，不由激起她联系着林源，浮现出一个个念头和画面。

上海的未曾恋爱的姑娘们，把这句话理解成"好好地要向男方搭

268

搭架子哩，千万不能轻易就范了"。西亚原先上班的陆家嘴大公司里的女伴们，就是这么解读的。

金小平的话呢，是要好好地考验考验马经理。西亚依稀感觉到，勤勤姐对嘘寒问暖、无微不至关心她的费米，也隐约有这么一层意思。

从小接受外婆所说的"与人为善""善解人意"教诲长大的西亚，不知为啥，就是学不会"考验男人""在男人面前搭架子"这一套。

让她怎么出题目或是故意刁难林源啊？哪怕是挖空心思，她也想不出来。她脑子里想到的，就是每天的早点吃个什么，不要重复了，让他吃得满意。十一期间，变着法儿让他一顿饭比一顿饭吃得好。至少，对她做出的饭菜不厌倦。她心里也有感觉的，林源从来没对她有过脾气，说话总是平心静气的，连不悦的表情都不曾流露。就像西亚小时候，看到的外婆和外公老两口一样。西亚的内心深处，最怀念的是主动挽住他手臂，在夜的林荫路上走回红弘小区；是看那一部电影《圣母》时，和他相挨着坐得那么近的情形。那种氛围多好啊！

奇怪的是，事后回想起来，她内心中涌动的感觉，比起当时还要美好与陶醉。她有时真想问问他，他还记得吗？每一次话到嘴边，她又觉得难为情，说不出话来了。那么，就让这种欣欣然的感觉，放在心里吧。

到了店里的阁楼上，胖胖告诉西亚，过了元旦，勤勤姐要来上班了。

西亚问，她的腿脚全好了？

胖胖摇头说，没全好，不过勤勤姐在家里待不住了，走路一跛一跛的，她坚持要到店里来。

西亚心里是有底的，也是理解勤勤姐的，这个店是她的事业，也是她的一切。

胖胖又想起了啥似的问西亚，说勤勤和她通话时间，西亚对于2022年上海姑娘们的流行夏装有考虑了吗？勤勤姐顺便还把你大夸了一通，说入冬以来，服饰店推出的以浅色为代表的大衣，大受欢迎，雷小碗他们几个专营青春服饰的店铺和摊位，销得比往年还旺，勤勤姐说，真没把你看错。西亚，你的脑瓜子怎会这么灵光啊？你知道吗，我在店里几年了，从没听勤勤姐这么频繁地夸过人。你看，我还是她亲戚呢，她就从没夸过我。

西亚见表情丰富的胖胖又是羡慕、又是嘟起两片厚厚的嘴唇，忙安慰她道："你是她自家人啊！她只要心里有数，就不当面夸你了。来，你过来看看，我正好考虑了一款明年夏天女孩们的夏衫，你先看一下，喜欢不喜欢？"

胖胖离座走近西亚的桌边。

西亚在自己的电脑上调出了一款亚麻色的无领无袖衫，瞥了胖胖一眼道：

"看看，若是让你穿，你喜欢吗？"

说着，西亚的食指点着电脑的鼠标，一连翻出七八种布料的颜色，有深有浅的。

胖胖当即笑起来，提高了嗓门道："西亚，我喜欢！真做出来，我都要买它五件，一天换一种颜色。这一款紫色、亮黑色，都不错。那么，下身配什么呢？"

"同一色彩的中裤，你说呢？"西亚又在电脑上点出几款中裤，问着胖胖。

"好、好、好！西亚，这款简约版夏衫，准定卖得好，也会受到勤勤姐的夸奖！"胖胖手舞足蹈地说，"你来了勤勤服饰，真给我们带来福音呢！"

"哪里，"西亚谦逊地说，"主要是勤勤姐人好，待我不薄，我就巴心巴意地为服饰店出力。"

"勤勤姐常说的，"胖胖道，"一家店要兴隆昌盛，就得有受欢迎的新品推出来。问题是，我同样学的是这门专业，上下班时间，同样挖空心思琢磨新式服饰，我怎么就想不出让人眼睛发亮的金点子呢？西亚，我们在阁楼一块儿上班，你可得教教我。要不，拿着这份工资，我都不好意思。"

胖胖哀求得诚恳，西亚都被她夸得不好意思了，沉吟着说：

"也不要刻意地标新立异，关键一点是研究人的体型和肤色时，有点想象力……"

"想象力？比如我看到时尚杂志，或是马路上哪个人穿得飘逸美观，我同样也想，"胖胖不解地道，"可任我怎么想，也想不出你那样叫人一听就服气的创意来。对比你，我可苦恼了，晚上睡也睡不着。西亚，和你一起上班，我压力很大的。"

西亚难为情地一笑："真对不起。不过，我要提醒你，你不要挖空心思去想，你得放松心情……"

"放松不下来呀。就说你这一款2022年夏天的简约衫，线条、款式，可以说是简约到了极致。勤勤姐准定会拍板。"胖胖挨近了西亚，"你就告诉我，这样的设计，你是怎么想象出来的？让我也学着点。你是看《巴黎时装之苑》受到的启发？"

胖胖偏过脸来，专注地瞅着西亚。

西亚见她说得诚恳，点头道："《巴黎时装之苑》我看了，电视上播出的国际模特儿实况，我也看……"

"我也看了呀！"胖胖困惑地道，"那些个瘦骨伶仃的国际名模，要么身材绝佳，要么美得怪怪的，她们身上那些时装，我敢说，没一个中国姑娘会穿。"

西亚点头道："看了以后，我得到了一个共同的启示。"

"啥启示？"胖胖的语气变得迫不及待了。

"所有人穿衣服，要的是美观舒适的感觉。"西亚把自己的思考所得，对胖胖道，"一件新衣服穿上身，美观大方固然重要，还得自己感觉舒服自在啊！"

"是的，是的，"胖胖连连点头，"我身子胖，很多看中的衣裳上身，穿得紧绷绷的，感觉难受，只好忍痛脱下来。"

西亚一笑说："当代人，特别是讲究体形美的姑娘们，包括你和我，为什么自觉不自觉地对释放曲线魅力的塑身衣感兴趣，那是今天的潮流啊！上一辈人选用的毛哔叽、呢制服被淘汰了，不就是违反了衣料轻、薄、软的原则嘛。"

"这倒是的，"胖胖仍显不满足，"那么西亚，你这款夏衫，又是怎么想出来的呢？"

说着，胖胖扭动了一下身子，摆出一副非要挖出底细来的架势。还噘起了双唇。

"就是这么想出来的呀！"西亚笑出了声，"我都说了！"

"我不信！"胖胖半真半假地生起气来，背过了半边身子去，"你是天机不可泄露，不愿透露你的秘密。"

"好吧，你非要打破砂锅问到底，那我告诉你，就是去年盛夏时节，最热的那几天，我走在人行道上，看见一个跑步的外国女郎，跑得满身是汗……"

"那洋女人穿的就是这一身？"胖胖抢过话头，指着西亚跟前的荧屏问。

西亚摇头，慢吞吞地说："她穿的是短裤，超短的那种。上身呢，穿的几乎就是比中国女性人人佩戴的胸罩稍宽一点的精短衫。背后和我们的乳罩带子一样，就是前胸，兜住乳房的圆杯大一些。"

胖胖点头道："你这一说，我在绿地步道上也见过，好像这是洋女人洋姑娘大热天普遍喜欢穿的。"

"是啊，穿在外国女性身上，上海人谁都觉得司空见惯，没感到任何大惊小怪的。"西亚沉思着说，"勤勤姐让我考虑2022年上海青年姑娘喜欢的款式，我就想起了洋人的跑步衫。"

"那上海姑娘是不敢穿的。"胖胖急忙说，"我最怕热了，可叫我那样穿出去，那不要让人围观啊！"

"是嘛，"西亚赞同道，"风俗习惯不同嘛！那能不能接受洋人们简约的理念，又设计得中国人穿得出去呢。顺着这一思路往下想，我就把这一款式想出来了。"

说着，西亚的手指着电脑上的画面，笑眯眯地道。

"你这一说，我心服口服了，还是你聪明啊！西亚，佩服佩服！"胖胖满意地笑着，退回到自己的座位前，"我会把你说的，一五一十给勤勤姐汇报的。"

西亚友善地瞅胖胖一眼道："我正愁这衣衫取个啥名呢！刚才你说，叫简约衫，我觉得很好。你就给勤勤姐说，这名字是你给起的，这创意设计是我们俩一块儿想出来的。"

"那太好啦！西亚，"胖胖当即高兴地鼓起掌来，"胖胖谢谢你！你真好，西亚。我要是个男的，都想来追你了。"

夜里，西亚打开202的门，只见客厅的幽暗微光中，比她早回来的林源坐在沙发上看片子。见西亚把小雨夹雪淋湿的伞放进塑料桶，林源说了声：

"这么晚才回啊。"

"不打扰你看片，你看你的。"西亚一边换穿上厚实的拖鞋，放低声音问，"回来得早，你吃晚饭了吗？"

"吃了。你呢？"

"也吃了，勤勤姐代我和胖胖喊的外卖，是砂锅海参捞饭，味道很好的。"西亚搓了一下手，满意地说着，走进了盥洗间。

其实她还想告诉林源，她和胖胖在电脑上改定发给勤勤姐的简约衫样稿，勤勤姐见了兴奋极了，当即给以充分肯定。还提了一个小问题，中裤的裤管，能否有些新意，三个人商量了很久，最后决定把裤下摆处，全改成旗袍的劈叉式，她们在电脑上你一言我一语，直商量到天黑，才定了稿。勤勤姐表示，这么晚了，你们俩就留在店里吃晚饭，她已经让费米订了外卖，是新推出的砂锅海参捞饭，一会儿就送到。

西亚是和胖胖等来好吃的晚餐，满意地吃完了之后，才冒着逐渐在下起来的雨夹雪分手回来的。

在西亚来到上海三年的记忆中，这已是严寒的冬日了。

回到家里，西亚见林源又在看片了，心中暗自高兴。她在盥洗室稍作洗漱之后，又可以和他坐在同一张双人沙发上看电影了。对于她来说，看啥内容和故事情节的片子不重要，重要的是，看片子那个过程和氛围。

回到客厅里，西亚颇觉自然地坐在沙发上，往林源转过脸去，轻声问：

"看个什么电影？"

林源的手一指电视机屏幕，说："是个日本电影，片名很一般：《驾驶我的车》。说是2021年的新收获，好电影。"

西亚看到屏幕上一辆红色的轿车在疾驰，季节显示也像日本的冬天，高速公路上车不多，人也极少。她不由问："讲个什么故事？"

屏幕上出现一个中年男子，他并没驾车，给他驾车的是个一脸忧郁的女司机。

林源简短介绍说："男的叫家福，是戏剧导演，一家戏院请他来导俄国契诃夫100多年前的名著《万尼亚舅舅》，给他配了个车技高超的女司机。片子有近3个小时那么长，我已经看了三分之二，不能倒回去给你重放了。"

在他说话时，西亚为了听得更清楚，慢慢慢慢挨近了他。她说：

"没关系，我就看这后半部分的。怎么回事，我发现今天客厅里特别暖和，坐一会儿，人就舒服了。"

林源的手往左侧墙壁那儿指了一下，说："屋子里静坐着太冷了，我买了个电暖器。"

"什么？"西亚叫了声，"你应该给我说啊！我……"

她想说我是房东，你租的是我的房子，转念一想，她也不是这套202真正的主人,真正的房东在澳大利亚呢!

不等她说完,林源的手伸过来,在西亚手背上拍了两下,说:

"是我要坐着看电影,我怕冻僵了。"

他的手好暖和啊,他的这一主动的亲昵的小细节,把西亚要同他争执的念头都打消了,她顿了顿才说:

"哪有你这样做房客的……"

"当房客还有规定吗?"

西亚被他这一句话"扑哧"逗笑了,不再责备他。她不仅觉得他的手是暖和的,她的心也随之蹚过了涓涓暖流。对他,她真生不起气来。

屏幕上的小车仍在疾驰,西亚心里说,这电影节奏真慢,两个人坐车里,一个人驾车,一个人干坐着,她说了一句:

"你把故事说下去呀!"

"叫家福的名导演心灵受过创伤。一次,他告别当编剧的妻子音出差,航班延误到第二天,他只能驾驶着这辆车回家来。"林源给西亚讲述着电影的前头部分,"哪晓得,开门走进家,隔了间屋,恰好看见脱得一丝不挂的音出轨的画面映在梳妆台镜子里……"

"两口子大吵大闹了,"西亚想当然地说,"还有那个第三者,怎么面对导演?"

林源做了个否定的手势:"什么都没有发生,导演只是静静地站在那里,看了一会儿。我想他会觉得这一会儿十分的漫长。"

"然后呢?"西亚迫切地想要知道故事是怎么发展的。

"导演轻轻地退出了自己家。就像这件事从来没有发生过,几天以后回到家里,他一如既往地爱着音。那个叫音的妻子呢,同样爱着导演,可一点也不妨碍她还是出轨……"

西亚听得简直莫名其妙,惊异地说:"怎么会有这样的夫妻?"

"这个故事里的主人翁就是这样,直到他妻子去世,他都把这一幕埋在心底深处,没给音说出来。"

"那导演内心里一定很痛苦,你说是吗?"

"我想还是说他处于纠结之中吧,你看看他这张脸,影片自始至终,他都是这么一张没有表情、冷漠的脸。"

屏幕上恰好有一张家福的特写镜头,西亚道:

"我作为观众,看到了事情的来龙去脉,觉得他还是很痛苦的。"

林源说:"这部电影的导演,要的就是这种效果。家福没有了真正的家庭幸福,没有了夫妻之间温柔的爱。他整天沉浸在自己的戏剧导演工作中,领会契诃夫剧本的真谛,正式排演之前,他让演员们一遍一遍地朗读《万尼亚舅舅》,这是一部经典作品,他要让演员们把契诃夫书卷气的淡淡的哀愁,搬上舞台。你看家福那张脸,看他整个儿的肢体语言,体现出来的是不是淡淡的哀愁?"

说真的,西亚只是似懂非懂地听着林源的话,她既没读过《万尼亚舅舅》,看的文学作品也不多。在她看来,不仅家福的脸上笼罩一层淡淡的哀愁,连雇来为他开车的女司机,同样也是忧郁寡欢,让人觉得心事重重的。于是她说:

"我觉得开车的女司机,给人的感觉也像内心里有解不开的结似的。"

"这就对了,"林源说,"女司机叫杜丽,当她终于在和打开心扉的家福对话中,了解到家福现在有了愧对死去的妻子音的心理以后,她也向导演袒露了深埋于心灵深处的秘密往事:可怕的震灾中,杜丽只顾自己逃离坍塌的房屋,全然忘记了和她一起被埋的妈妈。而当她爬出险境,回头望着把妈妈埋在废墟里的地方时,她懊悔莫及,深深地为自己的逃命行为自责。家福宽慰她,这不能怪你。杜丽深为感动,觉得找到了知音。你看,这会儿,杜丽驾着车,家福陪伴着她,一起到杜丽家的灾祸发生地去。"

西亚猜测着说:"他俩相互爱上了……"

"我也和你一样,想看到结局呢,看吧,感觉这不是个爱情片。"

"那是什么片?"

"应该是伦理情感片的类型。"林源说,"能够被誉为世界级的好片,还是有引人深思的原因吧。"

说话间,西亚和林源不知不觉地挨坐在一起了。西亚能感觉到林源身上暖烘烘的气息,还有他做手势、挪动身子时,她都感觉得到。薄暗的闪烁中,她喜欢侧转脸去看着他,听他讲话,看他的嘴唇在动,还有那双明亮的眼睛,充满阳光的脸庞。她觉得他的形象比电影本身好看,这部日本电影究竟好在哪里,不在她的心上。

她的心里只有他。

他看出来了吗?

屏幕上展现出一片白色的雪野,红颜色的小车停下了。影片里的男女主人翁走上了雪野,这里是杜丽老家地震的遗址,杜丽说她的妈妈就埋葬在这片茫茫雪野里。

显示片长和播映的字幕标识出,电影很快要结束了。

西亚心里直感遗憾,坐在双人沙发上看影片的美好时光,怎么流逝得这样快啊!客厅的灯一亮起来,他们俩又得各自漱洗完毕,道声晚安,回各自的房间休息了。

男女主人翁最终没有相爱,他们虽然因相互理解,穿着厚厚的棉衣相拥在一起,可这拥抱不是爱情的表示。这点连西亚也看明白了,他们只是相互释怀和理解对方。

随着鲜花撒落,影片结束了。西亚忍不住往林源身边凑凑,问:
"你说,他们俩以后会生活在一起吗?"

"让每一位观众发挥自己的想象吧。"林源说,"导演想要表达的意思,已经通过镜头,告诉每个观众了。"

西亚连连摇头:"我没看懂。"

"那你希望他俩生活在一起吗?"

"希望啊!"

"那你就想象,他们生活在一起以后,是个什么情景。"林源笑着道,"不是很好嘛!"

"那要是他们又分手了呢？"

"也有这种可能。"

"那多可惜啊！"

林源的手指指西亚的脸说："你的惋惜，也是观众一种真实的反应。也是导演需要的。"

西亚同样伸出食指点点林源，反击说："你们导演真坏！"

"这不是坏，"林源一点也不生气地说，"这是余味未尽。让观众看完电影以后，有各自的思考，也有相互碰撞的争论，更有令人深长思之的地方。这部电影就成功了。"

"深长思之，多费脑筋啊，让人尽猜尽猜，"西亚内心里觉得，哪怕是和他拌拌嘴，也是快活的，"应该有头有尾，让人看个明白。"

"有这样的电影啊，"林源没觉察出西亚是在故意逗他说话，回答道，"坐进电影院，很多这样的电影。但也需要像刚才你看了后半部的电影，这不好吗？"

"好、好，"西亚"咯咯"地笑出了声，说，"反正你是拍电影的，我讲不过你。但你现在得答应我一件事。"

看林源要离座起身，西亚一把逮住了他的臂膀说。

"什么事？"林源感觉莫名其妙。

"就是这个取暖器，"西亚指指林源一侧说，"我留神了，质量很好，一点声音也没有，你买得很好。不过，你得告诉我，或者把发票直接给我，我把钱交给你。"

"是我要坐着看片，怎么能要你出钱呢！"林源摇摇头说，"让你出钱，变成我逼着你买个家用电器了。我可没这个意思，西亚。"

"你是没这个意思，是我当主人的，考虑不周到。"西亚板着脸说，"林源，你别花冤枉钱，这东西放在202，我可以长久使用。这钱该我出，多少钱，告诉我。"

林源笑道："我不说。"

"你真不说吗？"

"你不说我就不松手。"西亚双手牢牢地紧抓着林源的一条手臂，"今晚你别想回屋去。"

"真的？"

"反正我不放！"西亚抓着他手臂，使劲地晃了晃。

"我使劲挣脱呢？"

西亚把他抓得更紧了："那你试试吧！"

"好的。"林源在她身边改变了一下姿势。西亚觉得自己在蓄聚起全身的力量在双手上。

林源出其不意地把脸俯向她的脸颊，在她脸上吻了一下。

"哎呀！你——"西亚惊奇不安地叫出一声，双手一松，没等她抬手抚摸一下自己的脸时，林源已趁她松手的同时，离开双人沙发，逃跑似的回进他的屋里。

浑身上下所有的血液似乎都涌到了西亚的头上，她的一只手轻轻地轻轻地触碰般抚摸着被林源亲吻过的脸颊。

脸颊上似烧灼般地烫，热辣辣得使她的双眼都受到了感染，她的一对眼睛前迸裂着星星般的光彩。

这是怎么回事？

西亚又不是没有同异性亲吻过，和王万吉恋爱、同居时，王万吉的狂劲儿上来时，不止一次地吻过她、亲过她，那吻像雨点般密集地印遍了她的额头，或者还玩些别的什么花样，西亚都曾经历过。她已觉得平平常常，没啥感觉了。

为啥今天，林源只是慌慌地、笨拙地吻了她一下，她的脸上就会觉得像被烧灼般，令她直想去照一照镜子，看有没有留下痕迹？

她心里明明知道，不可能会有印痕，那为什么去镜子前的欲望这么强烈？

原因只有一个，惊喜来得太突然！

第十八章

　　林源买的那台电子取暖器，真的很暖和，看了一个多小时的片子，不知不觉间，西亚已经感觉客厅里温暖如春，一点也不觉得像前些天那样急着上床钻进被窝里躺下了。

　　西亚在薄暗中的双人沙发上坐了很久很久，她的眼角时不时瞥向林源的房门。关上门进去以后，他一直没再出来，也始终没啥动静。

　　是躺下了？还是觉得做出了唐突行为，没脸见她？或是，害羞？是怕她生气？

　　她毕竟情不自禁惊叫了一声呀！

　　这个傻瓜，尽躲在房间里干什么呀？她只是吃惊，她没有生气。

　　西亚想隔着门朝他"哇哇"叫上几声，她惊喜都来不及呢。

　　真的，冥冥之中，她期待林源对自己有所表示，用他的语言，用他的眼神，用他的手势和动作，都可以。但他似乎像根笨重的大木头，什么表示都没有。没有动听的语言，没有甜言蜜语、花言巧语，西亚好像已经适应他这一套了。他的性格是内敛的，为人却阳光、坦然、开朗，她的心里不知费神地揣摸过他多少回了，总是猜不透他内心是怎么看待她的。

　　所有每天夜晚的规定动作，西亚今夜进行的时候，都会不由自主停顿下来。她在沙发上坐了很久，确信林源不可能再出来了，她又走进了盥洗间，盥洗间的门关着，乍一进去，里面的气温明显地比客厅里低。西亚灵机一动，到客厅里把取暖器推了进来，然后关严了盥洗间的门。

这取暖器升温快，小小的盥洗间内顿时暖和起来。暖得那么舒服，如春风拂来一般啊。

西亚决定好好地沐浴一番。这之前的每天晚上，沐浴时她都像准备一场速战速决的例行公事一般，拿好所有的洗漱用品，动作麻利地冲淋完毕，匆匆忙忙跑回房间，钻进被窝里去。今晚她可以像天气没冷下来之前一样，从从容容彻底地洗个澡了。

西亚把盥洗间所有的灯光都打开，赤身裸体在莲蓬头的花洒下面充分地冲洗着。她洗了头发，沐浴了浑身上下，任凭晶亮的水珠、水沫、水星子在自己一丝不挂的身体上冲淋。抹干身子以后，墙壁上的大镜子蒙上了一层水雾，西亚用块毛巾把雾气抹拭掉，镜子里清晰地露出了她青春的胴体，端正姣好的脸庞，灵动晶亮的眼睛，又大又带着笑意，隆得高高的乳房，亮得似抹了亮膏的乳头。

西亚好像听得见自己血液在皮肤下流淌奔涌的声音。

她朝着镜子里的自己微微一笑，细细地瞅着刚才林源偷袭似的吻过的位置，除了绯红绯红之外，丝毫没啥异样。奇怪的是，她为什么总觉得这个部位像在燃烧一样，灼热灼热的，似有千万颗细密的针尖在啄着般。

西亚换穿上睡衣衫，陡地生出一股勇气，走出盥洗室，走近林源的门前，敲着他的门：

"林源，林导，我沐浴过了。你买的取暖器放在盥洗室里，没有关，你可以进去使用。"

说完，没等听到他的回应，她就转身跑进了自己屋里，拉开被窝，钻了进去，闭上了眼睛，想要好好地享受享受舒展四肢、放飞心情的一阵遐思冥想时光。唯这样她才心安一些。

西亚睡进被窝，清晰地听到自己的心房在剧烈地骤跳着。

她明白自己有些激动，她也清楚上了床之后，她要好好地沉思默想一番才能入眠。但她没有想到，自己的心跳声有这么激烈，一声又一声，有力地快捷地捶击着整个胸腔。

她知道，这都是隔壁的那个阳光男孩给予的吻。

她明明已经对着镜子细察过自己的脸了，一点也没异样。可她为啥，仍然惦记着这个吻呢？

是她期待已久的吗？她可从来没这么向往等待过。

是她冥冥中默默地憧憬过吗？她也不觉得一位年轻异性的吻有多么稀罕。早在她就读高中时，王万吉就给过她了。那时她觉得轰动小城的王万吉是顺理成章地吻了她，只因她是女生们一致推举出来的献花人。王万吉应该属于她，而她呢，自然也就被王万吉理所当然地拥在怀里。

林源今天突如其来的给她的吻不一样，对西亚来说是非同寻常的，是有着特别的意义的。

是啥意义的？

从他稍显笨拙的、慌慌张张的、吻过之后像怕被人打耳光般逃进屋里的情况看，这很可能是他的初吻，是他成年以来献给姑娘的稚恋的表示，他都不懂得吻是怎么回事。

西亚记得，被吻过之后，她的脸颊上似还留有他的唾沫。

他若恋过其他女孩，和旁的什么姑娘、做着演员梦的美女有过爱的经历，他不会表现得这么胆怯，如此慌张。她珍惜他的吻。

正是意识到这一点，闭着眼睛躺在床上的西亚，感觉到了她和林源之间有着一道骇人的鸿沟。

这道鸿沟犹如深渊一般，这道鸿沟又似一条浪涛翻滚的大河，把她和林源隔开在彼此遥遥相对的两岸。

是啊，她和林源恋爱上了。他都主动吻了她，还不能算恋吗？

她呢，时时想到他，惦念他，尽她所能为他准备每一顿早餐，天天下班后见到他，她的心里就亮堂堂的，连202这套房里也像洋溢着欢欣气象。而没见到他的人影，无论她在做着什么事儿，她都在有意无意地等待他的回来。

难道这还不是恋爱心态吗？

在今天的上海，在这个偌大的世界上，西亚已经失去了所有的亲人。不知从什么时候起，这个很偶然地由金小平、马宏滨介绍来的房客，成了西亚唯一牵挂的人，从今天的这个吻起，成了西亚在这个世界上唯一的亲人，排名第一的亲人。

他住进202，刚满一百天，西亚一句也没和他讲起续租，更没暗示过一季度的房租，他已经把九千元租金打进了她的卡里。

西亚发现以后问过他："我又没催你，你这么急打款干什么？"

他淡淡地说："我怕忘了。"

西亚认为这是搪塞她，这么大一笔租金，怎么会忘了。就像她似的，到了合同规定的时间，她会准时把每个月四千元的租金打给远在澳大利亚的202主人。

现在西亚感觉到了，他的心中是有她的。他不是木瓜，更不是一根又粗又笨的木头，只不过他不善言辞，不善于向她表达罢了。

作为女性，西亚真想告诉他，傻瓜啊，女孩就喜欢听他们的表达。但是，不知从什么时候起，是他从父母家里把看过的《巴黎时装之苑》带来给她开始的吧，西亚已经在适应他的这种为人处世的方式了。自从意识到了以后，西亚总会把他的举动，乃至有时候他凝视她的眼神，都细细地琢磨一番。

在琢磨和细思的过程中，西亚逐渐体会到了另一种滋味。

就像那天她在自己的银行卡上，突然发现打进了九千块钱。在最初诧异的瞬间过去以后，她很快猜到了这是他打过来的房租。不可能是勤勤服饰的月薪或奖金，勤勤服饰开出的薪酬，兼当出纳的胖胖会告诉她。准定是林源干的，西亚愈想愈肯定就是这么回事。她想到一晃眼，林源住进202已有三个月了。她想到合同上确是写明的，续租的费用,在每一季度的首月付清。

故而西亚同样采取含蓄的方式,表示自己收到了他的房租。她直截了当地对他说:我从来没催过你……

有滋有味的就是这一点,林源只是眨了一下眼睛,当即明白了,她已收到了他的租金。

躺在床上陷入思绪纷乱的沉思时,西亚听到林源打开了隔壁房间的门,又进入了盥洗室去沐浴。

这么说他已经从刚才脱逃的慌乱之中缓过来了。西亚很满意自己隔着门对他喊了一嗓子,她怕他一害羞,躲着不出来了,不敢和自己照面了。

她这么一喊,嘴里说的是使用盥洗间的事,向他表明的是,她没有生他的气,她接受了他的吻。

这是甜蜜的吻啊!

这是令她心驰神荡的吻啊,这吻,表明他俩之间从房主和房客的关系,变成了恋人之间的关系。

楼上的金小平,楼下的素娟阿姨,都说他是个看着正派可以交往的小伙子啊!西亚知道,小区里的上海人,把这样的未婚年轻小伙,称为"绩优股"。

对了,明天上午,吃早点时,西亚一定要瞅准时机,问他一声:"你爱我?"

她有理由这么问他啊!因为他吻了她呀。而且,西亚感到,她会得到满意的答复的。哪怕他羞得涨红了脸,哪怕他狡猾地王顾左右而言他,哪怕他耍出啥花招来,西亚一定要不管不顾,逼着他老实交代出来……

想到这情景,西亚的心里美滋滋的,她在脑子里不断地提醒自己,一定不能心软放过他,一定要硬着心肠……

西亚在被窝里翻了个身,却还是觉得哪里不对劲儿,有点不踏实。

她的脑际又掠过了那道鸿沟，隔开她和林源之间的巨大的鸿沟。

是什么呢？

就是她和王万吉之间的恋情，就是瞒不了人的她曾和王万吉在202同居过的经历。

林源是不知道的。

但是如若西亚要和林源认认真真地谈一场恋爱，要同林源好下去，想和所有热恋之后步入婚姻殿堂的情侣一样，这段经历是绕不过去的，是一定要让他知道的。而且是越早知道越好。

听说了这件事情之后，林源会怎么想，他还会不会和西亚恋爱？

西亚无法面对这个问题，想也不敢想，一想到这段往事，西亚的眼前就是一片黑暗。

王万吉给过她那么大的伤害，西亚甚至感觉到了生不如死，是她青春岁月里最大的失败，随着时光流逝，好像这件事已经翻篇，西亚也已把他的一切渐渐淡忘。但这会儿，西亚才感觉到，一切都不曾流逝，王万吉仍在以他的存在继续伤害着她。

对了，林源不是见过他吗？西亚心中狐疑的是，王万吉曾到202来取过他的吉他及生活物品，那天林源在家，但事后林源从未谈及过这件事。

还是西亚心中痒痒的，忍不住问他一句：那个来取吉他啥东西的人来过了？他简短地答了一句：来过了。

他没向西亚打听这个人是谁，是房客还是男朋友或者……

他一句也没问。好像王万吉就是个过客，和他没啥关系，和西亚也没啥瓜葛。

西亚真猜不透他的心思是什么样的，可看看他的长相，他的形象，他那双明亮的眼睛，又不是啥藏有心机、专门盘算的人。

那个时候他显得坦然自在，是完全可以理解的。可这会儿不同了呀！从现在开始他和西亚的关系发生了质的变化。他们不再是普通朋友，不再仅仅只是房主和房客，他们成为了一对恋人，男女朋友。

以后这层关系还要往前发展。难道他还是漠不关心,不闻不问,不打听一下西亚原先有没有感情生活?这不可能啊,即使他不打听,他们之间真确立了恋爱关系,成为了一对恋人,他的父母亲友都会问及的呀。到那时他再得知西亚曾和另一个男人同居过,也许没到那时就有人谈话中说漏了嘴,比如303的金小平和102的素娟阿姨,抑或是红弘小区里的任何人,他会怎么想?

西亚可不想让林源在这种情境下知道她和王万吉的过去,真正相好起来以前,西亚一定要找个时机告诉他。她不想瞒着他。他是那么纯真的一个阳光男孩。

可西亚深为恐惧的是,林源得知她和王万吉的同居事实以后,会甩手而去,永远永远地在她眼前消失。

从表面上看,发生这样的事,西亚对人还说得过去。是林源看上了她,她没有蒙他,不曾瞒着他。他吻了她,她都没回吻他呢。他走了就让他离开吧,说不定以后还会有新的房客住进来,和她共同分担房租费用。像西亚最初曾对马经理说过的,新的房客最好是个姑娘,这样她们相安无事地处下去,就是房主和房客的关系,太太平平,客客气气,处好了说不定还会成为无话不谈的朋友。

在内心深处,西亚却觉得接受不了这样的结局。她觉得林源的离去,无论他在得知她和王万吉的事以后,以什么样的理由离开她,对她来说,都是一件残酷的事。

不,不!非但残酷,而且会对她的身心是沉重的打击。

西亚心里明白,她会感到比失去王万吉还要痛苦,还要难受万分。

她很可能就此挺不过去。

在心灵深处,她已经觉得离不开他!她不能想象,她以后的生活中,会失去他。尽管她至今没吻过他一下。

可在她内心里涌动的爱意和情感,早已超越了现在的影视剧中那些肤浅的吻和演出来的拥抱。

西亚爱他,她觉得林源是命运送给苦难的孤苦无依的自己的一件礼物，是对心灵遭受重创后的她的一颗光灿灿的福星，他的出现，是她暗淡的命运里的光明。她对他的爱，是和他慢慢地在接触中增进了解以后，从心底里漫溢出来的，因而是更为强烈的。西亚太明白了，她和林源之间的恋爱，是和她原先生活过的小城男女的恋爱不一样，和陆家嘴大公司里那些年轻白领所说的当代上海人的恋爱模式也不一样。在和林源的交往和接触中，一次一次地刺激着西亚对他的揣摸和想象，让她既觉得惶惑，又感到新鲜，还有无尽的期待。西亚真的爱他，不怕说出来让人取笑，也不怕难为情，好几个下半夜，西亚起夜从盥洗间洗了手走出来，内心中就有一股冲动，想悍然不顾地冲进林源的屋里去，扑到他的床上，在他耳畔叫出来："我爱你！"

当然，她没有这么做过。学识和理智也能抑制她的这种冲动。但只有她心底深处知道，她不止一次地设想过，她真这么大胆地闯了进去，会是一个怎样的情形。

这会是一个充满温馨、甜蜜、浪漫和激情交织的夜晚，会是一个忘情的、恋情喷涌的夜晚。西亚心里清楚，凭着她的美艳和柔情，凭着她对林源蓄聚起来的感情，凭着青年男女异性之间的吸引和欲望，他们会度过一个难忘的、不眠的夜晚。她是过来人，她有过和王万吉的同居经历。

但那又怎么样呢？

她不敢往下想，正因为她经历过，享受过爱的狂热和性的发泄，她知道那也是靠不住的。

王万吉在得到她之后，在屡屡遭受人生的挫折之后，丝毫不珍惜她的付出和青春，把曾经的希冀和憧憬，把所有爱的海誓山盟，全都置之脑后，一走了之，一逃了之，完全离开了她。

让西亚一度落入完完全全的不知所措之中。

不，她再不能重蹈这样的覆辙。

当然，林源和王万吉是相貌、个性、脾气及追求的事业截然不同的小伙子。他给人一种坦诚感、信赖感、明朗感。正像楼下素娟阿姨只见他一面就说过的,看他的一双眼睛就能明白了。

是真的呀,西亚在他第一次出现时,看见他的双眼,就想到了一览无余的晴空,想到了"阳光男孩"这个词。

他们之间在 202 这间普普通通的两室一厅的房子里,开始了两人间各自的从零开始,开始了完全不同的打工生涯。他在做电影,她呢,是在服饰店里做创意。他通过中介马经理租房的时候,没有想到会遇见西亚吧。西亚呢,做梦也想不到,搬进来入住的房客会是这样一个男孩模样的英俊小伙。

他们是不是有缘千里来相会?

西亚对他的了解是不多的。

他呢,对西亚的了解和熟悉程度,更是少得可怜。

可是,恋爱的情焰似乎没有顾及这些,如同太阳光照耀下的野火一般,几乎是以肉眼看不见的势头烧起来了。

现在发展到了她的心头好像总有小鹿撞来般,她天天希望看见他在跟前。

而他呢,不显山不露水地,出人意料地主动吻了她。他的心头若对她没有恋情的萌动,没有好感,会亲她吗?

西亚躺在被窝里,忽觉得燥热不安起来。是啊,爱的火苗已经烧起来了!这是她期盼的,也是她乐意的,更是她真诚地愿意敞开胸怀接受的。

在这把越燃越大的火烧起来之前,他们的交流是不够的,几几乎没有找着谈情说爱的机会,没有得到喁喁细语、卿卿我我的那些时间。

西亚觉得,她和林源之间,迫切地需要把这堂课补上。

在补偿这一缺陷的过程中,增进对相互之间过往和经历的了解,她才有可能找着机会,把她曾经和王万吉发生的故事,坦白地告诉他。不过这一关,西亚比任何人都明白,她和林源之间的爱情,是不会有结果的。

对了，明天上午吃早点时，西亚就要抓住和他相对坐下的机会，明白无误地问他：

"你爱我？"

脑子里掠过这一念头，西亚哪里睡得着啊，她抓过搁旁边的另一枕头，垫得高高的，半倚着身子，忽闪忽闪着她的一双眼睛，想象着自己该用什么表情，说出这句话？也想象着，他会怎样答复？

哦，可能性是多种多样的。他若肯定地回答，会发生什么情形？

万一他害羞了，拼命地解释，找理由为他吻她的行为辩护，她该怎么办？

或者，他狡猾狡猾地，王顾左右而言他，装傻，又该怎样？

还有，他耍赖呢……

沉入胡思乱想、纷涌而至的一个个念头中，西亚不仅浑身上下燥热不安，精神更是陷入从未有过的亢奋中。她半倚半躺着，清晰地倾听自己的心在"嘭、嘭、嘭"的剧烈跳荡中。

西亚清楚地意识到，她这是激动。

激动到这个程度，她的生命中没有经历过。

和王万吉从相恋到闯荡上海，从融入上海到同居，共同生活。

她没有这么撼动心房地激动过。

她知道，如此激动，今晚上是别想轻易入眠了。

一觉睡醒，天已大亮。从透进窗户的光线看，西亚顿时意识到，她睡过头了。这不怪她，昨夜在床上，几乎折腾到天近黎明的最黑暗最静谧的时刻，她才迷迷糊糊地睡着。

意识到时辰不早了，西亚赶紧从床边柜上拿过手机一看。

天哪！糟了，已是八点四十，早过了以往林源和她自己动身去各自单位的时间。西亚催促着自己一骨碌起床，采取补救措施。手机上有一条林源发给她的微信，西亚的心又跳得快捷起来。她凝目读着林源的微信：

对不起，西亚，我……请原谅我的一时冲动。得罪你了！你多睡会儿，我今天一早有个会，开会去了。餐桌上我留着一个剧本《彩色的女郎梦》，是反映改革开放初期第一批服装模特儿生活的。本子里不少地方写到服饰，请你和勤勤姐她们看看。

西亚把他的这条微信从头至尾一连读了八九遍，咀嚼和思索着他每一句话的意思。由于都住在202，他们之间很少通微信，她倍加珍惜他写给她个人的每一句话。

她细细品味着他每一句话的意思，看看他有没有失眠的描述，有没有像她一样昼夜难寐的感觉，有没有像她一样炽热的情感。

第一句话，他的意思肯定是针对偷袭般吻她一下说的。他解释是一时冲动，那就是说，他不是深思熟虑之后的爱，他竟然不趁机会表达，反而是什么，得罪你了。还加了惊叹号，这是什么意思？是无意中撞到了她，向她表示抱歉吗？这个家伙真是狡猾，还有，他在叫我西亚之后，后面那个"我"字，为啥用省略号来表示？咳？

我是他的什么？一个房东，一个随随便便的伙伴，剧组里一个无关痛痒跑龙套的群众演员？林大导演，你也太不把我当回事了吧。

他显然是没吃早饭就走了，走之前听听我房间里没有动静，干脆悄没声息地溜了。傻瓜，你怎么不叫我一声呢？

第三句话恢复了他平常讲话的常态，公事公办。可他写到这个剧本和她西亚、和勤勤服饰有关系，又引起了她的兴趣。她决定把剧本带到店里去，有空闲时看看，看剧本当中写了一些什么内容。

费神地猜测和揣摸了半天，天地良心，西亚的内心深处，并没有对林源产生啥反感与不满。

相反，得知他已上班去了，她稍觉遗憾和失去了追问他的机会，可她的心头还是温暖的，她的心情也是喜滋滋的。毕竟，他吻过她了呀！他的心里还是有她的。

起床以后，西亚第一件事是去到餐桌边，果然见到了他留下的剧本《彩色的女郎梦》。西亚翻动了一下，把它装进了上下班的提包里，然后走进盥洗间。

梳洗完毕化淡妆的时候，西亚陡然发现，昨晚虽说睡眠的时间不长，可她却从未有过的容光焕发，尤其是那双眼睛，灵动真诚之中还有着少见的神采。连她自个儿都暗自惊讶，镜子里的这个姑娘怎么变得如此诱人，那股可爱劲儿几乎和刚进大学时一模一样。

西亚再清楚也没有了，这是重新坠入了情网，内心中涌动着爱情带来的。这是林源走进了她感情生活的缘故。

回到房间里折叠被窝的时候，她想起来，以往从未走进过林源的房间，不知他整理了床上的被褥没有？还是他也像西亚在大学里时听说的，那些男生几乎个个不折被子，早上起床后就让被窝乱糟糟留在床上，晚上睡觉了脱光衣裳就钻进去。

他会不会也是这么一个懒鬼？

她带着点笑意走进了林源虚掩着的房间。出乎她意料，床上的被子倒是折叠了，枕头还放在了被窝上头，只是折得不那么规整罢了，和西亚平时收拾得整整齐齐的床铺不一样。西亚把他打开一条缝的窗户开大些，让冬天的冷风吹进屋来。遂而不假思索地打开了被子，按照她收拾惯了的方式，重新折叠了一下，并把褶皱的床单扯拉得齐齐整整。她一点也不在乎让林源看出来，她已擅自进屋给他整理过了。

哼，谁叫他吻过她了呢。

无形中，她已经拥有了收拾他私人物品的权利。

西亚没有想到的是，她进入勤勤服饰以来第一次迟到，恰恰碰到了勤勤姐伤了腿之后的第一天上班。

她太兴奋了，脑子里始终萦绕着林源的形象，盘旋的全是和他有关的念头，明知今天迟到了，起先也没感觉到不好意思。走进店门，看到勤勤姐时，她才陡然意识到，今天的迟到，有多么不妥了。

在主动招呼坐在桌旁的勤勤姐时，西亚连忙道歉：

"勤勤姐，你一早就来了呀！真对不起，我，我迟到了！"

"没关系的。"勤勤善解人意地说，"这段时间都是你在店里招呼，辛苦你了。年轻人嘛，一个人生活，难免有睡过头的时候。"

"西亚，"胖胖从阁楼栏杆上探出头来，嚷嚷着说，"刚才我已经给勤勤姐说了，你今天晚到，是破天荒的第一次，一定是有什么事儿耽搁了。"

"是睡过头了，"西亚没学会撒谎，照实用坦白的口吻道，"也是不对的。对不起，勤勤姐，你的腿全好了吗？是自己驾车来的？"

"基本上好了，还要按时做些理疗。"勤勤说，"今天是费米驾车送我来的。"

后一句话她压低了嗓门，轻声说的。

西亚没有想到的是，当她给勤勤姐提及《彩色的女郎梦》这个剧本时，勤勤姐的兴趣比她还要浓郁。她当即问：

"剧本在哪儿？是在电脑上发给你的吗？"

西亚从包里拿出打印本，说："没从电脑上发，是打印出来的本子。"

勤勤姐接过本子，随意地翻了一下，问："你看完了吗？"

"没有。"西亚说，"林源刚给我。"

勤勤姐把剧本递回给西亚，说："那你抓紧看完。看完了我也读一下。"

勤勤姐的兴趣这么大，出乎西亚的意料之外。不过，转念一想，西亚脑子里拐过弯来了，勤勤姐当年去美国留学，读的专业就是电影美学和化妆。她之所以在上海开出这家现在已稍有名气的服饰店，也与她的理念比一般的服装制作公司和店面高出一筹有关。她一眼瞄中了西亚，不也是和觉得西亚总能在店里递出一些点子有关嘛。

西亚又想起了林源。看来这个导演，读到了这个本子，转手让她和勤勤姐看，并征求她们的意见，还是有见地和眼光的。

西亚爽快地答应一声，走上阁楼去了。

本来她还想完善一下电脑上的服饰创意和设计再看剧本。这会儿，勤勤姐有了态度，她就可以堂而皇之地抓紧读了。

第十九章

想到勤勤姐迫不及待地要读《彩色的女郎梦》,西亚上午读了开头部分,午休时间连着下半天的空闲,她把整个剧本读完了。下班之前,她就把本子交给了勤勤姐。

勤勤姐问她读了以后,有什么想法,西亚道,想想,比我们年长的一辈人,也是挺不容易走过来的。

勤勤姐问她为啥这么想。

西亚就答,1979年早春时节,大名鼎鼎的皮尔·卡丹来到上海举行时装表演,所有的观众,都得接受三个条件:一、接受专业审查。二、一律对号入座,记录姓名。三、票子不得转让。比那个年头看内部观摩电影还要严格。

西亚说,以前只是听说过去思想禁锢,没有想到看一场时装表演都这样。想想,上一辈人活着,可能比我们现在更累。

勤勤姐只举了举本子说,我看看。想到是写时装的,也许能受点启发呢。

下班之后,西亚忙着赶回家里去,她急切地想要见到林源。不管他是早回家还是晚回家,她一边做着家务,一边等着他。她还有句话要问他呢。看他怎么回答。

回到202房间里,林源还没到家。西亚一边准备着自己吃的晚饭，一边浏览着 202 整间屋子。

不知为什么，她总觉得家里有些异样。异样在哪儿呢？

一眼望去，似乎啥也没变。除了他的那间房子，西亚上午去折过被子了，其他几间屋，她都一一地打量过了。啥东西也没少，一切都放在西亚平时习惯放的地方。

那么，她感觉到的异样是怎么回事呢？西亚百思不得其解。

直到慢吞吞地吃过简单的晚饭，天黑下来，林源仍然没有回来。

之前，他回来得早或晚，是常有的事。西亚也习以为常了，不会去追究。

但是自从昨晚以后，事情的性质发生变化了呀。他吻过她了呀！她也没有当场抗议表示反对。说明他们俩进入了恋爱关系，她会惦记他、想念他，他懂不懂啊？

西亚不无怨言地思忖着，终于忍不住，坐在双人沙发上，她主动给他发了一条微信问道：

林源，今晚什么时候回来啊？？

点了一个问号，西亚思索了一下又加了一个问号。表示她的焦急。她得让他明白，她的心里有他啊！

他竟然直接来电话了，看到手机上来电显示他的名字，西亚还是激动的，一来他同样重视她的问候了；二来他肯定有事耽搁了，要晚一点回来。

西亚拿起手机刚说了一声："喂……"

林源在电话那头说："西亚，今晚我不回来了……"

西亚大吃一惊："啊，那你住哪儿？"

"我出差了，临时接到一个拍短纪录片的任务，马上要我赶过去拍，我现在登机口，已通知登机了。"

西亚的脑子里一片混乱，这么说，他不是今晚不回家，坐飞机出远门拍片，不是一天两天的事，他要连续多天不回202的家里来。她的心里一阵失落，勉强镇定着自己，她想起了什么似的问：

"你匆匆忙忙出差，换洗的内衣啥的带了吗？"

"带了，"他说，语气里带点儿诧异，"我回过一次家，把换洗衣物啥的，还有电脑，都带上了。你回家以后没看出来？"

西亚想起了自己刚才感觉异样的心理，一下子明白了：原来他回来过。她说：

"那……你什么时候可以回来？"

"什么时候回来？"他显然没细想过这一问题，喃喃地重复着，"正式拍片是元旦的上午。今晚飞到昆明，如果挨着滇黔边境的普安县来车直接把我们接下去，半夜时分可以住下来。明天早饭后实地看景，看拍摄条件，和当地接洽，31号下午之前，把该拍的素材拍完。一切顺利的话，过了元旦的2号下午或晚上，最迟3号就能回到上海。二三号回来吧。"

西亚对他熟悉了，仿佛能看见他按照行程一天一天地排着日子。她几乎还能想象得出他讲这些话时的音容笑貌。她无可奈何地扳着指头细算算，他从今天离开，到2日或3日回来，几几乎连头搭尾要一周的时间了。这是她第一次，这么近距离地介入他的生活和工作，想想，说走就走，赶了飞机又要连夜跨省到县里去，他的工作还是很辛苦的。他电话上说的那些地方，除了昆明她知道是云南的省会城市，其他什么滇黔，什么普安县，她都没有听说过。什么事儿，急成这样，非得跑着飞着赶过去呢？她不由问了一声：

"是拍什么呢？"

"蛮新鲜的。是普安县大山里一个叫茶神谷的地方，连续几年观察，发现了一种特早的春茶，元旦的上午就可以采摘。经茶界专家们连续几年对这里气候、地形、茶叶的考察，县里又和省里联合，要在新年元旦搞一个全国至今没有的新年绿茶第一采的活动。在这之前，只听说四川的泸州，有过早春二月茶。普安这个茶一出现，就成了特早茶。我们拍的，就是这么一个东东，你觉得有意思吗？"林源好像已经完全进入了角色，一口气讲了这么多。

西亚平时基本上不喝茶，要喝就喝咖啡，听他说得如此投入，她接着话讷讷道："有、有意思……不过，你也要注意休息的，对吗？"

"对的。谢谢！西亚，在催登机了，再见！"林源匆匆忙忙讲完，挂断了手机。

西亚的双手捧着手机，呆痴痴地坐在双人沙发上，一种从未有过的失望涌上心头。她要将近整整七天见不到他，202的房间里没有他的身影，每天的上午也没人坐在她的对面吃着简易的由她做出来的早饭。她熟悉他的坐姿，吃饭的模样，现在他已不仅仅只是她的一个房客，一个普通伙伴，他是她的恋人。不曾公开的，却又深深地印在她心中的恋人。

她还没来得及问他呢，你爱我？本以为有的是时间和机会可以问他，没想到他说走就走了，一走就走那么远，幸好他一周之后就会回来，西亚这趟可得抓住时机了，逮着机会就问他，不能吞吞吐吐、犹犹豫豫了。西亚还有点后悔，挂断电话前应该叮嘱他一句，有空给她来电话，至少每天晚上给她打个电话，唉，她怎么尽听他讲拍摄上的事了呢。

西亚自责的同时，想着这会儿就给他打个电话，叮咛他到了给她打个电话，以后空闲下来，也给她来电话，她想他。是的，他吻过她了，她有权利想他。并且把这一点告诉他。

难道不是吗？

西亚自圆其说地寻找着理由。

西亚把电话拨过去，马上传来对方已关机的提示。

西亚这才想起，听人说过，坐上飞机，手机是要关闭的。

西亚决定给他发一条微信，把这一切都告诉他，让他一下飞机，第一个看到她的微信。关切的、关心的、挂念着他，同时叮嘱他的微信。

297

把一条微信反复斟酌，反复修改，折腾了好久，西亚才改定了文字，发给了林源。

不过时间仍早，西亚发出微信以后，仍然觉得无所事事。外面冷，无论是红弘小区里，还是人行道上，都不会有什么人。西亚一个人也不想出去散步。

习惯了晚上或是在期待中等林源回来，或是他回来了躲在自己房间里不出来，她的内心都是踏实的。哪怕他回来得很晚，她在客厅或是自己房间的电脑前坐着，她的心里也是充实的。现在他不回来了，而且说清楚了要一周之后再回来，没啥可担心的。她为什么仍然这么不习惯呢？

有过一次王万吉的甩手离去，她当天也自以为他发过脾气之后出去乱逛一通完了会回家，结果他自此没再露面。

西亚也曾不适应，不习惯，也时不时会拿他在202期间的情形和眼前的冷清相比较。但西亚没有急切地想要知道他的下落，她想他混出哪怕一小点名堂就会跑到她跟前来炫耀的，就像他某次客串场子赚到了一两千块钱，就像他经历了一次有盼头的面试，他会在她面前津津乐道一样。西亚也没想到主动给他打电话、发微信。她迁就他的次数太多了，她受他的埋怨和责备也太多了，她已经厌烦他了。她想，除非他痛改前非，重新振作起来，脚踏实地地开始崭新的生活，她才愿意理他，和他重归于好。

可没过多久，西亚就听到了他投靠梁云霞的消息，他的投身于这个珠光宝气的中年女人的自甘堕落，彻底地寒了西亚的心。她知道，这个曾经有点才气的音乐人，算是完了。西亚内心里还留存的一丝温存的留恋，彻底地死寂了。

她更不会给这么个投靠于石榴裙下的人去电话了。

直到他打电话来要吉他，直到他想起202还有点儿属于他的生活用品和换洗内衣，他来取走之后，既没依起码的礼貌给过她一个电话，连一条微信都没有，从此以后再没任何音讯和踪影了。

一晃又有不少日子过去了，这个人就此从西亚的命运中消失了。消失得像一缕轻烟，似一朵浮云。

连西亚都奇怪，她竟然也把他忘得那么干净和彻底。当想到他投身于那个叫梁云霞的怀抱时，西亚浑身上下直起鸡皮疙瘩，感觉就像爬满了蛆。

人怎么可以堕落到这样的地步？

而这个林源，和西亚仅仅是初初相恋，他只是像鸡啄米般吻了她一下，她都没来得及反应，他就逃走了。要说正式的恋爱都还有些勉强，他不也是说走就走了吗？西亚为什么这样失魂落魄似的想念他？而且是放不下他、离不开他的那种感觉。

西亚茫然地打量着202这间客厅，除了请马经理帮助，粉刷一新，换上了养眼的更舒适的灯光之外，这套房子和她三年多之前刚租下时没啥两样，可她为啥又觉得，是有那么点新鲜感的。

这点新鲜感，就是林源的入住带给她的。他吻了她，说明他爱她。他不是身旁没有姑娘的小伙子，天天上班，去往亮泉宾馆，宾馆派出对接为他服务的关菊，就是一个纯粹的上海姑娘，摆明了是西亚的情敌。

西亚突然察觉，自那次以后，林源再没向她提到过关菊。反而是勤勤姐，提醒过西亚，关菊不愿意善罢甘休，她们母女还是看中了林源，会用其他办法接近林源的。

去上海中心吃那顿饭时，西亚的身份是假冒的。况且事后她还收取了剧组的出场费。西亚没好意思追问，关菊现在和林源相处得怎么样？

现在，西亚和林源弄假成真了，西亚可以问了。她可得在这方面多一个心眼了。西亚在心里对自己说，等这一次林源出差归来，她可得问一问他。

西亚内心里也有疑问，关菊的形象、出身、职业、家庭方方面面堪称优秀，林源为什么不想和她发展成恋爱关系？外人听说了，都会忍不住要问一问的。

  2021年的12月31日，周末和年末重叠在一起，勤勤姐上午就给服饰店里的员工打了招呼，阳历新年也是年，明天就是元旦了。各人忙完手头上的事儿，下午过了3点，就早一点下班回家吧。
  到了点，勤勤服饰的员工走得差不多了。连胖胖都给勤勤姐打了招呼，擦得香喷喷的裹紧一件大衣，兴冲冲地走了。
  望着她的背影远去，勤勤对还留在店里的西亚透露：
  "知道胖胖为啥这么高兴吗？"
  西亚照实答道："她没给我说呢！"
  勤勤姐说："是有人要给她介绍个对象，听说那小伙子没见面就表态，他就喜欢胖乎乎的女孩。看把胖胖给乐的。"
  西亚把结果往好处说："但愿胖胖能谈成功。"
  "你们同在阁楼上，胖胖平时没少嘀咕吧。"勤勤姐用知情的语气道，"在家里，只要一听家人提这话题，胖胖就会歇斯底里莫名其妙发脾气。还赌气道，她这辈子，是不会和人谈情说爱的。还不是嘴硬，你看，热心人一招手，她欢喜得什么似的。"
  西亚笑起来，以对胖胖熟悉的语气道："胖胖是个好心的姑娘。"
  "嗳，"勤勤姐向西亚招招手，示意她在接待桌旁坐下，说："西亚，《彩色的女郎梦》我看完了。元旦的三个休息天里，你问问那位房客导演，哪天有空，我们见个面，谈一谈剧本吧。要不，时间一长，再约我们谈，印象不新鲜了。"
  西亚没想到勤勤姐也把读剧本这么当回事，而且她从勤勤姐的话里，听出勤勤是有话要说。西亚连忙道：
  "林源出差了，过几天才能回来。"
  "噢，"勤勤姐显然有些失望，她瞅了西亚一眼，道，"你不是也读了吗？你觉得这个剧本怎么样？"
  "我不懂剧本，"西亚凭直觉道，"看完了，我只觉得，当年组建时装表演队，还真是不容易的。至于林源想听到的，关于服饰方面的意见，我也讲不清楚。只是觉得、觉得……"

"你照直觉说，"勤勤姐鼓励她，"我们之间先沟通一下。"

勤勤姐这么一说，西亚直率地把想法说了出来：

"剧本里写到的那些时装，以现在的眼光来看，都大大地落伍了。真拍成了电影，人家会不会说不好看。勤勤姐，关于拍电影，我一点不懂。到时候，还是要你这个学过电影的来讲。"

"故事片，主要是展示人物的命运，并不是影视片里拍摄的服饰模特儿。"勤勤姐慢悠悠地说，"我觉得，剧组抓这个本子，还是抓到点子上的。几个花容月貌的年轻姑娘，本来都是各种服装厂里的女工，有的数纽扣，有的专做领子，只因个头、容貌上的优势，被挑选出来组成了中国第一支时装表演队，这个题材的背景就是改革开放大潮中的一个侧面。影视拍摄出来，还是好看的。你想想嘛，一帮漂亮的时装模特儿，穿上各种各样的服饰，在 T 形舞台上款款走来，视觉冲击力和吸引力有多大？至于你提到的三四十年前的服饰落伍，还好有电影蒙太奇的手法，和当前的来形成烈度很大的对比啊！"

"哎呀，勤勤姐，"西亚双手做鼓掌状叫了起来，"还是你讲得专业，我刚才那是业余水平。"

勤勤姐瞥了她一眼，问："林源让我们看这个本子，有什么想法？"

西亚连忙摇头："他没说，只讲请我和你看看，提提意见。他把剧本留在桌上，就出差走了。"

"你们……没闹啥别扭吧？"

"没有啊！"

"那他为啥把剧本放桌上，不讲清意图就走了呢？"

"这……呃……"西亚张口结舌，让她怎么说呢。照实讲吗？他吻了她一下，逃进了房间，她呢，心潮起伏，大半夜没睡着。她觉得几句话讲不清楚。

勤勤姐睁大双眼，颇有深意地望着西亚。西亚的心，不安分地跳得凶起来，脸颊上都泛潮般热了起来。

"那好吧"，勤勤姐以啥事没有的语气道，"等林导出差回来，你告诉他，我们都把剧本读了。由他定时间……"

话音未落，服饰店堂外响了两声短促的喇叭声。

勤勤姐闻声隔着橱窗，往外瞅了一眼，嘴角露出两道笑纹："费米来接了，让他3点45到，他还准时哩！"

西亚也看到了，小雨点的身影，在车窗边一晃一晃的。

西亚站起身来道："勤勤姐，那你先走吧。我来负责打烊。"

勤勤姐没有细问，西亚也便没有多说。其实，这几天的夜晚，西亚过得并不孤单。吃过晚饭，坐在客厅的双人沙发上，她打开手机，就能细细地看见林源发过来的微信。西亚心里是满意的，她叮嘱他下了飞机打电话来，她要他把每天的行踪告诉她，他虽然没有照着做。但他改用微信的形式一一告知她了。比如飞机落地后，他会发来"平安抵达"四个字。半夜里入住下来，他会发一句：驱车安抵普安县城，沐浴休息了。

如果说头天只不过是报个平安，第二天开始，他发过来的微信就有趣起来。比如在海拔1700米高处的山岭里参观一株一株古茶时，比如他站在3500年前的古茶树边听讲解，讲解的姑娘穿的是西亚没见过的少数民族服装，他还站在一棵4800年前的四球古茶树前留影，一脸的惊讶。最有趣的是，那穿着民族服饰的姑娘还用泉水般清亮的嗓门唱了一道山歌：

  山上有棵古茶树，
  树下有口清水井；
  哪天如果不舒服，
  一片叶来一瓢水。

哦，那古茶树如此高大繁茂，叶片这么大，都是西亚从没有见过的。她在故乡小城生活时，见到的茶树都是不高的，整整齐齐地像小树丛般一排排种植在茶山、茶坡上的，她见过的绿茶也都是小片小片的。哪有这么大的叶片啊！怪不得当地少数民族的茶歌里会唱，一片叶来一瓢水。一大片茶叶，用一瓢水来泡，那茶是啥滋味啊？

这疑问在林源第二天发过来的微信视频中间接地解答了。他竟然到茶农家中品起茶来了，而且品的是火烤茶！

西亚从小到大，只晓得沸水泡茶喝，从没听说过"火烤茶"。这一次，从林源发过来的视频中，她也目睹了火烤茶究竟是怎么一回事。外公在世时，曾对西亚说过，泡茶就两种方式，一种是开水稍凉些，直接冲泡；还有一种，是专对产自苏州洞庭的碧螺春茶说的，只因它完全是用茶的芽尖加工成的，特别嫩，要采摘六万茶尖尖，才能制成一斤茶叶，故而必须先将开水注入壶中和杯子里，稍凉，才把春茶放进去泡。从林源给她发来的视频中，她看明白了。火烤茶得用二十多年的老茶，和近年的新茶混合在一起，共同放进黑砂罐，注入山泉水在炭火上烤。那个烤茶给林源他们喝的老茶农，一边拿着茶罐在火上有节奏地抖动，一边用浓重的山乡口音念念有词地道："要得茶上口，火上抖百抖……"

西亚看着视频，觉得好玩极了！

她忍不住点了一个赞，还加了一个赞语：真好玩！

唷，那茶在火上烤出来，舀进小小的土瓷碗中，林源竟然吹了吹喝了，天哪，一碗、一碗、又一碗，他一口气喝了几碗啊？

西亚瞅着视频上活灵活现的画面，看林源连喝了整整五小碗茶！只因那穿着民族服饰的姑娘，在他边上用唱歌般的嗓音朗朗上口地道：

"林导，这千年古树茶，有粟香、淡淡的兰花香、炒豆子的焦香，还有股薄荷的清凉。我妈说了，这股醉人的香气啊，可以连冲七八道哩！"

只见林源回望了这姑娘一眼，又喝上了一口茶。

那姑娘干脆又唱吟般道:"一泡茶,二泡汤,三泡四泡是精华。必须喝个透,喝个畅,才能喝出滋味来。"

在她的介绍和鼓动之下,围着火塘而坐的客人们,一个一个津津有味地品着茶。

看着林源发过来的微信视频,西亚如同身临其境地随着他去到了冬腊月间的云贵高原。西亚也从林源连续几天的参观、访问、实地看景,逐渐跟着他走进了纪录片拍摄的环境、地形和山岭。特别是林源随着看景拍下的一张一张气象万千的照片,西亚也从手机小小的荧屏上,看到了一百六十四万年前四球古茶树被发现的云头大山,那巍峨的连绵无尽的云贵高原的气势,那深度切割的河谷,那峡谷深处弯弯曲曲拐过来的河流,那清澈见底的流水,及绿坡覆盖的浓淡相宜的山岭,最为神奇的是,镜头推近了,茶园里那嫩绿嫩绿的茶尖尖,一叶、两叶地裸露出来,那么清新秀丽,醒人耳目,那真是神奇的芽尖,要晓得,这还是冬腊月交替的日子,上海刚过寒冽的一九,进入二九时节啊。离开江南习惯所说的,明前茶、雨前茶的采茶时节,还远着哪!

看着林源传过来的照片、视频和活动行踪,西亚顿时明白了他这一次接受的临时任务的意义。

林源虽然远在云南和贵州交界处的大山里,看着这些照片和视频,西亚却觉得,他离自己更近了。

是呵,她仿佛更了解他了。原来,即使是拍摄纪录片,不是专请演员来演的,但这天地同样广阔无边哩!西亚不仅感觉到他这工作的意义,而且还是很有趣的。她甚至萌生出,什么时候,跟随他一起出趟差,同样也去看看景,看看现场,看看拍摄的实地。

有这可能吗?

要有这可能,西亚心中明白,完全取决于她和林源之间的爱情。

一想到这点,西亚的思绪马上又被拽回到现实处境、拽回到202这套小小的她和他共同入住的房间里来了。

他这趟出差，能顺利地完成预定的拍摄吗？

他所说的，元旦的2号，最晚3号夜里，他会如期回来吗？

西亚又炽烈地思念起林源来了。她盼望着他的身影在202的出现，她渴盼着他的安然回归。

在手机上翻看他拍过来的照片和视频，她感觉得到他的忙碌，他经历着的生活充实和新奇，而她歇在家里呢，只消为自己准备个一日三餐，又空闲得无聊、发闷。一旦闲坐下来，她的眼前就浮现他的形象，他的音容笑貌，他那阳光男孩特有的坦然、沉静、真诚。他就是这样子不知不觉占据了她全部的心头世界。

她爱上他了。

西亚承认也好，不承认也好，就是这样子带着无尽的烦恼和思绪，爱上他了。

不过她睡得很好，从没发过愁。相反，自从恋上了他，西亚总觉得自己的生活是阳光明媚的。她的内心里，总像有一只会歌唱的小鸟，在唱着一首美妙的歌曲。

是什么歌曲呢？唱些什么呢？西亚是浑浑噩噩、讲不分明的。但她从林源发过来的视频中，从那少数民族姑娘唱的大山里的茶歌中，受到了启示。那歌声就是像山里清亮亮的泉水般，漂漂潺潺的。至于唱些什么呢？西亚说不上来，但她心里明白，这是欢乐、喜悦情绪的表达，是向往和憧憬着巨大幸福的期待，是欣欣然的跃跃欲试，要试什么呢？

她说不上来，她只是觉得，从来没有像此时此刻般地爱上一个人，一个异性，一个和她同住在202的小伙子林源，西亚只觉得，她的人生，她的命运，和林源的生命，和林源的生活，完全融合在了一起。

她怀着焦灼的、迫切的，强烈渴望的心态，期待着林源的归来，回到上海来，回到红弘小区里的她租住的202家里来。

哦，林源对她来说，竟然有着这么大的魔力。

冥冥之中，也许是真有某种感应，2022年元旦的下午，西亚收到了林源的微信，说他们已经圆满地完成了"天下第一采"的拍摄任务，普安县里安排了车，把他们直接送往贵阳。他们在驱车到贵阳的路上，已经订好了明天从贵阳飞回上海的机票。拍摄小组的年轻伙伴们，都是第一次到贵阳，故而他们决定明天在贵阳逗留半天，坐下午的飞机回上海。

以西亚的心情来说，她恨不得林源一刻也不耽搁，到了贵阳就赶飞机回上海，那么，她今天就能见到他了。

但她也明白，林源还有自己的伙伴，他得和拍摄小组的同伴一起行动。

看到林源的微信，西亚心里还是高兴的，至少她清楚地知道，明天，元月2日的下午，他就回来了。她无须为他的行踪牵肠挂肚了，明天，哪怕他回来得再晚，她都在家里等着他，给他做好吃的，陪着他一起吃个饭。

天哪，等人的滋味真的是不好受的。西亚虽然知道，林源会在2号的下午回到上海，而且他还说了，准点的话，傍晚时分他会回到红弘小区。但西亚的心情仍是忐忑不安的，傍晚，是临近傍晚，还是天黑下来的傍晚？总之，在他的身影出现之前，西亚的心情是烦躁的，疑心重重的。她甚至还怨林源，为什么不把航班信息转发给自己，知道了确切的时间，她就能查询到飞机是准点起飞，还是晚点了？如若他的飞机已经抵达上海，她还能掐算出他从虹桥机场或是浦东机场回到红弘小区的时间。现在，她啥都不知道，只能做好了饭，炖好了鱼汤傻等着。

她知道他喜欢吃鱼汤，为他的今天归来，她特地去超市里买了两条鲫鱼，为他炖好了一锅奶油白的鱼汤。连她自己都惊讶，难得悉心地熬一锅鱼汤，这鱼汤的滋味会如此鲜美。尝了一口，她甚至还有点儿洋洋自得哩！

天在晦暗下来，这会儿该是真正的黄昏了。他怎么还不回来呢？西亚真不敢想象，如若天完全黑尽了，他还不出现，她会急成个什么样子？

西亚把202所有的灯都打开了，让客厅、两间卧室，甚而连同小小的盥洗室，都显得亮亮堂堂的。让他一步上二楼，就感觉到家里有股喜气。

楼梯上有了脚步声，这不是林源的脚步声，习惯了仄耳倾听他每天回来的脚步声，她听得出他的脚步声的，他的脚步敏捷而又轻松，是那种无忧无虑的人走路的声音，既不似老人的那么沉重，又不像金小平姐的儿子那样蹦蹦跳跳，西亚正顾自猜测着，门口有了动静，门板上明显地有人叩击了两下，西亚坐在沙发上，狐疑地盯着自家的门，门没上锁啊！她大睁双眼盯着门，门被推开了，林源的身影出现在门口。西亚喜出望外地叫了一声：

"是你啊！"

她离座飞身跳到门口，不管不顾地张开双臂，一把抱住了他道：

"我都没听出是你的声音。"

林源一步跨进屋内，似慌乱又有些不安地道：

"门，门还敞着。"

西亚顺手把门重重地一把推上，随着门关上的那一声"砰"，西亚既似拽他，又像亲昵地仰起自己的脸，往林源努起了自己的嘴：

"唉！"

林源紧紧地搂抱着西亚，既紧张又慌乱地和西亚亲在了一起。

一股电流瞬间袭遍了西亚全身，西亚怎么也控制不住眼里的泪，泪水夺眶而出，一颗接一颗泪珠溢满了脸颊。

林源不安地问："你、怎么哭了？"

西亚把她的脸往林源的脸庞上挨了挨，"嘟噜"了一声道：

"你把包放下，洗洗手吃饭吧。"

说着，她害羞得不敢瞅林源一眼，走到灶台前去端热着的菜肴和鱼汤。

第二十章

这以后的日子,西亚始终生活在矛盾和纠结的情绪之中。

就和林源的恋情而言,她觉得自己和林源的感情,一天比一天浓烈,一天比一天难舍难分。

每天的晚饭过后,是他俩之间卿卿我我最幸福的时光。他们相偎相依地坐在双人沙发上,讲着说也说不完的情话,即便是不说话的当儿,她偎依在他的胸前,倾听他心房的跳动;他时不时地抚慰着她,让她感觉一阵又一阵的温馨和甜蜜。她喜欢接受他的吻,一个接一个深情和久长的吻。不少时间,她也会出其不意地主动吻他。

她爱他,一天比一天爱得热烈。

她同样感觉到,他是爱她的。她问过他,关菊对你那么主动、如此倾心,为什么他瞧不上人家。用上海人的标准来说,她的条件多好啊!和西亚个人情况相比,以条件论,关菊和西亚之间,简直一个在天上,一个在地下。猜猜林源是怎么回答她的。

他没有讲西亚盼望中想听到的甜言蜜语,他也没有说什么富含哲理的话。他只是露出诧异的神情,望着西亚道:

"难道恋爱是有条件的吗?"

"当然啦!"西亚故意提高了嗓门,"我原来上班的公司里,那些姑娘们都这么说。"

他淡然地"噢"了一声，不置可否。

她追问般眨动着长长的睫毛盯住他："嗯？什么意思？"

他淡漠地一笑道："我不会和你公司里那样的女孩相恋。"

而他却愿意和西亚相好，恋得真诚而又坦率。西亚从他的眼神和所有的肢体动作中，看得出他是珍爱她的，看得出她在他心目中的分量。她是过来人，这点她掂量得出来。

尽管他从来没在嘴里说出来，她却是从整个身心感受得到的。

每天夜里，10点过、接近11点了，西亚就不知不觉地陷入了纠结状态，那股从心里涌出来的矛盾，一天比一天强烈地撕扯着她。她看得出来，林源也不想从和她的缠绵中分手，每当这时候，他就会久久地吻她，舍不得地紧紧地拥抱她。

然后他会说："睡吧，明天还要上班哩！"

是的，不但西亚要准点去勤勤服饰上班，他也要到设在亮泉宾馆里的剧组和大家开碰头会。

每当听到林源主动这么说，西亚就会嗓音很低很低地答应一声："好的。"

或者就是轻轻地"嗯"一声，表示对他提议的理解和赞同。

她是过来人，她不想把心目中视为神圣的、纯洁的与林源之间的恋爱，一步迈过去，直接进入她少不更事的年代与王万吉有过的那种同居关系。

这层关系现在已经成了她心中的"痛，"她抹不去的一个精神上的污点了。是的，讲起来很难听，她曾经是现在已经堕落的王万吉的女人。

她已不是一个妙龄少女，不是一个贞节的女人了。

这是瞒不了人的。楼上楼下的邻居们都知道，红弘小区里的居民们也都明白。西亚唯独不知道的是，这一情况林源知不知晓。他如果仅仅只是202的一个房客，他可以不知道。但他现在与她已然陷入了恋情，他们成了深情相恋的一对，西亚希望他能知道她的过往，她

309

不想瞒着他。她觉得现在仍然瞒着他,是罪过!是对不起他的。

这也是她仍然坚守着不同林源进一步发展同居关系的缘由。

有好几次,他们偎依着坐在一起时,她都忍不住想开口了,问一问他,知道不知道在他之前,202住过一个名叫王万吉的小伙子。邻居们有人给他说过吗?话都在嘴边了,最终她仍然没有说出口。王万吉来取过他的东西,那天他在202的,他见过王万吉,事后为什么他一句话也不问?

这些话憋在西亚的心中,堵塞在她的胸口成了她的心病。难道,他是在故意装糊涂,装憨?

他那么年轻、聪明、能干、有主见,为啥在对待她的这件事上,显得如此迟钝。莫非,他是在对她逢场作戏?啥都不在乎?想想,也不该是这样啊!即便是他没有和邻居们深交,楼上303的小平姐,楼下的素娟阿姨,不会多嘴多舌,说穿王万吉和西亚之间的同居关系;但是绕一个大圈子,林源也该听得到关于西亚的议论啊。勤勤姐的妈妈和他是同一个单位的,西亚又在勤勤姐的手下就业,现在林源和西亚恋爱了,哪怕是无意间,也会议论到西亚的具体情况啊。

瞧瞧,勤勤姐多关心林源啊!读了他最近在拍的本子《彩色的女郎梦》,就提出要和他见面,谈谈对这个本子的想法。西亚把勤勤姐的意思跟林源讲了,林源说,他和蔺主任商量一下,带上编剧及其他主创人员,一起来听听勤勤姐的意见。西亚把林源这层意思透露给勤勤姐,哪晓得勤勤姐连连摆手道:

"不用、不用这么兴师动众的,你只消约小林一个人来就行了,我只想和导演一个人交换点不成熟的看法。"

西亚却感觉得到,懂电影创作的勤勤姐只想和林源交谈。她只得又一次充当传话人,把勤勤姐的意思说了。

西亚万万没有想到的是,勤勤姐对林源这一次即将投拍的电影《彩色的女郎梦》,会有这么全面的一整套想法,这么浓烈的兴趣。

坐在勤勤服饰店堂里的小圆桌旁,品着林源前不久去拍摄"天下第一采"带回来的四球古茶,西亚陪着林源,细听勤勤姐读过本子以后的感受,西亚不仅深深地佩服勤勤姐的学识,还对勤勤姐想要自始至终参与这部电影的制作感到惊讶和大胆。

勤勤姐说,《彩色的女郎梦》已经成熟到可以投拍了。因为是写一拨模特儿的故事,相信年轻貌美的女演员们都会想进剧组,争演其中的一个角色。编剧肯定深入采访过中国上海第一代模特儿的经历,故事编得同样有情有致,一波三折,把每一个女模特儿都写出了个性,相信女演员们穿着春、夏、秋、冬的各式服饰,走在T形舞台上,尽展她们的风姿风采,哪怕只是一个次要角色,把握得好,都会在影片中崭露头角,一步跨上中国的影坛。

勤勤姐问林源,已经开始挑选演员了吗?

林源点头,说副导演已经带着一个小组,进入初选了。

勤勤姐用深知内情的语调说,亮泉宾馆找来试镜的姑娘,一定很多的吧?你们剧组需要的,可是整整一队模特儿啊。

林源只是淡淡一笑说:"是很热闹。"

勤勤姐有些不解,她问:"这么重要的环节,你当导演的,就不介入吗?"

林源抿了一下嘴道:"我会看一下他们初选定的角色。"

勤勤姐瞥了一眼西亚,随意地问:"有没有想过,让西亚客串一个角色?"

西亚瞬间涨红了脸,连忙摇头道:"勤勤姐,我可不会演戏,不会。也从来没想过。"

林源则睁大了眼,瞅了她一眼,对勤勤姐说:

"她看了本子的,没给我提过。我也没请她去试过镜。"

"这就是你的不是了,小林,林导,西亚的相貌,你又不是没见过,一般的女演员,还比不上她呢!你不是还让她出场,冒充过一次你的未婚妻嘛!噢,未婚妻都能演,难道还不够格当个女模特儿?林导，你好好考虑一下我的要求吧。"

西亚的脸，顿时变得一阵红一阵白，紧张得她不停地把目光从勤勤姐脸上，扫到林源脸上，又从林源的眼神里，再望到勤勤姐的身上。

勤勤姐却像没看出西亚的惶惶不安似的，只顾自个儿往下道：

"西亚，谁又是天生会演戏的？你怕什么呀？若真想演，就趁林导是你房客，求求他，让他给你安排个角色。再说了，你们俩不是在恋爱吗？不要以为我不知道，我早看出来了！林导，你不会否认吧？"

说着，勤勤姐目不转睛地盯着林源。

林源的手无目的地晃了晃道："噢，她呀，确实没提过要演个角色。"

说着，求救般瞅着西亚。

西亚已被勤勤姐的一番话说得闹了个大红脸，坐在小圆桌旁简直是如坐针毡了，这会儿看到林源哀求的目光，她连忙申辩般叫起来：

"勤勤姐，我真的不会演戏，也确实、确实是没想过要当演员……真的。"

"哈哈哈，那是我多此一举了！"勤勤姐兀自笑了起来，她分别瞅了瞅林源和西亚，以故意解嘲的语气说，"不过我也是一片好心。对不？长话短说吧，林导，我是看好你这个本子的，约你来，就是想和你商量，戏里面所有模特儿的服装，剧组有考虑了吗？"

"谢谢勤勤姐关心，"林源客气地说，"剧组里有专门负责服、化、道的一个组。我和制片聊起的时候，只是提了一句，模特们的服饰，要专门议一议，要达到演员们穿过之后，就能在社会上流行的效果。勤勤姐是这方面的专家，有什么想法？"

"我去美国时，学的就是电影的服化道……"

"那太好了！"

"故而，我就想在这方面参与进来，和你一起完成演员们的服饰创作。"勤勤姐的身子整个儿转向林源，诚恳地道，"你觉得可行吗？"

"应该是可行的，"林源沉吟着道，"我和蔺主任通个气，约上服化道的几位，一起来见勤勤姐，具体商量一次。衷心地谢谢勤勤姐。"

西亚看得出，林源显得很高兴，显露出很愿意同勤勤姐合作的样子。西亚甚至还觉得，勤勤姐对林源，有明显的好感。从她对待林源的神情、说话的语调、整个的肢体语言，都在显示出这一点。在勤勤服饰前后店堂里，勤勤姐从未以这样亲近探讨的语气，和其他员工说过话。大家都习以为常了，觉得勤勤姐是当然的主人，是老板，其他人都是在为她打工。西亚也不例外。

但勤勤姐对待林源，就是不一样，她是把他作为一个青年艺术家，一个受人尊敬的导演，请来店里交流沟通的。下意识里，西亚隐隐地庆幸，幸好勤勤姐比林源和她都要年长七八岁，从旁观察勤勤姐推心置腹对待林源的态度，若是林源年长一点，他们之间也会擦出火花，找到共同语言和感情基础的。不是嘛，他们学习的都是影视创作，虽然只是相互接触才有限的一两次，但他们马上有了交流的话题；西亚虽然觉得自己内心深处冒出这样的念头颇为可笑，但她确也真切地感到，自己从身心里涌上来的对林源的深情。这种爱恋是那么强烈，那么汹涌澎湃。林源是个有自制力的男孩，每天晚上，他都是恋恋不舍地回自己的屋里去，并且把门重重地关上，仿佛是在约束自己的某种欲望。他如若执意紧紧地搂抱着西亚不放，和她一起走进卧室去，西亚明白，她是抵挡不住他的感情攻势的。

虽然每一个晚上分手之际，西亚都会感觉隐隐地遗憾，她似乎觉得，林源对她的爱还不够强烈和坚决；但第二天醒过来，她又会觉得，林源这么做是对的。他们之间如若轻易地跨过"性"的门槛，反而会失去相互之间的吸引力。就如同西亚和王万吉已然发生过的那样，他甩甩手就离开了她。

一点也不留恋。

丝毫也不珍惜。

而现在，尽管他俩天天在202相处，西亚对林源的依恋却越来越强烈，她总觉得，林源的身上，有着更令她想要探究的东西。以林源凝神瞅着她的目光中，西亚也能感觉到，他对自己的那份和其他异性不一样的情。

"那么好，"勤勤姐擎起了她面前的茶杯，双眼对林源和西亚扫视了一下，道，"就用你带来的这种难得一见的四球古茶，权当是酒，我们来预祝一下，合作愉快和成功。"

看到林源笑吟吟地端起了小瓷杯，西亚也拿起杯子凑了上去。

勤勤姐和他俩碰杯的当儿，似想起了什么般问道：

"林导，你带着西亚，去见过父母了吗？"

"哦，"林源的神情顿时显得慌张，他的眼角瞥了西亚一下，连忙把小瓷杯凑近嘴边，呷了一口茶道：

"还……还没呢！"

西亚跟着道："他没提过。"

勤勤姐一口把浓红浓红的茶水喝尽了，边放杯子边道：

"可以请西亚去你家中坐坐，让你父母认识一下她了。勤勤姐要对你说，西亚是个好姑娘。"

林源把脸转向西亚，问："你愿意去吗？"

也不知是怎么搞的，西亚的心无端地强烈跳动起来，她陡地意识到，勤勤姐提议的这一场见面，对她来说是一件重要的事。俗话道：丑媳妇难免要见公婆。她知道，仅就容貌而言，她并不丑。可她也明白，这个俊和丑，并不仅仅指的外表和容貌。当然，容貌是很重要的一环。像她这样，天生长得俏丽的姑娘，是占一点便宜的。但随着林源去见他父母，人家看得绝不仅仅只是相貌，而是一眼能不能让两位老人看得上她的问题。况且，她已经了解了，林源的父亲是有名的作曲家、音乐家，早在她认识林源之前，随同王万吉以及小城里的乐队成员们，就崇拜他了。现在她还从林源的嘴里知道了，他的妈妈名声虽然不如父亲大，但也是音乐理论家，一个纯粹的知识分子。这么两个长辈，他们会看得上在勤勤服饰打工的西亚吗？

西亚心中是无底的，甚至于是惶恐不安的。故而，她一时愣怔在那里，答不上话来。

"嗳，西亚，"勤勤姐疑讶地瞅着西亚，催促道，"林导向你发出了邀请，你怎么不答话呀？早点认识林导的爸妈，不是很好吗？"

西亚求救般地望着勤勤姐，又转向林源道：

"我心里是愿意的。可我，心中又没有底，不知……"

"不知啥呀？西亚，"勤勤姐都有些疑惑了，"你方方面面的条件又不差的，要容貌有容貌，要工作有工作，收入并不比林导低啊。林导，你说是不是？"

"是啊是啊，"林源急忙答应，仿佛也是在鼓起西亚内心的勇气，"勤勤姐开给你的工资，比我每月拿到的，还高哩！"

"呃……"西亚为难地瞅瞅勤勤姐，又瞥了林源一眼，不知如何启口为好。作为一个未婚姑娘，她和其他的上海姑娘真的不一样。她是随着外公外婆长大的，在她的记忆深处，几几乎没有关于自己父母一丁点的印象。在她从一个少女成长为一个大学生的时期，她有意无意地向外公外婆开过口，想从他们的口中，了解到一点关于亲生父母的实情，但西亚明显地感觉到，外公外婆总是在推诿，在搪塞，在吞吞吐吐地对她隐瞒什么。再长大一点，西亚愈加清晰地意识到，二位老人是在故意瞒着她，从心底里不想告知她真相。西亚为此不仅感觉到困惑、不解，还对外公外婆无端地生过闷气。明确地表示，她已经是一个大学生、一个成年人了！即便父母有些啥不能放到桌面上说的事儿，她作为女儿，了解到实情和真情，也是会理解的。他们终归是她的父母亲嘛。

终于憋不住，西亚把这层意思开宗明义地对外公外婆说了。

外公外婆再次对西亚显露出有什么难言之隐的脸色。

西亚看得出,他们是真正地感到为难,感到无所适从。

在感觉外公外婆辗转难寝地熬过几个不眠之夜以后,外公外婆终于在西亚又一次离家上大学时,郑重其事地答应她,在大学毕业走出小城,踏上社会正式去就业之前,他们一定负责任地把西亚父母的事情,一五一十丝毫不隐瞒地告知给她。

于是西亚只得隐忍着满腹狐疑,等待着自己毕业。

哪知道,天有不测风云,不等西亚从大学毕业回到小城,外公外婆先后离开了人世。西亚父母的往事,就成了一个谜,永远横亘在西亚心头。

所有这些过往,小乐队的成员,包括自小在小城长大并崭露头角的王万吉,都是知晓的。故而西亚和王万吉恋爱以后,他们不会向西亚打听她父母的隐私,西亚呢,也不用对他们作出任何解释。

直到与王万吉及小乐队成员们分手,西亚都不明白,他们知道不知道西亚父母在小城里曾经的故事。

西亚也曾向王万吉和他那几个小乐队成员打听,他们在小城生活时,有没有从他们的父母及老一辈人那里,听到过她家的往事?哪怕仅仅是只言片语。

但王万吉和小乐队成员们都像有默契和约定似的,一涉及这个话题,就纷纷回避和摇头,异口同声地说,他们没听说过;如同西亚对这几位伙伴的家世和老人们的往事,啥都不甚了解一般。他们都觉得,只要自己在人世间活出一份精彩,活得自在,活得无忧无虑,管那么多的闲事干啥?

直到现在,西亚都不曾明白,这些昔日的伙伴,包括王万吉在内,是不是对她隐瞒着什么。

可这是生活在大上海,尤其西亚已经在陆家嘴高楼的大公司财务中心任过职,并和一大帮传统上海人和新上海人打过交道,西亚完全明白了。要融进大上海,真正走进如同红弘小区这样的烟火气上海环境里，一切都应该是明明白白，讲得清清楚楚的。这会儿勤勤姐催促着西亚走进林源的家庭，认识他的父母亲，那西亚更要把有关她的一切，说个小葱拌豆腐——一清二楚。

万万不可马马虎虎，糊里糊涂。

"你怎么了？"林源已洞悉了西亚的迟疑和犹豫，关切地问，"是怕见我爸妈吗？"

一阵惶恐的感觉传遍西亚的身心，她陡地觉得，这件事儿十分严重，她非得找到一个摆得上桌面的讲法。要不，这一关她是万万过不去。

可她的心里，却又是那么千真万确地恋着林源。她抬眼瞅着林源大感疑惑的目光，只觉得眼泪直往外溢，根本控制不住。她哽咽着道：

"我真的怕，林源，我、我都不晓得是怎么回事？"

林源却笑了："我爸妈又不是凶神恶煞的人，你那么害怕干什么？"

林源抿了一下嘴，大约觉得仅仅这么说还不够，又补充道：

"我那些剧组同事，包括原来大学里、研究生的同学，到我家里去，见到了我爸妈，都说我爸妈是一对和蔼可亲的老人。有一次几个大学同学在家里，正好爸妈包馄饨吃，说到饭点了，要不要一起吃点。几个同学都说好，我们正巧也饿了。事后，一个小胖子女生，还在班上炫耀说，她吃的那一碗，还是大作曲家端给她的。"

"应该是这样，"勤勤姐在一旁端详着西亚，以善解人意的语调说，"我相信林导的父母都是知书达理的知识分子，没有西亚担忧的那么恐怖。不过，西亚去见你父母，又和其他人不一样。她有种考生见导师的畏惧，那也是她对你林导爱的另一种珍惜吧。我看这样，西亚的思想上如若还没准备好，可以延缓一下。我不过只是随口提议罢了。"

林源一口答应："好啊！本来，勤勤姐不提，我心中就盘算，元旦没在上海过，让西亚一个人待在202家里。到了春节，就邀请西亚去我家中,一来和我爸妈正式见个面;二来嘛,热热闹闹地过个节。但愿,春节那几天,也像这次元旦一样,没啥疫情。"

"我看可以。"勤勤姐的目光在林源和西亚的脸上扫了扫,眼波一闪道:"今年的春节正好是2月1日,还有大半个月呢!西亚你先在思想上适应一下,想一想如何去和未来的公婆见个面。有什么为难处,给姐说,好不?"

西亚迟疑地望着林源,问道:"一定要去吗?"

"要去的。"林源一本正经地答道,"上次回家,我已经给爸妈提过,我有了一个真心相爱的女朋友……"

"你听听你听听,"勤勤姐连忙在一旁帮腔,"西亚,你也不要小瞧了林导。我给你打开天窗说亮话,在上海滩,林导这样的未婚小伙子,可是'绩优股'。我还要多说一句,那是我妈那一代人曾说的一句'最高指示':抓而不紧,等于不抓。你要不把这事儿抓紧了,旁的姑娘就会从边上冒出来,出其不意地把这'绩优股'抢走了。这年头,可不是像以往那样,讲究男追女,如今社会上兴的是女追男。西亚。"

林源对勤勤姐感激地微微一笑:"我也不是块木头,人家一抢就随人走了。"

"你还不要这么说,林导,"勤勤姐摇着头不赞成,"就拿亮泉宋总的女儿关菊来说吧,小姑娘可是一往情深地恋着你呢。我听宋总说了,关菊只要一天没见到你,就失了魂一般。回到家里不吃、不喝、不睡地'作',闹得她父母手足无措。宋总知道西亚是我的员工,都来找我商量了,开出条件来道,西亚愿不愿放手,只要西亚愿意,要什么补偿都可以考虑。你们二位,西亚是我勤勤服饰的得力员工,小林、林导你在我困难时候,来帮助过我。我平时很少干预员工们的恋爱、婚姻,你们俩还真是让我撞上了,宋总呢,除了是我的客户,还是多年的老朋友,她在关菊这件事儿上,实在是束手无策了,才会厚着脸皮来找我,低声下气地找我帮忙。你们得当机立断了,可不能像现在这样，吞吞吐吐，迟迟疑疑，犹豫不决了。西亚，上海人家庭里讲的'作'，你懂不懂？"

"我，"西亚冷不防被勤勤姐这么一问，不由得一怔，说："我……我懂一点……"

"是啊，懂就好。当父母的，就怕自己的儿子碰到了事情，朝着父母亲人无端地耍脾气、给脸色、软磨硬泡。这样的话，一个家还成了什么样子？"说着，勤勤姐摊开了白皙的双手，眼睛从林源身上，移到了西亚脸上。

听着勤勤姐的一番话，西亚只觉得自己的心在往下坠落，而满身的热血，又在往头脑上涌。本来讲得好好的，勤勤姐是请林源来服饰店里喝茶，谈剧本《彩色的女郎梦》的，谁知道这正题三言两语就取得了一致，达成了共识。话题一转，转到林源和西亚的热恋关系上，情况却如此严峻。正如同西亚隐隐感觉到的，关菊、宋总她们仍在纠缠林源，而林源提议的，去见他父母，又使得西亚恐惧、害怕和无所适从，但如若西亚拖延着，"丑媳妇不见公婆"，她和林源的恋爱，很可能遭受挫折。这也是西亚不愿意的结局。见勤勤姐的双眼目不转睛地盯着自己，西亚的眼睑跃动了一下，朝着林源和勤勤姐答应下来：

"好吧。到了春节，我去拜望林源的爸妈。"

林源顿时显得喜出望外地道："这才对嘛！没有啥顾虑的，见到你，我爸妈肯定会喜欢的。"

西亚不无忧心地瞧着林源和勤勤姐，询问道：

"照上海的规矩，我该带些什么礼物给你爸妈？"

"不用、不用！"林源干脆利落地摆着手道，"家中什么都有。只要你这么个大活人出场就行了。"

勤勤姐笑了："礼物还是要带一点的。不过，这已经不是什么问题了，我们可以细细商量。至于西亚，你还有啥犯难之处，和姐私底下说。姐终究比你大几岁，经的也比你多些，对吗？"

西亚觉得，话说到这儿，勤勤姐的最后这句话，才是猜对了她的心思，说到她心上去了。她感激地凝视着勤勤姐，衷心地道出一句：

"谢谢。"

是的，她在心里暗忖，勤勤肯定已从她刚才的言谈举止，揣摸出了西亚心头的难言之隐。她还真得求求勤勤姐，看她有什么好办法帮助自己。

离开勤勤服饰灯光敞亮的店堂，双双走回红弘小区去的路上，西亚忍不住跨前一步，挽住了林源的臂膀，挽得紧紧的，唯恐他一甩手顾自往前走失了一般。

林源回眸瞅了她一眼，不由低声问："你为什么那么怕去见我爸妈？"

"人家心上还没准备好嘛，"西亚噘起了嘴，故作撒娇状，"和你的那些同学、朋友、剧组同事不一样，我到你家去，是以你女朋友的名义去的。只要一想到你父母审视般的目光，我就会觉得慌张。"

她当然不能把真正的隐忧说出来。或者说，说出来了，她怕林源也不会相信。

林源却把另一只手移过来，在西亚的手背上拍了拍道：

"没那么严重的。你尽管放宽心吧，他们会很喜欢你的。我妈早说过了，只要我喜欢的，她都喜欢。"

西亚轻声笑了起来，心里忖度着：林源是在温馨舒适的家庭环境中长大的，他当然能如此自信地说到父母。

而她呢？她的爸妈，对于她来说，简直完全是一片空白。

在这件事情上，她真得求助勤勤姐无私的帮助了。

"这倒是我没想到的。"

西亚没想到，当她坦然地把自己的为难之隐告诉勤勤姐时，勤勤姐的眉头不由蹙了起来，她都觉得为难了。

马路上的行人熙熙攘攘，不时地有助动车、脚踏车从她俩站着的人行道阶沿边驶过。马路中央，时而有挂着辫子的电车开过。

勤勤服饰店坐落在上海西侧一条不宽的老式马路上，西亚听那些上了年纪的"老上海人"提起过，这条马路曾经属于法租界，还有个法式发音的路名。但西亚记不得了，常到勤勤服饰来，现在又天天过来上班，西亚知道这是一条充满上海生活气息的马路，勤勤服饰的前后左右，马路对面，就是居民区。其老上海的烟火气，甚至比现在西亚和林源租住的红弘小区还要浓烈一些。故而勤勤服饰日夜面对的，是一整个上海从中下阶层直至中上阶层的市民群体。他们是当代上海人，却也是小市民。他们崇尚实惠，该讲究派头了，他们会摆出一副见过世面和排场的模样，礼仪周到，彬彬有礼，让人受宠若惊。而更多的时间，他们的日子过得实实在在，在待人接物方面，甚至让人觉得斤斤计较。

西亚没有想到，林源和勤勤姐正面商谈剧本的第二天午后，刚吃过午饭，勤勤姐就主动招呼她，一起到店门口的人行道上透口气，站在人行道阶沿边，在市井的喧嚣和车来人往的声浪里，勤勤姐开口就问西亚，为什么怕见林源的爸妈？

在勤勤姐疑惑的目光注视下，西亚根本不可能隐瞒啥。她一五一十地把郁积在心头的烦闷，一股脑儿给勤勤姐道了出来。

事实上，西亚的担忧不是多余的。连勤勤姐都觉得，西亚这么个成年姑娘，讲不清自己的父母是怎么回事，似乎是在故意地隐瞒着什么见不得人的往事。

但西亚看得出来，勤勤姐是信赖她的话的。从勤勤姐真挚地瞅着她的眼神，从她对西亚充满信任的凝视，她感觉得到，勤勤姐没有认为她隐瞒了什么。

可世上，有几个人像勤勤姐对西亚这样，充分地了解并相信她的诚实、惶惑和忧心忡忡呢。

西亚的目光，一刻也没离开勤勤姐沉思着的脸。有辆汽车鸣了声喇叭，有点儿刺耳突兀。

勤勤姐似被提醒了似的，带点夸张地举起手来，拍了拍西亚的肩膀道：

"西亚，不用担心，好在离春节，还有好些天呢。我也替你打听一下，在你还不懂事的年头，你的亲爸妈之间，发生了些什么事情。"

西亚的嘴张了张，道："谢谢勤勤姐。只是，能打听到吗？"

她的眼前掠过每次和外公外婆涉及这一话题时，外公外婆脸上不由自主呈现出的为难之情。两位老人似乎极不愿意提及往事，更怕这事儿影响西亚，他们脸上的皱纹，垂下的眼睑，手足无措地转着身子，仿佛都在回避着啥，害怕着啥。

勤勤姐的双眼向自己的服饰店堂那边瞥了一下，遂而笑了，但西亚看得出，勤勤姐笑得很勉强，明显地带有宽慰西亚的意思，她故作轻松地道：

"作为第三方，也作为你现在的雇主，我想，有意识地要去了解，还是有办法的吧。西亚，你不用太担心，勤勤姐看得出来，你是很爱林源的。我会竭尽全力，促成你和林导之间的姻缘的。"

看着勤勤姐走回店堂，西亚都记不清自己是否给她道了谢。她只感到，她的眼眶里又涌满了泪，是忧心她和林源之间的恋情，还是对勤勤姐的感激。或许是两者兼而有之吧。

总而言之，她觉得和林源之间的恋爱，不踏实了。如同断了线的风筝，随风飘荡着，不晓得会飘向何方。

第二十一章

　　表面上看来，西亚仍像以往那样，过着平静安然的日子。她天天步行去离红弘小区不远的勤勤服饰上班，根据勤勤姐接的活，提出一个一个创意，供勤勤姐参考和选择。她真是这方面一个奇才，这不是她的自誉，而是勤勤服饰所有员工的共识。除了勤勤每次对她的大小创意赞赏有加，连店堂里、工场间的员工都说，西亚每一次提出的点子，都能给各种服饰起到锦上添花的效果。有时候一个新的创意提出来，似乎并不能马上采用和取得效果，但旁人听了，总能受到点启迪，移花接木，用到其他服装上，取得画龙点睛的奇效。

　　为此，勤勤服饰的员工们都很认可她，觉得勤勤姐寻觅到她这个创意策划师，是找准人了。

　　而每天走进勤勤服饰，西亚就会有一种如鱼得水之感，觉得自在而又无拘无束。

　　下了班回到红弘小区的202，西亚的心是安然的，她能天天见到心上人林源。疫情肆虐，林导不再出差了。由于西亚天天煮好了晚饭等他回家吃饭，林源也在不知不觉中养成了习惯，只要他剧组里有事不能准时回来，他总会抽时间打个电话告诉她，免得她牵肠挂肚的。是的，牵肠挂肚是她的话，她给林源说过，到了点他不准时回来，她难免总要心神不宁，七猜八想，什么都想，那种感觉久了，会有一种疑心病发作，总有一种发泄的欲望。也许，这样的倾诉有了作用，林源再忙，即便不便给她电话，他也会给她发来微信，告诉她约莫要耽搁到什么时候才能回来。

全世界泛滥的疫情不知不觉改变着人们的生活方式和工作方式，也在无形之中影响着西亚对人世间的看法。

在上海，勤勤服饰虽然只是一个不起眼的小店，算不上什么名牌企业，更不能和声名显赫的大公司、大单位相提并论。但是西亚在这个二三十个人的小店里面有着属于自己的一席之地，勤勤姐信赖她，员工们也对她交口称道，她也能在这个岗位上挣到虽不算太高，但也足能维持她在上海过上一份雅致、体面和有尊严的生活的收入。

西亚也想得更坦然了，人这一辈子，其实不需要指望太多的东西，有一份得心应手的工作，一份正当的收入，哪怕就是在大上海这么一个都市，也能活出一份属于自己的精彩。

当然，她愈加珍惜和林源之间的恋情了。她觉得，林源这个房客的出现，是命运给她送来的最值得珍爱的人，是老天对她的恩赐和眷顾。和原先的王万吉相比，林源几几乎可以说在方方面面都胜出一筹。她在以后的日子里，只要做到让林源认可她的家庭，她对记忆中几乎是没有任何印象的父母说不出任何所以然来这一事实，得到林源的谅解。他们还会热烈地相爱下去。她会顺从他，处处对他嘘寒问暖，什么事儿都听他的。

只因她爱他呀！

而且她也从心底里感觉到，林源同样是爱她的。从他给她的吻，深情的拥抱，还有他专注凝神地瞅着她的目光，都会激起西亚心头的涟漪。

她撒娇般地追问他，他爱她什么的时候，他是怎么说的？

哎呀，西亚相信，茫茫人海，这么多的异性，不少见过西亚的人虽然也都承认和夸赞她容貌的美丽，但谁也讲不出林源的话来，连原先的王万吉，算是有一身音乐细胞和才华的，他也说不出如此打动西亚的话来。

林源说："你温柔的眼神里透出一股莫名的忧伤。第一次相见，你只瞅了我一眼，我的心就被你独有的目光击中了。"

西亚装作没听懂，特意问他："击伤你了吗？"

林源摇摇头，仰起脸来，眼睛望着蓝蓝的高远的天空喃喃道："不是击伤，是瞬间把我的灵魂征服了。"

西亚一偏脑袋，追着问他："这么说，就是古人讲的一见钟情啰！"

林源轻轻地吁了一口气道："如果仅仅是一见钟情，那倒简单了……"

"怎么个简单法？"问出这话，西亚只觉得自己的心在失望地往下沉。

林源一脸真诚地对西亚道："古人讲的一见钟情，往往会有两种结果。"

"哪两种？"

"一种就是人们常说到的，久久不忘，要过了很长一段日子，才随着时间的流逝渐渐淡忘。"林源讲得很认真，"还有一种呢，也是常有的事儿，转身就忘了。这个世界上有多少端丽、俏丽、美得撩人的姑娘啊！转过身来，又见到一个，只要相貌打动他，他又会一见钟情了。很多所谓的纨绔子弟，不就是这样的嘛！"

"那么，"西亚紧追不放地问道，"你是属于哪一种呢？"

林源却像没听到似的，只顾顺着自己的思路道：

"我嘛，被你那么漫不经心地一瞥，觉得永生也难忘了。"

"我的目光，我的眼神。"西亚只感到自己的心房、自己的灵魂、自己的整个肢体，都被他的话震颤了，除了紧紧地挨近他，出其不意地把受了感动之后热辣辣的吻给他，西亚觉得自己再没其他方式表示她的按捺不住的感情。

她愈加爱他了。

只是，什么预兆也没有，西亚却觉得安然平静的氛围有些变了。

是胖胖在阁楼上对她分外的客气，还是勤勤服饰员工们对她讲究礼仪的尊重，抑或是店堂里外不知不觉滋生出的一种距离感。

初来乍到的时候，西亚可从来没有这种感觉啊。

那一天，西亚可能是双眼盯着电脑上的几款世界名牌黑人姑娘2022夏季衫久了，无意间一转脸，陡地察觉，站在店堂橱窗边的勤勤姐，正大睁着一对眼睛在端详自己。就在那转瞬即逝的一瞥之中，西亚的心敏感地一抽搐，不知为什么，她觉得勤勤姐的目光和平时瞅着自己时截然不一样。

是迟疑，是怜悯，是沉吟，还是似乎要提醒她什么。西亚觉得，勤勤姐的眼神里什么含意都有，却又表现得不那么分明。

有一种感觉西亚却是明确看出来的，悉心关照她也很推心置腹对待她的勤勤姐，从来没用这么一种眼光瞅过她。

而且，而且当西亚的双眼无意间瞥向勤勤姐，勤勤姐却已把脸转向店门外的人行道上，刻意地掩饰着她方才是在暗中窥视西亚。

这是怎么一回事呢？

西亚敏锐地一抽搐的同时，浑身被一股不安的情绪所笼罩。

这可是她和勤勤姐亲密交往以来，从来没有过的情形啊。

西亚真想放声叫着勤勤姐，问一声她了。但是她的嘴只是微微张了张，什么声音也没发出来。

同在阁楼上的胖胖，甚至对西亚脸上有过的表情，都没察觉。

可就是在这无意间的一瞥之后，西亚敏锐地感觉到了，勤勤服饰店堂里里外外所有的氛围，和往常不一样了。

勤勤姐安装在服饰店每一方位的敞亮灯光柔和明晰的任何角落，在西亚的眼睛里，也有了一种不同之感。

西亚扪心问着自己，这是怎么一回事呢？是她觉得众人对待自己的态度变了，还是她做出了啥不得体的事情？

这是一种很不好的心理感觉，是人家关于她听到了一些什么？

是众人背后在怎么议论她？还是……

西亚觉得自己不知不觉背上了包袱，她不想自己被旁人如此关注，她只想过一份属于自己的安然平静的日子。她没有更多的奢望和欲求了。她想要的，只是一份来自林源的爱情。难道，这种感觉上的改变，正是因为此吗？否则，她的所作所为，不该如此引得勤勤服饰的所有人，在她的背后说三道四、议论纷纷、指手画脚啊。

西亚无形中感觉到了来自环境中的一份精神压力。这份压力，很像是雾霾浓重时节的低气压，悄没声息地让人觉得喘不过气来，感觉到窒息。

不动声色地找些话来和胖胖搭讪，讲点儿无关痛痒的话题，胖胖的反应很平常，很自然，和往常没啥大的变化。

有意识地找点小问题去同勤勤姐沟通，勤勤姐仍像往常一般，耐心地听着她的话，不厌其烦地说出她对服饰颜色、选料的观点。

西亚同样感觉不出异样。那么，这又是怎么回事呢？

难道是她自己犯了疑心病，不至于啊！从小到大，无论是随着外公外婆在小城生活，还是进大学以后在家乡的中等城市住在宿舍里，后来又义无反顾地跟着王万吉及他的小乐队伙伴来大上海闯荡，在浦东陆家嘴大公司的财务中心就业，西亚打过交道的群体也有好几个了，她从来没有过这样的猜忌，对周边人的防范和不安心理啊。

这些天来，这种心理感觉是怎么滋生出来的呢？

她有一种欲哭无泪的孤独感，她想单独和勤勤姐谈一次，倾诉一番。她也想在林导哪天早回来的晚上，把自己敏感的心灵上的不安、怀疑、忧伤和想大哭一场的欲望吐出来，但是临到头来，她又觉得无从说起。

万一纯粹是她的幻觉呢？

万一她讲出来了，勤勤姐和林导都觉得她是捕风捉影，一笑了之呢？

万一真是她过于敏感了呢？

西亚迟疑着，拖延着，天天面对着勤勤姐和林源的时候，又说不出口了。

幸好又是勤勤姐提示了她，像她无辜地被陆家嘴公司解雇以后，勤勤姐及时聘用了她一样，西亚感到，勤勤姐简直就是在她人生溺水时向自己伸来的救援的手臂。

郁闷中快下班了，西亚知道，这会儿又是勤勤服饰一天里最忙碌的时候。她看到勤勤姐刚送走一个客户，又迎来几个客户，便主动走近勤勤姐询问：

"勤勤姐，我能帮上什么忙吗？"

"噢，今天不麻烦你了，"勤勤姐笑容可掬地答道，"中午我跟胖胖说好了，由她陪我加一会儿班。你今天早点回家休息吧。"

说着，还当着几位走进店堂的客户，朝西亚招了招手，示意她走近一点。

西亚已经留神了，这会儿店堂里人虽不少，但全是外来客户。属于勤勤服饰的员工，一个也不在。连阁楼上的胖胖，也正在忙她的活儿，没下来呢。西亚走到勤勤姐身侧，放低点声音问："勤勤姐，还有事儿？"

"是啊！"勤勤姐的双眼朝几位客户扫了一圈，直视着西亚，轻声道，"和你爸妈有关的事儿，你直接和林导沟通吧。对你来说，他才是最主要的一方。明白了吗？"

西亚明显地一怔。但她旋即转过神来，勤勤姐这是在和她讲私房话了。她狐疑地盯着勤勤姐，这么说，勤勤姐确实是已经打听到了一些什么。而且，关于把她生下来的父母身上发生的往事，勤勤姐不仅风闻了，甚至于连林源也已经听说了。所以，她才会让自己和林源去沟通。

西亚抿紧了嘴，仍带点迟疑地轻轻应了一声，脸色也变得凝重起来。她忍不住问出一句：

"你的意思是说，林源已经知道了？"

"应该是这样，"勤勤姐以推心置腹的语气道，"西亚，这事儿，我也替你想了很久，看能帮上什么忙。思来想去，你俩又不是小孩了，还是由你们俩，面对面地直接谈，效果更好。勤勤姐只提醒你一句，不要拖，越早讲清楚越好。你们之间谈妥了，其他事情都好解决。"

"谢谢勤勤姐！"西亚道了一声谢。勤勤姐这是催她回去，抓住林源晚上回来，相对而坐的机会，把事儿谈开呢。

店堂里响起了一片异口同声的惊呼，西亚循声望去，那扇试衣间的门一开，刚才走进去试衣的一位中年女士，穿着一身量体裁制的齐膝裙从里面走出来，顿时吸引了店堂里所有人的目光。引起相识和不相识的几位客户的啧啧赞美之声。

"哇，简直换了一个人。"

"这才真正是人靠衣装，马靠鞍装呢！"

"肤色、服饰、颜色、裙子本身，和她成了绝配！"

"勤勤姐，你真有本事！"

……

店堂里顿时响起一片赞美之声。试衣的女士早在里间从上到下端详了个够，挺着胸脯款款地走到众人面前，环视了一下几位客户，不无自得地一笑：

"你们替我看看，还合身吗？"

"无可挑剔了！"一个率直的女士亮开嗓门道，"我敢说，你这效果，走遍上海滩的品牌店，花再多的钱，没第二家做得出来。"

"我看你啊！"另一位女士道，"不要换衣裳了，就穿着这件齐膝裙直接回家去，让路上行人们和家人们震一震。"

勤勤姐却像没听见大伙儿的赞扬声一样，慢吞吞地围着试衣的女士，绕圈儿走着，目光审视着整件齐膝裙的效果。

西亚只对试衣女士瞅了一眼，就明白了。这条专配中年女士的齐膝裙，她当时也贡献了创意。最初的设计，勤勤姐拿给她看的时候，西亚感觉仿造西式曳地裙的痕迹太明显，提出根据女士的身高、胖瘦、白皙的肤色做大刀阔斧的减法，才变成了现在这样的款式，今天这一试，果然效果奇佳。

但在这当儿，西亚不想去揽这份功劳了，她趁着客户们纷纷围着试衣女士品头论足，悄悄地拉开店门，走到了人行道上。

正是元旦到春节期间这一特殊时期，虽然大环境仍受世界范围的疫情阴影，上海市井气息浓郁的人行道上，行人仍是络绎不绝，脸上挂着双节期间的轻松和愉悦。

眼看着又快过年了，西亚想起去年的这个时候，小年夜那天，突然传出武汉封城，消息传遍全国，上海也顿时冷寂下来。王万吉的小乐队也正是从这时起，军心涣散，无意继续维持下去的。

仅仅一年时间，西亚又经历了多少命运的跌宕和感情的波澜啊。她眼看着小乐队四分五裂，眼看着这些曾经踌躇满志的新上海人各奔前程；她本人呢，也莫名其妙地遭逢人生中的挫折，被人解雇、辞退。在几乎没啥收入的情况下，又同王万吉闹翻了，成了形同陌路之人。幸好还有个慧眼识珠的勤勤姐，在她几乎陷入人生绝境时，向她伸出了援手，发掘出了她创意上的聪明才智，并给了施展的舞台。而林源，也是在这样一个时候，出现在她人生的旅途中。

而今西亚细细地回想，冥冥之中仿佛真有一只命运的巨手，在潜移默化中给她带来一个个不幸消息的同时，也给她送来一个又一个贵人。

除了勤勤姐是她的贵人之外，她觉得关心她、留神她出入起居的素娟阿姨也是贵人，平时只是在上下楼时打个招呼的303金小平也是同样可以列入贵人。

是啊，不同小平姐相识，她不会认识小平姐的朋友马宏滨，也不会追随小平姐一起粉刷202这套房子，更不会请求马经理帮忙，给她介绍个房客。

现在几乎成了她生命中一个不可或缺那部分的林源，也不可能成为她的房客，成为她钟情爱上的恋人。

是的，他们每个人都是普普通通的上海人，当代的上海人。却在不知不觉间成了她西亚的生活伙伴，生命伙伴。

尤其是林源，西亚几乎觉得，这个人已经顽固地盘踞了她整个的身心。她想对他更加亲近，逐渐地全方位地走进他的生活，和他的命运进一步结合在一起。

当林源主动邀请她去家中做客的时候，西亚表面上显得平静，内心深处其实是激动不已的。当了三年多的新上海人，她多少懂得了一点当代上海人的风情礼俗。这不仅仅证明林源已经深深地爱上了她，并且已经认准了她是他的未婚妻子。而林源的爸妈，同样认可他的选择，才会同意她在春节期间，到他的家中去做客。

如果西亚也是一个传统上海人，这中间还有一个环节，那就是双方的家长要在正规场合见个面，以示对双方孩子选择的认可。

所谓正规场合，近年来已演变成饭店、酒楼雅致的包房里，吃一顿饭。多半是以男方家长买单为主。

不像五、六、七、八及九十年代中前期，也有约在茶室，双方朋友的家中，甚至单位帮忙开个小会议室，内部食堂等等。过了世纪之交，进入这一二十年来，传统的方式都不采用了，只简单约好上比较讲究、有档次的饭店酒楼了。

所有这一切，都是西亚在陆家嘴大公司财务中心上班时，听那些出生于传统上海人家庭的姑娘们，在茶余饭后或是财务中心休息时叽叽喳喳地眉飞色舞说的。

当时听见，她心里就觉得，在她和王万吉两人之间，完全可以省略这些环节，也不会有人说三道四。

现在，王万吉已离她而去，而林源突然邀请她去见他的爸妈，西亚才把这些道听途说来的不成文规矩想了起来。

以往，下了班离开勤勤服饰，走回红弘小区202家中，西亚的心里总是隐隐地充满期待的，想到很快就能见到林源，看到他的脸庞和那双坦诚明亮的眼睛，或者即使他还没回来，她回到家里，准备那顿两个人一起吃的家常饭，她就有一种愉悦感。她的心情一直是很轻松、很潇洒、很自在的。

这个人，真的是命运给她送来的主宰和福音。

西亚无可奈何地承认，她心中深深地爱上了他，恋上了他，觉得不可能离开他。

故而她回家的步履总是兴冲冲的，让人觉得她走路的姿势都散发着青春的活力，脚步也显得格外轻捷而富有弹性。

可今天不一样，勤勤姐已经对她有所暗示，今天到了202，不是显示亲昵，不是只为了准备晚饭。最主要的，是腾出时间来，当面锣对面鼓地和林源进行一场谈话。谈的话题，是西亚的家庭背景，是有关西亚爸爸和妈妈的往事。

要命的是，西亚对此却一无所知。

听勤勤姐的语气，不仅她风闻了关于西亚父母的往事，林源，她的恋人，也已经知晓和了解了她爸妈的事。

这么说，西亚近些天里在勤勤服饰感觉到的，员工们远远近近瞅着她的目光有些异样，她自个儿，无意中觉察勤勤姐在不远不近的地方望着她，不是她的多心，也不是空穴来风，而是有一定依据的。

唉，他们都听到了些什么呢？她的父母，她的亲爸妈，曾经在她还不记事的年代里，出了点什么事呢？

西亚的双脚只觉得套了双碍脚的高跟鞋一样，走得特别费劲。她不由自主地缓慢下来，神思恍惚之中，走过小笼馒头店，她都茫然地走了过去。

直到走过了十几步，嗅到小笼包子飘过来的出笼的香味，西亚才陡地想起，这家包子铺的馒头，是店家仿照扬州富春茶馆的富春包子做的。有一回她买到家，作为早点让林源吃，林源尝过以后，连声叫香，说好吃好吃。

今天上班时分，在想到准备晚饭改改口味时，西亚想到了这一细节，多买几只包子，配上汤料，也好作为一顿别致的晚餐。这会儿，走过了包子铺，险些错过。西亚急忙收住脚步，定定神，回过头去买包子。

拎着一大兜热乎乎的包子，走到202门口时，西亚意外地发现，202客厅连着厨房的灯光开得通明透亮，燃气灶竟然也开着，好像还在煎着啥东西。

叩门进屋，西亚不由得笑出声来，叫着道："你这演的是哪一出呀？"

只见林源身上兜着她平时做饭的围腰，模样滑稽地正在平底锅里煎着排骨。

林源扬了扬手里的锅铲，对西亚道："剧组摄影送我的牛排，我早早地回家来，想在你回家来之前，煎出来让你尝尝，给你一个惊喜。没想到，你也回来早了！"

西亚心里一阵欢喜，瞧林源对她的态度，哪有半点对她的嫌弃和猜忌啊！她忍不住凑近他身边，踮起脚，在他的脸颊上亲了一口。

没关严的门口那儿，一个人影掠过，门被陡地一下推开了，门板重重地撞在墙上。

西亚和林源都吃了一惊，双双往门口望去。金小平的声气疾言厉色地传进屋来：

"兵兵，看你干的好事儿，跟你说多少回了，到人家里去，要讲礼貌，轻轻地敲门……"

话没说完，只见兵兵蹦蹦跳跳进屋来，根本没把他妈的话听进去，而是仰着脸叫道：

"西亚阿姨，你煮啥好吃的呀？好香啊，我能吃吗？"

说着，使劲地嗅嗅鼻子。

"能吃、能吃。"西亚一见兵兵，顿时笑逐颜开地招呼，"小平姐，你也进屋啊。怎么站在门口不进来。"

说着,西亚把装满了小笼包子的袋口打开,拿到兵兵面前:

"兵兵,你吃一个,肉包子。"

没想到兵兵直摇头,昂起头指着灶台道:"我要吃锅里的,香得我口水都要淌下来了。"

金小平边责备孩子边走进屋来,道:"瞧这孩子。不过,林导,你在煎啥呀!真的好香!把我们母子都引来了。唷,看你这副模样,简直像小两口在甜甜蜜蜜过日子哩!"

林源把平底锅里的牛排翻了个个儿,顺手盛到一只小盘子里,乐呵呵地递到金小平跟前,笑盈盈地道:

"小平姐,你尝尝,这是剧组里的摄影师送我的神户牛肉,还细细地给我讲了煎它的要领,连佐料都是现成的。你和兵兵先尝尝。"

说着,转身抽出一双筷子,一块儿递到金小平身前。

金小平笑哈哈地端详着林源递过来的小盘子,并不伸手来接,只细细瞅了两眼道:

"这是和你们说着玩的,哪能真吃呀!嗨,你别说,林导,你煎出的牛排,还真有些诱人哪。不但香,看着也很舒服。"

一边的兵兵早忍不住了,踮起了脚尖,还把舌头伸长长的,朝着金小平叫唤:

"妈,我想吃。馋得我口水快流出来了。"

"吃,给你吃!"林源把小盘子递给兵兵,兵兵接过,转身就往餐桌跑。

西亚抢先一步,拉开了椅子,拍拍椅背说:"兵兵,坐这儿,在这里吃。"

林源又把筷子送到金小平面前,真挚地道:"小平姐,你和兵兵先尝尝,我很快再煎出来。你看,我这儿多着呢。摄影师买来一大块,听说分割好的,整六斤肉呢!他给了我一半,我和西亚怎么吃得完啊!"

"妈妈，好吃、好吃、真好吃！"坐上餐桌的兵兵，早凑近小盘子，咬了一小口牛肉，咀嚼着喊了起来，"我从来没吃过。"

金小平爽快地一挥手，道："好，就尝尝你导演的手艺，吃吃这名声很大的牛肉味道。不过，林导、西亚，一会儿马经理带着他女儿金金，有他们的份吗？"

"有、有。"林源笑开了，"六个人，两个还是孩子，三斤肉足够了。我听说，神户牛肉就得吃新鲜的。"

西亚跟着道："够、够的，我还买了一大包小笼，放一只汤，足够吃一顿晚饭了。"

说话间，马宏滨经理和他的女儿金金，已经站在202的门口了，他接着西亚的话道：

"看来，来得早不如赶得巧，我和金金还真有吃福呢！"

"快来、快来！"西亚朝着父女俩连连招手，"对你们这样的贵客，请都请不来呢！"

兵兵见到了金金，连忙叫起来："小姐姐、小姐姐，快来吃，又香又嫩的，我都吃下去一半了。"

金金举起自己的双手说："兵兵，你又忘了，吃饭之前要洗手。"

"对，说得对。"西亚连忙指了一下盥洗间的门，"金金，你去那儿洗。"

林源站在灶台边，把啤酒瓶里的酒液，倒进了平底锅。金小平见了，不由问：

"你煎这牛肉，锅里不放油，怎么往里倒啤酒？"

西亚、马经理也都从不同的角度瞅着林源，看来他们同样不理解。

林源把半瓶啤酒举得高高的，道："日本人都这样，喜欢用啤酒烹饪神户牛肉。你们尝过就知道了，味道不错。"

大人孩子全笑起来，202房间里洋溢着少有的热闹欢乐气氛。

第二十二章

　　神户牛肉、小笼包子、蛋皮汤三样食品凑起来的一顿临时晚餐，很快吃完了。兵兵先拉着金金去303金小平家玩电动小火车了。遂而，金小平和马宏滨经理也向西亚和林源道过谢，去303家中了。

　　西亚把摊了一餐桌的盘子，筷子和汤盆收拾在一堆，林源主动对她道：

　　"平时经常是你洗的，今天就让我洗吧。你那个蛋皮汤做得很好，就着小笼包子、牛肉，吃得蛮爽口。"

　　西亚朝他摆着手道："洗洗涮涮，还是一会儿我来干吧。我听勤勤姐说，你消息很灵通，已经打听到了和我爸妈有关的事。她让我尽快地直接和你沟通。"

　　西亚想趁着202少有的氛围，把她的心事说出来。

　　林源的手无目的地把他跟前的一双筷子，往西亚归拢在一块的汤盆、小盘那儿放下，微笑着对西亚道：

　　"你的消息也很灵通啊！我也才听说没多久哪。"

　　"你真沉得住气，"西亚伸出食指点了一下林源，不无责备地道，"听说了，你也不告诉我。"

　　林源的手支住了自己的下巴，犯难地道："让我怎么跟你说呢？"

　　"照实说啊，听到了什么，就说什么。"

林源向西亚竖起了食指,道:"我先说一个名字:李惠平。"

西亚对这名字是有记忆的,不过很久没提起过了。她蹙紧了眉头:

"你是说……你说的是我妈妈的名字……"

"是啊。她是你外公外婆的掌上明珠,宝贝女儿。"林源把手放到了桌面上,"在你生活的故乡小城,你妈妈也是出挑的美女。"

西亚抿紧了嘴,无言以对。她不知和林源如何搭话,只是大睁着一双狐疑的双眼,凝视着林源。是的,很长时间里不跟人讲起,她连听到李惠平这个名字,也觉得有种生疏感了。在她的脑海深处,她真讲不出自己对妈妈的那份感觉。外公外婆对她说:不怪你,只怪你太小了。

现在西亚觉得,外公外婆这话,也像是在搪塞。

林源接着道:"我再讲一个名字,曾希光。"这会儿他的语速很快。

"你说的是……"西亚脱口而出,"说的是我爸……"

"没错,是你父亲。"

是的,是的,这名字对西亚来说,仿佛更加遥远和陌生。她记得父亲和母亲的名字,只是因为进中学以后,她的个人情况表需要填写,才知道的。如果外公外婆很少在西亚面前讲到李惠平的名字,那么他们提得更少的,就是曾希光了。

进高中、上大学以后,西亚不止一次问起过外公外婆,为什么家里没留下一张爸妈的照片,哪怕是一张那个年头里最为普通的双人合影。每当这时候,西亚就看到,外婆满是皱纹的脸一阵一阵颤动、抽搐,显出从未有过的痛苦状。吓得西亚赶紧把眼闭上,把脸转到别处去。当她再睁开眼,想问问外公是怎么回事时,外公已经走进了里屋,避开了。

从此以后,西亚再也不敢当着他们的面,询问爸妈是什么脸貌和长相。而在她的内心深处,爸妈究竟长什么样儿,也成了一个谜。

外公外婆如此忌讳提起爸妈,更成了西亚心头的一个结。

林源的身子往餐桌上倾身过来,两眼睁得大大的,对西亚道:

"对你提起父母的名字,你都有一股陌生感,眼睛里满是困惑,看样子你确确实实是不晓得那段往事。西亚,还记得小城一中吗?"

西亚记得,她父母亲生前,就是小城一中的教师。而且还曾被评为优秀教师。

西亚有点不习惯林源今晚的这种谈话方式,她带点撒娇、也有些不耐烦地道:

"林源,林导,你不要这样对我说话了好不好。听到了什么,你就直说吧。我也不是小孩子了。"

林源却仍照着他的思路固执道:"我再说一个词,天下第一山,你还记得吗?"

"你讲的是我家乡小城的第一山?"

"是啊,听说还是大书法家米芾题的字。"

"字是米芾题的,"西亚道,"但家乡小城里,也有文人说,是把米芾在别处题的字,移植过来的。"

西亚之所以对此这么熟悉,是小城的天下第一山,就在她后来去上大学的中等城市必经之路上。大学里,她还和男女同学们一起去攀山玩过呢。

"我只是听说,"林源却坦然地道,"以后有机会,去那儿看看。"

"这个容易,我都可以陪你去。"

林源点头说:"听讲,这座山虽然也不高,尽管用了米芾题的字,名声也不很大。但是,攀上了山巅,却有一处险峻的山崖,在方圆很出名。"

西亚依稀记得,离小城十七八里地的天下第一山,似乎是有这么个地方。

林源的话出人意料地进入了正题:"西亚,你爸妈的名字,小城一中,还有你家乡那座天下第一山,都和小城一中费尽心机,刻意隐瞒的一件往事有关。"

"啥往事？我真不知道啊。"

"瞒着众人，瞒着舆论，当然也瞒着幼小不懂事的你。"林源的巴掌不知不觉摊开在西亚面前，"你听我说吧。"

遂而，林源单刀直入地讲起了和西亚爸妈关系密切的那件往事。

从林源开始讲述这件西亚闻所未闻的往事开始，西亚就感觉到202这套房子里所有的氛围都变了。

变得异样，变得不自在，变得这里那里仿佛都让人感到不对劲儿。可是，凝神细看，又琢磨不出，不对劲儿体现在什么地方。

西亚听到的是一个和她的命运休戚相关的故事。

西亚又觉得这是一个和她本人完全不相干的故事。要不，为什么这么大事儿，小城里没任何人告诉她呢？连悉心抚养她长大的外公外婆，都自始至终瞒着她呢？

主要还是和她的关系太密切了呀。

是害怕伤害到她稚嫩的心灵啊。

李惠平是小城一中的青年教师，也是一中公认的校花。回头率是很高的。

曾希光也是小城一中的青年才俊，他不但口才出众，还是一中校园内外公认的美男子。

他俩还都是一中评选出的优秀教师。和李惠平不同的是，曾希光来自于繁华热闹的省城，见多识广。李惠平呢，从小到大就是在小城成长起来的。除了美貌，她还有小城人的本真、诚实和善良。

他们经热恋组成了一个幸福的小家庭，婚后不久就生下了西亚。

小城街巷里的邻居们都说，曾希光和李惠平，会像外公外婆朴实勤俭的一生那样，演绎又一个教育世家的故事。不同的是，外公外婆一辈子都是小学教师。而曾希光和李惠平，则是小城一中的中学

339

教师。

　　小城一中，不仅是 70 万人口的小城里的高等学府，而且还是名声显赫的全省五大重点中学之一。其他四大名中都在省城里，唯独小城一中，坐落在小城里。这五大重点中学的排名之中，小城一中从来没垫过底，始终都是数一数二的。

　　这样的口碑，使得小城一中成为了小城里名副其实的大品牌。别的县和县级市，别的专区和地级市，可以强调他们做名牌产品，名闻遐迩的土特产，驰名全省乃至全国的企业。唯独在小城里，人们津津乐道的、交口称赞的、真正从心眼里佩服的，还是小城一中。

　　只因小城一中是培养人才的，是祖国和我们民族的未来。

　　到了当代，谁能不重视人才啊！

　　年年中考，小城一中不但从 70 万人口的小学毕业生中录取学生，还招收附近县份、全地区、全省各地报考的学生。

　　故而小城一中的员工，走到哪儿都受到人们的欢迎。

　　更受到人们尊重的，是小城一中的优秀教师。说他们教育出来的男女生，就是不一样。

　　在小城内外，在全市、全地区乃至全省中教界，流传着好些与小城一中的优秀教师和优等生的故事。这些故事的版本经口口相传，都带有一些传奇的味道了。

　　走进小城一中，碰到几个来自省城和省内其他地方的寄宿生，没人会感觉到大惊小怪。

　　就是这样一所小城一中里，一对优秀的青年教师夫妇，突然失踪了，怎不会成为小城当年人们纷纷议论猜测的重点呢。

　　令人震惊的消息在小城内外连续传播了三四天，突然，传来了一条骇人听闻的确切信息，小城一中的青年优秀教师夫妇曾希光、李惠平在游览天下第一山绝佳的景观时，失足跌落在壁立千仞的悬崖之下，经景区、消防组织人员多方寻找，已经找到他们的尸体，并照地方上的礼俗，辞世在野外的不幸人员，不再运回小城，就地妥善处置。

　　小城一中和整个小城里的群众，风闻这一消息，无不感觉惋惜、叹息。大街小巷，居民小区，尤其是教育界，家庭中有中小学生的家长，把这事儿议论了又议论，猜测了又猜测。一对健健康康、夫妇感情和睦的青年优秀教师，怎会在游览天下第一山时失足悬崖呢？

　　天下第一山景区，对外来的旅游者们来说，是个有名的景点。来到小城以后，不顺道游览一下，似乎是个缺憾。可对于生活在小城里的70万干部群众来说，并不是一个有多大吸引力的景点。

　　只因它在小城里太出名了。小城人在读小学三四年级开始，就会在年年的春游、秋游季节，组织戴着红领巾的少先队员去天下第一山游览。游完了回来，学生们都被要求写一篇作文。语文老师还会给同学们提出具体要求，通过作文，必须写出天下第一山出名的原因，回答天下第一山为何能经久不衰地流传千古，大书法家米芾究竟有没有来过第一山。认为有可能来过的，要写出依据来，他是天生喜欢饱览祖国大好河山呢，还是到山上去搜集他一生收藏的奇石美玉。认为米芾没有到过小城的，也要写出理由来，并且具体解答既然认为他没来过，为什么山上会有如此出彩的五个字镌刻在石碑上，一年四季引得八方游客来争睹他的书法。进入中学以后，小城里的中学生们，包括一中的师生，也都不会选择天下第一山作为春游、秋游的目的地了。人们普遍都觉得它离小城太近了，没啥稀奇和吸引人的地方。倒是共青团、学生会自个儿散心游玩，会选择天下第一山来走一走、看一看。

　　对任何小城人来说，天下第一山没啥去游玩的必要。

　　曾希光和李惠平这一对优秀青年教师，为什么会在双休日专程攀上天下第一山呢？他俩并非外来游客，熟知天下第一山绝佳的景点，哪里是游客不能涉足的险区。他们为什么偏偏会走到那里去呢？特别是险区位置，景点还竖有醒目的禁行标志，难道他俩都视而不见？他俩，平时可都不戴眼镜，没有患近视眼啊。

341

从有人私下里提出疑点，到细细一分析，疑惑愈来愈多。

渐渐地，疑惑变成了猜测。起先只是一句话两句话的猜测。

猜着猜着，逐渐地形成了版本，说得有鼻子有眼。

说这一对让人瞅着羡慕的优秀青年教师伉俪，是夫妻间产生了隔阂和矛盾，去天下第一山散散心时，不但没化解矛盾，反而争吵起来了。毕竟，再好的夫妻，平时拌嘴争吵是免不了的。争着争着，争到激烈处，失足跌下了悬崖，酿成了轰动小城的悲剧。

猜测出来的故事有人相信，有人觉得是无稽之谈。

但是，小城民间的流传自有它的渠道。只因他俩在小城里的身份和地位太特殊、太引人瞩目了。虽然从未上过报纸、网络、广播、电视，但关于曾希光和李惠平的猝然而逝，小城里的议论甚嚣尘上，成了所有人一旦空闲下来必然涉及的话题。

还有人借着来串门的机会，向外公外婆打听：

"在家庭里，小夫妇俩有没有拌过嘴？"

"你们住一块儿，小两口如若有点啥不悦的地方，你们二老心里该是最能感觉到的呀。"

"他俩真是像平时我们见到的那样，相敬如宾吗？"

"哎呀！太让人想不通了。找不到理由解释啊，多么好的一对！"

"学校领导来慰问你们二老时，私下是不是对你们提过要求？"

"唉，无法让人理解的悲剧啊！"

……

闹得外公外婆除了听对方唠叨，什么话儿也说不出来。

女儿、女婿的突然辞世，已经让他们痛不欲生了。面对小城人的种种猜测、疑惑和捕风捉影的言论，二位老人还要想方设法瞒着天天泪汪汪地追问他俩的西亚，解释爸爸妈妈到哪里去了的疑惑。

小城一中及时站了出来，力挺曾希光和李惠平这一对优秀青年教师的名誉，强调他俩是一中历史上一对出类拔萃的优秀教师，曾经授给他俩的荣誉，校方从未收回过。领导班子及时召开了会议，在会上宣告:社会上所有的疑点、猜测和所谓有头有尾的故事,全是谣言,是恶意的编造。希望小城一中全体教师,并通过教师影响到全体正在成长发育期的学生,明辨是非,坚信优秀教师的声誉是经得住时间和历史考验的。

小城一中旗帜鲜明地表达了态度以后,小城里流传甚广的版本渐渐平息下去。可是没过完一个学期,又一个更为完整的故事在小城传开了。让人不能理解的是,这个故事竟然是从省城教育界传过来的,说先从省城传到市里,又从市里面传到小城。

故事的版本显得愈加有头有尾,愈加合理,故而也显得更加令人信服,更具真实性。小城一中有青年教师听完了这个故事之后,信服地说:"这就是我们在学校里接触到的曾希光、李惠平,应该不会是胡编乱造。省城、市里的老师们吃饱了撑的,要专来编排故事贬他俩吗,也没必要啊!"

听到这一完整版本的小城人纷纷表示,看来这才是真相,一切也就解释得通了。曾希光、李惠平确实是小城一中的优秀教师,我们不否认。

但他们也都是人啊!

那么,真相是啥呢?

暑假,小城一中派曾希光去省里教育厅组织的进修班交流授课,既学习省里其他中学教育的长处,又把小城一中近年来的成果和进步向所有与会者作一次演讲和交流。

不用说,凭曾希光的口才和实力,他的演讲在进修班上激起了很大反响。与会教师们反映,他的发言给同行们很大的启迪和思考,还有人赞不绝口道:"这是我来省城参加进修听过的最好的报告了。"

这是小城一中领导和老师们得到的公开反馈。

他们没听到的是,也是在这一次省里召集的会议上,曾希光出轨了。

不仅小城一中的领导和老师都不知道曾希光背叛婚姻的事实，连李惠平都没听到过来自省内外学校老师的议论。

真像事后人们所说的，这种事情，当事人双方想要瞒住众人，总会有他们的一整套办法和措施。

也有人相互之间都持逢场作戏的心态，玩玩也就结束了。外人确实不易洞悉。

不幸的是，曾希光不是热烈地恋上一阵就罢手，而是认真的。

和他暗中相好的那个省城某中学的青年女教师，丝毫不为曾希光已有妻室女儿所动，爱得也是一往情深，坚定不移。

有传言说，同样是优秀教师的女方，恋得不能自已，还悄悄地孑然一身来过小城，住在一个不起眼的招待所里，期待着和曾希光幽会。

曾希光呢，竟然也不顾自己一中优秀教师的身份，去招待所里和省城女教师度过如胶似漆的甜蜜时光。

当他俩之间的私情达到沸点，曾希光向妻子李惠平直接摊牌了。

让小城一中和所有的小城人料想不到的是，听到这一消息，李惠平既没和曾希光吵，也没和曾希光闹，似乎她早有所料，或者说她早有预感一般，她至少在表面上很平静地接受了这一残酷的现实。

小城一中里的同事们都惊讶诧异得不敢相信，无论是男教师和女教师，还是和他们两口子经常有接触的同事和没多少接触的同事，事后他们纷纷回忆着说：一点也没看出来呀，一切都和平时没啥两样。

接着就发生了天下第一山绝世景点上坠崖的惨案。

小城社会普遍认可的版本是这样的。

天天在天下第一山上巡视并做清洁工作的一位景区职工，那天恰好身上拴着保险带在绝佳处旁的一块巨石缝隙处清理垃圾，他亲眼目睹了曾希光和李惠平坠崖的过程。

这对夫妇好像在争执什么，争执个什么呢，离得远了些，听不清楚。但从两个人的肢体语言看，吵得很凶。这其间，男的仿佛先推了女的一把，而女的呢，气急败坏之中，一头向男的撞了过去。男人站立不稳，从悬崖上朝着深渊里掉了下去。正当清洁工目瞪口呆，惊骇得几几乎叫出声来时，女人的身体也从悬崖边际落了下去。

真的很怪，清洁工要不是亲眼目睹，决不会相信，人的一整个身子失足跌落时，竟然是像一件衣裳似的，飘落而下的。

清洁工浑身发软，一屁股坐落在巨石旁边的石块上。

半晌，才摸出手机，报告了他的亲眼所见。

景区当即采取了搜救措施，景区里的安保人员、公安、消防悉数出动，为此，天下第一山景区还闭园半天，全力投入搜救之中，处理这一事故。

这个故事版本从省城里传来，当即在小城之中及社区各界传得纷纷扬扬。

最早听说这个故事的人，隔开一周又听到同一个版本以后，吃惊地说：

"哎呀，绘影绘色，变成一个完整的引人入胜的传奇了。"

小城里还有人说，见过一中那个美男子教师曾希光，鬼鬼祟祟地走进不起眼的招待所，和一个省城里来出差的年轻女人，在房间里直待到晚上九十点钟。

竟然还有人专门跑到那个小招待所里去问服务台，那女人叫什么名字，是省城什么单位的。

服务台回答，他们得为入住旅客保密，不做答复时，有人还专程找到客房服务员打听。

小城一中成了小城所有人议论的目标。小城里的千家万户，可以说没有一户人家不对此事议论一番的。

有头有尾的故事，小城一中里的优秀教师，男女主人翁有名有姓，添油加醋的形容和渲染，引得小城一中、小城教委、小城配备齐全的"四套班子"，不得不在充分听取汇报、开会研究之后，对此作出正面的反应。

345

小城一中召开了全体教职工会议。

小城教委召开了全市中小学校长、书记和教导主任会议。

会议指出，盛传一时的故事版本，是社会上别有用心之人的恶意编造。表面上讲的是一对青年教师，实质上是贬损我们小城一中的声誉。对此，我们必须不信谣、不传谣，相信事实真相就是我们的调查结论。"天下第一山"景区的清洁工，也被请到了现场。清洁工亲口辟谣说：他已经58岁了，再过一年多就退休了，景区领导照顾他，已经不让他上绝佳处悬崖捡拾垃圾。况且，故事里讲到的那一天，正逢他休息，他在家待着呢。老伴还让他上超市，去买了一袋大米，这情况超市营业员可以证明。

以此说明，从小城之外传来的故事版本，完全是无中生有，故意编排出来，以达到其不可告人之目的。

从那以后，曾希光和李惠平之死引出的风波，才逐渐平息下去。

随着岁月的流逝，这话题再没人提及。毕竟，对外公外婆和年纪尚小的西亚，这是一个伤痛事件。

而对小城一中和所有小城人来说，大家都已风闻并知道的事情，有什么必要总是不厌其烦地再去讲呢。

和林源密切交往了这么久，并且进入了恋爱阶段，西亚还是第一次，听林源喋喋不休地讲了这么久。

且讲的是她父母的往事。

西亚得承认，林源的讲述，是一个导演的阐述。听得她竟然有一种惊心动魄之感。不知不觉间，在听林源细述的过程中，她的眼里噙满了泪水。心头始终都在波动起伏。

只是她强忍着，不让眼泪溢出来。但当林源结束和她父母有关的事情时，西亚再也忍耐不住，胸脯起伏了一下，热泪顺着脸颊，就淌了下来。

林源急忙抽了两张纸巾，递给她，并且生怕惊吓了她似的问：

"你怎么哭了？"

"林源，林导，我亲爱的。我、我……我是第一次听到……"西亚泣不成声，她衷心地希望林源能理解她。不是她故意对他隐瞒着。

林源的手从餐桌面上伸过来，盖在她的手背上，轻轻地一拍道：

"我知道，我也相信。从我刚才讲述时，你大惊失色的眼神，你浑身不安的肢体语言，你整个的慌乱神情，都看得出，你是第一次听说和你爸妈有关的事。"林源信赖地说，"你既想听下去，又害怕听下去的神情，世界上再出色的演员也是演不出来的。"

西亚哭丧着脸道："真的，外公外婆生前，从未向我透露过一丝一毫。故而，我真的是一无所知。"

"你让二位老人家对你怎么说呢，"林源善解人意地道，"他们退休在家中，听到的也就是社会上盛传的那些事，那几个版本，你让他们相信哪一个。当然，从他们本身出发，他们更愿意相信的，是小城一中和小城教育系统给出的解释：你父母在天下第一山景色绝佳处失足跌落离世。事实上，在天下第一山辟为景点、成为名胜古迹以后，这样的事情也曾发生过。民国时期，有过一对自由恋爱的青年大学生，抗争家庭里的包办婚姻，到天下第一山来殉情投崖。到了五十年代，还有一对年轻的恋人，到此殉情……可即使是这样，即使你外公外婆相信的是失足而亡这一说法，对二老来说，也是一个失去亲人的巨大悲剧，一件痛苦的事。对你这个第三代来说，又有什么告诉你的必要呢。你说是不是这样？"

似一阵春天的细雨，洒落在西亚渴望安慰的干枯心田上。林源这番知情达理的话，使西亚倍感亲切和欣慰。

透过泪眼瞅着一脸关切的林源，西亚忍不住问：

"你、你是怎么这样快知道我爸妈那些事的？在小城，在我读小学、中学那些年里，几乎没人提。"

西亚的心头充满了狐疑。

"有人专程去打听了呀。"

"专程?"

"是的。"

"什么人啊?"西亚觉得似乎是什么人在故意算计她,她的心在下沉。

"你不用紧张和猜忌。"林源淡淡一笑说,"自从你以我未婚妻名义吃过一顿饭之后,我和你在恋爱的情况就公开化了。自然就有人要关心啰!"

林源说得轻描淡写,西亚听得却感觉愈发不解,"什么人,你不要给我打哑谜呀。"

"比如勤勤姐,她就很关心……"

"勤勤姐关心我,我信,"西亚截住了林源的话,"但她为关心我,去打听小城里多少年前的事情,我不相信。"

"是啊!可人家打听到了,你又是她服饰店的得力员工,人家会告诉她啊!"林源慢条斯理地道,"她能堵上耳朵,说不听不听吗?"

"那么,"西亚决心打破砂锅追问到底了,"是什么人给勤勤姐说的呢?"

"这我不知道,"林源道,"但我清楚,她对此是知道的。"

"你怎么讲得这样肯定?"

"勤勤姐亲口问了我,问我听说了吗?"

"勤勤姐对你说的时候,你也像我一样,一无所知吗?"

"不,我已经听说了。"

"又是什么人给你讲的?"西亚愈发紧张和不安了。

林源抿紧了嘴,有些为难地瞅了西亚一眼。西亚紧追不舍地道:

"说呀!林源,你是要把我急死呀!"

"你真想了解?"

"当然,"西亚重重地点头,"真想。"

"是我爸妈在电话里对我讲的……"

"你爸爸、妈妈?"这真是晴天霹雳,西亚震惊地瞪着道出真言的林源,"我,我这不是还没和他们见过面嘛!"

"是的,可这和见面有关,"林源的神色恢复了镇静,他慢吞吞地道,"不是我回家时,特意给爸妈提及了你,并初步约定,请你大年夜去家里吃年夜饭吗?"

"这我知道,我心里还暗忖,这可能是当爸妈的考核、相面,有点三堂会审的滋味⋯⋯"

"没这么严重,就是见个面。"林源接着说,"我妈随口问过一句,不知你爹妈在不在上海,是做什么工作的。"

"你怎么回答?"

"我说,印象中,仿佛听你吐露过,你爸妈是小城一中的老师。"林源道,"爸妈听了还挺满意,噢,对了,爸妈看了你的照片,夸你是个美女,美得既有魅力又耐看。之后,他们是怎么听说那些事的,在电话上,爸妈都没提。"

"你也没问?"

"事后我想问来着,可后来一想,这样的话题,电话上三言两语说不清,反正大年夜就见面了。当面问也一样。"林源自我圆说着,"自己的爸妈,什么话不能讲。还有,听爸的语气,你爸妈那些事儿,好像勤勤姐的妈妈也知道,她还和我爸妈电话上通过气。"

"是这样——啊!"西亚拖着尾音,慢悠悠地道。

勤勤姐下班之前,让西亚早点回家来,当面和林源沟通交流的样子浮现在西亚眼前,现在细想,勤勤姐从来没用这样掺杂着提醒、忧心、欲言又止的眼神瞅过西亚,她也没用那样的语气和西亚说过话。

202这间客厅里静寂下来,林源不无担心地望着西亚。西亚呢,自己只觉得浑身不安,胸口那颗心,从未有过地剧烈跳动着,她几乎能感觉自己的心不安分地似要跳出体外。

一辆助动车在红弘小区里不疾不慢地驶过,车上照例在播放一段录音:"居民同志们,疫情未结束,防控要抓紧。勤洗手、常通风、戴口罩不能忘。"

随着助动车的驰离,那录好的提醒渐渐听不到了。

眼泪又从西亚脸颊上淌下,林源愕然瞅着她,有点儿手足无措地劝慰着:

"你别哭啊,你一哭,我就……"

话音里充满了不安和慌乱。

"怎么不哭啊,"西亚委屈地啜泣道,"都在背后打听我、算计我。都、都不愿我同你相好下去。天哪,我得罪了什么人啊?要遭这样的罪?完了,都完了……"

林源仄着耳朵,惊愕地盯着她,细听着她的每一句泣告,待她停下来,他连忙晃着手道:

"不是这样的,西亚,事情不是你想象的那样……"

"怎么不是啦?"西亚仰起泪流满面的脸,抢白地问了一句,似乎在驳斥林源,"我的爸妈、我……我的亲爸妈……把我生下来的爸妈出过这样的事。你的爸妈,再也不会愿意你娶我了,再也不会认我了……呜呜……"

说着,她一个离座起身,跑进了自己的卧室,"砰"一声重重地关上了门,"啪嗒"一声落了锁,一头扑倒在床上,抓过枕头,捂住了自己的嘴,失声大哭起来。

放声哭号中,她似乎听见,林源追到门口,焦急不安地轻拍着门,一声一声招呼她:

"西亚、西亚……"

她再也顾不上他,只顾耸动着双肩,胸脯一阵一阵起伏波动,让伤心的泪水尽情地流淌。

第二十三章

第二天上午,西亚急匆匆地赶着点儿走进勤勤服饰的店堂里,恰好勤勤姐、费米和费米的灵巧女儿小雨点儿都在,勤勤姐一眼看见西亚,明显地愣怔了一下,凝神瞅了瞅她。

西亚哑着嗓子和勤勤姐打了一声招呼:"勤勤姐早。"

"今天可不早了,"勤勤装作啥都没察觉似的以平平常常的语气道,"这不,要不是费米开车送我,我这个经理都要迟到了。"

费米掩饰道:"我这还不是顺路,举手之劳。来,小雨点,勤勤妈妈要忙了,我们走吧。"

"爸,我不能在勤勤妈妈这里玩一会儿吗?"她问的是费米,眼睛骨碌骨碌瞅着的是勤勤妈妈。

费米沉下脸道:"不能!幼儿园老师不是说,你们也不能无故迟到吗?"

小雨点的嘴巴噘起,不情愿地跟在爸后面。就着阁楼上栏杆往下望着的胖胖热情地道:"哪天让爸爸早点接小雨点放学,胖胖阿姨陪小雨点玩。"

说着,胖胖露着灿烂的笑容直向小雨点挥手。

小雨点仰脸盯着费米问:"爸,可以吗?"

"可以、可以的。"费米答应了,小雨点才跟着爸,走出了店堂。

西亚的目光盯着这一对父女走近小车边，费米拉开车门，小雨点熟练地爬进车内，她才收回目光来。

这时她才发现，勤勤姐始终目不转睛地盯着自己。她心虚地又轻轻招呼一声：

"勤勤姐。"

勤勤姐朝着她缓缓一点头，问："吃早饭了吗？"

西亚慌张地扫了扫身旁，说："睡过了点，我是赶过来的，没吃。"

"那好。"勤勤做了个闲话少说的手势，昂头对着阁楼上道："巧了，正好我也没吃。胖胖，我和西亚出去吃点东西。"

仍时刻关注着店堂动静的胖胖答话道："尽管去，勤勤姐，有好吃的，给我带点。"

勤勤姐答应一声，示意西亚一起出店门。

在勤勤服饰所坐落的这条人行道上，已经充满了上海临近过年的烟火气，路人们明显地比往常多了，各式的店堂里，都有些选购商品的市民，手里提着大包小包的东西。

勤勤姐选了一家专营上海点心的早餐店，说，大饼、油条、粢饭、豆浆，是上海早点的"四大金刚"，好久没尝了，我们随便吃点吧。

西亚仍沉浸在忧郁悲伤的情绪中，根本没啥食欲，勤勤姐这么一说，她陡地觉得，肚子饿了起来。

毕竟，昨天夜里几乎是泡在泪水里熬过来的，她根本没好好地翕过眼，直到天亮了，才迷糊了过去。听到林源叩门，对她说他去亮泉宾馆的剧组开会了，她才从酣睡中醒来，一看时间，慌慌张张抹了把脸，就赶来勤勤服饰上班了。整个人，仍是神思恍惚的。

点了餐，勤勤姐两眼睁得大大的，开口就问：

"西亚，你怎么回事？和昨天傍晚下班回家去，像变了一个人。我都快认不出你了。"

西亚只觉得勤勤姐的话，像从很远很远的地方传过来似的，半晌才醒悟过来，她嚅动着两片干枯的嘴唇，尽力维持着起码的礼貌，想和勤勤姐对话，她喉咙嘶哑地问：

"我……怎么了？"

她真不晓得。

勤勤姐的食指点了点她，摇着头说："你看看你，一头乌发是蓬乱的，两眼红肿，痛痛快快大哭了一场吧？"

岂止是哭了一场。西亚淌了一整个晚上的泪，她觉得自己的眼泪都快哭干了，整个人是虚的。

勤勤姐的身子往西亚面前凑凑，低声关切地问：

"和林源谈崩了？"

西亚茫然地摇头。实事求是地说，她和林源并没谈崩吵翻，林源还是很迁就她的，她感觉得到，关严了门倒在床上哭，林源还隔着门站了很久，隔开一段时间，很轻叩一下门，小心翼翼地探问一声两声。西亚是自惭形秽，觉得自己的父母竟然是这么不明不白死去的，她配不上林源，她不能为林源的家庭所接受，就这么个家庭实际情况，她是走不进林源家去的，她也是无颜面去见林源爸妈的。她甚至想象得出，上海人私底下会怎么议论类似她这种家庭背景的。

烂污泥底牌。

多么难听啊！

她怎么配得上林源这样的小伙子。还不如她自个儿退避三舍算了。

可她又实在舍不得林源，她不能想象，她的生活中，失去了天天见面的林源，会是怎么个孤苦无依的可怕的局面。

服务员把勤勤姐点的豆浆、粢饭、大饼、油条端上来，嘴里还在说："伊总点的是一人份，你们两人分来吃。刚才我打了招呼，后台已给你们分好了。慢用，伊总。"

原来这一片的小店，都认识勤勤姐。西亚心里说，明明是勤勤姐请她吃早点，但她仍按着节俭的原则，两个人只点了一套餐。说实在的，每人吃半份，也足够了。

这就是上海人,既实惠又实在。她内心里已暗暗决定,把自己内心深处说不出来的委屈和矛盾,一股脑儿都给勤勤姐说出来。

"来吧,"勤勤姐把盘子往西亚面前推了推,"我们俩都吃不多,我们一人吃半份。来,尝尝。"

说着,她拿起自己面前的半截粢饭,先咬了一口,咀嚼着说:

"西亚,你也吃啊!怎么尽发呆?"

西亚答应一声,看了看自己跟前的盘子,拿起半片大饼吃起来。她真饿了,油酥大饼的滋味还挺香的。

"和我说说吧,没谈崩,那你只一个晚上,怎么成了这副狼狈相?"勤勤姐坦然发问,"瞧瞧你,平时那么动人的脸庞,像被人拿了把刀子,把你脸上的肉都刮走了。究竟是怎么回事?"

西亚咀嚼着油酥大饼,直截了当地说:"林源把一切都告诉我了。"

"那你怎么说?"

西亚说不出话了,她闭上嘴,眼泪又忍不住淌了出来。想到这是公众场合,她连忙拿起餐巾纸,掩饰般抹拭着。手在发抖。

"我……我啥都没说……"

"啥都没说?"勤勤姐显然吃了一惊。

"是的,"西亚点着头,嗫嚅着道,"跑进自己房间,倒在床上,哭了一晚上。"

"林源没跟进来?"

"我把门反锁了,他进不来。"

"哎呀,我的西亚傻妹子,"勤勤姐低声埋怨起她来,"这当儿,你怎么能这样呢?你、你该问林源啊!"

"问……问他什么?"西亚睁着一双泪眼,当时她只觉得无地自容,无法面对面坐在桌旁,直视林源的眼睛,哪里想得到追问林源什么呀?

勤勤姐咽下了自己手里最后一口粢饭,拿起豆浆,小小抿了一口,道:

"事情已经摊开了，不管是真是假，或者说有几分真实，几分虚构，可总是你曾经生活的小城里的一个事件。你作为父母的子女，当时还没记事，什么都不知道，是不是？"

"是的。"

"你也无从去核实这些事情的真假。哪怕你的外公外婆，他们一辈子生活在小城里，亲生女儿遭遇了这样的不幸，他们都无法去追究事实真相。他们只能把一切痛苦，埋在心底深处，连你也不讲。对不对？"

"嗯。"西亚猜不透，勤勤姐这么说，是要对她讲什么。

勤勤姐的手习惯地向西亚抬了起来，有力地晃了晃说：

"这说明了什么？"

"说明……"西亚木讷地重复着勤勤姐的话。

"你是无辜的呀！"勤勤姐重重地以强调的语气说，"你是幼童，你啥都不懂，和你有多大关系呀？"

西亚再一次抹了抹两边眼角的泪，有气无力地说：

"他们是我的父母。"

"对，除了血缘关系，啥关系都没有。"勤勤姐有力地一挥手道，"你吃啊，西亚，吃完了我们还要去店里呢。来，油条不错。吃。"

西亚拿起半根油条，送进嘴里，一边品尝油香，一边浏览着小店的店堂。已经过了吃早饭的高峰，店堂里只有零星的几个食客，还多半是上了年纪的老人。谁都没关注到她和勤勤姐。

"所以啊，你该盯住林源，问清楚，"勤勤姐深怀同情地瞅着西亚，目光怜悯而又有些不忍，一字一顿地道，"事情是客观地摆在那里的，既然他都晓得了，也就少了你的很多口舌。你该紧盯着他，问他怎么看，问他是个什么态度。"

西亚既为勤勤姐的如此关切感动，又很不解，那些事儿，她都觉得说不出口，她怎么还能逼着林源……

勤勤姐似看出了她的狐疑不安心理，放低点儿声气，问：

355

"你爱他吗？告诉姐。"

西亚的脸瞬间涨红了，她使劲点了点头。

"那就好啊！"勤勤轻轻一拍巴掌，"那你得抓住这个时机，把话问清楚啊。现在他还住在你的202室，他没说要走吧？"

"没……"西亚没把握地摇摇头，她想到临去剧组开会，林源隔着门还给她打了个招呼，说明他是要回来的。

"你就得趁住在一起，把话说明白，事情摊开在这里了，他得有个态度。"勤勤姐沉吟着说，"别怪姐打听，你们相恋，晚上睡在一起了吗？"

"没、勤勤姐，真没有。"西亚惊慌地回避着勤勤姐的目光。

"那又是为什么？"勤勤姐不解了，"你和原先那个弹吉他的，不同居了吗？"

西亚的脸颊上又发起热来，她结结巴巴地说：

"就……就是因为少不更事，糊里糊涂地和他……和他待一块了，他才那么不把我当回事儿……"

勤勤姐接过话去："你汲取了教训，觉得和林源之间，该正式一点，把自己认认真真、堂而皇之、明媒正娶地嫁过去……"

"是这样，勤勤姐。"西亚心里说，这个勤勤姐什么都懂，几乎能洞悉她的心灵。

"也没错，"不知为啥，勤勤姐长长地吁了口气，似是在表示遗憾，"你这样想，更证明了你的善良……"

"是真的，勤勤姐，我连和王万吉同居过的事儿，都没跟他说呢。"西亚索性一股脑儿地把自己最担心的事情说出了口，"热恋中，我们俩待一块儿，两人之间什么亲热的话都说了。唯独这点，我瞒着他。"

勤勤姐点了一下头，双眼睁得大大的，沉思着说：

"瞒是瞒不住的。你和弹吉他的同居，在红弘小区尽人皆知……"

"那我该向他坦白?"

"不需要。"勤勤姐坚决地一摇头。

"那就成了我永远的心病。"西亚发愁地说,"相爱的两个人,不该是啥都坦诚,像水晶那样纯洁的吗?"

"告诉他,你指望他怎么样呢?"

"取得他的谅解,理解,从此以后……"

"永远不会谅解和理解的,"勤勤姐断然地说,"西亚,你只是把自己的心痛,转移到他的身上去罢了。"

"是这样啊!"西亚不知所措地瞪着勤勤姐道,"那……"

"谈婚论嫁的时候,他若提及这事儿,你要坦诚地、实事求是地说一下,也得越简单越好。但他如果不提,你永远也别说。"勤勤姐以补充的口吻道,"这是姐对你的忠告,你得牢牢记住。"

西亚一个劲儿地点头,她虽然不十分地理解,但她觉得,勤勤姐真像是她的一个姐姐,甚至于比亲姐还亲。西亚是个独生女儿,没有姐妹,她从心底深处,把勤勤姐当成在上海滩找到的亲人。也真的奇怪,和勤勤姐吃一顿早餐,听她说上一番话,西亚不那么伤心悲观了,也不像匆匆忙忙赶进服饰店时那么六神无主感觉前途无望了。

西亚端起豆浆,连喝了两口,又拿起属于她的半截粢饭,咀嚼起来。她觉得这顿早餐,味道真的好。她凝望着勤勤姐,由衷地说:

"勤勤姐,你怎么啥都懂?能把啥事儿都看明白?"

"西亚,你忘了,"勤勤姐瞅她的目光爱怜而又真诚,"我是过来人,在美国留学时,也有过一场轰轰烈烈的爱情。故而你今天一走进店堂,只瞅你一眼,我就明白了,你在向失恋的陷阱坠落。当姐姐的,我得拉你一把啊!"

西亚的眼里又噙满了泪水。但这阵儿,是感动的泪,感激的泪。她大着胆子,直通通地问:

"勤勤姐,那你呢?小雨点见了你就喊勤勤妈妈,那个费米哥,我看他也有这番情意……"

"你怎么看出来？"勤勤姐淡然问。

"我看他瞅你的目光，对你的一举一动，都好像有这意思。你难道没感觉？你的脚膝盖伤到时，他对你无微不至的照顾……"

"对啊！"勤勤苦笑了一下道，"西亚，这是照顾，是关怀和关心，服饰店里的姐妹，包括胖胖，对我也是这样。你没感觉到，我伤了腿痊愈时，重新走进店堂，每个人都专程来到我跟前，对我嘘寒问暖，问这问那，关怀备至嘛！这是爱情吗？"

西亚不同意勤勤姐的这个话，她摇头道："我不这么认为……"

"再说了，"勤勤姐提高了点嗓门，截住西亚的话道，"我看他啊，是有这心，也没那个胆……"

"你的意思是？"西亚追着问。

勤勤姐道："我的意思啊！西亚，这恋爱，是既要恋，又要爱，既有甜蜜、幸福的感觉，又有酸辛苦辣的滋味。告诉你实话吧，我这心，都还没点儿波澜呢。"

西亚真不理解了，她睁大还沾着泪珠儿的双眼道：

"是这样啊……"

她似乎感悟到点儿勤勤姐说的滋味了。

"哈哈，西亚，还是操好你的心吧！"勤勤姐拍着西亚的手背道，"说真的，有时候我真羡慕你。长得这么俏不说，爱起来，是如此地投入，如此地真诚和忘我。你这么个女孩，该有个圆满的爱情的。我们走吧，回店里去。"

西亚喝尽了最后一口豆浆，随着勤勤姐离座起身。

奇怪，她的心情真好多了。

从早餐店走回服饰店不长的人行道上，勤勤姐又和西亚进行了一番对话。

"西亚，如若关于你父母的那些话，没有传进林导耳里，你们之间会马上结婚吗？"

"结婚？那不会这么快。"

"是啊。你说说为啥不会很快成婚？"

"结婚不是人生的一件大事嘛！要婚房，要方方面面的准备，七七八八的事儿多着哪！"

"你知道这点就好。跟你说，我妈妈那一辈人年轻时，上海流传着一句话，说的是，结婚是恋爱的坟墓。"

"真的吗？"

"这话怎么理解？"

"那个年头的人，只感觉恋爱是美好的季节。成了家，整天忙于柴米油盐酱醋茶，上有老、下有小，还要应付各人单位上层出不穷的会议、学习、运动，琐琐碎碎，焦头烂额，哪里有双方恋爱时的浪漫和种种憧憬啊。"

"是这样啊。"

"当然，这话现在没人说了。不过我觉得，讲给你听，珍惜恋爱时节你和林导之间的光阴，充分享受这一段的美好。不要急着结束它，还是对你有益的。瞧，说着话，服饰店到了。这样吧，上半天你来都来了，就在店堂里上一会儿班。午饭后，你就回家休息吧，好好地去补个觉。看你，脸憔悴成什么样了。"

"谢谢勤勤姐！"西亚的这句话，是由衷地发自肺腑说出来的。

真的，勤勤姐真是关心她，事业上、生活上，现在又是感情上，全方位地在为她着想，怕她有个什么闪失。

西亚对勤勤姐的感激，也是满怀真诚的。

心情转变了，西亚萎靡不振的情绪仿佛也在不知不觉间转好了。

照着勤勤姐的吩咐，午后回到红弘小区的202室，西亚足足地睡了一觉，醒过来的时候，竟然已经近五点了。上海腊月间的天色，都已晦暗下来。

恢复了点自信，西亚主动给林源打了一个电话，关心地问他，回来吃晚饭吗？

没想到林源说，他要回来的。

他若不回来吃，西亚就想马马虎虎对付一顿晚饭算了。他一说要回来，精神恢复过来的西亚顿时来了劲，马上行动起来，出小区去采购，遂而，就在厨房里准备两个人的晚饭。脑子里不断盘旋着，林源平时喜欢吃些什么。

她记得，他是喜欢吃肉的，西亚刚才已经直接买了广东味的叉烧，请师傅切叉烧的时候，西亚意外地又发现了橱窗里竟然还有难得一见的驴肉，纯瘦的，她让师傅也切了半斤。回到家来，西亚又炖了一碗厚厚的蛋羹，炒了个茭白、辣椒、豆腐干，正在精心地配煮一个汤时，林源推门进屋了。

一眼看到他时，西亚也不知是怎么搞的，眼泪又涌上来了。她凝神瞅着他，嘴张了张，却没发出声音来。

尽管在一刻不停地忙碌着，她悬在那里的一颗心，其实始终是在期待他的归来。

林源也在门口不自然地伫立了片刻，带点慌张地瞅了她一眼，轻声招呼着：

"你好。"

说着，取下了肩上的电脑包。

"我不好。"西亚似赌气又像开玩笑地回了他一句。

林源疾速地走近她身前，伸出双手搓了搓，捧起西亚的脸，俯身深情地亲了她一口，低声问：

"哪里不好了？"语气里充满了关切。

泪水顺着西亚的脸颊淌了下来，她的身子颤抖了一下，整个儿偎依进林源怀里，嘴里却在说：

"林导，我把一季度后两个月的房租，退还给你吧？"

西亚觉得，搂抱着她的林源的身子僵直了，他不解地问：

"这是为什么？你要涨价吗？"

"哪里，"西亚的眼波一闪，顾不得擦拭一下脸上的泪，严肃地道，"你给我讲了父母的事，不是要离开202吗？"

"我没说过要离开啊。"

西亚坚持道："你对我说出来了，就是要离开。那些事，多丢人哪！"

"我听着也觉得丢人……"

"你看看、你看看，你真实的想法露出来了吧？"

"我什么真实想法？"

"你嫌弃啊！嫌弃之后，不就是赶快躲得远远的嘛！"

"西亚，"林源提高嗓门叫了她一声，西亚觉得自己的两个肩膀被他抓住了，"你听我说，听我说好不好？"

"我在听啊。"

"那好，那我告诉你，实话告诉你，"林源仍紧紧抓着她肩膀，他甚至还用力摇晃了一下，脸色严肃地道，"非真非假、道听途说、捕风捉影，现在都无从去核实，你以为我就相信了，那一切都是真的吗……"

"你已经相信了呀！"

"不，我从第一次听说起，就没真正相信过。"

"第一次？那你还听说几次了。你跟我说，都是什么人讲给你听的？"

林源愣怔了一下，犹豫地往灶台上望了一下，燃气灶上的火开得很大，西亚煮汤的那锅水开了，翻滚着白色的小浪，不停地"笃笃"发响。

"水开了，"林源问，"要不要把汤料放进去？"

西亚偏头瞅了一眼，伸手过来，把燃气灶"啪嗒"一声关了，说："一会儿再烧汤，先听你讲，什么人先告诉你的？"

"你一定要知道吗？西亚。"

"要知道。"

361

"我爸妈说过……"

"你爸妈？"西亚顿时紧张起来，脸变了色，"他们……他们怎么会知道的？"

"很简单啊！"林源的脸色反而坦然了，以解释的语气道，"听说了我们在恋爱，你又是小城人，爸妈顺便就了解了一下。你忘了，我爸去过小城，至今在那里还有几个朋友。"

西亚当然知道，林源的爸林骏，在小城音乐界有朋友。她眨了眨眼道：

"除了你爸妈，还有谁给你讲过？"

"还有……你见过的，蔺主任……"

西亚记起了剧组制片主任的模样，他和这事儿有关吗？她讷讷地问：

"蔺主任怎么会知道的？"

"有人给他说的呀！"

"谁？"

林源迟疑着，眼光溜到一边去。

西亚既像哀求，又似逼迫地直视着林源道："涉及我个人，林导，你得告诉我。"

林源暗自吁了一口气，说："是亮泉宾馆的宋总给蔺主任说的……"

"哦，我明白了。"西亚的眼前浮现出宋总的女儿关菊的脸。刹那间，她什么都明白了，这个女孩，这个家庭条件堪称完美的上海姑娘，她并没有放弃，没有退缩，她们母女也在暗暗地对付她西亚，和她展开一场情敌之间的较量呢。

连接202客厅的厨房里一片静寂，林源稍觉不安地转脸瞅了一眼灶台上烧汤的水，岔开话题说：

"刚才你是要烧汤吗？我来……"

"不忙。"西亚摆手阻止了林源道，"林源，蔺主任还有你爸妈，

362

他们给你讲到我父母那些事儿，有什么想法？"

林源双手一摊，说："他们都是好心啊，听说了，觉得应该告诉我，就讲给我听了。我妈还说了，小城里传来的，没有核实过。蔺主任也说、也说……"

"他怎么说？"西亚只感觉有一条无形的绳子，在不知不觉悄没声息间，在捆绑着她的身体，越绑越紧，紧得似要让她窒息。

"是打听来的，知道一下比什么都不晓得强。蔺主任见过你，还说了，姑娘是个好姑娘，家里怎么会出这种悲剧？"

"悲剧？"西亚喃喃自语般重复了一下，似在问林源，也像在自言自语地费劲思索，"他们没嫌弃我……"

"没有啊！"林源道："不过是因为……"

话没讲完，一阵孩子的脚步声从门口响过，遂而，门上急促地轻叩了两下，随即被推开了，303的金小平一脚进门来，笑吟吟地瞅瞅两人道：

"瞧瞧你们啊，煮个晚饭，都亲亲热热地挨在一起。来来来，马宏滨出差从南京回来，带回两只正宗的盐水鸭，让我给你们带一只来。正好，你们晚饭吃。你们还没吃吧？"

说着，金小平朝灶台上望了望，把手里提着的南京桂花牌盐水鸭的纸袋搁下。

"哎呀，那太谢谢了。小平姐，要不，你和兵兵和我们一起吃吧。"西亚指了指灶台，"煮个汤我们就吃饭。"

金小平连连向两人摆手："不不不，我和兵兵吃完刚回来，你们吃晚饭吧，我上楼了。"

说完，两眼朝林源眨了眨，又像进来时那样，一阵风似的出门而去。

西亚跟到门口，又道了一声谢，随即关上了房门。

林源的手伸向燃气开关，嘴里在说："要不，我们烧好汤，边吃边聊吧。"

"不，"西亚一个箭步抢过来，按住了林源的手说，"说完了，我们再吃饭。"

"还说啥呀？"林源回避着小声道，"不是都说了吗？"

"没说完，"西亚强调地道，她已经从林源的神情态度和讲话语气，揣摸出了林源的心理和感情，把自己整个身子，像站立不稳般倚在他的身上，道，"你还没对我说，听到了这么多我父母的事，你是什么想法呢！"

"我没想法。"林源坚决地一摇头道。

"骗人！"

"没骗你，真的，西亚，"林源顺势搂住了西亚，亲昵地凑近西亚耳畔道，"不要说你爸妈那些事儿，真假弄不清楚。就是外面传的那些，全是真的，又怎么样呢？"

"哎？"这正是西亚要知道的。西亚把双眼睁大了，目不转睛盯住林源，自己的双手，不知不觉间搂住了林源的腰肢。她真怕陡地谈崩了，林源摔门而去。

她不能让他逃走。

林源的手搭上西亚的肩头，口吻庄重地道："你是你，他们是他们呀！且不说他们那些事儿发生的时候，你还啥都不懂呢。怎么能怨到你头上呢，我没有怨过你。听的时候，只是……只是觉得……"

西亚从未想到林源会这么想。她只感到，她从来没听到过如此能抚慰心灵的话，她仿佛觉得一阵一阵习习的温馨的春风拂来，她感动得全神贯注眼睛不眨地盯着林源，她只是看不够，看不够。

"觉得什么？"她的话语温柔至极。

"觉得似在听一个发生在遥远年头的事。"林源眼波一闪，露出由衷的关切和怜爱的光彩，"西亚，昨天夜里，你真把我吓坏了。"

"吓坏你了？"西亚也没想到，她只感觉自己被扒光了衣裳无地自容一般，她父母去世的真相揭开了，听说了这个事的林源，她的心上人要远离她而消失了。只顾着自己的伤心和害怕，她丝毫没有想到林源的感受，她追问着，"你，你哪里……"

林源伸出巴掌，轻轻地掩住了她的嘴说："我从来没听到一个人哭得这么伤心过。我倒在这张二人沙发上，两眼不敢离开你的房门，怕你卧室里有啥异动，怕你突然打开房门冲到外头去，怕你……"

西亚惊讶地瞪大了愕然的双眼："真的吗？"

"有几次，我都想冲到你门前，敲开你的门待在你身旁……"

"你怎么又没敲门？"

"我又害怕呀！"

"怕啥？"

"怕……怕我真进了你的门，待在你的身旁，你一个劲儿地哭，我就走不出来了……"

"林源，我的爱！"西亚受宠若惊地大叫一声，再也忍不住内心涌起的激动之情，张开双臂，主动搂住了林源的脖子，热辣辣地耸起双唇，吻着她亲爱的林源。

动作太猛了，林源几乎站立不稳地勉强撑着灶台，回抱住了西亚。

西亚只感觉，自己整个身体，在林源的拥抱中颤抖。她心头涌起的爱的热浪，从来没像此时此刻这样热烈。

她同样感觉到，一个大拥抱搂着她的林源珍惜而又怜爱地瞅着她。她的心里激起一阵接一阵的涟漪和暖流。

爱的涟漪，爱的暖流。

有了金小平捎来的南京盐水鸭，加上西亚自个儿准备的家常佳肴，这一顿普普通通的晚饭，西亚吃得有滋有味，十分满意。她察觉，林源好像也同自己一样，咂巴着嘴时，他还评价道：

"以往只晓得盐水鸭是咸的，今天这鸭子，还吃出鲜味来了。"

西亚听得出，他这是心情愉快，人也显得轻松自在。更主要的，西亚敏锐地捕捉到，吃饭对林源来说是次要的；他的一双眼睛，始终

365

含情脉脉地盯着她，好像她的脸上无意之间涂上了什么异彩似的。他聚精会神、悍然不顾、旁若无人望着她的双眼里，蓄满了浓浓的爱意。瞅得西亚的心暖融融、暖融融的。

她到此时此刻，算是彻底看清楚和明白了，他是爱她的，深情地爱着她。

她一偏脑袋，故意撒娇地问："你怎么紧紧地盯着我看啊？我的脸上，有什么不对劲儿吗？"

他仍坐着，全神贯注地对她道："看不够。"

恰在这当儿，西亚搁餐桌上的手机响了，西亚愣怔了一下，拿起手机，"喂"了一声，又小声对林源道：

"小平姐。"

手机里响起楼上金小平的嗓音，太近了，她说话的声音透出手机屏，连林源都能听到：

"西亚吗？"

"是啊，小平姐，有事儿你说。"西亚一面答话，一面眼望着林源，林源仍目不转睛地瞅着她。人在楼上303，小平姐打手机的情况，是不多的。

"晚饭吃过了？"

"刚吃完。有事你尽管说啊。"

"那好，西亚，你上楼到我303来一趟，只需要一会儿。"

西亚还是一怔："我一个人吗？"

"一个人。"

西亚的双眼征询地望了一下林源，话音很清晰，林源都听见了，他朝西亚摆摆手道："那你快去，小平姐难得专程找你。"

西亚收了线，对林源道："那我上去一会儿。"

林源仍向她摆手，表示完全理解。

西亚转身出了202，走上楼去。

叩门进屋，只见小平姐的儿子兵兵端端正正坐在沙发上，一手搭着扶手，专注地盯着面对他的电视荧屏。

西亚溜了一眼，电视上正在播放动画片，什么总动员，是引进的。西亚没见小平姐，放声唤道："小平姐……"

小平姐的身影出现在侧边那间房的门口，她以责备的口吻对兵兵道：

"兵兵，阿姨来了，你也不喊一声？"

兵兵双眼睁大大的，一眨不眨紧盯着荧屏，头也不抬地叫着：

"西亚阿姨好！"

金小平朝着西亚热情地招手："进来，你进来呀！我们在这间房里说话。不影响兵兵。"

西亚微笑着穿过客厅，朝小平站着的那间房走去。303是三室一厅，说起来只比西亚的202多一间房，可走进房间，感觉上要宽敞舒适多了。经马宏滨经理联系，粉刷一新并作了装饰之后，西亚只觉得303整个变了面貌，既典雅又有品位，尤其是墙壁上还挂了几幅画，有了点儿书卷气。很像上海家庭布置的新房了。

小平姐把西亚迎进侧边的房间，西亚一打量，这间房更像是闺蜜们说悄悄话的小客厅。小客厅里挨墙置放着两把小牛皮沙发，质地很柔软的。小平姐没请西亚坐，顾自走到关闭的窗户边，向西亚招手说：

"没几句话，一小会儿，我们不坐了。就站这儿说吧。"

西亚心里有些犯疑，走近小平姐，和她面对面站着。

小平姐脸上挂着笑容，在柔雅的灯光里，西亚觉得小平姐的笑容既亲切又对她充满着关怀。

"是这样，"小平姐直截了当进入主题了，"刚才给你送盐水鸭进屋，正好撞见了你和林源亲亲热热的甜蜜模样，我由衷地为你和林导高兴……"

"谢谢！"趁小平姐停顿的当儿，西亚轻轻道了声谢。

"看起来，你们是正儿八经好起来了。"小平姐似是喃喃自语般重复了一句,"是正式地好起来了吗?"

西亚点头承认:"是的。"

"是初恋,处在甜蜜中?还是热恋,到了如胶似漆的地步?"小平姐以一个过来人的口吻问道,语调中没一点儿开玩笑的意思,她的目光中含一点审视的味道。

西亚的脸颊瞬间烘热起来,她沉吟道,"应该是……应该是这两者之间吧。"

"什么叫两者之间?"小平姐的语气既像是发问,又似是在生西亚的气,"那我开门见山地问了:你们好到了什么程度?是像原先那位弹吉他的那样,同居了呢?还是……"

"没有,那没有!"西亚急忙否认,"小平姐,这点你相信我,我们还没到那程度,他、他也不是那种人。"

"看把你急的,"小平姐嘴角露出一缕笑纹,"这点我相信,林导是正派人。你呢,看来也汲取了和那弹吉他的教训,女人,不能轻易地把自己奉献出去的。"

"我那时太傻了,做了追悔莫及的事。"西亚懊恼地道,"真的,我哪有这么多心计。"

"你看马宏滨,极尽讨好追求的所有本事,我对他始终客客气气的。"小平姐主动说了起来,"不过他要借口下雨,时间晚了,在我这儿住下,我决不同意,也不会让他得逞。"

"那你们,"西亚索性趁这机会,把自己的疑惑问了出来,"就这么拖下去?光恋爱,不结婚?"

"要结婚,就得正正规规的,明媒正娶,哪能随随便便,不明不白。西亚,上海社会,小区里、社会上,楼上楼下,所有人都把一切看在眼里,会形成舆论的。懂吗?"

西亚根本没想到这么深,似懂非懂地点头:

"我要好好学一学。"

"是啊!西亚,恋爱这门学问,深得很哪。告诉你实话吧,你的情况，楼下102的素娟阿姨两口子，还有我这位楼上的，都看在眼里、记在心头哪。就怕你这新上海人，一而再、再而三地上当受骗。"

西亚惊惧地睁大眼，望着专程把她叫上来的小平姐，不知说什么好。

客厅里传来译制动画片颇具好玩的对话声，小平姐又笑起来，笑得热情洋溢，满心欢喜地说：

"把你叫到我家里来，一是想提醒你，二呢，我是要告诉你，始终瞒着你的一个事实。"

"瞒着我？"

"是啰！不过不是坏事，是好事。林源，就是青年才俊林导，是爱你的，在没有正式认识你之前，也就是没有住进202之前，他就爱上你了！"

这太让西亚吃惊了："不可能吧，在之前我们都不认识。"

小平姐的脸仰起来了，两眼眯缝起来，说："也许是一见钟情吧。"

"一见钟情？"

"是啊。"

"不要不相信，西亚。一开始我和马宏滨也不相信，亮泉宾馆支持剧组拍电影，给他当导演的配的是套房，你想想，五星级宾馆的套房，不比花钱住在你的202舒服。"小平姐一五一十地说开了，"我们一看他恋你恋得如痴如梦的状态，又加上他一次一次求马经理帮忙，勉强敷衍着就答应下来了。事情也巧了，碰到你要粉刷房间，又请马经理介绍房客，顺水推舟，顺顺利利就让他住进来了。当然，我们在办这事之前，也对他的情况作了了解的。"

西亚只感到自己的心"怦怦"地又剧烈跳荡起来，这太让人意外了。她讲不清自己是喜还是忧。她喃喃道：

"呃……这……我……哦……"

"不要哦哦的了。"小平姐把手盖在西亚的手背上，道，"接受这个事实吧，事实是，你和林导那么亲热地好起来了。我和马经理商量了，该把这情况告诉你。这样，我看你情绪有些波动，我去看看兵兵，你在这屋里待一会儿。"

说着，小平姐出屋去了。

西亚呆痴痴地站在 303 侧房的窗前，窗外是红弘小区的另一侧通道，两侧栽着两排树木，正是挨近春节的腊月，树叶子落得光秃秃的。通道上没啥人行走。只有一只猫，斜斜地穿过，钻到阴影里去。

放眼往远处望去，越过红弘小区六层的楼房，天幕上映出上海夜晚鳞次栉比的高楼，有的高楼闪烁着灯光，有的高楼没灯光，西亚猜，那没灯光的高楼，必定是办公楼，晚上人们都下班了。西亚忽然想起，她在陆家嘴耸天的高楼里上班时，也会伫立窗口，朝着大上海楼群的海洋里张望。2500 万当代上海人，就在高高低低、大大小小的弄堂、小区、楼房里生活着，他们既是一个整体，又是互不相干、各有各的家庭、命运和故事。而她和林源的恋爱，就在这个都市环境里慢慢展开。

勤勤姐和小平姐，分别都对她说过，恋爱这条路，走起来很漫长、很曲折，有时候还没有好结果。故而她俩都不年轻了，还在这条路上走着，好像是等待水到渠成，又似乎是在犹豫彷徨。她呢，她和林源呢？和她们相比，只能说是刚刚开始，仿佛开始得还不错。但是，慢慢地慢慢地往前走，谁知是什么结局呢？

哦，恋……恋……爱……

2023 年元月 21 日（大年夜）

关于《恋殇》

叶 辛

2023年的元月21日,农历的大年夜中午,我写完了长篇小说《恋殇》的最后一章。心情格外地轻松和愉快。

下午,趁着高兴,我走进厨房,烙了一张又一张春饼。也许是为了鼓励我做家务,家人们把这些春饼一扫而光,全都连声叫好地吃完了。

我知道,那全都是因为我终于完成了《殇情》三部曲的关系。毕竟,从2019年起笔写《魂殇》,到2023年元月,连头搭尾,这三本书我写了近五年的时间。

如果算上关注这一题材,获得点儿素材、产生点想法就开始在本子上涂涂写写至今,少说也有20年了吧。

2020年的夏天,《魂殇》由江苏文艺出版社出版,我在书中描绘了功成名就的画家程步涛的形象。他在最应该取得艺术成就时的英年猝然去世,成了整本书的焦点和悬念,从而引出灵魂安放的命题。

2022的夏天,作家出版社推出了《婚殇》,我在书中推出了29岁的知识女性沈立平的形象。这位一心埋头读书做学问的姑娘,到了这个年龄,很自然地面临着恋爱和婚姻的人生课题。她试图解开这一命题,让父母家人满意,让社会满意,让她本人也觉得满意和幸福。可直到书近尾声,她都没有对这命题得到解答。以至每位采访我的记者都要问我,为什么让这样一位优秀女性还"单"着?

春节之前,我终于把《恋殇》写完了。从 2022 年春天起笔,我把这本书整整写了一年。整个上海的春天里,3 月份,4 月份,5 月份,我都被恼人的疫情困扰在家里,几乎足不出户,也恰好埋头在《恋殇》的写作中。好不容易在初夏时节,疫情稍松懈一些,跑到了贵州的大山里,贵阳郊区的十里河滩边,继续《恋殇》的故事。哪晓得,到了 8 月底 9 月初那几天,就是在花溪区,又遭遇了"静默",同样封控得厉害,我走到十里河滩边的花溪大道边,不但见不到一个人,宽敞笔直的大道上,一辆车也没有,两边的贵州大学、贵州民族大学校园里,也是静悄悄、静悄悄的。

秋天回到上海,入了冬,《恋殇》仍然没有写完,还想一鼓作气,抢在年底之前无论如何要把书写出来,12 月 7 日全国放开,很大一个百分比的中国人都"阳"了,我们一家也没有躲过。幸好前后十来天,我一家人都恢复过来,上海眼看进入了寒冬腊月,不能待在家里紧闭窗户写小说了,只得又跑到海南的外甥女家,享受着温暖如春的气候,把《恋殇》的最后几章如愿地在除夕之前完成了。

不因为疫情,也不因为稿子跟着我东跑西颠,我怠慢了稿子。相反,比起《魂殇》的程步涛,《婚殇》的沈立平,对于《恋殇》里的女主人曾西亚,我倾注了更大量的心血,只因这一年之中,心地善良的西亚从小说的开头,直到尾声,始终沉浸在备尝酸、甜、苦、辣的恋爱之殇中,她那么纯洁,那么渴望爱的雨露滋润,那么憧憬着幸福,但她为什么在心灵上要遭受这么多的困扰和折腾呢?她会得到爱的眷顾吗?

我的心在随着她的感情走,我的笔始终追随着西亚姑娘的心愿走。

家人问我，对于这本书，你自己的感觉怎么样？

我在除夕的年夜饭桌上主动擎起酒杯说，我搁笔的时候，自己觉得，要比《婚殇》和《魂殇》好。

衷心地希望读者朋友，和我会有同感。

2023年2月5日元宵
于海南陵水清水湾

图书在版编目（CIP）数据

恋殇 / 叶辛著. —北京：作家出版社，2023.8
ISBN 978-7-5212-2378-1

Ⅰ.①恋… Ⅱ.①叶… Ⅲ.①长篇小说—中国—当代 Ⅳ.① I247.5

中国国家版本馆 CIP 数据核字（2023）第 121050 号

恋殇

作　　者：叶　辛
责任编辑：翟婧婧
装帧设计：意匠文化·丁奔亮
出版发行：作家出版社有限公司
社　　址：北京农展馆南里 10 号　　邮　　编：100125
电话传真：86-10-65067186（发行中心及邮购部）
　　　　　86-10-65004079（总编室）
E-mail:zuojia @ zuojia.net.cn
http://www.zuojiachubanshe.com
印　　刷：唐山嘉德印刷有限公司
成品尺寸：152×230
字　　数：310 千
印　　张：23.75
版　　次：2023 年 8 月第 1 版
印　　次：2023 年 8 月第 1 次印刷
ISBN 978-7-5212-2378-1
定　　价：56.00 元

作家版图书，版权所有，侵权必究。
作家版图书，印装错误可随时退换。